KB072989

파파라치
Papafazzi

초판 1쇄 찍은 날 2012년 2월 22일
초판 1쇄 펴낸 날 2012년 2월 29일

지 은 이 | 이석용
펴 낸 이 | 서경석

편 집 장 | 권태완
책임편집 | 조수희
디 자 인 | 이혜정

펴 낸 곳 | 도서출판 청어람
등록번호 | 제1081-1-89호
등록일자 | 1999. 5. 31
어람번호 | 제10-0011호

주소 | 경기도 부천시 원미구 심곡2동 163-2 서경B/D 3F (우) 420-822
전화 | 032-656-4452 팩스 | 032-656-4453
E-mail | chungeoram@chungeoram.com
HOMEPAGE | http://www.chungeoram.com
NAVER CAFE | http://cafe.naver.com/goldpenclub

© 이석용, 2012

ISBN 978-89-251-2778-1 03810

※ 파본은 구입하신 서점에서 교환하여 드립니다.
※ 저자와 협의하여 인지를 붙이지 않습니다.
※ 이 책은 도서출판 청어람과 저작자의 계약에 의해 출판된 것이므로,
   무단 전재 및 유포 · 공유를 금합니다.

파파라치
Paparazzi

파파라치
Paparazzi

이석용 장편소설

황금펜 클럽
GOLD

이 책을 하늘나라에 계신

어머니 한희자(데오필라)에게

바칩니다.

|차례|

※작가의 당부

대화나 남의 말 인용에는 큰따옴표(",")를,

마음속의 말이나 강조 또는 상기시킬 단어에는 작은따옴표(',')를 사용했습니다.

메모는 괄호〈 〉, 휴대전화 문자메시지는 「 」안에 넣었고요,

편지글이나 손 느낌이 강한 메모는 타이프 글꼴로 강조했습니다.

아무것도 아닌 것 같지만, 이 글에선 이 규칙이 매우 중요합니다.

주인공 길도가 **다** 가질 수 없는 것이기 때문입니다.

1장 독립

....

당신의 일상에서 흘려보내지는 멋진 순간을
전문가의 뷰파인더에 담아드립니다.
당신조차 낯설고, 치명적인 매력을 발견할 기회.
놓치지 마세요.

길을 막지도, 그렇다고 완전히 빠져 있지도 않은 스쿠터
엔 아직 시동이 살아 있다. 그리고 자세히 보면 쿨럭쿨럭
연기를 뿜어내고 있는 머플러 반대편엔 찰싹 엉겨 붙은 청
년 하나를 달고 있었다.

배달원이나 정비사로는 보이지 않았다. 다만 목에 걸린
긴 끈의 수첩과 가슴을 가로지르는 가방, 오른손에 꽉 쥔
납작한 카메라, 그리고 뭔가를 주시하는 날카로운 눈빛이
예사롭지 않은 상황임을 말해주고 있었다. 청년의 이름은
이길도. 벌써 한 시간가량 스쿠터 너머로 한곳을 응시하고
있는 중이다. 왕복 4차선 도로 건너편 빌딩. 입구에서는
퇴근 시간을 즈음하여 사람들이 거리로 쏟아져 나오기 시

작했다. 수첩 표지에 클립으로 고정시킨 사진을 뚫어져라 잔상으로 남긴 후, 무리를 스캔했다.

잠시 후, 시선을 끄는 한 여성이 포착되었다. 어깨가 부풀려 강조된 흰색 정장과 폴 스미스 패턴의 머플러, 그리고 머리는 분명 젖어 있었다. 다시 한 번 사진과 여성을 번갈아 훑어본 뒤 사진을 가방 깊숙이 찔러 넣었다. 그 순간, 은폐물이 되어주었던 스쿠터가 굉음을 내며 도로로 빨려 들어갔다. 당황스런 몇 초간. 길도는 플라타너스 그늘로 다시 숨어들었다. 절반 이상이 노출되어 있었지만 가로수의 성장을 탓할 여유는 없었다. 재빨리 카메라를 눈으로 가져가 포커스를 맞췄다.

그녀의 이름은 나애리. 그녀는 눈에 띄게 천천히 걷고 있었다. 그녀의 어색한 보행 속도에 비추어보면 행인들은 테이프를 빨리 감듯 비켜 지나가는 것 같았다. 게다가 워킹 중간 중간에 길고 젖은 머리를 상고 돌리듯 휙 걷어 올리고는 다시 헝클어진 머리를 쓸어 올렸다. 그때마다 길바닥엔 어김없이 물로 만든 큰 생채기가 남겨졌다.

길도는 줌 기능을 최대한으로 끌어 올려 그녀를 뷰파인더에 가득 담는데 집중했고, 그녀도 마치 이에 응답이나 하듯 슬로우 스텝으로 상고를 돌렸다. 셔터는 쉴 새 없이 눌러졌다. 그녀가 버스 정류장에 다다르자, 길도 역시 맞은편 길가의 소화전 뒤로 몸을 숨겼다. 그녀는 망설이듯 몇 대의 버스를 보내더니 이번엔 버스 표지판의 쇠 봉을 등지고는 오르락내리락 피스톤 운동을 시작했다. 역시나 슬로우 모션으로. 주변의 사람들이 하나둘씩 이 기괴한 행동을 의식하고 거리를 두기 시작했다. 한 뼘 가까운 하이힐은 미세하게 떨리고 있었고, 목덜미에 피어난 땀방울이 중력을 못 이겨 내지르고 있었다. 피스톤 운동이 강한 떨림을 동반할 때쯤, 그녀의 시선은 빠르게 주변을 더듬기 시작했다. 시선이 길 건너 소화전에 이르자 마지막 안간힘을 다해 피스톤의 속도를 정상화시켰다. 그렇게 몇 시간 같은 몇 분이 흘렀다. 길도가 서둘러 문자메시지를 전송했다.

「나애리 씨 수고하셨습니다. 내일은 삼일무역에서 뵙겠습니다.」

삼일무역의 오후 2시 34분은 멈추어 있었다. 직원들은 손에 서류나 커피를 들고 있는 채로, 한쪽 눈썹이 심각하게 치켜 올라간 사장은 허리춤에 손을 얹은 채로 얼어붙은 것이다. 다만 사장실 문 앞에 비스듬히 기대어 선 여성의 영자(英字) 신문 넘기는 소리와 두어 걸음 떨어진 정수기 뒤에서 변장용 안경과 콧수염의 사내가 눌러대는 셔터의 기계음만이 공간을 이리저리 튕겨 다니고 있었다. 일정한 간격의 플래시는 그렇게 사람들의 얼굴에 뚜렷한 자국을 남기고 있었다.

카 리프트 위에서 부르르 떨던 휴대전화가 마치 예견된

수순을 밟듯 공구함으로 떨어졌다. 나사와 볼트들이 동조하니 더욱 큰 소리가 났다. 민규가 공구함 쪽을 힐끗 곁눈질한 것은 바로 그때였다.

〈독립! 진달래 가동 419. 마수걸이 축하해 줘^^;; 오늘 점심?〉

'독립? 마수걸이? 그리고 여기는…….'

민규는 원피스 작업복에 손을 찔러 넣고 두세 계단씩을 허겁지겁 소화했다. 점심을 바깥에서 하려면 좀 서둘러야 하기도 했지만, 무엇보다도 길도의 문자메시지가 민규를 강하게 끌어당기고 있었다.

'사람 궁금하게 만드는 데는 분명 타고난 녀석이라니까!'

진달래아파트 가동 419호. 허름한 아파트 편복도의 맨 끝은 그렇잖아도 도심 미관에서 영 동떨어져 있으면서도, 또 한 번 얹혀사는 느낌을 주고 있었다. 밋밋한 콘크리트 벽에 남정네 젖꼭지처럼 돌출한 초인종을 눌렀다. 플라스틱 마찰음만 끼~익 소리를 냈다. 아차 싶은 마음에 휴대전화를 꺼내 들고 문자메시지를 입력하려고 하는데, 자물쇠가 풀리더니 이내 문이 열렸다. 그리고 그곳엔 헤벌쩍 웃고 있는 길도가 있었다.

현관 바닥은 아무렇게나 뒹굴고 있는 두루마리 휴지들과 빈 양은냄비들로 어수선했다. 길도는 발로 휴지들과 양은냄비들을 휘저으며 민규의 한쪽 팔을 잡아끌었다. 의기양양한 눈으로 세간을 민규에게 소개하고 있었지만 그리

새로운 것들도 아니었다. 여긴 다름 아닌 길도 누나의 집이니까. 다만 얹혀사는 것이 아니라 독립했다고 하는 이유가 궁금할 뿐이었다. 부모님 댁에서 누나 집으로 거처를 옮긴 것만으로 깃발을 흔들 만한 이유가 있었던 것일까? 자초지종을 물을 새도 없이 민규는 PC 앞에 세워졌다. 한가롭던 어항을 흔들어 깨우니 처음 보는 웹 페이지가 민규를 기다리고 있었다. 페이지의 4분의 1 정도를 차지하는 제목은 '아이 엠 파파라치(I am Paparazzi)'였다.

"파파라치?"

빈 소리의 과장된 입 모양을 보여줬다. 길도는 대답 대신 손가락으로 웹 페이지의 한 부분을 가리키고 또 웃기만 했다. 그곳에는 간단한 형식의 이메일이 길도 앞으로 보내져 있었다.

1 이름 : 나애리

2 기간 : 2011년 3월 2일~3월 4일

3 주소 : 용인시 수지구 상현동 매화아파트 102동 1003호

4 전화번호 : 011—33X—88XX

5 스케줄(자세히 적어주세요)

야탑역 사거리에 있는 삼일무역(태안빌딩 8층)에서 오전 8시부터 오후 5시까지 근무해요. 집 앞에서 30번 마을버스로 출퇴근하고요. 점심은 회사 앞 베트남 쌀국수 전문점을 가거나 근처 커피숍에서 커피와 조각 케이크로 해결하는 편이에요. 퇴근 후에는 근처

갤러리에 들러서 작품을 감상하거나 카페에서 에스프레소를 마시기도 하고, 클럽에 입고 갈 의상을 쇼핑하거나 멋진 몸매를 위해 수영장에 가기도 해요.

6 요구사항(자세히 적어주세요)

제 일에 열심인 모습을 찍어주세요. 조금 과장되어도 좋겠지요. 전 제 왼쪽 얼굴이 자신 있어요. 참고해 주시면 좋겠네요. 부잣집 도련님들이 보면 결혼하고 싶은 모습으로 담아주세요. 가능하다면 코에 있는 점이 잘 보이도록 해주세요. 잘 부탁드려요. 호호호.

7 첨부파일 : NaAeRy.jpg

8 이메일 : NaBeauty85@samilTR.co.kr

화면을 읽어 내려가고 있는 동안 길도는 라면을 끓여내고 있었다. 톡톡톡 파 써는 소리며 계란 한두 개를 털어 넣는 것을 봐서는 제법 격식을 차리고 있는 모양이었다. 다시 길도의 손짓에 이끌려 앉은뱅이 밥상 앞으로 가 앉았다. 길도는 목에 매달린 수첩에 몇 글자 적더니만 눈앞에 들이댔다.

〈어때?〉

"뭐야, 뜬금없이. 이 아파트는 뭐고, 파파라치는 또 뭐야?"

역시나 돌아오는 대답은 반달 눈웃음이 전부였다. 라면을 크게 한 젓가락 빨아 넣더니 다시 수첩을 들이민다.

〈다홍이 돌봐주고 생활비 반반.〉

민규가 중얼거리듯 "누가 누굴 돌봐." 했더니, 길도도 동의하듯 머쓱해했다.

"누나 어디 가셨어?"

〈일본 출장. 2년. 아마도.〉

민규의 질문에는 수첩이 날름날름 대답하고 있었다. 민규도 더 이상 묻지 않았다. 아니, 묻는다 하더라도 수첩은 입을 다물었을 것이다. 길도의 손은 이미 너무도 맛있게 라면과 김치 사이를 오가며 웃고 있었으니까.

길도는 들을 수 없어서 말하지 못하는 농아이다. 어릴 적 스치듯 지나던 발열에 소리를 잃었다고 했다. 그래서 남의 말은 용케 입모양을 보고 읽어내지만, 제 말은 수첩이 대신하고 있는 것이다. 길도의 부모님은 입버릇처럼 하루빨리 독립시켜서 스스로 살아가는 방법을 깨우치도록 해야 한다고 말씀하시곤 했다. 아마 큰누나도 이참에 다홍이를 친정에 맡기는 것보다 동생과 함께 생활하며 독립심을 키워줄 결심이었던 것 같다. 동생도 동생이지만 다홍이도 아빠 없는 세상에서 강하게 자라나야 한다고 믿고 있었을 터이다.

민규도 잠깐을 라면 흡입에 집중했다. 그릇을 모두 비우고 나선 다시 PC 앞으로 옮겨 앉았다. 그리고 곰곰이 친구의 새로운 일에 대해 짐작해 보려고 노력했다. 길도에게는 최대한 질문을 아껴야 한다는 것이 오랜 예의이기 때문에 먼저 이런저런 생각을 해야 했다.

'고용하는 파파라치? 그럼, 나를 몰래 사진 찍어달라고 의뢰한다고? 왜? 왜, 성가시게 제 돈 주고 파파라치가 되

어달라고 해? 그런 멍청이가 어디 있어?'

길도는 산만하게 흩어져 있던 두루마리 휴지들과 빈 양은냄비들을 모두 현관 옆 신발장 위에 아슬하게 쌓아놓고는 밥상 위 빈 접시를 걷어내고 있었다. 민규는 도저히 혼자 힘으로는 이해할 수 없었는지 길도의 두 귀를 잡고 얼굴을 마주했다.

"파파라치라니? 어떤 연예인이 너에게 파파라치가 되어달라고 의뢰한다는 말이야? 어떤 정신 나간 스포츠 스타가 성가시게 제 돈 주고 파파라치해 달라고 해? 그런 멍청이가 어디 있어?"

길도는 민규의 그런 의아심을 마치 예상이나 했다는 듯 정색으로 과장되게 고개를 끄덕였다. 그리고 튕기듯 쭉 편 검지로는 아까의 웹 페이지 한 부분을 가리켰다.

셀카가 미니홈피를 가득 메우고 계시나요?

친구들과 어깨동무한 사진들이 식상하셨나요?

식상한 브이를 날리는 센스 없는 친구와 절교를 생각해 보셨다고요?

머리를 멋지게 날리고 있는 연예인의 사진이 부러우셨다고요?

이제는 더 이상 고민하지 마세요.

당신의 일상에서 흘려보내지는 멋진 순간을

전문가의 뷰파인더에 담아드립니다.

당신조차 낯설고, 치명적인 매력을 발견할 기회.

놓치지 마세요.

길도는 문자메시지 한 통에 바람같이 현금입출금기 앞으로 달려갔다.

「입금완료! 사진 너무 쪼아. 또 만나. 꽃미남벙어리^^
　　　　　　　　　　　　　　　　　—애리 누나.」

제멋대로 누나라고 하고, 생각 없이 벙어리라고 말해버리는 나애리. 성격이 그대로 묻어나는 문자 한 통이었다.

길도는 대개의 사람들이 한 꺼풀 뒤에 또 다른 모습을 가지고 있다고 믿고 있었다. 그런데 뷰파인더에 비친 나애리는 보이는 그대로가 전부일 것 같은 특이한 사람이었다. 앞면과 뒷면이 똑같은 동전. 어쩌면 뒷면이 없는 동전이 바로 나애리가 아닐까 싶었다. 사진을 건네주기 위해 나애리를 찾아갔을 때 그녀는 다짜고짜 말을 놓았다.

"어머, 회사에서 봤을 땐 몰랐는데, 너 나보다 어리지? 그치?"

길도는 심드렁하게 서류봉투를 쑥 내밀었다. 안에는 인화된 사진 몇 장과 파일이 담긴 CD가 한 장 들어 있었다. 그때부터 사진에 눈을 붙인 채로 나애리의 입은 쉬지 않았다.

"어머, 이거 잘 나왔네! 이 머플러 하길 잘했다니까. 어머, 이 사진 정말 죽인다. 얘! 어떻게 찍은 거야? 주변 사람들은 흐릿한데 나만 또렷하네!"

　아마도 회사 앞을 걷고 있는 사진을 말하는 것이리라. 이상하게 쳐다보고 있는 주변 사람들의 시선을 그냥 둘 수 없어서 출력하기 전 리터칭 과정을 거쳐야만 했다. 걸으면서 연신 그 물기 있는 긴 머리를 휙 하고 걷어 올리니 이상하게 쳐다보지 않는 사람이 없었다. 특히 뒤돌아 어깨너머로 나애리를 바라보고 있는 대머리 아저씨는 아마도 나애리의 물세례를 받지 않았나 싶었다. 멍하니 길을 걷다가 불의의 공격(?)을 당해 불쾌한 표정으로 뒤돌아보고 있는 것이었다. 어쩔 수 없이 입꼬리를 올려 호감을 갖고 있는 표정으로 바꿔놨고, 보답으로 숱 많은 가발을 씌워 드렸다. 그리고 대머리 아저씨를 제외한 주변 사람들을 모션 블러(Motion Blur) 처리해서 빠르게 스쳐 지나치는 것처럼 보이도록 했다. 사진 속 대머리 아저씨는 한순간 찡그린 얼굴에서 선망의 시선을 가득 담은 채 나애리를 바라보고 있는 표정으로 둔갑해 있었다. 이럴 때는 정말 컴퓨터가 마법의 지팡이와 다른 점이 뭘까 하는 생각까지 들게 했다.

　"어머, 나는 속으로 걱정 많이 했었잖니. 파파라치 그러면 왠지 카메라 앞에 묵직한 망원렌즈라도 달고 올 줄 알았었는데…… 어머~ 어머, 이 사진 정말 지적으로 보인다. 얘! 사장실 앞에서 찍길 잘했다. 그치? 왜 우리 회산 사장실 문만 원목무늬가 고급스럽냐 말이지. 나 정말 〈뉴

욕타임즈〉 읽고 있는 것 같다. 그치?"

아니다. 〈워싱턴포스트〉였다.

시선을 창밖으로 돌려 소리를 껐다. 행인들이 빠르게 스쳐 지나가고 있었다. 커피숍 유리창이 모션 블러 필터처럼 느껴졌다. 저마다 등 뒤로 긴 잔상들을 매단 채 달리고 있었다. 하마터면 유니폼의 간호사는 분홍색의 회오리를 유리창에 묻힐 뻔했다. 무표정한 발걸음이 안타까워 개성 있는 말풍선을 달아줘 봤다. 노란색 유치원 모자 위에는 음표 몇 개가 춤추고 있는 말풍선을 달아주고, 태권도 도복을 메고 가는 떠꺼머리 위에는 기왓장 격파하는 동영상을 심어보았다. 그러다가 나애리의 말풍선에는 큰 글씨로 몇 글자 안 될 거란 생각에 실소가 터져 나왔다. 쓰기도 쉽고, 흔적 없이 지울 수 있는 말풍선이 바로 나애리의 말풍선일 것이다.

그때, 탁자 위 포개져 있는 손을 톡톡 깨웠다.

"근데, 너 아까 내 질문에 대답 안 한 거 같은데. 몇 살이니?"

길도는 수첩에 〈19〉라고 적어 보여줬다. 나애리는 길도 목에 걸려 있는 수첩이며 펜, 〈19〉옆 다른 목소리(?)들을 번갈아 쳐다보았다. 이윽고 나애리의 눈이 부싯돌을 지키는 충직한 개의 그것처럼 커져 갔다.

"너, 벙어리야? 벙어리 맞지? 그치? 아~ 나~ 참. 난 그것도 모르고 혼자 떠들었네."

나애리가 껄껄껄 웃었다. 길도는 주변 테이블의 반응으로 볼륨을 짐작했다. 세 테이블에서 쳐다봤고, 한 테이블은 귀를 쫑긋 세웠다.

"미리 말하지 그랬어. 아 참, 벙어리라 말 못하지!"

또 한 번 껄껄껄 웃었다. 이번엔 다섯 테이블에서 길도를 흘깃거렸고, 바로 옆 테이블은 애써 호기심을 누르고 있었다.

길도는 수첩에서 〈1〉이라고 적힌 견출지가 붙은 페이지를 열어 보여줬다.

〈저는 말하지도, 듣지도 못합니다. 하지만 입모양을 보고 알아들을 수 있습니다.〉

참고로 길도의 수첩에는 총 열 개의 견출지가 붙어 있다. 참고로 각 페이지는 다음과 같은 내용이 적혀 있다.

1 저는 말하지도, 듣지도 못합니다. 하지만 입모양을 보고 알아들을 수 있습니다.

2 입모양을 정확히 발음해 주시면 감사하겠습니다.

3 이길도(李吉道), 1992년 10월 19일생(양력), 혈액형 B형

4 (446-954) 경기도 용인시 기흥구 보라동 진달래아파트 가동 419호

5 Gildo@Iampaparazzi.net

6 010-XXXX-XXXX

7 www.iampaparazzi.net

8 필기구를 좀 빌릴 수 있을까요?

9 제 발을 밟고 계십니다.

10 햇빛을 가리고 계십니다.

"정말? 신기하네! 나, 벙어리 처음이야. 너무 신기하다. 얘! 그나저나 나 사실, 이번에 사표 쓰려고 작정했었거든. 요즘 회사 생활이 딱 사막 한복판을 걷고 있는 느낌이지 뭐야. 그래서 회사 나오기 전에 나의 멋진 직장생활을 사진에 담아가지고 나오려고 했던 거거든. 다행히 사진이 잘 나오면 그걸로 중매쟁이에게 부잣집에 중신이나 서 달라고 할 참이었고. 그런데 사장님이 불러서 뭐라고 그런 줄 알아?"

대답을 기다렸는지 잠깐을 뜸들이다가 뭔가가 생각났는지 저 혼자 큭큭대는 나애리. 그리고는 무슨 의미에서인지도 모를 하이파이브 제스처를 취한 채 멈춰 버렸다. 이 여자, 가만 놔두면 계속 이러고 멈춤 상태로 있을지도 모르겠다는 생각이 들었다. 옆 테이블에서 안절부절못하는 감정이 느껴졌다. 길도가 손가락 하나로 성의 없게 나애리의 손바닥을 콕 하고 찍었더니, 제 스스로 얼음을 풀어버리고 다시 큭큭댔다.

"'나애리 씨, 다신 그러지 마세요.' 하고 마는 거야. 그냥 그러고만 말더라고. 생각해 봐. 비서가 사장실 문 잠그고 그 앞에서 사진 찍겠다고 '치~즈' 하고 있었는데, 자르지 않는다는 게 말이나 돼? 그지? 게다가 우리 직원들은 네가 미리 보낸 샘플 사진을 보고 글쎄 웃겨 죽겠다지 뭐야. 심지어 사장님도 코믹한 상황이 웃기다 못해 마음에 든다지 뭐야. 그러고 보면 우리 사무실도 재미있는 구석이 있는 거 같아. 어디 그뿐이야? 다음 신입사원 모집 때 홍보 사진으로 썼으면 좋겠다고 그러시던걸. 그래서 나도 조금 더 다녀보기로 했어. 왠지 작은 오아시스를 하나 발견한 느낌이랄까."

나애리는 갑자기 말을 멈추더니 눈을 몇 번 깜빡거렸다. 고맙다는 뜻인지 아님 갑자기 귀엽게 보이고 싶은 욕망 때문이었는지는 알 수 없었다.

"나, 사실, 퇴직금으로 네 보수를 치르려고 했었는데, 갑자기 월급으로 주려니까 좀 아까운 생각이 들어서 생떼를 쓰려던 참이었거든. 좀 깎아보려고 말이지. 그런데 그러면 안 되겠다. 그치? 벙어리 괴롭히면 벌 받겠지. 그치?"

배려라고는 눈을 씻고 찾아봐도 없지만 참으로 순진무구하고 또, 본인 사는 데는 편리하겠다 싶었다.

"오케이. 좋았어! 누나가 이번 주 내로 입금할게. 사진도 맘에 들고 귀엽게 생긴 동생도 마음에 들고."

나흘 전 일이었다. 다시는 의뢰인을 직접 만나지 말아야겠다고 마음먹은 그날, 어색하게 문 앞을 서성이던 점원이 문을 열어주면서 과장된 입모양으로 "고맙습니다. 또 오세요.” 하는 극진한 서비스를 베풀었었다.

통장엔 잔고가 불어나 있었으니 일단 성공적으로 첫 의뢰를 마친 셈이다. 11시 50분. 다홍이를 데리러 가려면 서둘러야 한다. 아마 누구보다도 기뻐해 줄 사람은 다홍이일 것이다. 여러 가지 아이디어를 제공한 화심이나 한상욱 신부님도 큰 힘이 되어주었지만, 삼촌과 한 몸처럼 관심을 가져주고 또 걱정했던 것은 다홍이었다. 도대체 그 조그만 머리로 무슨 생각을 하고 있는지 늘 궁금하기만 했다. 아직 다홍이에게 예쁜 옷 한 벌 사줄 정도는 못 되지만 중국집에서 탕수육 정도는 사주어야겠다고 마음먹었다.

학생들이 빠져나간 운동장에는 야윈 빗방울이 등교하고 있었다. 교실에서 운동장을 바라보던 다홍이는 철봉에 ‘V’ 자로 매달려 있는 삼촌을 발견했다. 선생님께는 허리를 접어 인사를 드렸다.

“삼촌, 여기.”

다홍이 손에는 우산 하나가 더 들려져 있었고, 이를 본 길도는 꺾여 널린 상태에서 허공을 휘저으며 우산을 잡는 시늉을 했다.

“재미없어, 치~ 무슨 마중 나오는 사람이 준비도 없이 나와!”

멋쩍은 웃음으로 다홍이 우산 속으로 쏙 파고 들어오는가 싶더니 와락 조카를 끌어안았다. 아직 통통한 표정의 다홍이에게 미리 써놓은 메모를 펼쳐 보였다.

〈탕수육, 어때?〉

"응? 일 잘됐어? 그런 거야?"

다홍이는 똥그란 눈으로 묻어뒀던 궁금증을 쏟아냈다. 돌아오는 대답은 긍정의 반달 미소뿐이었지만 껑충껑충 뛰며 기쁨을 감추지 못했다.

두 달 전, 다홍이 엄마가 출장 문제로 고민하고 있을 때, 삼촌과 함께 남고 싶다고 한 것은 다홍이었다. 그렇게만 된다면 엄마 일에도 방해되지 않을 수 있었고, 무엇보다도 삼촌이 독립하는데 자신도 한몫할 수 있을 것 같았기 때문이었다.

"엄마, 나 여기에 남아 있으면 안 돼? 친구들 사귄 지도 얼마 안 되고, 2년 동안 일본에서 공부도 제대로 못할 것 같아서 말이야."

등 돌려 누워 있던 엄마도 잠을 청하지 못하고 있었다.

"다홍인 엄마 없이도 살 수 있어? 엄만 다홍이 없인 한시도 못 견디겠는데?"

"뭐, 아주 헤어지는 것도 아니고, 2년 금방이잖아. 난 엄마가 열심히 일해서 빨리 승진했으면 좋겠는데. 그럼 나중엔 더 오래 붙어 살 수 있는 거 아냐?"

"다홍이 다 컸네! 멀리 내다볼 줄도 알고. 그럼 할머니, 할아버지랑 살려고?"

"아니, 삼촌이랑 이 집에서 살고 싶은데. 할머니, 할아버지 집도 가깝고, 한상욱 신부님이랑도 늘 친하게 지내잖아. 그리고 이 기회에 삼촌도 나와 살면 좋고."

"삼촌이 같이 살재?"

"그건 아닌데, 할머니랑 할아버지 하시는 얘기 들었어. 삼촌이 혼자 힘으로 살아갈 수 있게 하려면 하루빨리 독립시켜야 한다고."

두 모녀는 더 이상 말을 잇지 못했다. 다홍이 아빠 얘기가 나올 것만 같았기 때문이었다. 다홍이는 알아채지 못할 정도로 훌쩍 커 있었다. 그리고 며칠 후, 다홍이 엄마는 친정 부모님과 김이 모락 나는 다시마차를 앞에 두고 다홍이와 길도의 독립에 대해 의논하는 자리를 가졌었다.

길도는 우산을 받쳐 든 다홍이를 업은 채 중국집으로 방향을 잡았다. 싱글벙글 길도의 어깨를 다홍이가 두드렸다.

"삼촌, 얼마 받았어?"

잠깐을 망설이다가 다홍이를 내려놓더니 왼손은 손가락 세 개를 접었고, 오른손은 모두를 폈다. 다홍이는 쪼그려 앉아 조그만 손에 턱을 괴었다. 잠시 동안 무채색 도로변엔 만개한 빨간 꽃이 만들어졌다. 이윽고 뭔가를 결심한 듯 넙죽 삼촌의 등짝에 올라탔다. 다시 길을 나서는 길도는 마냥 싱글거렸지만, 다홍이는 삼촌의 귀를 잡아 늘여 안테나처럼 도시 저편을 바라보게 만들었다. 그곳에는 진달래 아파트가 고개를 빳빳이 치켜들고 있었다.

케첩으로 회오리 문양이 그려진 계란프라이가 김을 피어내고 있었다. 다홍이도 앞치마를 제자리에 걸어놓고는 삼촌과 마주 앉았다. 길도의 표정이 변화 찬란하다. 계란프라이를 볼 때에는 입꼬리가 올라갔고, 싱글거리는 다홍이를 쳐다보면 눈꼬리가 내려갔다. 다홍이는 삼촌 표정의 핑퐁을 잠시 즐기다가 성호를 그었다. 어서 먹자는 신호인 셈이었다.

다홍이는 경제관도 제 엄마를 빼다 박아서 매사에 사려 깊고 딱 부러졌다. 길도가 만들어내야 할 생활비의 겨우 절반을 만든 것뿐이니, 다홍이도 삼촌 돈을 허비할 수 없었던 것이었다. 탕수육은 잠시 빚으로 남겨두기로 했다. 삼촌 앞으로 계란프라이 두 개를 가져다 놨지만 길도는 사양하며 동지애 충만한 눈빛으로 계란을 등분하기 시작했다. 그런데 아차 하는 사이에 포크가 케첩을 따라 나선을 돌기 시작했고, 계란프라이는 너덜너덜 부서졌다. 그나마 온전하고 큰 부분을 다홍이 앞으로 슬며시 밀었다. 다홍이는 낮은 한숨을 쉬더니 접시를 휙 돌려서 삼촌의 것과 바꾸어 버렸다.

"삼촌, 잊었어? 나 아직 열 살이야. 삼촌보다 적게 먹는다고!"

길도의 들켜 버린 천진함에 다홍이의 어른스런 사랑이

와 닿았다. 둘은 들이켜듯 계란프라이를 먹어치웠고, 그 뒤로 줄곧 생활비를 계산하느라 머리를 맞대었다. 열 살의 다홍이는 끝도 없이 이어지는 지출 내역에 마흔 줄의 한숨을 내쉬었고, 열아홉의 길도는 네 살배기처럼 돈을 만지작세고 있었다. 이미 길도도 알고 다홍이도 알고 있는 이십오만 원을.

그때, 현관에서 요란한 소리를 내며 양은냄비와 두루마리 휴지들이 바닥으로 쏟아졌다. 누군가 초인종을 누른 것이다. 여전히 시선을 지출 내역에서 떼지 못하는 다홍이가 흩어진 냄비와 두루마리 휴지들을 깡충 뛰어넘고서 도어아이에 눈을 맞췄다.

경쾌한 쇳소리로 열린 문밖, 그곳엔 로만 칼라[1]의 삼십대 중반의 젊은 신사가 한 분 서 계셨다. 한상욱 신부였다.

"신부님, 안녕하세요. 어서 들어오세요."

"여~ 다홍이 안녕! 길도도 잘 있었어?"

한 신부는 가져온 종이 가방을 내려놓고는 반갑게 다홍이의 두 손을 감싸 쥐었다.

"다홍아, 좋은 소식 있다면서! 궁금해서 참을 수가 있어야지. 주임 신부님께 말씀드리고 그대로 달려왔다."

"삼촌이 첫 일을 무사히 마쳤어요. 벌써 사례비도 받았는걸요. 그래서 아이디어도 제공해 주시고, 카메라도 빌려주신 신부님께 제일 먼저 알려 드린 거예요."

---

1)가톨릭 성직자의 공식적 복장을 표시하기 위하여 목에 두르는 아마포로 된 희고 빳빳한 칼라. 가톨릭 신부임을 상징한다.

삼촌 등에 업혀 돌아오는 동안 한상욱 신부에게 문자메시지를 보낸 모양이었다.

"신부님, 시장하시죠? 앉아서 잠시만 기다려 주세요."

다홍이는 그대로 벌떡 일어나 한 걸음도 안 되는 주방 싱크대에서 뭔가를 준비하기 시작했다. 두터운 전화번호부와 잡지 더미를 딛고 서 있는 폼이 영 어설펐지만, 수도꼭지를 틀었다가 잠그는가 하면 가스레인지의 불을 조절하는 모습에 막힘이 없었다.

아까부터 계속 신부님 얼굴만 쳐다보며 히죽거리는 길도 손에는 출력된 사진이 몇 장 들려 있었다. 그리고 사진을 신부님 손에 건네더니 옆으로 착 달라붙어 낯설지만은 않을 사진을 낯선 듯 내려다보는 길도.

사진을 건네받은 한 신부는 먼저 자신에게 가벼운 다짐을 받아야 했다. 길도의 사진은 가슴으로 먼저 만나보아야 한다는 것을, 사진의 주인공이 길도를 통해 자신도 미처 알지 못하는 진실을 길도를 통해 말하고 있다는 사실에 놀라지 말아야 한다는 것을 말이다. 잠시 감았던 눈을 뜨고 사진을 바라보니 생각보다 명랑한 장면에 가슴이 환해지는 것을 느꼈다. 그제야 길도가 자신의 입을 뚫어져라 쳐다보고 있다는 것을 알게 되었다.

"흠, 이게 첫 프로 데뷔작이란 말이지. 괜찮은데! 역시 괜찮아! 테크닉이야 나도 잘 모르니까 뭐라고 말할 수 없지만, 예전부터 길도의 사진에는 뭔가 메시지가 담겨 있는 것 같았단 말이야. 생물이든 무생물이든 간에 다들 무슨 얘기를 하고 있는 것 같거든."

"신부님, 사진 속의 언니는 무슨 얘기를 하고 있는 거 같아요?"

싱크대 앞에서 고개만 돌린 다홍이가 궁금한 듯 물었다.

"흠. 이 자매님은 정말 순수하고 명랑한 분이 아닌가 싶구나. 그리고 카메라를 상당히 의식하고 있는 것 같은데. 보란 듯이 말이야. 버스 정류장 앞의 사진은 마치 화보 촬영을 떠올리게 하는군. 수영복을 입고 해변에 있어도 어울릴 만한 포즈인걸. 그리고 이 커피를 마시며 책을 보는 사진은 좀 더 노골적인데? 왠지 책에는 관심 없고 어떻게 해서든지 책 표지의 영문 제목을 보이게 하려는 것 같단 말이야. 그리고 몇몇 사진들은 길도에게 묻지 않을 수 없겠는걸. 왜 주인공이 아닌 주변 사람들에게 포커스를 맞췄을까? 직장 동료들로 보이는 사람들과 여기 난감한 표정을 한 중년의 형제님까지 말이지. 뭐랄까, 주변 사람들의 표정을 보니까 무척이나 난감한 표정이지만, 그리 싫지도 않은 느낌이거든. 이 자매님이 회사에서 꽤나 사랑 받고 있는 것 같은데. 그러면서 이 자매님의 성격도 대강은 짐작이 되고 말이지."

길도는 웃겨 죽겠다는 시늉으로 바닥을 뒹굴면서 크게 고개를 끄덕였다.

"길도야, 그런 거니? 이 사진은 자매님이 아니라 주변 사람들 표정을 담고 싶었던 거야?"

길도는 긍정의 반달 미소를 눈과 입에 걸고 있었다.

한상욱 신부는 신부가 되기로 결심하기 전부터 길도를 알고 있었다. 학창 시절 학비를 벌기 위해 일했던 우유 보급소가 바로 길도의 아버지가 운영하시는 우유 보급소였기 때문이었다.

이따금씩 보급소 옆 서점 일을 도우면 참고서도 얻을 수 있었는데, 서점은 길도의 어머니께서 운영하고 계셨다. 길도의 아버지와 어머니가 나란히 우유 보급소와 서점을 운영하게 된 것에는 나름대로 사연이 있었다.

길도의 부모님들은 길도가 농아란 사실을 빨리 알아채지 못했다고 하셨다. 이 대목을 얘기할 때마다 어머님은 "우리 애한테 관심이 없어서가 아니고."라고 힘을 주어 강조하셨다. "뒤에서 '길도야~' 하고 부르면 녀석이 뒤를 돌아보며 방긋 웃더란 말이지. 어디 그뿐이야. 뒤에서 살금살금 다가가도 녀석이 금방 알아채고 휙 돌아보면서 살인 미소를 날리는 게 아니겠어. 우린 길도가 들리지 않을 거란 생각은 꿈에도 못했었어. 말이 조금 늦는구나 하고만 생각했었지. 나중에 알았어. 길도 아기 때 발열이 있었는데, 그때 소리와 말을 잃었다는 것을. 나중에 알았어. 나중에."

길도의 청각장애를 알게 된 후 두 분은 오랫동안 고민을 하셨고, 길도가 다섯 살 생일을 맞던 해에 중대한 결정을 하셨다고 했다. 길도에게 물려줄 유산을 준비하자는 것이었는데, 당시 길도의 아버지 이정복 보급소장님은 큰 우유 회사의 중견 간부셨고, 어머니 한희자 서점 사장님은 초등학교에서 교편을 잡고 계셨다고 했다. 길도의 할아버지와 할머니(특히 할머니는 며느리가 학교를 그만두려는 마음을 돌려세우기 위해 여러 차례 학교를 방문하셨다고 했다)의 반대가 있었지만, 두 분의 의지는 확고하셨던 것 같다. 우유 보급소와 서점으로 가업의 기틀을 마련하고, 자녀들이 그 기반 위에서 살아가는 것이 유일한 길이라고 생각하셨다고 했다. 유일한 길. 길도가 사회와 소통하며 살아가는 유일한 길.

다행히 일은 수월하게 풀린 셈이라고 했다. 길도의 아버지는 다니시던 우유 회사의 도움을 얻어 서점 옆에 보급소를 차릴 수 있었고, 어머니는 부모님들이 운영하시던 서점을 인수받으셨다고 하셨다. 그리고 서점 이름도 〈묵언서점〉으로 개명하셨다. 서점은 외할아버지와 할머니께서 젊었을 적부터 운영하셨던 거니까 어머니의 나이와 맞먹었을 것이다. 어머니도 아주 어릴 적부터 서점 운영을 거드셨다고 하셨다. 원래는 할아버지의 함자인 '영규'와 할머니 '인순'의 앞 글자만을 따서 〈영인서점〉이었다고 하셨다. 그래서 아직도 나이 지긋하신 어르신들은 〈영인서점〉이라고 부르시는 분들이 적지 않으시고, 서점이 있는 네거리를 〈영인서점〉 사거리라고 부르시는 거라고 하셨다. 게

다가 면서기를 하셨던 외할아버지를 이어 선생님을 하셨던 어머니께서 주인으로 있으니, 외국에 편지를 보낸다던지 한자 가득한 서류 양식을 채워 넣을 일이 있으면 서점을 찾곤 하셨다는 얘기를 들은 적이 있었다. 서점의 이름만 보아도, 우유 보급소와 서점이 나란히 서 있게 된 것만 보더라도 당신들이 계시지 않을 때 말하지 못하고 듣지 못하는 자식이 어떻게 세상을 살아갈까 하는 생각으로 얼마나 많은 고심과 눈물이 함께 했을까 짐작할 수 있는 것이었다.

자유로운 영혼의 둘째 딸 종은이 홀연히 독립을 선언한 것을 제외하고는, 큰딸 도은은 서점에 책을 대는 출판사 직원과 결혼을 하고 자신도 출판사에 취직을 했으니, 어떤 의미에서는 가업에 동참한 것이라 볼 수 있었다. 길도의 부모님들도 대체적으로 성공적인 가업의 기틀이 마련되고 있다고 생각하시는 것 같았다. 그런데 정작 아무도 길도 본인에게는 앞으로 어떤 인생을 살고 싶은지 묻지 않았고, 길도 역시 아무런 생각도 피력하고 있지 않다는 것이 약간의 불씨라면 불씨인 셈이었다. 희망의 불씨인지 화마의 불씨인지는 아무도 예상할 수 없는 것이지만, 길도의 독립 의지를 엿볼 수 있었고, 또 그 탓에 더욱 친해지게 된 계기는 음반복제사건(?) 때문이었다. 그때는 군 제대 후 복학을 앞두고 묵언서점 한 사장님의 부탁으로 일을 돕고 있을 때였다.

사건이 있던 그날은 마침 묵언서점 한 사장님과 우유 보급소 이 사장님이 동반으로 자리를 비웠던 날이었다. 점심 시간을 십여 분 남짓 앞둔 시간, 바로 서점 옆 계단실에 붙은 작은 창고 앞에서 여러 사람들의 큰 소리가 들려왔다. 그곳은 서점에서 재고를 쌓아두는 창고였는데, 며칠 전부터 길도가 문을 꽁꽁 틀어 잠그고 들어가 있는 곳이었다. 창고 쪽을 바라보니, 경찰관을 포함한 네댓 사람이 창고 앞을 떡하니 막아서고 있었다. 안 되겠다 싶은 생각에 서점 문을 잠그고 창고 앞으로 달려갔다. 열려진 창고 안에는 박스를 깔고 앉은 중학생 길도가 어른들을 멍하니 올려다보고 있었다. 신학생이며 옆 서점에서 아르바이트하는 사람이라는 것을 밝힌 후 경찰관 아저씨에게 조심스레 소란의 이유를 물었다.

　　"이분이 저 학생을 신고했습니다. 저 학생이 저작권이 있는 음원을 대량으로 불법복제하고 있다고 말이죠. 저는 사실을 확인할 요량으로 함께 나왔습니다. 그런데 안에서 분명히 달그락거리는 소리는 들리는데 문을 열어주지 않는 거예요. 그래서 어쩔 수 없이 창고 문을 심하게 두드리게 되었던 것입니다. 소란스러웠다면 죄송합니다."

　　나이 지긋한 경찰관 아저씨가 차분하게 설명했다. 아마도 창고 안에 있는 어린 학생이 놀라지 않도록 배려한 것이라고 생각되었다.

　　길도의 옆에는 박스를 몇 개 이어 붙여 책상 대용으로

쓰는 것이 있었는데, 그 위에는 오래된 턴테이블과 노트북이 한 대 붙어 있었다. 어떻게 봐도 대량의 불법복제용처럼은 보이지 않았지만, 분명 소량의 복제 정도는 가능해 보였다. 길도에게 뭔가를 물어봐도 대답이 돌아오지 않을 것 같아 난감한 차에 창고 문 옆 이면지에 손으로 쓴 홍보 문구가 눈에 들어왔다.

턴테이블이 없어 들을 수 없었던 레코드판(LP)을
음악 파일로 CD에 담아드립니다.
가격은 단돈 천만 원! 와우! 천만 원에 이런 특별한 서비스를!
레코드판의 아련한 노이즈까지 정성껏 담아드립니다.
열 장 이상 가져오시면 CD 표지도 만들어 드립니다.
—묵언스튜디오—

누가 그랬는지 천 원 사이에 〈만〉 자를 낙서해 넣은 모양이었다. 홍보문구를 보니 대강의 내용을 알 수 있을 것 같았다. 길도는 고객이 들고 온 레코드판을 음악 파일로 저장하는 것은 불법인 줄 몰랐던 것 같았다. 길도는 그 작업을 대행해 주고 비용을 받는 아이디어를 낸 것이었다. 하지만 그것은 명백한 저작권법 위반이었다. 경찰관 아저씨 옆에서 팔짱을 끼고 있던 사람이 목소리를 높였다.

"어디 어린놈이 벌써부터 나쁜 짓이야! 아무것도 모르는 사람들 속이고 말이야. 야! 이 녀석아, 이것도 갈취야, 갈취!"

길도는 여전히 앉은 채로 팔짱 낀 사람의 입만 올려다보고 있을 뿐이었다. 경찰관 아저씨는 사실 여부를 위해 조용히 타일렀다.

"얘야, 아저씨는 너를 무작정 잡아가려고 온 사람이 아니야. 우선 누구의 얘기가 사실인지 알아야 하지 않겠니? 어떠니? 이 아저씨 말씀이 사실이니? 너, 정말 이 아저씨 말씀대로 레코드판을 복사했어?"

더 이상 두고 볼 수 없었던 한상욱이 끼어들었다.

"경찰관 아저씨, 더 물어보셔도 이 학생은 대답할 수 없습니다. 지금 중학생이고 이름은 이길도라고 합니다. 그리고 이 학생 청각장애가 있습니다. 듣거나 말하지는 못하고 입모양을 보고 조금 알아들을 수 있는 정도입니다. 제가 이 학생의 부모님들을 잘 알고 있습니다. 지금은 잠깐 자리를 비우셔서 제가 대신해서 얘기를 전할 수 있도록 해주세요."

짐짓 당황한 표정의 경찰관 아저씨와 팔짱 사내는 길도가 농아라는 얘기에 그간의 행동이 약간은 민망한 눈치였다. 팔짱 사내가 주뼛거리는 사이, 경찰관 아저씨가 눈높이를 낮춰 다시 한 번 길도에게 얘기했다. 이번에는 정확한 발음으로 천천히 얘기하려는 빛이 역력했다.

"길도야, 이 아저씨 말씀이 사실이니? 정말로 레코드판을 복사했어?"

길도는 천천히 고개를 끄덕였다. 그러더니 목에 걸린 수첩에 몇 자를 적어 경찰관 아저씨에게 보여줬다.

〈몰랐어요. 죄송해요.〉

"그것 보세요! 아, 글쎄 제 말이 맞는다니까요! 다신 못
그러게 따끔하게 야단 좀 쳐주세요!"

팔짱 사내는 다시 의기양양해졌다.

경찰관 아저씨는 메모를 다 읽고도 한참을 골똘히 생각
에 잠겨 있었다. 길도와 다시 얘기를 이어나가기 시작했을
때에는 전보다 훨씬 부드러운 미소를 입가에 걸고 있었다.

"길도야, 그렇다면 말이야 우린 원래대로 바로 잡아야
할 것이 있어. 길도가 이 일로 벌어들인 돈을 모두 주인에
게 돌려주고, 복사한 음악 CD도 모두 회수해야 해. 알겠
지? 그럼 되는 거야. 길도는 아직 어리니까 그렇게 하면
모두 용서해 주실 거야. 음반회사엔 내가 대신 사과를 할
게. 그리고 다시는 똑같은 실수를 반복해서는 안 돼. 알겠
지? 지금껏 복사해 줬던 고객은 모두 몇 명이야? 그리고
누구인지 알려줄 수 있어?"

길도는 검지를 쭉 펴서 팔짱 사내를 가리켰다. 경찰관
아저씨가 다른 고객은 없냐고 물어도 그 자세를 고수했다.
아마도 '팔짱 사내 한 사람'이라는 경제적인 표현이었던
듯싶었다. 얼마나 복사를 해줬냐는 얘기에는 뒤에 있던 레
코드판을 가리키며 수첩에 〈50〉을 적어 보여줬다. 한 장에
천 원이니까 오십 장이면 오만 원인 셈이었다. 팔짱 사내
가 "중학생이라 봐줬다! 벙어리라 봐줬다!" 하며 슬그머니

뒷걸음을 치려고 하자 경찰관 아저씨가 사내의 팔을 낚아챘다. 그리고는 길도에게 마지막으로 물었다.

"길도야, 얼마 받았니?"

길도는 고개를 천천히 저었다. 그 대답에 경찰관 아저씨는 살짝 눈을 감았다 떴다. 아마도 희뿌연 안개가 걷히는 모양이었다. 천천히 일어선 경찰관 아저씨는 팔짱 사내에게 잠시 바깥으로 나가서 얘기하자고 했고, 상욱도 그 뒤를 따라나섰다.

"아저씨, 어떻게 하시겠습니까? 저 학생은 미성년자라 간단한 서류만 작성하면 훈방되어 금방 나올 겁니다. 그런데 아저씨는 그렇게 간단치 않겠는데요. 아까 그렇게 떠벌리던 '갈취'라는 죄명을 묻게 될 겁니다. 그리고는 아마도 며칠쯤 유치장 신세를 져야 할지도 모르고요. 어떻게 하시겠습니까? 그냥 아저씨 레코드판 가지고 돌아가시지요. 그러면 원만히 해결될 것 같은데요."

경찰관 아저씨의 말투는 나지막했지만 단호했다.

팔짱 사내는 대답 대신 쌩하고 창고로 들어가 제 레코드판을 들고 나왔다. 그때에도 사내는 "벙어리 새끼, 에이, 벙어리 새끼." 하고 거친 욕설을 늘어놓았다. 사내가 경찰관 아저씨 옆을 스쳐 지나가려 하자 경찰관 아저씨는 손짓으로 사내를 불러 세웠다.

"그 음악 CD는 두고 가세요. 아니면 경찰서로 함께 가셔야 합니다."

사내는 몰래 레코드판 사이에 숨겨 가려고 했던 음악 CD를 들키고서 더 신경질적으로 욕설을 늘어놓았다.

"에이, 재수 없는 새끼. 벙어리 새끼."

멀어져 가는 사내의 등짝을 뒤로하고 경찰관 아저씨는 창고에 앉아 있는 길도를 향해 손을 흔들었다. 그제야 길도도 일어서 허리 숙여 인사를 했다. 경찰관 아저씨는 가면서도 "상처 받지 않게 잘 타일러 주세요."란 말과 함께 거수경례를 붙이고 돌아섰다. 살짝은 삐딱한 경찰 모자 위로 환한 후광이 걸려 있는 것 같았다.

길도는 그날 하루 종일 인형처럼 앉아만 있었다. 놀라서 그런 건지, 무슨 생각을 하고 있는 건지 초점도 엄한 곳에 걸려 있는 것 같았다. 손에는 뭔가를 만지작거리고 있었는데 가만 보니 팔짱 사내의 레코드판 조각인 것 같았다. 모두가 창고 바깥으로 나와 있을 때 레코드판에서 피자 한 조각만큼을 떼어내는 복수를 한 것 같았다. 그때 아무 반응 없던 길도에게 혼잣말하듯 위로의 말을 건넨 것이 결국 길도와 사진과의 강한 끌어당김의 시작이었다는 것을 그땐 알지 못했었다.

"길도야, 언제든지 시간나면 연락하고 학교로 놀러 와. 형은 매월 둘째 주 화요일에 외출을 나갈 수 있어. 길도가 오면 맛있는 것도 먹고 명동 거리도 신나게 쏘다녀 보자. 그럼 기분도 좋아질 거야. 알았지?"

길도의 수첩에 기숙사 사무실 전화번호와 간단한 학교

약도 그리고 버스 노선 몇 개를 메모했었다.

길도는 그로부터 2년 후 아무 연락도 없이 학교를 찾아왔다. 3월의 둘째 주 화요일. 학교 정문 수위실로부터 어떤 농아 학생이 한상욱 학사님을 찾는다는 전화가 온 것은 오전 10시쯤이었다. 그땐 길도가 고등학교를 자퇴하고 검정고시를 준비하던 때라 학원을 가려다가 그대로 방향을 튼 게 아닐까 싶었다. 졸업반인 상욱은 4월에 있을 부활절 행사 준비로 눈코 뜰 새 없이 분주했었다. 때문에 외출은 힘들겠구나 하고 생각하던 차였는데 길도가 찾아온 것이었다. 겉옷을 대충 걸치고 학생회 소유의 디지털카메라를 덥석 집어 정문으로 달려갔다. 길도는 정문 앞에 얌전히 서 있었다. 저도 낯이 설었는지 악수를 하려고 쑥스러운 손을 내밀었는데, 상욱은 달려오는 속도 그대로 길도를 끌어안았다. 길도는 그때부터 사제들이 입는 검은 수단[2]에선 좋은 향기가 난다는 고정관념이 생겼다고 했다.

"길도야, 연락도 안 하고 오면 어떻게 해? 만약 내가 벌써 나갔거나 아님 오늘 외출을 반납했더라면 헛걸음했을 거 아냐? 자세한 얘기는 나가서 하기로 하고 우선 길도가 조금 기다려야 할 것 같은데, 어쩌지? 지금 내가 하던 일을 정리하고 다른 사람을 찾아서 인계하려면 한 시간은 족히 걸릴 것 같은데? 괜찮겠어?"

----

2) 가톨릭 성직자의 정식 제복. 로만 칼라에 앞이 트인 옷으로 여러 개의 단추가 달려 있고, '밑에까지 내려오는 옷'이란 뜻의 프랑스어에서 유래되었다. 수단의 검은색은 하느님과 교회에 봉사하기 위해 자신을 봉헌하고 세속에서 죽었다는 것을 의미한다.

길도는 웃는 눈으로 긍정의 대답을 했다. 그리고 기다리는 동안 지루한 시간을 달래라는 의미에서 디지털카메라를 내밀었다. 필름이 필요 없다는 장점과 함께 간단한 조작법을 알려줬다. 그리고 방금 찍은 사진도 뒤편의 작은 LCD 창을 통해 바로 확인할 수 있다는 것도 말해줬다. 얘기를 듣는 길도의 눈이 카메라 렌즈만큼 커졌었다.

"길도야, 그냥 찍으면 재미없으니까 주제를 정할까? 이제 완연한 봄이니까 녹색 어때? 그린 말이야. 그리고 두 시간 후에 대학로 마로니에 공원에서 만나자. 형이 맛있는 거 사줄게. 어때? 괜찮지?"

길도는 카메라에서 눈을 떼지 못하고 있었다. 필름이 필요 없는 카메라의 장점을 더듬어 상상하고 있는 것 같았다. 카메라에 정신이 팔려 있는 길도 때문에 수첩에도 다시 한 번 약속을 메모했다.

〈11시 대학로 마로니에 공원. 사진의 주제는 녹색, 그린 Green.〉

부리나케 달려간 마로니에 공원에서 길도는 쉽게 눈에 띄었다. 모이를 쪼는 비둘기들 사이에서 바닥에 고개를 처박고 뭔가를 찾고 있었다. 언뜻 보면 길도 역시 모이를 쪼고 있는 것처럼 보였다. 살짝 놀래줄 생각으로 옆으로 다가가 팔을 살며시 잡았다. 그랬더니 돌아보라는 길도는 저 하던 일에 몰입해 꿈쩍도 하지 않았고, 대신 비둘기들만 놀라서 뒤뚱뒤뚱 달려가 버리고 말았다. 비둘기들이 비운 자리엔 까만 카메라렌즈 뚜껑이 덩그러니 남아 있었다. 신경을 곤두세우고 찾던 물건이 바로 그 카메라렌즈 뚜껑이었던 것이었다. 길도는 손을 뻗으려다 그제야 한 팔이 고정되어 있다는 것을 알아챈 모양이었다. 어색하게 웃어 보이고는 뚜껑을 주워 제 면 티셔츠로 열심히 닦는 시늉을 했다. 하지만 뚜껑은 카메라렌즈 앞에서 고정되지 못하고 자꾸 떨어져 버리고 말았다. 고정쇠의 어딘가가 부러진 모양이었다. 길도가 물끄러미 올려다보는데 순식간에 눈망울이 이지러지는 것이 느껴졌다. 뚜껑 때문만은 아니었던 것 같았다. 그때 상욱은 무언의 재촉을 느낄 수 있었다. 어서 진짜 신부가 되어서 자기 고민을 들어달라고, 어서 정식 신부가 되어서 세상의 이야기를 들려달라는…… 상욱은 어떻게든 길도를 달래보려 마음먹었다. 화제를 돌리는 것이 좋을 것 같았다.

"길도야, 걱정하지 마. 학생회에 여분의 뚜껑이 몇 개 더 있어. 그러니 걱정하지 마. 그나저나 사진은 많이 찍었어? 좀 보여줄 수 있어? 길도 실력은 어떨까?"

길도가 쭈뼛쭈뼛 LCD 창으로 찍은 사진을 내밀었다. 상욱은 순간 자신도 모르게 짧은 탄식을 뱉어내고 말았다. LCD 창에도 큰 금이 생겨 있었다. 왼쪽 아래에서 오른쪽 위를 가로지르는 큰 균열이었다. 이 정도라면 LCD 창이 붙어 있는 것이 고마울 정도였다. 마로니에 나무를 찍은 사진에 '안 돼.' 하는 표식을 덧붙인 것 같았다. 렌즈뚜껑만 새로 사다가 돌려줄 생각에 '안 돼.' 하는 표식이 덧달렸다. 그래도 애써 아무렇지 않은 시늉을 했다.

"우와, 멋진 사진인걸! 그렇지, 역시 '녹색' 하면 대학로를 상징하는 마로니에 나무지. 여름에 왔으면 잎이 무성한 마로니에를 찍을 수 있었을 텐데. 좀 아쉽다, 그지?"

길도가 정색하며 마른 눈을 땡그랗게 뜨고는 제 수첩에 몇 자를 적어 보여줬다.

〈오히려 지금의 마로니에가 더 녹색을 생각나게 해요.〉

'나뭇잎이 하나도 없는 마로니에 나무가 더 푸른 것 같다고?'

상욱은 LCD 창이 아닌 실제의 마로니에 나무를 올려다보았다. 실제의 나무 역시 아무런 싹도 틔우지 못하고 있었다. 오히려 두터운 나무껍질은 콘크리트를 연상케 했고, 3월이라고는 해도 아직은 겨울의 끝자락이니 경계의 껍질이 당연해 보였다. 그걸 보고 더 녹색을 떠올리게 한다는 길도의 말을 이해할 수 없었지만, 어쨌든 다행이 아닐 수 없었다. 길도의 관심을 디지털카메라에서 마로니에 나무로 옮겨갈 수 있었기 때문이었다. 그 후로도 길도는 사진을 몇 장 더 찍었고, LCD 창으로 사진을 확인할 때마다 미안한 표정으로 상욱을 물끄러미 바라본 것은 두말할 나위가 없었다. 그렇게 둘은 피자를 나눠 먹었고, 상욱이 복귀하는 5시까지 대학로에서 명동을 사정없이 쏘다녔다. 길

도는 버스 정류장에서 허리를 숙여 긴 인사를 꾸~뻑 하고
는 버스에 올랐고, 집에 도착하는 대로 장문의 이메일을
보내왔다. 이메일은 다짜고짜 카메라와 사진에 대한 예찬
으로 시작했다.

상욱이 형, 카메라는 참 재미있는 물건이에요. 어떤 걸 찍어도
모두 과거형으로 만들어 버리거든요. 늘 현재를 살 수밖에 없는 우
리들에게 '뒤돌아보며 살게. 그래서 다시 똑같은 실수를 하지 말
게.' 하는 신의 메시지가 담긴 물건 같아요.

물론 카메라를 처음 발명한 사람의 일화를 모르는 건 아니에요.
많은 시간을 통해 무수한 땀을 흘렸다고 들었어요. 하지만 그분들
에게는 미안하지만 사실 잠시 딴청을 피우는 동안 신이 살짝 가져
다 놓은 게 아닐까 생각해요. 아니면 잠귀에 대고 살짝 카메라의
비밀을 알려주었다거나. 그래서 카메라는 '발명'이 아니라 '발견'
이 아닌가 싶어요. 그만큼 신도 인간들에게 카메라가 절실히 필요
하다고 생각했을 거고요.

그렇지 않다면, 단순히 지나간 과거라면, 사진은 제게 이렇게
많은 말을 하진 않았을 거라고요. 단순히 인간이 발명한 발명품이
라면 말이죠.

형, 제게 왜 나뭇잎 하나 없는 마로니에 나무를 보고 '녹색의 푸
름'을 떠올렸냐고 하셨죠? 저도 그땐 왜 그랬을까 하고 의아했었
어요. 그런데 버스를 타고 오면서 곰곰이 생각해 보니 조금 생각이
정리가 되더라고요. 만약 마로니에 나무에 풍성한 나뭇잎이 가득

했더라면 아마도 그만큼의 '푸름'만을 느낄 수 있었을 거라 생각
해요. 그런데 우리들 대부분은 신록이 풍성한 나무를 본 적이 있잖
아요. 그래서 공원의 마로니에 나무가 싱그러운 녹색 나뭇잎으로
가득한 모습을 상상하는 건 그리 어렵지 않은 것 같아요. 그 싱싱
한 나뭇잎으로 풍요로워야 할 나무에, 젊고 생기 넘쳐야 할 마로니
에 나무에서 그것들이 보이지 않는다면 우리들 마음속에 짙은 그
리움이 싹트지 않을까요? 그 그리움은 싱그러운 푸름의 절실함을
더 배가시킬 거고요. 그래서 아마도 그 헐벗고 어두운 갈색의 마로
니에 나무에서 잠재적인 생명력을, 찬란한 푸름을 상상할 수 있었
던 것 같아요. 좀 유식한 척하자면 당연히 있어야 할 곳에 없는 그
부재(不在)가 실존(實存)의 절실함을 더 애틋하게 한다고나 할까요.
딱 꼬집어 얘기하긴 좀 힘들지만 토요일, 일요일보다 금요일이 더
신나는 느낌 같은 거 있잖아요. 그리고 저 오늘 솔직히 고백할 것
이 하나 더 있는데요. 저 오늘 사진 처음 찍어봐요. 그런데 이렇게
재미있는 줄 몰랐어요. 무표정한 거리에 포커스를 맞추면 길을 걸
어가는 사람들이나 심지어는 가로수나 길가에 세워둔 자전거도 뭔
가 얘기를 건네오는 느낌을 받았거든요. 어쨌든 눈물 나게 재미있
었어요. 형 덕분에 맛있는 것도 먹고, 거리를 걷는 것이 아니라 구
름 위를 나는 것 같았다니까요. 사실 무슨 고민이 있었던 것 같은
데 지금까지도 기억이 나지 않을 정도예요. 형, 정말 신부님 맞나
봐요.

—이길도 올림.

편지 어디에도 카메라를 망가뜨려서 미안하다는 말은 없었다. 상욱은 길도의 사진을 PC 모니터로 옮겨놓고 한참을 들여다보았다. 그리고 길도가 얘기한 것처럼 싱그러운 나뭇잎으로 무성한 마로니에 나무를 상상해 보았다. 길도가 카메라를 만난 건 단순한 우연이 아닐 거란 생각이 들었다. 그리고 길도가 농아인 것도. 상욱은 통장의 잔고를 확인한 후 고개를 들어 하늘을 쳐다봤다.

'아직 준비도 안 된 저를 벌써 사역하셨나요?'

한상욱 신부는 길도와 다홍이와 함께 저녁을 먹은 뒤 사제관으로 돌아와서도 내내 길도의 독립을 간절히 기원하고 또 축복했다. 열아홉 청각장애 청년이 온전히 성장하길 바라는 마음 때문만은 아니었다. 오히려 길도가 많은 사람들에게 빛과 소금이 되리라는 확신이 더욱 한 신부로 하여금 간절히 기도하도록 만들고 있는지도 몰랐다. 사람의 마음, 그것도 그 이면을 들여다볼 수 있는 길도의 사진이 치유의 힘을 담고 있다는 그 확신 때문이었다.

2장 그러니 당신도

앞으로 먹고살 걱정에 넉넉하게 드릴 수 없다고 하면,
당신은 아쉬워할까요? 아님, 기뻐할까요?
당신의 표정이 궁금해집니다.

　보름 만이었다. 첫 의뢰가 있고 나서 한참을 빈둥댔다. 그동안 이 작업이 과연 지속될 수 있을까 하는 생각이 머리에서 떠나지 않았다. 어줍지 않은 기술에 얄팍한 카메라, 그리고 놓아 포토그래퍼. 애초에 사회와의 소통을 갈망했던 바람뿐이었던 것은 아닌가 하는 의문이 들었다. 뭔가를 제공하고 그에 응당한 대가를 바라야 하는 것인데, 뭔가를 제공받고 또 대가를 기대하는 느낌이랄까. 그것은 동정을 기대하는 것과 다름없지 않을까 하는 동시다발의 의문부호가 길도를 괴롭히고 있었다. 레코드판 복제사건의 악몽이 고개를 들 즈음에 다행히 새로운 의뢰가 접수되었다. 과연 지속될 수 있을까 라든지, 대가를 기대하는 것

이 정당한가 하는 의문에 아무런 대답을 구할 수 없던 중
에 들어온 의뢰이니 여간 고마운 것이 아니었다. 잠시 내
려놓기로 했다. 두 번째 의뢰로 가느다란 선을 하나 그을
수 있었으면 하고 희망했다. 희미하게나마 뭔가를 그려낼
수 있다면 '나'의 정체성에 대해 시작점을 가질 수 있으리
라.

1 이름 : 오희나

2 기간 : 2011년 3월 29일~3월 31일까지

3 주소 : 경기도 용인시 기흥구 상갈동 상록빌라 A동 306호

4 전화번호 : 010—12XX—45XX

5 스케줄(자세히 적어주세요!)

주부입니다. 가끔 공사현장에서 페인트를 칠하는 일을 하고 있습
니다. 일정치는 않지만 오전 10시에 시작해서 오후 서너 시면 일이
끝납니다. 그 이후에는 주로 집에 있거나 집 앞 공터에 나와 있어
요. 늦은 오후엔 집 근처 재래시장에 나가 앞 동에 사시는 내외가
운영하는 건어물상에서 일을 돕기도 합니다. 그리고 앞 동 정은실
할머니(동네 사람들은 그냥 정수 할머니라고도 해요)가 시내 나가실 때
면 버스 정류장까지 모시고 갔다가 또, 오시는 시간(일정치는 않습니
다만)에 맞춰 모셔 오기도 합니다. 거동이 조금 불편하시거든요. 한
사코 혼자 다녀오시겠다고 해서 따라가지는 못하고 있습니다.

6 요구사항(자세히 적어주세요!)

따로 요구할 만한 사항은 없습니다. 그냥 제 사진을 많이 찍어

주세요. 혼자 있는 모습을 담아주세요. 그뿐입니다. 원래는 일이 없을 때 의뢰하려고 했었지만 제게 시간이 별로 많지 않아서요. 가까운 분이 간곡히 부탁하신 일이라서 맡아 하고는 있습니다만, 제가 작업 중일 때는 찍지 말아주세요. 그리고 다른 요구사항은 없습니다. 열심히 좋은 모습을 많이 찍어주시면 비용은 두 배로 드리겠습니다. 가능한 많이 남겨주세요.

7 첨부파일 : OHeeNa.jpg

8 이메일 : OHeeNa@heavenstair.com

아직은 며칠 여유가 있었지만 먼저 의뢰인을 파악하는 것이 우선이라고 생각했다. 요청대로 약속한 일정 내에 카메라에 담으면 그만일 수도 있겠지만, 그렇다면 마구잡이 사진이 되기 십상이었다. 게다가 미니홈피를 위한 젊은 미혼여성들이 주된 고객이 되리라 예상한 까닭에, 주부가 그것도 혼자 있는 사진을 두 배의 비용으로 의뢰하는 상황은 너무도 낯선 그것이었다. 의뢰인이 요구하는 사진을 전혀 가늠할 수 없었다. 그래서 의뢰인의 요청대로 '혼자 있는 사진'을 제대로 담기 위해 먼저 의뢰인에 대한 관찰에서부터 시작하기로 마음먹었다. 운이 좋으면 의뢰인이 카메라를 의식하지 않은 자연스런 사진을 얻을 수 있을 것도 같았다. 그러나 이번 의뢰는 나애리 때와는 달리 복잡한 뭔가가 어른거리고 있음을 직감할 수 있었다. 차분히 생각할 여유는 없었다. 오히려 의뢰자의 변심으로 일이 취소되진 않을까가 더 걱정되었다. 출력한 의뢰서 한 장을 주머니에 쑤셔 넣고 무작정 집을 나섰다.

주소가 알려준 빌라는 큰 거리에서 한 골목만 들어가면 되는 곳에 제법 널찍한 마당을 가지고 있었다. 하지만 건물 두 동이 만들어내는 빈 공간은 거칠게 갈라져 있는 바닥면에 그림자까지 깊게 드리워져 있었다. 아이들이라도 뛰어놀고 있으면 어느 정도 다독여질 법도 한 그늘이었지만, 허공을 응시하고 있는 여자 혼자 철퍼덕 화단 경계석에 앉아 있을 뿐이었다. 손에 들고 있는 프린트를 다시 확인하지 않아도 그녀가 바로 오희나라는 것을 직감할 수 있었다. 통 넓은 치마 끝자락에는 얇고 하얀 발목이 플라스틱 슬리퍼를 가지고 있었고, 아무런 문양도 프린트되지 못한 색 바랜 핑크 티셔츠를 입고 있었다. 햇빛을 보러 나왔다면 양지를 찾아 앉았을 테고, 화단의 꽃을 더듬으려 했었다면 화단을 등지고 앉지 않았을 것이다.

고개를 떨구다가도 다시 정면을 응시하길 여러 번. 그때 허리를 반으로 접은 채로 마당으로 들어서는 할머니 한 분이 그녀를 벌떡 일으켜 세웠다.

"정수 할머니, 어디 댕겨오세요? 가방 저 주세요."

환하게 웃는 얼굴로 그녀는 할머니를 부축했고, 무표정한 할머니도 온전히 그녀에게 몸을 내맡기며 의지했다. 그렇게 두 사람이 건물 안으로 사라지고 없는 동안에 길도는 출입구 뒤편에서 배를 움켜잡고 있었다. 할머니의 꾸부정한 자세가 마치 빙판 위 스케이터를 연상케 했던 것이다. 버릇없는 상상이라고는 생각하지만 한 번 터진 웃음이 쉽게 사그라지지 않았다. 한 팔은 뒷짐을 지고 한 팔은 앞뒤로 흔들고 계셨으니, 한번 떠오른 영상은 영락없는 스케이터의 모습이었다. 스케이팅 자세로 치면 상당히 안정된 자세이지 않을까 하는 생각에 눈물까지 배어 나왔다. 다시 마당으로 나온 여인은 비틀 흐느적거리는 길도 쪽을 흘깃 쳐다보는 것 같더니만 바로 맞은편 빌라로 사라졌다. 겨우 안정을 찾은 길도는 의뢰인이 앉았던 화단에 쭈그려 앉아 보았다.

아직은 함부로 셔터를 누를 수 없었다. 아니, 카메라는 아예 꺼내볼 엄두도 못 냈다. 여전히 의뢰의 이유가 안개처럼 아득하니 어떤 구도도 떠올릴 수 없었다. 그리고 무엇보다도 알 수 없는 뭔가가 그녀의 모습을 포커스에 담을 수 없도록 가로막고 있는 것 같았다. 도움이 절실했다. 서둘러 마당을 나서면서 화심이를 떠올렸다.

화심이는 강의실 문 앞에서 문자메시지를 하나 받았다.
「도와줘~ 아주머니 한 분 좀 알아봐 줘. 부탁^^」
답장은 쉴 없이 날아왔다.
「어쩌지. 시험 때문에 바로는 힘든데ㅠㅠ;; 마치는 대로 바로 알아볼게^^ 그나저나 너 동물원 같이 가기로 한 약속 지켜라. 알았지?」

길도와 화심이가 처음 만난 것은 2년 전쯤이었다. 화심이는 길도보다 두 살 많은 대학생이고, 길도의 검정고시 학원 앞에서 아르바이트를 하고 있었다. 길도와는 달리 처음부터 화심이 길도를 마음에 들어 했던 것은 아니었다고 했다. 길도가 주변을 배회했을 때에도 화심이는 전혀 눈치조차 채지 못했다고 했다. 그런데 어느 날은 아이스크림 이름 대신에 〈좋아하게 되었다고, 내 탓이라기보다는 당신 탓이 더 크다고……〉로 시작하는 쪽지를 받게 된 것이라고 했다. 그 학생은 늘 쪽지로 주문을 하고 있었다는 것 정도는 기억하고 있던 터라고 했다.

건네받은 쪽지를 미처 다 읽기도 전에 길도가 자리를 박차고 도망쳤기 때문에, 뭔가를 더 물어볼 수 없었다는 것은 화심이 쪽의 푸념이었다. 화심이는 동료 직원들에게 부러움의 탄성과 박수를 받고는 작은 해프닝처럼 잊히고 말겠지 하고 생각했었다고 했다. 그런데 쪽지를 주머니에 넣고 아무 일 없었던 것처럼 귀가 버스에 올랐는데, 바로 '그때'였다고 했다. 주머니에 구겨 넣었던 고백의 글 바로 밑에 길도가 직접 그려 넣은 작은 꽃 그림을 보는 순간이었다고 했다. 그 꽃 그림이 화심의 가슴속으로 확 옮겨붙는 듯한 기분이 느껴졌다고 했다.

화심이의 말로는 '화심'이라는 촌스러운 이름으로 부르지 않고, 뜻으로 기억해 줬다는 점에서 마음이 끌렸다고 했다. 그렇게 둘은 사귀게 되었고, 지금도 길도는 가끔 길도만의 작은 꽃 그림을 그려 넣은 엽서를 보내고 있다. '심장[心]이 달린 꽃[花]' 그림엽서. 화심은 늘 지갑 속에 그때의 메모에서 오려낸 '화심'을 가지고 다닌다고 했다.

길도는 집으로 돌아오는 대로 몇 가지 준비물을 가방에 챙겼다. 길도에겐 외출 전 소지품을 꼼꼼히 챙기는 것이 준비라기보다는 오래된 의식과도 같은 것이었다. 그래서 언제부턴가 가슴팍을 가로지르는 납작한 가방이 '길도' 하면 떠올리게 되는 신체의 일부가 되어 있었다. 그런데 정작 길도의 가방을 속 시원하게 들여다본 사람은 아무도 없었다. 소중하게 생각하고 있는 만큼 지킬 건 지켜줘야 한다는 것이 주변사람들의 공통된 생각이었다. 하지만 전혀 예기치 않은 물건들이 종종 튀어나온다는 점에서 모두들 그 안을 궁금해하고 있었다. 그래도 물안경—수영을 못하지만—이나 줄자, 청진기 정도는 길도를 지켜봐 온 사람들이라면 충분히 이해할 만한 것들에 속했다. 반면 압축 포장된 금붕어나 작은 새를 보았다든지, 반질반질하게 코팅된 쥐의 두개골 같은 것을 보았다는 이야기들은 궁금증을 증폭시키기에 충분한 것이었다.
한번은 아침나절 불룩한 가방으로 나가서 어둑해질 무렵 다시 불룩한 가방으로 들어온 적이 있었다. 나중에 안 사실인 즉, 아버지의 해골 모양 재떨이를 들고 나가서 친구의 갓 태어난 스피츠 한 마리와 맞바꾸어 데려온 것이었다. 제롬은 두 살을 넘기지 못하고 짧은 생을 마감했다. 부모님들은 그때 처음으로 길도가 넋 놓고 우는 것을 보았다고 했다. 내심 저러다가 소리가 터지는 것은 아닌가 하고 기대 반으로 지켜보았었다고도 덧붙이셨다.

길도는 준비된 쇼울더 크로스백을 옆구리에 끼고 소파에 깊숙이 앉아보았다. 새로운 의뢰자의 표정이 눈에 밟히듯 선명했다. 그녀의 잔상이 길도를 혼란스럽게 만들고 있었다. 그리 이상할 것도 없는 잠깐의 일상이었지만 무언의 몸짓은 낯선 신호를 보내고 있었다. 오늘따라 다홍이도 하교가 늦는다.

다홍이의 자전거는 발을 딛지 않고도 가다 서다를 반복하고 있었다. 빠르게 내달리다가 끼익~ 하는 마찰음과 함께 그 자리에 고정된 듯 정지하는가 싶더니 다시 속도를 내는 것이었다. 그때마다 자전거 뒤에 꽂혀 있는 우유 상표의 깃발은 허리가 꺾이곤 했다. 제 몸에 비해 좀 큰 자전거를 타면서도 몽고 사람 말 타듯 자연스러웠다. '아빠 없는 아이라서……' 란 소리가 듣기 싫어 악착같이 배운 것들은 하나같이 능숙한 경지에 올라 있었다.

다홍이는 아까부터 적당한 뭔가를 찾고 있는 중이었다. 속도를 낼 때마다 스키용 고글 밑에서 마스크 대용으로 껴놓은 손수건이 바람에 펄럭였다.

'3, 4월의 황사는 유난히 지독한 법이야. 그래서 오래 세워져 있는 차에는 어김없이 누런 먼지가 **빽빽**하게 내려 앉을 수밖에 없을 거야!'

그때 다홍이 눈에 들어온 건 뿌연 먼지로 코팅된 구식 세단이었다. 황사가 시작되기 훨씬 이전부터 세워져 있었 던 것 같았다.

'여기 있었네! 이 누나가 너에게 임무를 부여하겠어. 앞 으로도 한참은 더 자리를 지키고 있어 줘야 해~'

다홍이는 백팩에서 지퍼가 채워진 비닐봉지를 꺼냈다. 그 안에는 고무장갑에서 잘라낸 손가락 한 마디가 들어 있 었다. 그걸 제 손가락에 끼우고는 세단 앞으로 다가섰다. 잠시 후, 다홍이가 떠난 세단의 앞뒤 유리에는 다음과 같 은 글이 남겨져 있었다.

당신의 일상을 담아드리겠습니다. ─파파라치.
www.iampaparazzi.net

삼촌을 위한 다홍이의 게릴라 홍보는 방과 후에도 그렇 게 진행되고 있었다.

길도는 다시 오희나가 살고 있는 빌라의 B동 복도를 서 성이고 있었다. 기지개를 크게 한 번 켜고는 가방에서 포 켓형 망원경과 접이식 유리창닦이 그리고 신문지 다발을 꺼내놓았다. 그리고 페트병에 담아온 물을 복도 창문에 골고루 끼얹고는 고무 팁이 달린 유리창닦이로 창문을 몇 번 닦아냈다. 안과 밖을 힘주어 문지르니 유리창의 속살이 드러났다. 그리고는 아직 물기가 남아 있는 유리창에 신문지를 펴 붙였다. 몇 장을 듬성듬성 붙인 후 그 틈으로 밖을 내다보았다.

보행기를 흔들고 있는 엄마는 꾸벅꾸벅 졸고 있었고, 공사장 일꾼으로 보이는 사람들이 그늘에서 담배를 태우고 있었다. 어느 누구도 길도를 관심에 두고 있지 않았다.

크게 심호흡을 한 후, 망설임 없이 망원경을 눈으로 가져갔다. 맞은편 A동 302호에 포커스를 맞추고 마음속으로 시간을 가늠했다.

'하나, 두울, 세엣, 네엣, 다섯.'

렌즈에서 눈을 떼었을 때에도 다행히 길도를 눈여겨보는 사람은 없는 것 같았다. 뭔가 석연치 않는 표정으로 고개를 갸우뚱하는가 싶더니 다시 망원경을 들었다.

'하나, 두울, 세엣, 네엣, 다섯.'

첫 번째 관찰에서 집 안 전체의 구조와 배치를 알아낼 수 있었던 것은 어쩌면 길도에겐 당연한 일이었다. 휑한 발코니 너머로 부엌과 거실을 겸하는 공간이 있었고, 그 좌측엔 창문이 이중으로 닫혀 있는 방이 하나 있었다. 다시 그 너머엔 문이 닫혀 있는 방과 문이 활짝 열려 있는 방이 나란히 있었는데, 중간에는 벽으로 가려져 보이진 않았지만 화장실과 현관도 좌우로 면해 있으리라 추측했다. 길도가 있는 B동이 복도에서부터 각 호로 들어가는 복도식인 것과는 달리, A동은 계단실 홀에서 각 세대로 들어가는 홀 타입의 평면을 가졌기 때문이었다. 그리고 활짝 열려 있는 방의 구석에는 미동도 않고 앉아 있는 오희나가 있었다.

두 번째 관찰에서는 오희나가 그 자리에 돌부처가 되어 있었다는 것만을 확인하고 빠져나와야 했다. 그녀가 멍하니 앉아 있었는지 아니면 뭔가를 물끄러미 바라보고 있었는지는 방문에 가려져 확실치 않았다.

길도에게 두 번째 관찰이란 매우 이례적인 일이었다. 대개는 한 번 흘깃 쳐다보는 것만으로도 대강의 상황을 파악하기 충분했었지만 이번엔 그렇지 못했다. 완전히 녹지 않는 찌꺼기가 남아 있는 느낌, 게다가 매우 낯선 느낌까지 전해졌다. 일상의 평범한 모습에서 전해오는 낯설음은 한여름의 입김과도 같은 것이있다.

길도는 오희나의 어떤 모습을 카메라에 담아야 할지 아무런 그림이 그려지지 않았다. 게다가 그녀는 너무 멀리 있었다. 창문을 닦는 척 무의미한 손짓으로 허공을 허우적대는 내내, 알 수 없는 의문부호는 길도의 얼굴에 깊은 그림자를 드리웠다. 마지막으로 한 번 더 들여다보기로 했다.

'설거지라도 하고 있으면 좋을 텐데, 하나…….'

망원경을 눈에 대는 순간 소스라치게 놀라 자빠지듯 창문 아래로 몸을 숨기고 말았다. 오희나가 발코니에서 길도 쪽을 빤히 쳐다보고 있는 것이었다.

나애리 때와는 달리 처음부터 오희나는 은밀하게 작업하리라 작정했었다. 나애리는 카메라를 의식하는 부자연스러움이 그녀의 자연스러움이었기 때문에 적당히 몸을 숨기는 시늉만 하면 됐었다. 그러나 오희나는 첫 만남에서부터 왠지 그래서는 안 되겠다는 생각이 들었다. 어느 정도는 의식할 수밖에 없는 상황이었지만 드러내 놓고 포커스를 맞출 수는 없었다. 그래서는 그녀 본연의 모습을 담을 수 없을 것만 같았다. 의뢰를 했으니 지금쯤이면 길가에서 누군가가 자신을 기다리고 있겠구나 하는 정도의 생각에 머물도록 해야만 했다. 게다가 지금은 의뢰 기간도 아니었으니 눈치 채도록 하면 큰 낭패를 볼 수도 있겠다는 생각이 들었다.

알아챌 리 없다는 쪽으로 생각이 기울었다. 이쪽에서는 손가락만 한 틈이지만 맞은편에서는 종이 한두 장 두께의 틈일 테니까. 게다가 복도는 신문지가 만들어내는 그림자로 어둡지 않은가! 뭔가를 보려고 했던 것이 아니었을 것이다. 다시 관찰을 계속하기로 마음먹었다. 유리창과 거리를 두고 그림자 안으로 숨는다면 전혀 눈치 챌 리 없을 것이다. 유리창에서 조금 거리를 두고 천천히 고개를 들었다. 길도의 눈이 신문지가 만들어내는 가느다란 틈과 나란해지면서 오희나의 모습이 시야에 들어왔다. 오희나는 발코니 난간에 기대어 가슴을 펴고 있었다. 눈을 살포시 감고 있는 것이 바람을 느끼고 있는 것 같았다. 머리카락이 목에 감기어 그녀를 재촉하고 있었다. 그렇지, 바로 이때다! 길도는 가방에서 카메라를 꺼내 그녀에게 포커스를 맞추고 셔터를 눌렀다. 앗! 이런, 플래시가 터져 버렸다. 다시 쪼그려 앉는 길도.

길도의 카메라는 납작한 자동카메라다. 흔히 말하는 똑딱이 카메라. 중고생들이 분식점에서 떡볶이 사진을 남길 때 애용하는 포켓형 카메라. 신형 휴대전화 카메라보다 조금 낮은 사양의 카메라. 파파라치의 카메라로는 해외 토픽감인 카메라. 그것도 신부님께서 빌려주신 LCD 액정에 치명적인 큰 금이 가 있는, 망원은 고사하고 팔길이까지 줌 기능에 보태야 하는 카메라. 뚜껑은 고무줄에 의지해야만 그 자리에 고정될 수 있는 그런 카메라다.

의욕이 과욕이 되고, 과욕이 일을 망치려 하고 있었다. 그 자리에 계속 있을 수 없었다. 어서 현장(?)을 정리하고 사라져야 했다. 하지만 그 역시도 신중해야 한다고 스스로를 다독였다. 카메라의 빌어먹을 플래시를 끄고 카메라만을 살짝 들어 신문지 틈으로 셔터를 눌렀다. 카메라 LCD 창을 통해 그녀의 동태를 파악하기 위해서였다. 그녀는 이미 사라지고 없었다. 발코니뿐 아니라 한참을 앉아 있던 방에도 그녀의 모습은 보이지 않았다. 그런데 사진 속의 집 안은 불과 몇 분 전과 달라진 부분이 있었다. 현관 입구에 걸려 있던 시장바구니가 보이지 않았다. 오희나가 외출할 채비를 하고 있음을 직감했다.

길도는 자리에서 일어서려다가 다시 한 번 소스라쳐 하마터면 소리를 지를 뻔(?)했다. 뒤에서 코흘리개 한 녀석이 길도의 옷자락을 쥐고 있는 것이었다.

코흘리개는 말 그대로 코를 질펀하게 흘리고 있었고, 꼬질꼬질한 속옷 상의만으로 위아래를 모두 가리고 있었다. 잡고 있는 손 모양으로 보아서는 힘으로 떼어놓을 수 없을 것 같았다. 그러나 차근히 달랠 시간이 없었다. 가방에 손을 넣어 보았다. 마침 손에 잡히는 뭔가가 있었다. 홍삼캔디를 꺼내 녀석 앞에 흔들어보았다. 홍삼캔디의 홍삼향이 이렇게 강한지 그전엔 몰랐었다. 녀석은 홍삼이 몸에 좋은지 어쩐지 관심이 없는 듯했다. 한 번 고정된 초점은 무표정으로 길도를 붙잡아두고 있었다. 다시 가방에 손을 넣었다. 막대사탕이 만져졌다. 막대사탕을 꺼내 드니 녀석의 다른 손이 허공을 휘휘 젓기 시작했다. 반응을 보인 것이다. 막대사탕을 녀석의 눈앞에서 한두 번 왕복시킨 후, 복도 끝으로 힘껏 던졌다. 코흘리개는 쥔 손을 풀지 않은 채 달려가려다 심한 반작용을 경험해야 했다. 그것도 잠시, 녀석은 길도를 놓아주고 사탕을 향해 냅다 달려갔다.

길도는 재빠르게 유리창에 달라붙어 있는 신문을 걷어내고 계단을 미끄러지듯 내려왔다. 가슴을 쓸어내리고 건물 위를 올려다보니 코흘리개가 뭔가를 딛고 섰는지 길도를 내려보고 있었다.

급한 마음에 큰 길로 나서서 주변을 둘러보았다. 다행히 오희나는 시야에서 멀리 벗어나지 못하고 있었다. 가로등 두 칸 거리에서 어떤 아이 앞에 쪼그려 앉아 있었다. 울고 있는 아이의 무릎을 쓸어내리고 있는 것을 보아서는 넘어진 아이를 일으켜 달래고 있는 것 같았다. 손수건을 꺼내 아이의 눈물과 콧물을 찍어냈다. 딸꾹질과 같은 격정이 가라앉은 아이는 그녀에게서 무슨 얘기를 들었는지 금방 웃음을 되찾았다. 배꼽인사를 하고 뒤돌아섰던 아이가 몇 발자국만에 다시 손을 흔들었다.

그녀는 아이의 뒷모습이 완전히 사라진 후에야 다시 걸음을 옮기기 시작했다. 넉넉잡아 버스 세 정거장 정도 거리에 있는 재래시장까지 한 시간이 조금 넘게 걸렸다. 백발의 할아버지는 손을 이끌고 횡단보도를 건너게 해드렸고, 상점 앞 넘어진 회전 간판을 세우길 두서너 차례, 그러다가 길거리에 떨어져 있는 쓰레기를 줍기도 했다. 시의원 정도는 출마해 줘야 아깝지 않을 오지랖이었다. 이 시간이라면 오희나가 갈 곳은 재래시장에 있다는 건어물상이라고 생각했다. 대강의 위치는 이미 알고 있으니 오희나의 동선은 분명했다. 길도는 앞장서서 미행하기로 마음먹었다. 쇼윈도의 유리창은 물론이고 길가에 세워져 있는 오토바이의 반질거리는 연료탱크라든지 아주머니가 들고 가시는 스테인리스 냄비들은 모두 길도의 CCTV가 되어줄 만한 것들이었다. 돌출 행동만 하지 않는다면 앞장서서 걷는 사람을 미행이라고 의심할 사람은 없을 것이다.

바로, 그 순간이었다. 발이 미끄러지면서 동시에 마음 저 깊숙한 곳에서부터 언짢은 감정이 솟구쳐 올라왔다. 개똥이었다. 개똥을 밟은 길도가 깜짝 놀라 비틀거렸다. 오희나에게 온 신경을 집중한 탓에 발밑을 소홀히 한 것이었다. 당황한 나머지 미행 중이라는 사실을 까맣게 잊고 한쪽 다리를 절면서 호들갑을 떨었다. 오희나를 의식했을 때에는 이미 고개를 빼고 길도를 이상하게 쳐다보고 있었다. 모른 척하고 걷자니 신발에 달라붙은 개똥의 미끄덩하고 끈적거리는 느낌이 전해져 다리가 저려오는 것 같았다. 어쩔 수 없이 한쪽 다리만을 이용해 골목으로 숨어들었다.

보도블록에 발을 비벼서 얼마간의 응급조치(?)를 취한 후 오희나 쪽을 확인했다. 역시나 오희나는 길도 쪽을 향해서 천천히 걸어오고 있었다. 얼굴 표정도 분명 뭔가 도움이 필요한 사람에게 다가서는 표정이 분명해 보였다. 잠깐을 지켜봤지만 오희나는 도움이 필요한 사람(대화가 필요한 모든 사람들에게도)을 그냥 지나치는 법이 없지 않았던가. 일촉즉발의 상황. 길도와 오희나는 불과 수 미터를 사이에 두고 있었다. 길도는 버릇처럼 수첩을 쥐고 몇 번 페이지를 보여줘야 할까 하고 고민하는 순간, 오희나에게 전화가 오는 것이 느껴졌다. 오희나의 시장바구니에서 반가운 진동이 느껴졌다. 어쩌면 누군가가 움찔하는 반응 다음에 바로 휴대전화를 꺼낸다면 '감각이 전달' 된 것이 아니라 '짐작이 감각화' 된 것이라고 생각할지도 모르겠다. 불과 몇 초 되지 않으니 뒤따르는 상황을 선행한 감각으로 오해한 것이라고 말이다. 하지만 그것은 길도를 잘 모르고 하는 소리임에 분명하다. 길도의 감각은 믿을 수 없는 관찰력에 예민한 감각이 어우러져 뭔가를 꿰뚫어보는 신묘한 통찰력으로 발전되어 있었다. 슈퍼 영웅이 갖는 슈퍼 파워에 관한 이야기가 아니다. 소리 없는 세상에서 끊임없이 그 무언가와 교감을 갖기 위한 안간힘이 만들어낸 너무도 당연한 결과였다. 다만 길도에겐 그 통찰력이 논리적으로 잘 다듬어졌다는 것이 차이라면 차이인 셈이다.

오희나는 전화를 받기 위해 잠시 주춤하고 있었다. 하지만 아직도 시선을 길도에게서 떼지 못하고 있었다. 길도는 이때가 기회라고 생각하고 골목 깊숙이 들어가서 모퉁이를 돌자마자 벽에 착 달라붙었다. 고맙게도 골목 귀퉁이에는 자전거가 한 대 세워져 있었고 자전거의 주인이 두어 걸음 거리에 있었지만 중요하지 않았다. 훔쳐 탈 것이 아니니까. 길도는 재빨리 자전거에서 제일 깨끗한 부분을 찾아냈다. 핸들 위 스테인리스 벨이 가장 광택이 좋았다. 자전거의 앞바퀴를 덮고 있는 흙받이(펜더)가 심하게 우그러져 있는 것으로 미루어 새로 사 붙인 벨이 아닐까 싶었다. 흙받이가 휘어져 있다는 것은 최근 큰 충격을 받았다는 얘기인데, 자전거 주인은 이를 벨이 없었기 때문에 벌어진 일이라고 생각한 것이 아닌가 싶었다. 그래서 자전거의 몸체와는 달리 핸들 위 벨만이 새 제품인 것을 설명해 줄 수 있었다. 이런저런 생각을 할 여유가 없었다. 스테인리스 벨을 통해 오희나를 주시해야 했다. 어른거리는 희미한 이미지였지만 길도는 오희나의 표정까지 읽어낼 수 있었다. 도움이 필요한 젊은 학생이 모퉁이를 돌아가자 할 일을 잃은 표정이었다. 오희나는 휴대전화를 귀에 대고 재래시장을 향해 발걸음을 떼었다. 다행이었다. 길도는 뛰는 가슴을 진정시키고 잠시 한숨을 돌렸다.

그런 길도 앞에는 의심의 눈초리로 지켜보는 사람이 있었다. '앗! 깜짝이야!' 자전거 주인이었다. 자전거 주인은 세 걸음 앞에서 자신의 자전거를 뚫어져라 쳐다보고 있는 청년을 목격한 셈이었다. 주인이 버젓이 옆에서 쳐다보고 있는데도 이에 아랑곳하지 않고 자전거를 주시하고 있다면 누구라도 오해할 만한 것임에 틀림없었다. 게다가 청년은 큰 눈을 땡그라니 뜨고 마른침을 꿀꺽 넘기거나 입술에 침을 바르고 있었으니 말이다. 길도는 자전거 주인의 의심 어린 눈초리를 뒤로하고 골목을 크게 돌아 다시 오희나의 뒤로 따라 붙었다.

다행히 재래시장에서는 이곳저곳 기웃거리지 않고 바로 건어물상회로 향했다. 안쪽에서 자리를 양보하는 주인 내외에게는 손을 휘저으며 사양하는가 싶더니 오히려 내외를 앉혀놓고 나오지 못하게 하는 것 같았다. 앞치마를 둘러맨 오희나는 진열된 상품을 총채로 '탁탁탁' 털어서 다시 반듯하게 진열하기도 하고, 지나가는 아주머니들에게 열심히 상품을 설명했다.

"아주머니, 쥐포 들여가세요. 이번에 들여온 쥐포는 건달쥐포예요. 이것저것 많이 뺏어 처먹어 살이 통통하게 올랐어요. 아령도 좀 들었는지 살이 쫄깃쫄깃해요."

다홍이로부터 문자메시지가 온 것은 오희나가 한참 가격 흥정을 하고 있을 때였다.

「삼촌, 나 할아버지랑 저녁 먹고 할머니랑 잘 거야. 삼촌은?」

길도는 그제야 다홍이 하교 시간이 훌쩍 지나 있음을 알아챘다.

「못 데리러 가서 미안해. 민규 삼촌이랑 저녁 먹고 들어갈게.」

호객을 하는 건지 춤을 추는 건지 모를 오희나의 몸짓이 하나둘씩 켜져 가는 불빛에 흐릿한 그림자를 만들어냈다. 민규에게 짧은 문자메시지를 하나 보낸 뒤 재래시장을 뒤로했다.

「나, 또 들을 수 있어?」

민규와 길도의 첫 만남은 5년 전으로 거슬러 올라간다. 민규는 중학생 때부터 작은아버지가 운영하시는 자동차

정비소 〈대부공업사〉에서 잔심부름을 하면서 기술을 배우고 있었다.

"민규야, 네 친구냐?"

민규의 에어렌치가 따다다 총소리를 내면서 자동차 바퀴의 볼트를 조이고 있었다.

"민규야, 뒷문 담벼락에 있는 녀석, 네 친구냐고?"

장비를 내려놓고 작은아버지가 가리키는 곳을 내다봤다. 작은아버지 얘기처럼 또래로 보이는 녀석이 정비소 담벼락에 쪼그려 앉아 있었다. 아니, 앉아 있다기보다는 양지바른 담벼락 옆에 누군가가 심어놓은 것 같았다. 오래전부터 마치 제자리였던 양. 가만 보자, 그런데 모양새가 좀 이상하다. 물안경을 쓴 눈은 지그시 감고 있었고, 한쪽 손은 쫙 펴서 마치 의사선생님 청진기마냥 벽에 대고 있었다. 금방이라도 진단을 내릴 것 같은 기세였다. 자세히 보니 다른 손도 바닥에 접지하고 있었다.

"모르는 녀석이에요."

민규는 신경 쓸 필요 없다는 듯이 휙 뒤돌아 성큼 걸어 들어갔다. 그러나 작은아버지는 못내 신경이 쓰이는 눈치다. 잡상인 같았으면 엉덩이를 걷어차서 내보내도 시원찮아 할 작은아버지가 녀석의 아우라에 압도당한 것이 틀림없었다. 그러더니 '휘이~ 휘이~' 하고 새 떼 쫓는 시늉을 해보다가 갑자기 뜬 물안경 속 녀석의 눈과 마주쳤다.

"민규야, 이리 와봐, 어서!"

'귀찮게…….'

"올 때 작은아버지 안경도 가져오너라!"

사무실 책상 위에서 안경을 가지고 뒷문으로 나갔다. 물안경 외계인은 제 목에 걸려 있는 수첩을 펼쳐 작은아버지 얼굴 앞에 가까이 디밀고 있었다.

"작은아버지, 여기요."

작은아버지는 안경을 쓰고도 얼굴을 가까이 가져가야 겨우 볼 수 있을 정도로 시력이 좋지 않았다. 극약시라 했던가? 덕분에 녀석의 목에 걸려 있는 메모를 읽기 위해서는 녀석의 얼굴에 매우 가까이 다가가야 했다. 민규는 녀석의 얼굴이 쩍 갈라져 작은아버지를 순식간에 제 몸에 밀어 넣는 모습을 상상했다. 소화가 다 되었다는 신호로 트림을 꺼억~ 하는 그림이 기분을 좋게 만들었다. 작은아버지가 메모지를 당기는 바람에 녀석의 목은 쭉 빠져 있으면서도 싱글거리고 있었다.

"민규야, 이 녀석 말도 못하고 듣지도 못한다는데, 근데 뭘 멈췄다는 거냐?"

민규는 메모지를 낚아채 읽어 내려갔다.

〈저는 말하지도, 듣지도 못합니다. 하지만 입모양을 보고 알아들을 수 있습니다.〉

민규가 읽고 있는 페이지는 메모지의 맨 뒷장으로 〈1〉이 적힌 견출지가 붙어 있었다. 미리 써놓고 필요하면 보여주고 하는 메모인 것 같았다. 민규가 메모를 다 읽고 녀석과 눈을 마주치니 녀석이 페이지를 넘겨 다른 메모를 보여줬다.

〈왜, 멈췄어요?〉

"민규야, 이 녀석이 뭘 멈췄다고 하는 거냐? 무슨 소리야?"

작은아버지도 아무것도 짚이는 것이 없는 모양이었다. 민규는 대답 대신 되돌아가 에어렌치를 들고 나왔다. 그동안 작은아버지는 녀석에게 이것저것 묻고 있었다.

"얘야, 너희 집은 어디니? 너 고아니? 안마는 할 줄 아니?"

교과서를 읽듯이 또박또박 말하는 폼으로 보아서는 입 모양을 보고 알아들을 수 있다고 한 것이 신기한 모양이었다.

'참내, 듣지 못하고 말 못하면 다 고안가! 그리고 안마는 또 뭐야!'

민규는 작은아버지의 무지를 심판하는 뜻으로 모른 척 등 뒤에서 에어렌치의 스위치를 올렸다. 작은아버지는 '으악!' 하고 소리를 질렀고, 물안경 외계인은 '바로, 이거예요.' 라고 말하듯 껑충 뛰어올랐다.

그렇게 길도는 가끔씩 〈대부공업사〉에 들러서 그 예의 '진동'을 느끼곤 했다. 길도는 막 퇴근하려던 민규의 작은아버지에게 허리 굽혀 인사를 드렸고, 민규는 본인이 마지막으로 정리한 뒤에 들어가겠다고 얘기하는 것 같았다. 길도는 뒤돌아 재빨리 제자리(?)를 찾아 가려다가 누군가의 가슴팍에 푹 꽂히고 말았다. 모아이 석상 같은 인상을 가지고 있는 아저씨였다. 민규 작은아버지와 비슷한 연배였지만 직원들이 입는 파란색의 정비복을 입고 있었다. 민규는 옆에 앉으면서 길도의 호기심을 알기라도 한 것처럼 새로운 직원 아저씨에 대해 얘기해 주었다.

"작은아버지 한 주 걸러 한 번씩 의정부교도소 가시는 거 알지?"

길도는 고개를 끄덕였다. 예전에 길도가 민규 작은아버지의 팔뚝에 새겨진 문신에 대해 물어본 적이 있었는데, 그때 민규는 작은아버지의 과거에 대해 짤막하게 얘기한 적이 있었다. 작은아버지 최열 씨의 과거는 매우 어두웠다고 했다. 누구보다 본인이 늘 어두운 과거라고 표현하곤 했었다고 했다.

〈대부공업사〉는 작은아버지가 실수 많았던 젊은 시절을 뉘우치는 뜻으로 만든 것이라고 했다. 작은아버지 최열 씨는 젊은 시절 소위 주먹으로 불리는 사내였다고 했다. 지금은 매우 부끄러워하고 있지만 분명 모든 문제의 해결책으로 주먹을 내밀었던 시절이 있었다고 했다. 그래서 그 작은 동네에서 민규네 가족은 누구도 원치 않은 불편한 대접을 받았었고, 싫다고 거절할 수도 없었다고 했다. 정육점에서 고기를 살 때도, 목욕탕에서 때를 밀 때에도, 미용

실에서 머리를 다듬으려 할 때에도 줄 설 필요가 전혀 없었다고 했다. 그런 대신(대가라고 하기엔 역시 누구도 원치 않았던)에 작은아버지는 늘 크고 작은 상처들을 달고 살았고, 종종 큰 병원에서 삼촌이 깨어나기를 기다렸다가 인사를 했던 기억이 잊히지 않는다고도 했다.

그러던 어느 날 작은아버지는 오랜 교도소 생활을 시작해야 했고, 퇴소할 즈음에는 시력을 거의 잃다시피 했다고 했다. 민규 아버지의 통화 내용으로 미루어보아 교도소에 들어가기 전에 이미 시력을 거의 잃을 정도로 다치셨다고 했다. 그리고 긴 교도소 생활 끝에 많은 뉘우침이 있었던 모양이었다. 교도소에서 배운 자동차 정비 기술로 악착같이 돈을 벌었고, 10년 만에 자동차 정비소를 열 수 있었다고 했다. 물론 민규의 아버지께서 돌아가시면서 민규와 함께 남기고 간 돈 때문에 10년 정도는 단축된 것이라고도 덧붙였다. 그래서 공업사는 민규와 작은아버지가 공동대표로 되어 있다.

어쨌든 〈대부공업사〉란 이름으로 정비소를 차린 이후로는 자기처럼 철없던 시절을 보낸 사람들을 불러들여 기술을 가르치고 싶어 하신다고 했다. 그래서 이 주에 한 번 정도 교도소로 달려가서 출소를 앞둔 재소자들에게 〈대부공업사〉를 홍보하고 바른 길을 전도하고 있다고 했다. 그런데 여태까지는 별 소득 없이 돌아오시는 일의 반복이었고, 돌아오셔서 늘어놓는 푸념은 "요즘 전과자들 보기가 하늘에 별 따기야. 다들 힘든 일은 안 하려고 하거든." 하실 뿐이었다고 했다. 분명 서운해하시는 것 같았단다. 그런데 이번에야말로 그 기다리던 사람을 만난 게 아닐까 하는 생각이 들었다. 민규의 이어지는 이야기는 예상대로였다.

"오시자마자 하시는 말씀이 23년을 복역한 분이니 잘해주라고 하시더라. 이름은 한만덕이고 나이는 작은아버지보다 세 살이나 많으시데. '23년'이라는 대목에서는 살짝 으쓱해하시는 것 같더라고. 작은아버지가 복역할 때도 물론 계셨었고, 퇴소하면서 자동차정비 기술을 배우라고 당부한 것도 작은아버지 본인이셨다고 아주 자랑스러워하시지 뭐냐. 기술은 거의 다 익히고 나왔으니 손님을 대하는 기술이나 새로 나온 차들에 관한 소소한 것들만 알려주면 모든 것이 잘될 거라고 좋아하서."

잠깐이지만 설사 나이가 더 적다고 말했어도 절대 믿지 않을 만큼 깊게 패인 주름을 갖고 계셨다.

"너 아까 아저씨 얼굴 봤지? 세상에나 난 얼굴 험악하다는 얘기는 들었어도 한만덕 아저씨처럼 얼굴에서 냉기가 뿜어져 나오는 사람은 처음 본다. 어쩌다 무표정인 상태에서 얼굴을 맞닥뜨리면 손에 쥐고 있던 공구를 떨어뜨리곤 한다니까. 오늘도 몇 번 그랬어. 그래서 작은아버지께 손님을 상대하는 건 계속 제가 할 테니까 한만덕 아저씨는 정비 일만 담당했으면 좋겠다고 말씀드렸더니 뭐라고 하시는지 알아?"

길도는 '내가 알 턱이 있냐?'는 표정을 만들어 보여줬다.

"아, 글쎄 안 된다고 하시는 거야. 언젠가는 독립해서 나가야 할 텐데 정비만 가지고는 힘들 거래. 험상궂어도 자꾸 마주치면 언젠가는 다가설 수 있다나 뭐라나. 하긴 얼굴과는 달리 좀 귀여운 면도 있긴 해."

이 대목에서 민규는 뭔가가 생각났는지 자꾸 실실 웃기 시작했다.

"내가 어제, 오늘 낮에 웃음이 나와서 화장실까지 가서 웃고 나왔다니까 글쎄. 면전에서 웃으면 창피하실 것 같아서……."

그러면서 민규가 또 웃고 있다. 길도도 무슨 얘긴지는 몰라도 갑자기 웃고 싶어졌다. 그러더니 드디어 따라 웃고 있다. 숨을 가다듬은 민규가 다시 한만덕 아저씨에 대한 얘기를 이어나갔다.

"며칠 전부터 한만덕 아저씨가 내 정식 보조로 일하고 계시거든, 그런데 그날부터 나한테 '화장실 다녀와도 되겠습니까?' 하고 물으시는 거야. 그래서 그냥 다녀오시라고, 여기에선 아무도 허락받고 화장실 다녀오지 않는다고 말씀드렸더니, 등 뒤에서 작은 소리로 '화장실 다녀오겠습니다.' 하고는 가시는 거야."

민규와 길도는 뒤로 자빠지는지도 모르고 배꼽을 잡았다. 민규는 또 한 번 겨우 자세를 고쳐 잡았다.

"그리고 또 있어. 어제 점심 이후 한만덕 아저씨 주머니를 보니까 뭔가로 불룩해 있는 거야. 공구는 아닌 것 같고 해서 뭐가 들어 있나 지켜보았더니, 일하는 중간 중간에 손을 집어넣어 뭔가를 꺼내 드시는 거야. 점심은 늘 2인분이나 먹고서도 사무실에 있는 빵을 먹어도 되냐고 물으셔서 그러시라고 했었거든. 그랬더니 그 얘기가 결국 두고두고 먹겠다는 얘기였지 뭐냐."

민규와 길도는 아예 바닥에 누워서 신나게 웃었다. 아마도 예전 '똥 한바가지 싼 이야기' 이후로 시원하게 웃어 재낀 것이 아닌가 싶었다.

"그래도 며칠 지내보니까 험상궂은 얼굴보다는 훨씬 부드러운 분이신 것 같아."

민규는 씨익 웃어 보였다. 길도가 주먹으로 민규의 가슴을 툭 쳤고, 민규 역시 길도의 가슴을 툭 쳤다.

"그건 그렇고, 여기 온 이유가 이거지? 자, 시작해 볼까."

길도는 특히 민규가 연주하는 에어렌치의 진동을 좋아했다. 마치 음악(쇼스타코비치? 아니면 스메타나?)처럼. 오랜만에 만난 두 친구는 벽을 사이에 두고 하나는 자동차 바퀴의 볼트를 조였다 풀었다가를 반복하고, 다른 하나는 벽 아래에 쪼그리고 앉아 벽에 손을 대고 친구가 연주하는 음악을 듣고 있었다. 그렇지만 민규는 잘 알고 있었다. 길도가 정비소에 들르는 저녁에는 뭔가 풀리지 않는 고민이 있다는 사실을. 그리고 길도도 잘 알고 있었다. 길도가 청하는 저녁에는 민규가 아주 조심스럽게 제 악기를 연주하고 있다는 것을.

오희나의 너무나도 평범한 모습에서 짙고 긴 그림자가 내려와 길도의 명치를 답답하게 하고 있는 밤이었다. 옆에는 아까부터 껄렁한 동네 고양이가 '야~옹.' 하고 말을 건네고 있었다.

집에 돌아와 누운 채로 한참을 천장을 바라보고 있었다. 다홍이는 할아버지, 할머니와 함께 즐거운 시간을 보내고 있을 것이다. 아마도 저녁 식사 전까지는 우유 보급소에서 할아버지의 말상대가 되어주었을 것이다. 다홍이는 할아버지의 철재 책상에 걸터앉아 다리를 까딱거리면서 눈으로 우유 상자 세는 것을 좋아한다. 셈법은 다음과 같다.

먼저 우유 상자가 늘어선 전체 체적의 가로 개수, 세로 개수 그리고 쌓인 층 개수를 곱해 가상의 우유 박스를 산출한다. 다시 비어 있는 체적만큼의 개수를 같은 방법으로 세어 빼면 실제의 우유 박스 개수를 얻을 수 있다. 그렇게 보급소에 쌓여 있는 우유 박스 개수를 알아낸 후엔 배달 나갈 박스와 반품으로 돌아올 박스를 감안하여 할아버지께 이렇게 총 재고를 예측한다.

"할아버지, 오늘은 두 박스 정도 재고가 남겠어요. 세탁소 옆 김씨 아저씨 가게에서 재고가 더 나오지 않는다면 말예요."

인근 상인친목회 회장을 맡고 계시는 김씨 아저씨는 우유 보급소와의 관계를 생각해서 늘 판매량보다 많은 우유를 받지만, 그 때문에 반품이 다른 곳보다 많은 곳이었다. 다홍이가 이면지에 빨간 매직으로 '2'란 숫자를 적는 데까지 걸리는 시간은 대략 3분 정도. 보급소 소장님인 할아버지도 대견해하는 정도의 셈이지만 다홍이가 연습을 게을리하지 않는 이유는 삼촌에게 경쟁의식을 느끼기 때문인 듯했다. 언젠가 길도가 보급소의 문을 열고 들어오는 그대로 이면지에 재고 개수를 빨간 글씨로 써놓고 히죽 웃는 것을 보았었다.

"삼촌, 어떻게 그렇게 빨리 알았어? 미리 세놨어?"

아무리 채근해도 돌아오는 대답은 헤헤 웃으며 다홍이의 볼을 꼬집고 뽀뽀하는 것뿐이었다. 그래도 다홍이는 안다. 삼촌은 뒤통수, 어깨 그리고 심지어 손바닥에도 눈이 달렸고, 저마다 생각할 수 있는 뇌가 별도로 있다는 것을. 소리 없는 세상에 살기 때문에 신께서 특별한 능력을 주셨다는 것을.

그리고 잠들기 전에는 할머니가 목욕도 시켜주고 머리도 빗어주었을 것이다. 다홍이도 가끔은 아이로 사는 것이 필요하다고 생각했다.

내일은 오희나를 미행해 작업 현장에서의 그녀를 살펴볼 생각이다. 어쩌면 작업 현장에서의 모습을 통해 그녀가 원하는 사진이 어떤 것인지 알아낼 수 있을지도 모를 일이었다. 물론 오희나의 요구조건 대로 작업 현장의 그녀를 카메라에 담았다가는 의뢰비를 기대하긴 힘들 것이다. 그녀를 처음 본 그날부터 명치끝이 답답해 영 개운치 않았지만 아침부터 서둘러야 했다.

길도는 우유 배달이 끝난 8시부터 오희나의 집 앞을 지키고 있었다. 그녀와 엇갈리지 않기 위해서다. 오랜 시간 집 앞을 지켜보려면 어제의 맞은편 건물은 피해야 했다. 쉽게 이상한 사람으로 몰릴 수 있었다. 게다가 변명 한마디 할 수 없는 길도가 아닌가. 그래서 큰길로 나오는 길목의 버스 정류장에 자리를 잡았다. 오희나의 집도 보였고, 앉을 수도 있는 곳이었다. 특별한 일이 없다면 그녀는 이 앞을 지나게 될 것이라 판단했다. 오전 9시 정각에 오희나는 집을 나섰다. 예상대로 오희나는 길도 앞을 지나쳤고, 예상과는 달리 한 걸음 앞에서 걸음을 멈추었다. 버스를 타려는 것 같았다. 가느다란 몸에 비해 버거운 배낭을 진 그녀는 바짓자락을 양말 속으로 집어넣고, 머리에 커다란 수건을 휘둘렀다. 유난히 하얀 옆얼굴이 사람들의 시선을 의식하지 않고 있었다.

길도는 재빨리 오희나를 따라 버스에 올라탔다. 그리고 길도는 마지막으로 버스에 오르면서 운전기사에게 가벼운 눈인사를 했다. 모두가 다 올랐다는 신호로 버스 몸통을 두어 번 '탁탁' 치던 버스 안내양의 신호처럼. 버스는 등

곳길 학생들로 북적였고, 학생들의 수다스러움과 오희나의 평온한 표정이 대조적이라는 생각이 들었다. 순간, 학생 하나가 급히 내리려다 오희나의 수건을 떨어뜨리고 말았다. 그녀는 미안해하며 고개를 숙이는 학생을 향해 살짝 웃어 보였지만, 바로 집어 들 수는 없었다. 버스가 빠른 속도로 다시 출발했기 때문이었다. 길도는 도와줄 수 있는 거리가 아닌 것을 무척이나 아쉽게 생각했다. 앉아 있던 학생 하나가 창문을 열어놓는 바람에 그곳으로부터 가급적 멀리 떨어져 있어야 했다. 길도는 심각한 버스 창문 포비아[3]를 가지고 있었다. 창문이 열려 있는 두어 걸음의 거리는 물리적 거리보다 훨씬 더 멀게 느껴졌다.

오희나는 몇 번의 헛손질 끝에 수건을 겨우 집어 들었고, 버스를 내릴 때까지도 머리에 두를 엄두를 내지 못하고 있었다. 버스는 두 손을 다 뗄 만큼 안전 곳이 아니었다. 이십여 분 멀지 않은 거리였지만 길도는 열려 있는 창문 때문에 오희나를 신경 쓸 만한 여유가 없었다. 함께 내릴 수 있는 것만도 다행이란 생각이 들었다. 오희나가 버스 정류장에 내려서 머리에 수건을 질끈 두르고 있을 때, 길도는 오희나의 목적지를 찾아냈다. 버스 정류장에서 멀지 않은 곳에 건축자재가 연신 들어가고 있는 곳이 있었다. 그 앞엔 널찍한 석고보드며, 길쭉한 목재가 쌓여 있었다. 길도는 건물을 훑어 공사 현장을 찾아냈다. 4층에 있

---

3)Phobia. 공포증. 병적인 공포.

는 바둑학원 〈대마〉가 공사 현장으로 추측되었다. 창문들이 모두 열려 있었고, 창턱으로 수건 같은 것들이 널려 있었다. 길도는 재빠르게 맞은편 건물을 올려다보았다. 오희나를 관찰하기 좋은 곳은 한 층 높은 5층이었다. 길도가 맞은편 학원 건물로 들어갈 무렵 그녀 역시 현장으로 막 오르고 있었다.

오희나는 만나는 사람마다 허리를 굽혀 인사를 했다. 마찬가지로 상대방들도 그만큼 굽혀 인사를 받았다. 현장에서 제일 어려 보이는 특공대 조끼의 사람은 제 일을 제쳐두고 오희나의 작업 도구들을 가져다 준비해 주고 있었다.

자세히 보니 뒤에서 손짓으로 그 특공 조끼를 채근해 도움을 주고 있는 사람이 있었다. 깨끗한 점퍼에 유일하게 바지를 양말에 집어넣지 않은 사람이었다. 그 사람이 손짓으로 특공 조끼를 시켜 페인트 통이며 앙증맞은 삼각 사다리를 오희나 곁으로 가져다주고 있었다. 특공 조끼가 눈치껏 자리를 떠나자 눈에 띄지 않는 도움들이 쇄도했다. 겉으로는 제 할 일에 열중하고 있는 것 같다가도 페인트가 주욱 흘러 바닥에 닿을 때쯤엔 옆에서 벽에 못을 박고 있던 작업자가 날아와 바닥에 신문을 주욱 깔았고, 그녀의 긴 페인트 롤러가 천장 형광등을 쳤을 때는 어디선가 다른 사내가 날아와 사다리를 대고 흔들리는 형광등을 바로 잡고 있었다. 공통점은 전혀 오희나의 작업 공간에 관심이 없는 척하지만 모두들 예의 주시하고 있다는 점과 도움을 주고는 순식간에 그 공간에서 빠져나와 제자리로 돌아가고 있다는 점이었다.

덕분에 오희나는 꽁무니를 빼는 조력자들의 엉덩이에 허리를 굽혀 인사를 하고 있었다. 특히 깨끗한 점퍼의 사나이는 오희나의 작업 공간을 침범하지 않으면서도 항시 그 주위를 배회하고 있었다. 길도는 오희나가 원색의 페인트들을 큰 통에서 섞을 때 그녀 어깨의 들썩임을 보았고, 점심시간이 되어 깨끗한 점퍼가 그녀에게 가장 좋은 자리를 내어 식사를 할 수 있도록 한 것을 보고 손목시계를 들여다보았다. 시곗바늘은 정오를 15분쯤 넘기고 있었다.

집에 돌아온 길도는 다시 천장을 올려다보며 누워 있었다. 의뢰인을 만나기 위해 찾아 들어온 길이 너무 깊게 들어와 버렸다는 생각이 들었다. 집 안을 들여다봤을 때의 오희나와 길거리에서의 오희나, 그리고 작업 현장에서의 오희나는 모두 다른 얼굴을 하고 있었다. 각기 다른 오희나를 이어줄 뭔가는 아득히 먼 곳에 있었지만, 선뜻 다가서기에도 가슴을 누르는 뭔가가 있는 듯했다.

길도는 이 여정을 끝까지 마치기 위해서는 무엇보다도 용기가 필요하다는 생각이 들었다. 인생은 분명 희망을 안고 살아가야 하지만 그 인생을 흔들림 없이 관조할 수 있도록 하는 것은 다름 아닌 용기가 아닐까 생각하는 길도였다. 약속된 기일까지는 아직 여유가 있었다. 하루도 빠짐

없이 그녀의 생활을 훔쳐 내기로 마음먹었다. 내일은 일요일이니 좀 더 밀착해서 관찰할 수 있을 것 같았다. 사진은 오희나와 약속한 사흘 동안 담아내도 충분하리라 생각했다.

아침이 밝자, 가방을 모두 비운 후 바닥 구석의 먼지까지 깨끗하게 털어냈다. 그런 다음 다시 처음부터 필요한 도구를 챙겼다. 비장의 무기(?)를 마지막으로 확인한 후 집을 나섰다. 창문이 열려 있는 것으로 보아 그녀는 집 안에 있는 것 같았다. 오전 9시를 넘겨도 오희나는 외출할 기색을 보이지 않았다. 오늘은 일을 하지 않으리란 판단이 서자 바로 작업에 들어갔다. 그제와 같은 환경을 만드는 데 겨우 30여 초가 소요되었다. 게다가 이번엔 창문 두 쪽에 모두 신문지를 대었다.

마당에서 보행기를 흔들고 있던 새댁은 아직도 꾸벅꾸벅 졸고 있었고, 공사장 일꾼들이 앉아 있던 자리에는 양복을 말끔하게 차려입고 선글라스를 쓴 사람들이 휴대전화에 대고 크게 웃고 있었다. 아마도 이틀 새 큰돈을 벌었는지 싶다. 이곳은 생각보다 참 좋은 곳이 아닐까 하는 생각이 들었다. 이틀을 꼬박 졸아도 내쫓기지 않는 새댁이라든지, 이틀 밤낮을 열심히 일해 좋은 양복과 휴대전화, 선글라스 그리고 여유 있는 웃음까지 살 수 있는 곳. 게다가 듣지도 말하지도 못하는 장애인이 돌아다녀도 아무도 동정하거나 불쌍하게 쳐다보지 않는 곳이지 않은가.

크게 심호흡을 한 후 망원경을 눈으로 가져가 맞은편 A동 306호에 포커스를 맞췄다. 어제와 다른 그림을 찾아내고 의미를 되새겨 봐야 했다.

'하나, 두울, 세엣.'

눈을 떼고 재빨리 창문을 닦는 시늉을 했다. 물기가 없는 유리를 문댈 때면 끼이익~ 하고 어김없이 비명이 튀어나왔다.

가뜩이나 살림살이가 없어 휑한 집에서 또다시 거실 벽시계가 보이질 않았다. 동그란 벽지의 속살이 유난히 눈에 크게 들어왔다. 그리고 하나 남아 있던 식탁 의자도 온데간데없이 흔적을 찾을 수 없었다. 오희나는 여전히 그 자리에 멍하니 앉아 있었다. 이제 보니 그녀 앞 선인장과 세발자전거를 물끄러미 쳐다보고 있었다. 그녀의 뒤쪽으로 앉은뱅이 밥상 위엔 종이와 펜이 나뒹굴고 있었다. 그리고 그녀가 섰던 발코니에는 깨끗하게 드라이클리닝된 옷 한 벌에 비닐 커버가 씌어져 걸려 있었다. 흰색에 가까운 아이보리 상의와 짙은 군청색의 주름치마였다. 어떤 신발이 어울릴까 하고 떠올려 보려 했지만 시원하게 떠오르는 것은 없었다.

한 번 더 집 안을 관찰한 후 망원경을 가방에 넣었다. 오늘은 무엇보다도 그녀의 외출을 뒤따라야 하기 때문에 타이밍을 맞추는 것이 중요했다. 창에서 어느 정도 거리를 두고 그녀의 행동에 신경을 곤두세웠다. 그녀가 지난번과 같이 시장바구니를 들고 집을 나서면 오늘은 바짝 붙어서 저녁까지 밀착 관찰할 생각이다. 문제는 역시 타이밍. 그렇기 때문에 그녀가 외출 준비를 시작하면 바로 건물 밖 다음 장소로 이동해야 한다. 길도는 건물 주변을 둘러보았다. 오희나의 시선을 피하면서도 그녀의 외출을 지켜보고 또, 그 뒤를 쉽게 따를 수 있는 그런 장소를 찾아야 한다.

그런데, 아뿔싸! 복도 끝에서 문이 열리더니 맨발의 코흘리개가 복도로 나서고 있는 것이 아닌가! 무표정한 코흘리개와 눈이 마주쳤을 때엔 숨이 멎는 것만 같았다. 오늘도 녀석은 속옷 상의 하나만을 걸치고 있었다. 이상한 상상에 웃음이 배시시 터져 나왔지만 이럴 때가 아니라는 생각에 고개를 흔들었다. 잠깐 머뭇거리는 순간 녀석은 천천히 기우뚱거리며 다가오고 있었다. 녀석의 발 디딤마다 심장이 드럼 박자를 맞췄다. 몇 발만 떼면 계단실이지만 다리가 굳어버렸다. 결국 또다시 녀석에게 옷자락을 넘겨주고 말았다. 우울한 상상은 비켜가지 않는 법인가 보다.

그때, 오희나의 집에서 뭔가 움직임이 감지됐다. 오희나가 외출 준비를 하고 있는 것이었다. 길도도 도리가 없었다. 극약 처방이 필요했다. 어제의 막대사탕은 오히려 녀석의 화를 돋울 수 있었다. 계피 맛이었기 때문이다. 그래서 집에서 준비한 비장의 무기를 꺼내 들었다. 바로 동네 문방구에서 구입한 500원짜리 물총. 물이 가득 든 물총으로 녀석의 이마를 겨냥하고 손아귀에 힘을 줬다. 물줄기는 녀석의 이마를 강타했고, 예상치 못한 공격에 코흘리개가 앞이마를 잡느라 길도의 옷자락은 자유로워졌다. 표면장력을 잃은 소금쟁이가 물 밑으로 가라앉고 있는 것 같아 약간 미안한 생각까지 들었다. 그런데 그것도 잠시. 녀석은 입을 벌려 웃고 있었다. 분명 웃고 있었다. 그러더니 이번엔 제 이마를 가리키며 더 쏴달라는 시늉을 하고 있었다. 웃음소리 때문이었을까. 열려 있는 문 앞에 또 다른 사람이 떡하니 버티고 이쪽을 쏘아보고 있었다. 코흘리개, 여자, 어른인 사람.

코흘리개는 한 손으로는 옷자락을 쥐고 흔들면서 다른 한 손으로는 제 이마를 가리키며 웃고 있었고, 코흘리개—여자—어른인 사람은 이쪽을 향해 천천히 다가오고 있었다. 게다가 오희나는 외출 준비를 거의 다 마친 듯 주섬주섬 시장바구니를 챙기고 있었다.

"학생, 어떻게 왔어? 우리 애랑은 아는 사이야?"

코흘리개—여자—어른인 사람의 시선은 곱지 않았다. 길도는 얼른 목줄 수첩의 맨 뒷장(⟨1⟩번 견출지가 붙어 있는)을 펴 보여주었다.

⟨저는 말하지도, 듣지도 못합니다. 하지만 입모양을 보고 알아들을 수 있습니다.⟩

코흘리개—여자—어른인 사람의 표정이 누그러졌다. 의심에서 의문으로 넘어가는 중간쯤의 표정이랄까.

"그래서?"

수첩에 달려 있는 펜으로 몇 글자 더 적어 넣으려고 하는데 코흘리개가 옷자락을 심하게 흔들어서 글씨를 쓸 수 없었다. 손에 들고 있던 물총으로 녀석의 이마에 물세례를 내렸더니 녀석은 제 이마를 잡고 좋아 어쩔 줄 몰라 했다. 코흘리개—여자—어른인 사람의 표정이 다시 의문에서 의심으로 넘어가려고 했다. 길도는 재빨리 수첩에 몇 문장을 완성하고 코앞에 보여줬다.

〈학교에 지각했어요. 그래서 벌로 동네 지역사회를 위해 도움이 되는 일을 한 가지 하라고 하셨어요.〉

그리고는 옆 창문과 창문닦이를 가리켰다.

"아~ 그런 거야! 학생은 어디 살아? 이 동네 학생이야?"

손짓으로 아파트 방향을 대충 가리키느라 창문 밖으로 팔을 쭈~욱 뽑는데 오희나가 건물을 나서고 있었다. 코흘리개—여자—어른인 사람이 오희나를 알아보고 고함을 질렀다. 진동으로 보아 꽤나 큰소릴 질렀다고 느낄 수 있었다. 이 정도 소리라면 '나 같은 사람도 들리지 않을까?' 하는 생각이 들 정도였다. 길도는 몸을 숨기느라 처음 몇 마디는 입모양을 놓쳤지만 유리에 비친 코흘리개—여자—어른인 사람은 다음과 같이 말하고 있었다.

"……어디 가? 김 씨 건어물상에 가? 어제 시계는 고마웠어. 근데, 왜 뭘 자꾸 줘? 난 준 것도 없는데. 무슨 말하기가 무섭다니까. 어쨌든 고마워요. 들어갈 때 들러요. 내가 얼마 전 담근 김치가 맛있게 익어서 한 포기 따로 빼놨어. 고구마 삶은 거랑 가져가요."

오희나는 대답 대신 허리를 굽혀 몇 번이고 감사의 인사를 하면서 뒷걸음을 쳤다. 그리고 내다보고 있는 코흘리개에게도 싱그러운 표정으로 손을 흔들며 그 자릴 떠났다. 코흘리개—여자—어른인 사람은 그 모습을 끝까지 지켜보고 있었다. 아무 말도 없이 오희나의 뒷모습을 바라보는 표정이 마치 사람들이 길도를 쳐다볼 때와 비슷했다.

'그건, 그렇고.' 하는 표정으로 다시 길도를 쳐다봤다.

"아하, 그래서 창문을 닦고 있었던 거로구나. 요 녀석이 귀찮게 하지는 않았어? 우리 아이랑 재미있게 놀아주기도 하고 참 착한 학생이네. 우리 아이가 다리가 좀 불편해서 나가서 놀 수 있어야지. 그래서 매일 심심하게 지내던 참이었는데. 나도 오랜만에 욘석 웃음소릴 들을 수 있어서 너무 좋네. 내가 선생님께 전화 드려줄까?"

길도는 필사적으로 손사래를 쳤다. 측은하게 보이려는 작전이 조금 과했다는 생각이 들었다.

"내가 서운해서 그냥 보내주긴 좀 그런데…… 점심이나 먹고 가지? 우리 애도 학생을 마음에 들어 하는 것 같은데. 어때? 동석아, 너도 좋지? 형이랑 점심 같이 먹자. 좋지?"

코흘리개—여자—어른인 사람은 길도와 코흘리개를 번

갈아 보면서 점심 식사에 대한 결정 사항을 통보했다. 코흘리개는 대답 대신 통아저씨 춤을 췄다. 격하게 '좋다' 는 뜻인 것 같았다. 결국 그렇게 그 몸집 좋은 코흘리개의 엄마에게 끌려가는 것인지, 코흘리개가 끄는 옷자락에 이끌리는 것인지 모르게 함께 걷고 있었다. 정말로 코흘리개는 기우뚱, 아니, 뒤뚱거리며 걷고 있었다.

이미 오희나를 뒤따르지 못했으니 뒤늦게 그녀를 따라가는 것은 그리 큰 의미가 없을 것 같았다. 아마도 건어물 김 씨 가게에서 이런저런 일을 돕고 있으리란 생각이 들었다. 그래서 일요일인데도 학교에 간 다홍이를 먼저 데리러 가기로 했다. 다홍이반 아이들은 무슨 일 때문인지 벌써 이 주째 일요일에도 학교에 나오고 있었다.

속이 더부룩 답답한 길도는 교문 앞에서 다홍이를 기다리고 있었다. 냉면 그릇에 담아준 밥도 밥이지만, 코흘리개가 자꾸 비엔나소시지를 입에 밀어 넣는 바람에 씹는 둥 마는 둥 삼켜야 했다. 그 길다는 창자에 이빨 자국도 없는 비엔나소시지가 줄줄이 엮여 있을 상상을 해보았다. 코흘리개는 비엔나소시지를 특히나 좋아 한다면서…… 녀석, 이젠 식성이 바뀌려나 보다. 그래도 계란프라이만큼은 정말 일품이었다. 도대체 엄마들은 어떻게 노른자위를 터트리지 않고도 프라이를 할 수 있을까? 자격시험이라도 있는 걸까? 길도는 노른자위를 터트리는 사람은 '엄마' 될 자격을 당분간 주지 않는 것도 좋을 것 같다고 생각하며 혼자 키득거렸다. 길고 짧은 트림을 교문에 묻히고 있는 사이 꼬맹이들이 뛰쳐나오기 시작했다.

신발주머니를 연신 돌리는 녀석, 자전거 하나에 무려 세 놈이나 얹혀서 서커스를 하는 녀석들, 손에 뭔가를 들고 혀를 날름거리는 녀석들 중에서 다홍이는 멀리서 봐도 표가 났다. 멀쩡하게(?) 걸어나오는 녀석은 다홍이밖에 없었으니까.

근데 이번엔 좀 이상하긴 하다. 걷다가 잠시 멈추는가 싶더니 뒤돌아보고를 몇 번이나 반복하고 있다. 그러고 보니 뒤에 사내 녀석이 하나 달려 있는데, 녀석도 박자를 맞춰 멈추어 서서는 고개를 휙 돌리고를 반복하고 있었다. 다홍이가 삼촌을 발견하고는 냅다 달려왔다. 삼촌 가슴팍에 폭 꽂히고는 곁눈질로 녀석을 째려보는 다홍이. 그것이 무슨 신호였는지 녀석은 직각으로 진로를 틀어 땅만 보고 걸어갔다. 그쪽엔 화단이 있었다. 학교 담벼락을 따라 걷다가 육교를 건너고 복잡한 골목길을 두서너 차례 갈아탔을 때쯤 다홍이가 제 입을 보여줬다.

"삼촌, 있잖아, 아까 그 애, 웃긴다!"

영문도 모르는 길도는 눈만 깜빡일 뿐이었다.

"저가 글쎄, 프레디 머큐리래. 어느 날 제 몸속에 프레디 머큐리가 들어왔대. 웃겨 증말!"

삼촌 목에 매달려 있는 수첩에다 큼지막하게 〈프레디 머큐리〉라고 써 보여주는 다홍이.

"삼촌, 내가 얼마 전 발표 시간에 프레디 머큐리가 부른 'In my defence'를 좋아한다고 얘기한 적 있었거든. 그 랬더니 아까 그 녀석이 코 밑에다 검은색 전기 테이프를 붙이고 와서는 나한테 그 노래를 연주해 주겠다는 거야. 얼마나 창피했는지 알아? 다들 히틀러라고 놀리고 있는데 도, 나를 빤히 쳐다보면서……."

다홍이는 갑자기 당시 상황이 떠올랐는지 가던 길을 멈 추고 팔짱을 끼고 말았다. 표정은 스티븐슨의 기관차를 떠 오르게 했다.

"처음엔 음악선생님께서 저랑 나랑만 음악실을 청소하 랬다고 하길래 뭔가 이상해서 싫다고 했더니, 글쎄 교실에 서 멜로디언을 연주하는 거야. 세상에나! 멜로디언으로 'In my defence'가 말이나 되는 거야? 증말, 쪽팔려 죽는 줄 알았어."

길도가 검지로 다홍이 입을 눌렀다. '나쁜 말이니까 하 면 안 돼.' 하는 뜻이었다. 길도와 다홍이 사이에서 삼촌 노릇을 하는 몇 안 되는 경우였다. 길도는 충분히 그럴 자 격이 있다. 길도는 나쁜 말을 하지 않으니까.

"미안, 삼촌."

하지만 다홍이는 아직 분이 풀리지 않았다. 팔짱도 풀었 고 다시 천천히 걷기 시작했지만 표정은 아직도 달구어진 기관차 그대로였다.

"창수는 제가 프레디 머큐리의 음악 정신을 심각하게 먹칠하고 있다고 생각하지 못하나 봐. 게다가 내 발표를 건성건성 들은 것이 분명해. 프레디 머큐리가 에이즈 때문에 죽었다는 대목은 특히나……."

프레디 머큐리로 생각이 옮겨진 때문일까? 언제 그랬냐는 듯이 다시 생글생글한 표정이 되었다.

"삼촌도 들을 수는 없어도 뮤직비디오 정도는 봐둬야 돼. 내가 집에 가서 보여줄게. 얼마나 멋있다고!"

그러더니 업어 달란다.

집으로 돌아와서는 다홍이가 보여주는 몇 편의 뮤직비디오를 보고 프레디 머큐리가 누군지도 알게 되었고, 창수가 왜 코 밑에 검은색 테이프를 붙이게 되었는지도 알 수 있었다. 음악이야 얼마나 대단한지 알 수 없지만, 어떻게 저렇게 꽉 끼는 바지를 입을 수 있을까 감탄했다. 다홍이는 저녁에 볼 TV 프로가 있어 먼저 숙제를 해야 한다고 부산을 떨었다. 방바닥에 엎드려서는 책과 노트를 펼치고 필통에서 필기구들을 주~욱 꺼내놓고는 곧장 잠이 들었다. 방금 전 눈앞에 와서는 큰 입모양으로 "방해하지 마~" 했던 것 같은데…….

발코니에 철퍼덕 앉아 선반 위 화분들을 바라보았다. 그 화분들은 매형으로부터 상속받은 것들이었다. 길도는 큰누나가 그 화분들을 어떻게 대하는지 잘 알고 있었다. 큰누나는 어려서부터 벽이든 어디든 뭔가가 붙어 있는 것을

유난히 싫어했었다. 그 흔한 포스트잇은 물론이고 벽시계
나 사진 액자들도 모두 바닥에 내려 기대어놓곤 했었다.
벽에 자국이 생기는 것이 싫었던 건지, 뭔가가 아슬하게
매달려 있는 것이 불안한 건지는 아무도 알 수 없었다. 언
젠가는 냉장고에 붙여놓은 거래처 전화번호를 떼어버려서
어머니께 심하게 야단맞은 적도 있었다. 대들지만 않았어
도 머리채를 잡히진 않았을 텐데…….

　하지만 화분마다 붙어 있는 매형의 메모는 절대 떼어버
리는 법이 없었다. 습기로 심하게 쪼글거리고 글씨가 번져
있어도, 버리기는커녕 코팅에 또 코팅을 해서 붙어 있던
그 자리에 단단하게 고정시켜 놓았다. 손발이 오그라들 내
용들뿐이다.

〈다홍이 걷기 시작한 날. 튼튼하게 자라라~ 사랑해!〉
〈물은 일주일에 한 번, 사랑은 매일매일〉
〈우리 집 사서 이사한 날! 다음엔 엘리베이터 있는 집으로~〉
〈내 승진과 우리 도은이의 취직 기념으로 장인어른께서 직
접 사주신 고무나무. 앗싸!〉

　그리고 마지막 메모는 멀리 큰 화원에서 사왔다는 야트
막한 백일홍에 붙어 있었다.

〈꽃이 지기 전에 돌아올게. 사랑해 도은아~ 알라뷰 다홍아~〉

꽃이 한 번 피면 100일 동안 붉은빛을 잃지 않는다는 백일홍을 모래시계 삼아 가족을 달래려던 생각이었을 텐데…….

"꽃이 지기 전에 돌아온다더니…… 거짓말쟁이!" 하며 울던 누나를 그때는 이해하지 못했었다. 어쨌거나 지금도 이 백일홍은 누나와 다홍이를 견고하게 이어주고 있었다. 일본에서 누나는 전화를 걸어 "백일홍 물은 빠지지 않게 주고 있니?" 하고 말을 걸고, "그럼! 흙이 마르지 않도록 늘 살피는데!" 하고 대화의 물고를 트는 모녀였다. "밥 먹었니?"보다는 백배는 좋다고 생각했다.

오희나에게 선인장은, 세발자전거는 어떤 의미를 가지고 있을까? 그녀에게 전달되어야 하는 사진은 어떤 모습이 되어야 할까? 그녀의 말대로 가능한 많은 장면을 담는 것이 최선일까? 그녀의 일상을 들여다본 것이 자꾸 무섭고 후회가 되었다. 좋은 사진을 찍기 위해서는 피사체에 대한 이해가 먼저라는 사실이 새삼스레 어렵게 다가왔다. 한상욱 신부님의 말씀이 떠올랐다.

"길도의 사진은 다른 사람들이 볼 수 없는 것을 담을 수 있는 묘한 힘이 있는 것 같아. 나는 길도가 이 점에 관심을 가져줬으면 해. 오로지 길도만이 볼 수 있는 '감춰진 것', '이면의 것'을 카메라에 담을 수 있을 때 비로소 길도의 사진은 '치유의 사진', '회복의 사진', '희망의 사진'이 될 수 있을 거야."

〈심령사진이요?〉 하고 써 보여 드렸던 것을 후회했다.

길도는 마음을 다잡고 내일 하루에 대해 생각해 보았다. 오희나의 '감추어진 것', '이면의 것'을 생각하니 오히려 가슴이 더 심하게 요동치고 있었다. 그리고 길도의 마음처럼 하늘도 심하게 요동치듯 비를 뿌리기 시작했다. 내일은 오희나의 작업 후 퇴근길에서부터 따라붙어 관찰하기로 마음먹었다.

길도는 시간에 맞춰 작업장에 도착했다. 이번에는 작업장을 관찰할 것이 아니니까 굳이 맞은편 건물로 올라갈 이유는 없었다. 오희나는 모두의 배웅을 받았다. 어떤 사람들은 창문으로 고개를 내밀고 인사를 건네기도 했다. 오희나는 배낭 하나만 지고 돌아가고 있었다. 아마도 다른 작업 도구들은 모두 다른 사람들이 가지고 갔다가 가지고 돌아오는 것 같았다. 오희나가 맞은편 버스 정류장에서 버스를 탈 때까지 아무도 건물로 들어가지 않았다. 버스의 창문을 통해 본 깨끗한 점퍼는 길도와 오희나가 탄 버스를 한동안 지켜보았다. 사람들이 농아인 길도를 보는 것처럼. 건어물 김 씨 부부가 오희나의 뒷모습을 지켜내는 것처럼. 길도는 지척에 있는 오희나에 대해 골똘해 있는 동안 자신이 열린 창문 앞에 서 있는 것도 잊고 있었다.

오희나는 버스를 내려 곧장 집으로 향했고, 집 앞에서

잠깐을 멈춰 서 있었다. 가만 보니 어제 내린 비로 고인 물 웅덩이를 골똘히 내려 보고 있는 것 같았다. 자신의 얼굴이 그곳에 있었던지 발끝으로 살짝 수면을 건드리고는 집으로 들어가 버렸다. 길도도 그 자리에 서보았다. 엿보지 말아야 할 뭔가를 보고 불안해하는 얼굴이 그 안에서 올려다보고 있었다. 길도는 용기 있게 발끝으로 수면을 걷어찼다.

다음날 길도는 오희나의 일상을 카메라에 담기 시작했다. 평소와 다름없이 그녀는 평화롭게만 보였다. 오히려 아무것도 놓칠 수 없다는 절박한 심경은 길도만의 몫이었다. 그녀가 관심을 보이고 접촉한 모든 것들에 포커스를 가져갔다. 그리고 최대한 곁에 다가서야 했기 때문에 약국 유리에 비친 모습이 나란히 걷고 있는 것처럼 보여서 깜짝 놀라기도 했다. 그녀는 마치 작정하고 모델이 되어주기라도 한 듯 사람과 사물을 막론하고 손을 내밀었다. 대화하고, 일으켜 주고, 부축하고, 또 도와줬다. 그녀가 건어물상에 있을 때에도 카메라는 내려놓을 수 없었다. 호객을 위한 그녀의 손짓이 비명처럼 보일 때면 잠시 눈을 감을 수밖에 없었다. 준비해 간 예비 메모리에까지 모두 담았을 무렵에서야 해는 붉은색으로 번지기 시작했고, 그녀도 집으로 돌아갈 채비를 했다. 집 앞에서의 몇 커트만을 예상하고 있을 때, 그녀는 하얀색의 공사장 담벼락을 따라 걷

고 있다가 문득 주위를 둘러보았다. 아마도 파파라치에게
사진을 의뢰한 일이 생각났던 것은 아니었을까?

바로 그때였다. 오희나는 갑자기 길 맞은편 길도를 향해
휙 돌아서더니 반듯한 자세를 취했다. 너무도 반듯한 자세
여서 마치 군인들의 차렷 자세를 연상케 했다. 담벼락에
드리운 그림자는 깊은 계곡을 만들었고, 그녀는 희미한 그
늘 같은 미소를 입에 물고 있었다. 길도는 그 자리에 얼어
붙고 말았다.

얼마간의 시간이 흘렀을까? 천천히 고개를 떨어트린 오
희나는 다시 발걸음을 옮겼다. 이제는 완전히 어두워진 거
리에 길도만이 홀로 남겨져 있었다. 그녀가 서 있던 빈자
리는 많은 말을 쏟아내고 있었고, 길도는 모든 얘기들을
경청한 뒤에야 비로소 확신할 수 있었다.

며칠 후 늦은 오후, 오희나의 집 벨이 세 번 울렸다.

"누구세요?"

잠시 동안 대답이 없었다. 오희나가 현관으로 다가서자
그제야 어떤 사내의 목소리가 들려왔다.

"택밥니다."

도어아이를 통해 내다본 곳에는 젊은 청년이 한 명 서
있었다. 모자에는 매직으로 쓴 티가 역력한 〈택배〉가 써져
있었고, 작업용 조끼에는 이삿짐센터 상호가 선명했다. 오
희나는 그 낯익은 청년에게 잠겨 있지 않은 문을 열어줬

다. 이등병처럼 서 있던 청년은 서류봉투를 불쑥 건네더니 "안녕히 계세요." 하는 기계음(?)을 남기고 허겁지겁 사라졌다.

발신인은 〈아이 엠 파파라치〉. 오희나는 선 채로 봉투를 뜯었다. 봉투 안에는 여러 장의 사진들과 CD가 한 장 들어 있었다. 사진을 한 장씩 넘겨보다가 다시 봉투의 수신인을 확인해 보았다. 수신인에는 분명 〈오희나 귀하〉라고 정확하게 프린트되어 있었다. 그런데 사진의 내용에는 정작 그녀 자신이 보이지 않았다.

'바뀌었나?'

그녀는 이 배달 사고(?)를 바로잡아야 했다. 받지 못한 사진도 그렇지만 누군가 받아야만 하는 이 사진들을 위해서도 그래야 했다. 하지만 파파라치에게 연락할 수 있는 유일한 방법은 이메일뿐이었다. 그 사실이 오희나를 잠시 망설이게 했다. 발코니에 면해 있는 방문 앞에서 짧게 심호흡을 했다. 문손잡이를 비틀어 방문을 연 후에도 잠시 머뭇거리다가 천천히 방으로 들어갔다.

불을 켜지 않은 어두운 방 귀퉁이에 먼지 쌓인 PC가 있었다. 두터운 커튼은 외부로부터의 빛을 완벽하게 차단시키고 있었고, 살짝 열어놓은 문틈으로 새어 나오는 빛에만 의지하여 PC를 더듬어 갔다. 그녀는 책상 위에 사진을 올려놓고 더듬더듬 PC의 전원을 찾았다. 전원을 켬과 동시에 사진들이 책상에서 바닥으로 쏟아져 내려왔다. 그녀는 짧게 한숨을 내쉬고는 결국 망설이던 벽 스위치를 올렸다. 몇 번 깜빡이던 전구는 남편과 아이의 사진 액자 위에도, 아이의 책꽂이와 프라모델 위에도 빛을 내렸다. 오희나는 잠깐의 현기증을 느껴야만 했다. 아직 로딩 중인 PC를 기다리기 위해 쓰러지듯 의자에 기대었다.

감았던 눈을 떠보니 바닥에 떨어진 사진들이 한눈에 들어왔다. 그때 눈에 들어오는 건 낯익은 사람들과 거리, 정은실 할머니, 건어물 김 씨 부부, 그리고 개구쟁이 동네 아이들과 어르신들이었다. 뒤늦게 깨달은 거지만 오희나 본인도 사진에서 완전히 빠져 있는 것은 아니었다. 나를 찾을 때 없던 내가 우리 안에는 포함되어 있었던 것이다. 울고 있는 아이들 옆 하늘거리는 치맛자락은 분명 오희나 자신의 것이었다. 어떤 사진에는 낮은 플랫 슈즈를 신고 있는 발만, 또 어떤 사진에는 손만 등장하고 있었는데, 하나같이 포커스는 오희나의 것이 아니었다. 실망스러운 사진들뿐이었다. 도대체 무슨 의도로 이런 엉터리 사진들을 보냈는지 좀 따져봐야겠다는 생각이 들었다. 게다가 작업 중일 때에는 사진을 찍지 말아달라고 그토록 당부했었건만, 몇 장의 사진은 분명 작업장의 오희나를 담아내고 있었다.

오희나는 모르는 등 뒤의 세상. 남편의 친구이자 현장 소장인 유창현 씨는 필요한 페인트 통을 오희나의 등 뒤로 밀어 넣고 있었고, 동료들은 모두 그녀를 의식하며 작업하고 있었다. 오히려 자신들의 작업에는 건성인 느낌이었다.

부끄러운 생각이 들었다. 그러던 중 흩어진 사진들 틈에 클립으로 묶여진 몇 장의 사진이 눈에 들어왔다. 사진을 들춰보니 이 역시도 기대하는 사진과는 더욱 거리가 먼 사진들뿐이었다. 가끔 버스 정류장까지 배웅해 드리던 정은실 할머니의 사진이었는데, 사진 속의 할머니는 정성스레 누군가(혹시 이 사람이 아들 정수 씨가 아닐까?)를 간호하고 있었다. 수저로 죽을 떠먹이거나 수건으로 환자를 닦아주는 모습, 또 흰 가운의 의사들 사이에서 두 손을 모으고 간절히 기도하는 모습이 마치 '살아만 다오.' 하고 얘기하는 것 같았다. 마지막 사진은 할머니가 벽을 의지해 힘겹게 계단을 내려오는 흑백사진이었다. 오희나는 갑자기 숨이 막히고 가슴이 먹먹해 오는 것을 느끼고는 눈을 질끈 감고 말았다. 사진을 쥐고 있는 손이 가늘게 떨리고 있었다. 오희나는 다른 사진들을 다시 들여다보았다. 한 장 한 장을 넘길 때마다 오희나의 입에서는 신음 소리 같은 것이 새어 나왔다.

"그럴 리가 없어. 알아챌 리가 없어."

그때 맞은편 건물 복도에는 오희나의 어깨가 들썩이는 것을 묵묵히 지켜보는 사내가 있었다. 그리고 그 옆에서는 코흘리개 동석이가 사내의 보이스 레코더 이것저것을 눌러보고 있었다.

—택뱁니다, 안녕히 계세요, 택뱁니다, 안녕히 계세요.

길도를 깨운 것은 화심이의 문자메시지였다. 길도는 우유 배달과 다홍이 등교를 도와주고는 곧장 다시 잠들어 버렸었다. 밤새 오희나 생각으로 뒤척였기 때문이었다.

「네가 말한 사람 알아보고 다시 문자메시지 줄게. 여기 그 동네야.」

30여 분이 지났을까, 화심이에게서 다시 문자메시지가 도착했다.

「슈퍼 아저씨 왈, 그 아주머니 반년 전에 남편과 아이를 교통사고로 잃으셨대. 부부가 함께 페인트 기술자인 걸로 알고 계셨는데, 그 이상은 잘 모르신대. 다른 사람에게 또 물어볼까?」

「고마워^^ 오늘 저녁 먹으러 와. 어때?」

「알바 끝나면 일곱 시. 삼십 분까지 갈게. 그때 봐~♡」

하트 모양의 이모티콘을 물끄러미 보면서 얼굴을 붉히는 길도. 무슨 생각에선지 튕겨 오르듯 벌떡 자리에서 일어섰다. PC를 켜고 초조하게 로딩되기를 기다렸다. 비밀번호를 세 번이나 잘못 입력한 끝에 이메일을 확인할 수 있었다. 역시 오희나로부터 온 한 통의 이메일이 있었다.

엉터리(?) 사진작가님 보세요.

보내주신 사진은 잘 받았습니다.

하지만 여간 실망스럽지 않네요.

의뢰는 제가 했는데, 사진에는 온통 주변 사람들뿐이니까요.

무슨 생각으로 찍었는지 직접 만나서 얘기를 듣고 싶은 심정 간절합니다만, 우선 제가 생각할 것도 있고, 정리할 것도 좀 있고 해서 다음 기회를 기약해야만 하겠습니다.

하지만 언젠가는 반드시 제게 얘기해 주실 것이라 믿습니다.

말씀드렸다시피 제 의뢰와는 무관한 사진들이기에 한 푼도 드릴 수 없다고 생각했었습니다.

하지만 저는 언젠가 '그때 보았던 제 모습'에 대해 말씀해 주실 것이라 믿고 있기에 그에 대한 비용을 미리 드리도록 하겠습니다.

넉넉히 드릴 수 없는 점 양해하시길 바라며, 제게 빚이 있다는 점 잊지 않으시길 바랍니다.

꼭 돌려받도록 하겠습니다.

그럼, 안녕히 계세요.

—오희나 올림.

추신. 앞으로 먹고살 걱정에 넉넉하게 드릴 수 없다고 하면, 당신은 아쉬워할까요? 아님 기뻐할까요? 당신의 표정이 궁금해집니다.

아 참, 상냥한 목소리의 택배기사님께도 안부 전해주세요.

잠시 민규의 딱딱한 얼굴에 상냥한 목소리는 어떨까 생각해 보았다. 긴장이 풀렸을까? 달콤한 낮잠이 길도를 다시 유혹했다. 길도는 다홍이가 흔들어 깨울 때까지 깊은 잠을 잘 수 있었다.

"삼촌, 화심이 언니 온다면서?"

잠에 취한 얼굴로 고개를 까딱였다.

"그럼 시장이라도 봐야지. 뭐가 좋을까? 오징어볶음 어때? 다른 반찬이 없어도 맛있게 먹을 수 있잖아."

어느새 눈을 똥그랗게 뜬 길도가 수첩을 찾아 적는다.

〈+ 계란프라이〉

옆에서 지켜보던 다홍이가 웃었다.

"알았다고요! 오늘은 특별히 계란프라이에 계란말이 추가요! 어때?"

길도는 자리를 박차고 뛰어오르더니 바로 시장 볼 채비를 서둘렀다. 손가락에 물을 묻혀 눈자위를 닦아내고 입에 물을 한 모금 머금더니 '퉤~'하고 뱉었다. 그 모습을 지켜보던 다홍이가 가만히 있을 리 없었다.

"여자 친구 만나는데 고양이 세수가 뭐야? 얼른 머리까지 제대로 감아! 알았지? 아님 계란프라이도, 계란말이도 없어!"

결국 샤워를 선택한 길도. 그리고는 집을 나오기 전 CSI 요원들이 하듯이 냉장고 안을 구석구석 카메라에 담았다. 길도와 다홍이는 시장을 보러 가기 전에 냉장고 안을 찍어서 메모를 대신했다. 시장에 가서 찍어온 사진을 들여다보면 무엇이 있고, 무엇이 없는지를 금방 알 수 있으니까 적어온 메모보다 더 신속하고 정확하기까지 했다.

화심이는 약속 시간보다 일찍 시장에 나왔다. 머리를 맞
댄 셋은 카메라의 LCD 화면을 보면서 무엇을 사야 하는지
상의하고 각각이 맡은 재료를 사오기로 했다. 오징어는 화
심이가, 양파와 청양고추는 다홍이가 그리고 냉동 포장된
만두는 길도가 구입했다. 재료를 고르는 안목이 전혀 없는
길도가 유통기간만 확인하면 되는 냉동식품을 담당하게
된 것은 화심이의 배려 때문이었다. 집으로 돌아오는 길에
길도는 두 사람에게 양해를 구했다.

〈잠깐 어디 들렀다 들어가도 돼? 늦지 않을게. 30분 정
도.〉

화심이는 고개를 돌려 다홍이의 생각도 물었다.

"빨리 와야 해. 삼촌이 할 몫도 있으니까."

허락이 떨어지자마자 길도는 그 자리에서 100미터 육상
선수마냥 쪼그려 앉아 출발자세를 취하고는 저 혼자 뛰쳐
나갔다. 화심이는 귀엽다고 웃었지만 다홍이는 그러는 삼
촌이 걱정됐다. 이래저래 걱정 많은 열 살이다.

다시 찾은 B동의 복도는 마치 오래전 졸업한 초등학교
의 운동장을 거니는 느낌이 들었다. 복도에 서서 맞은편
오희나의 집을 들여다봤다. 전과는 다르게 굳게 닫혀 있던
방들의 문이며 창문이 활짝 열려 있었고, 살림살이들과 청
소도구들이 비좁은 바닥을 차지하고 있었다.

둥근 벽시계가 있던 자리에는 네모난 벽시계가 대신하

고 있었고, 아무것도 찾아볼 수 없었던 주방은 벌써 몇 가지 음식재료들과 도구들로 어수선했다. 세발자전거는 보이지 않았지만 선인장은 햇살 좋은 자리를 찾아낸 것 같았다. 무엇보다도 눈에 띄는 것은 식탁 위에 사진 액자가 사이좋게 자리한 것이었다. 실내를 향해 있어서 사진의 주인공을 확인할 순 없지만 충분히 짐작할 수는 있었다. 그리고 마찬가지로 안쪽에 오희나가 앉아 있었는데 누군가와 얘기를 하고 있었다. 벽에 가려 잘 보이지 않지만 오희나와 마주 잡은 손의 소매를 보니 정은실 할머니가 아닌가 싶었다.

난간을 잡고 있던 길도의 손에 힘이 들어갔다. 발걸음을 돌리려고 하는데 건물 아래에서 한 무리의 사람들이 몰려들었다. 공사 현장에서 봤던 깨끗한 점퍼와 특공 조끼의 사람들이었다. 다들 손에는 뭔가를 한 아름씩 들고 오희나의 집으로 향하는 중이었다. 아니나 다를까? 사람들은 집 안으로 들어서자마자 반갑게 인사를 하고 왁자지껄 사람 사는 냄새를 피워냈다. 안도의 한숨을 쉬고는 곧바로 뒤돌아 계단을 내려오려다 그 자리에 멈춰 섰다. 그리고는 코흘리개, 아니, 동석이네 집을 찾아 초인종을 눌렀다. 동석이 어머님이 반갑게 문을 열어주셨고, 동석이도 길도의 얼굴을 확인하고서는 늘 입던 외출복(?) 차림으로 껑충 달려들었다. 길도의 수첩은 언제 시간이 나면 조카랑 한번 놀러 오겠다고 했고, 동석이를 집으로 초대하고 싶다고도 얘기했다. 그리고는 동석이에게 빨간색 물총을 선물로 주었다. 인사를 하고 돌아서려는데 방 안쪽에서 오희나의 세발자전거가 살짝 눈에 들어왔다.

돌아오는 길에 여러 가지 생각이 길도의 머리에서 떠나지 못했다. 남의 삶을 들여다본다는 것, 드러난 것과 감추어진 것 중 어떤 것이 더 진실에 가까울까 하는 물음이 맴돌았다. 파파라치가 다 그렇지 뭐 하면서도 알 수 없는 사명감 같은 것이 길도에게 싹트기 시작했다.

길도에게는 데친 오징어의 껍질을 까는 임무가 내려졌지만 곧 철회되었다. 길도가 온몸으로 거부반응을 보였기 때문이다. 몸짓으로 보아하니 오징어가 자기를 쳐다보고 있는 것 같다고 그러는 것 같았다. 길도는 짖지도, 뭔가를 알아듣지도 못하는 생명체를 보면 한없이 너그러워지는 약점이 있었다. 그래서 어쩔 수 없이 화심이가 오징어를 다듬었고, 길도는 손님처럼 머쓱하게 앉아 있어야만 했다.

식사를 하는 내내 화심이는 자기가 슈퍼 아저씨에게 사회복지사라면서 이것저것을 물었던 얘기를 첩보작전인 양 떠들었고, 다홍이는 아직도 프레디 머큐리가 빙의(?)된 녀석이 코 밑의 검은색 테이프를 떼려고 하지 않는다는 얘기를 하면서 혀를 찼다. 가끔 화심이는 입을 가리고 다홍이 쪽을 보면서 얘기를 하는데, 그건 '이건 여자들만의 얘기야.' 하는 제스처였다. 둘이 입을 가리고 얘기하기 시작하면 걷잡을 수 없어진다. 어쨌거나 지금의 길도 역

시 아무런 방해도 받고 싶지 않았다. 매콤한 오징어볶음
을 담담한 계란말이에 싸서 입 안 가득 밀어 넣고 있는 중
이니까.

3장 숨은그림찾기

……우리 집 장애인은 나 하나뿐인데 밖에 나서면
모두들 내 흉내를 내곤 한다. 다른 가족들은 그런 대접을 받을
필요가 없는데도 말이다. 가끔은 나의 장애가 사고가 아닌
바이러스에 의한 것은 아닐까 착각한다.
우리 가족들에게 전염시킨 바이러스…….

"윤정 씨, 일이 손에 잡히겠어? 나라면 쉬엄쉬엄하겠다."

어느새 왔는지 공사부의 김혁준 과장이 생글거리며 농담을 던졌다.

"저 아님 회사가 돌아가나요? 저도 쉬고 싶지만 과장님 제때 봉급이라도 받아가시게 하려면 쉴 수가 없네요."

"그러게 왜 그리 일찍 시집가? 남들은 서른, 마흔도 잘 넘기던데."

"그러게요, 백마 타고 온 그 사람에게 물어보세요."

"윤정 씨 완전히 넘어갔네, 넘어갔어! 누군지 좋겠다!"

"과장님도 댁에는 아름다우신 왕비마마와 귀여운 공주

님, 왕자님 다 계시잖아요. 그러니까 과장님도 왕은 왕 아니겠어요?"

"어허, 왕은 무슨. 머슴으로 전락한 지 오래되었네요. 우리 마누라, 봉급날만 살살거리지. 그건 그렇고, 오늘 공사부 회식 있는데 윤정 씨 안 올 테야? 나 윤정 씨 데려오라는 특명 받고 온 건데."

"그래요? 그런데 죄송해서 어쩌죠? 저 오늘 집에 좀 일찍 들어가 봐야 해서요. 정말 죄송해요."

"다들 실망할 텐데. 나도 일부러 회사 들른 거야. 대장한테 들키면 혼나!"

"죄송해요. 다음엔 제가 회사 앞 대폿집에서 한 번 쏠게요."

"어쩔 수 없지 뭐, 그나저나 윤정 씨 없이 우린 뭔 재미로 사냐?"

"에이, 더 젊고 예쁜 신입사원 들어오면 금방 잊으실 거면서……."

"대타도 대타 나름이지. 그럴 리가 있겠어? 어쨌든 알았어. 잊지 말아야 해. 대폿집."

"넵, 헤헤."

윤정은 세련되게 경례를 붙였다. 그제야 김혁준 과장은 파티션에 기대었던 몸을 일으키며 아쉬운 듯 발걸음을 돌렸다. 요 며칠 동안 외근 중이던 동료들이 일부러 회사로 들어와 윤정에게 농담을 붙이며 아쉬움을 토로하고 있었다.

오랜만에 다시 맡은 경리 업무이기도 했지만, 8년간 몸담았던 회사를 떠난다고 생각하니 윤정도 일에 집중하기 힘들었다. 일찍 부모님을 여읜 윤정에겐 모두가 부모이며 가족과 다름없었다. 실업계 고등학교 졸업반 때 견습생으로 들어와 직장 동료들의 관심과 보살핌 덕분에 아무 걱정 없이 행복할 수 있었다. 게다가 세 살 어린 동생 윤수도 고등학교 졸업 후엔 공사부에서 일을 할 수 있도록 자리를 마련해 주었고, 윤정도 5년간 담당하던 경리 업무를 그만두고 디자인을 할 수 있도록 배려해 주었었다. 실업계 고등학교에서 디자인을 공부했었지만, 대학을 나온 재원들도 차고 넘치는 실정이라 감히 디자인을 품어보지 못했던 윤정에게는 너무나 큰 행운이 아닐 수 없었다.

　"윤정 씨가 경리 업무를 천직이라고 생각한다면 말릴 생각은 없습니다. 일에서 보람을 찾을 수 있다면 어떤 일이든 상관없을 테니까요. 하지만 디자인에 뜻을 두고도 도전하지 못하고 있다면 우리가 도와줄 수 있어요. 2루로 가려면 먼저 1루에서 발을 떼야 하는 것 아니겠습니까. 우리가 응원하겠습니다."

　직원들에게 대장이라고 불리는 소장님의 격려가 윤정에게 더 없는 용기를 불어넣어 주었다. 어디 대장뿐이겠는가. 다른 동료들의 도움도 윤정은 평생 앉고 가야 하는 고마운 빚이라고 되뇌곤 했다.

　윤정의 첫 현장은 지하상가의 패션숍이었는데, 거의 모

든 직원들의 합작품이라고 해도 과언이 아니었다. 디자인부의 최고참인 박가희 실장은 클라이언트에게 윤정의 디자인을 오래전부터 준비된 작품이라고 강력 추천했었다. 디자인부의 김세연 씨도 기꺼이 윤정에게 손과 발 그리고 정말로 참신한 아이디어를 제공했다. 가끔 그때의 디자인은 세연 씨가 윤정의 손을 잡고 그녀의 힘으로 진행했던 것이 아닌가 하는 생각이 들 정도였다. 어디 그뿐이었던가. 공사부의 직원들은 도움과 극성이 적당히 믹스된 관심을 보여주었고 또, 실질적인 결과를 끌어내 주었다. 자신들의 현장도 일손이 부족해 잠자는 시간까지 덜어내야 한다는 것쯤은 모두들 아는 사실이지만, 윤정의 현장을 위해서는 기꺼이 짬을 내 공사의 진행을 거들었었다.

특히 김대현 대목수는 수하의 모든 기능공들을 대동해서 빈틈없는 작업을 진두지휘했었고(디자인의 오류도 찾아내 예의 바르게 수정을 조언했었다), 국제기능올림픽에서 두 번이나 금메달을 수상하셨던 도배 장인인 추상현 기능장은 새벽에 멀리 지방에서 올라오는 수고를 감수했었다. 아아, 어디 이분들뿐이겠는가. 그 뒤로도 윤정의 이름으로 십수 개의 디자인을 해낼 수 있었던 것은 모두 〈파트너즈〉의 동료들 덕분이라는 사실을 누구보다도 잘 알고 있는 윤정이다. 하지만 윤정은 얼마 전 어려운 결정을 했다. 동료들과 정들었던 작업장을 뒤로하고 결혼과 동시에 캐나다로 이민을 가기로 한 것이다. 그 퇴직과 결혼, 그리고 이민의 선

착장이 20일 남짓 앞서서 윤정을 기다리고 있는 것이었다.

윤정은 절대 엄수하라는 여섯 시 퇴근 시간을 이미 한 시간이나 넘기고서야 겨우 자리에서 일어났다. 퇴직을 한 달 남겨둔 시점부터는 야근이 없는 경리 업무를 다시 맡아보고 있었다. 다른 직원들은 이제 본격적인 야근을 위해 세수를 하거나 집에 전화를 하는 등 부산을 떨고 있었다. 윤정은 그 모두들에게 허리를 접어 깍듯하게 인사를 했지만, 눈을 맞출 수는 없었다. 마음 같아서는 윤정도 깨끗하게 세안을 하고 베이비 로션을 찍어 바르면서 "자자, 이제부터 시작이에요. 야식이라도 얻어먹으려면 정신 바짝 차리셔야 될 겁니다." 하면서 자리로 돌아가고 싶은 심정이었다. 조금이라도 동료들과 함께하고 싶은 마음에 야외촬영을 비롯해 많은 것을 생략한 윤정이었지만, 캐나다로 가기 전에 정리할 것이 아직 많이 남아 있었다. 오늘은 우유 보급소에 들러 우유를 그만 넣어달라고 할 참이었다.

우유 보급소에는 다행히 소장님께서 나와 계셨다. 손녀로 보이는 귀여운 아이는 책상에 걸터앉아 다리를 까딱이며 골똘히 생각에 잠겨 있었고, 소장님은 다리를 떨면서 전화를 받고 계셨다. 윤정을 알아본 소장님은 손짓으로 자리를 권했고, 아이는 재빠르게 의자와 유산균음료를 찾아 내왔다. 우유 보급소에서 직접 맛보는 유산균음료는 마치 목장에서 방금 짜낸 우유를 먹는 것처럼 신선한 느낌이었다.

"네네, 내일 찾아뵙겠습니다."

골목 입구에서도 들리는 쩌렁쩌렁한 보급소 소장님의 목소리가 상대방과 내일을 기약했다.

"안녕하세요. 새댁이라고 해야 하나? 축하해요. 그런데 멀리 가신다니 좀 서운한데."

이미 집주인한테서 다 들은 모양이었다. 집주인이 반장을 맡고 있으니 이미 알 사람들은 다 알고 있겠다 싶었다. 반장은 왜 마을 이장처럼 마이크를 주지 않느냐고 하시던 분이니 오죽할까.

"네, 말씀 들으셨어요? 사실 그것 때문에 왔어요. 부탁드릴 것도 있고 해서요."

"무슨 부탁이요?"

대답은 여자 아이가 대신했다. 꿀밤 주는 시늉을 하시면서 소장님이 다시 물었다.

"무슨 부탁이요?"

"네, 이달 치 대금을 먼저 지불할게요. 제가 없는 나머지 며칠 동안은 저희 회사로 보내주셨으면 해서요."

"문제없습니다. 오거리에 있는 대승빌딩 5층이죠? 그런데 남동생도 함께 나가시나 봐요?"

"아니오, 남동생은 여기에 남아 있기로 했어요. 그런데 저 가고 나면 적적하다고 해서 저희 소장님 댁으로 들어가기로 했거든요. 아, 그리고 한 가지 더 부탁드릴 것이 있는데요……."

"말씀하세요."

"신문보급소와 제 퇴근 시간이 맞질 않나 봐요. 몇 번을 찾아갔었는데 모두 소장님께서 안 계시더라고요. 그래서 대신 대금을 좀 지불해 주시고 이달까지만 넣어달라고 전해주시면 감사하겠습니다."

"문제없습니다. 제가 영수증도 대신 써드릴게요. 가끔 같은 부탁을 하시는 분들이 계셨거든요."

"다행이네요. 고맙습니다."

대금을 지불하고 남아 있는 유산균음료를 들이켰다. 아쉬운 인사를 나누고 보급소를 나오려고 하는데 보급소 유리문에 붙어 있는 광고가 눈에 들어왔다. 이면지에 손으로 쓴 몇 글자의 문구가 광고의 전부였다.

당신의 일상을 담아드리겠습니다. ─파파라치.
www.iampaparazzi.net

'일상을 담아준다고?'

윤정은 이면지에 점점 다가서는 자신을 알아채지 못했다. 어떤 내용일까 상상해 보는 윤정에게 여자 아이는 유리창에서 이면지를 떼어 건넸다.

"홈페이지에 가시면 자세한 내용들을 확인할 수 있대요. 그리고 바로 신청할 수 있다고도 하던데요."

"아, 그래?"

자세한 것은 묻지 않았다. 이면지 광고를 토드백에 챙겨 넣고는 아이에게 손을 흔들었다. 몇 군데 볼일을 더 본 후 집에 돌아온 윤정은 바로 PC를 켰다. 아직 어두운 모니터 앞에서 골똘히 달력에 집중해 있는 윤정의 손에는 이면지 광고가 들려 있었다.

메일을 확인한 길도는 주먹을 불끈 쥐었다. '이러다가 재벌이 되는 거 아냐?' 하면서 헐헐 웃었다. 문짝이 두 개 짜리인 냉장고를 상상하며 다시 한 번 배시시 웃었다.

1 이름 : 정윤정

2 기간 : 2011년 4월 6일~4월 12일까지

3 집주소 : 경기도 용인시 기흥구 상갈동 청룡아파트 101동 702호

4 전화번호 : 017—2XX—XXXX

5 스케줄(자세히 적어주세요!)

오전 8시까지 신갈오거리 대승빌딩 5층 인테리어사무소 〈파트너즈〉로 출근합니다. 점심은 주로 내근을 하는 직원들과 도시락으로 사무실에서 해결합니다.

오후 6시에서 7시 사이에 퇴근하는데 가끔 가까운 인테리어 작업 현장에 들렀다가 집으로 돌아오곤 합니다.

9일에는 회사 앞 실내포장마차 〈목포고모〉에서 회사 직원들과 회식이 있을 예정(오후 7시)이고, 10일에는 곧 결혼할 사람(박태석)과 집 근처에 사시는 이모님을 만나뵐 생각(오후 4시)입니다.

6 요구사항(자세히 적어주세요!)

우선 회사 동료들과의 직장 생활을 추억으로 간직하고 싶습니다. 모두 저에게는 은인 같은 분들이십니다. 지금 저희 회사는 세 곳의 현장에서 공사를 하고 있습니다. 작업장의 주소를 남길 테니 그 현장에서 일하시는 직원들(회사 로고가 들어간 조끼를 입고 있습니다)의 사진들도 포함시켜 주세요. 그리고 태석 씨와 연애한 기간이 오래지 않았습니다. 그나마 제가 바쁘다는 핑계로 데이트다운 데이트도 없었습니다. 게다가 결혼과 동시에 캐나다로 이민을 가야 하기 때문에 이곳에서의 추억은 거의 없다시피 한 셈입니다. 그러니 태석 씨와 함께 있는 사진을 남겨주셨으면 합니다. 나란히 걷고 있는 사진도 좋겠습니다.

24일 제가 다니는 교회에서 결혼을 하고 바로 캐나다로 출국을 하는 관계로 15일 전에는 꼭 사진을 받아봤으면 좋겠습니다. 결혼할 사람과 남동생의 사진도 함께 첨부하겠습니다. 잘 부탁드리겠습니다.

—일본식 선술집 〈내가사께〉 : 수원시 팔달구 매산로 63—1번지

—유치원 〈앨리스〉 : 남양주시 지금동 203번지(이 현장에는 함께 살고 있는 제 남동생이 일하고 있어요. 제 유일한 피붙이입니다. 앞으로 떨어져 오랫동안 볼 수 없을 테니 특히 좋은 사진 부탁드립니다)

—밀리터리룩 전문 의류매장 〈앰부시〉 : 용인시 죽전동 144—68번지

7 첨부파일 : JeongYoonJeong.jpg, ParkTaeSeok.jpg, JeongYoonSoo.jpg

8 이메일 : jyj@partnerz.co.kr

청룡아파트 101동 702호. 이 집은 길도가 3년간 아침마다 우유 배달을 하는 곳이다. 사진을 열어서 의뢰인의 얼굴을 확인했다. 대금 지불을 자동이체로 해놓았는지 사진 속의 얼굴은 낯설었다. 윤정과 윤수는 굳이 알려주지 않아도 남매인지 알아챌 수 있을 만큼 닮아 있었다. 얼굴선이 부드러운 남매와는 달리 예비 신랑은 네모 정직한 턱에 숯으로 크로키한 것처럼 진하고 굵은 눈썹을 가지고 있었다.

길도는 뛸 듯이 기뻤다. 잘만 하면 이번 달 생활비는 걱정하지 않아도 될 것 같은 것도 그랬고, 의뢰의 내용을 보자니 바라보는 사람도 덩달아 행복바이러스가 옮아올 것 같은 기대감 때문에도 그랬다. 탁상용 달력을 보면서 간단하게 일정을 메모했다.

6일(수)	파트너즈 : 출근, 점심, 퇴근 후 집까지
7일(목)	내가사께 ➡ 파트너즈
8일(금)	앰부시 ➡ 파트너즈
9일(토)	파트너즈 ➡ 목포고모 : 회식 전·후
10일(일)	이모님 댁 : 정윤정의 집에서 이모님 댁까지(박태석)
11일(월)	앨리스 ➡ 파트너즈 : 남동생(정윤수)
12일(화)	하루 종일

길도는 중학교에 입학하는 해부터 줄곧 하루 일과를 우

유 배달로 시작하고 있다. 오직 자전거를 이용해야 하는 길도에게 제법 먼 곳이나 오르막길 배달은 그리 쉽지 않았지만 길도는 이 일에 묘한 매력을 느끼고 있었다. 길도의 표현대로라면 남의 일기장을 들여다보는 재미가 있다고 했다. 그것은 200㎖ 우유 하나를 주문하는 것도 가정사를 비춰내고 있다고 믿기 때문이었다. 배달을 신청하고 중지하는 것은 물론이고, 주문량의 변화 내지는 각별한 요청 등이 모두 그 가정에서 무슨 일이 일어나고, 어떤 변화가 있는지를 알려주는 단서가 된다고 생각하는 것이다.

특히, 대형마트에서 얼마든지 할인된 금액으로 우유를 구매할 수 있는 요즘이라 더욱 그렇다고 했다. 길도의 배달 가정과 내역을 기억하는 방법은 조금 독특했다. 바로 그 집 스토리와 연관 짓는 것이다. 아파트의 동, 호수나 번지 그리고 우유의 개수 등 숫자로 기억하는 것이 아니라 배달할 가정의 스토리로 기억하고 있는 것이다. 허투루 배달한 일이 한 번도 없을 정도였다. 마치 배달할 가정의 가가호호마다 길도의 눈에만 보이는 짧은 스토리가 내걸리게(포스트잇이 붙거나 현수막이 내걸리는 것처럼) 되면, 길도는 그 스토리를 따라가는 식이었다. 그리고 그 스토리를 하나로 엮으면 그 동네의 역사가 된다고 믿고 있었다. 다홍이가 다니고 있는 초등학교 정면에 있는 한 동짜리 아파트를 예로 들자면 다음과 같다.

3층 큰 길 쪽 두 번째 집은 최근에 아침을 시리얼로 해결하기로 합의해서 500㎖에서 1,000㎖로 변경한 신혼집이고, 4층 홀 바로 왼쪽 집은 다른 상표의 우유를 주문하다가 배달원과 말다툼을 벌이고는 길도네 우유로 변경한 집이다. 게다가 유산균음료도 추가로 주문했다. 물론 두 집 어느 곳에서도 "시리얼로 아침을 대신하기로 했어요."라든지, "△△우유 배달원이 가끔 우유를 넣지 않아서 옥신각신 끝에 ○○우유로 바꾸게 되었어요."라는 얘기를 들은 적은 없다. 하지만 복도에 나와 있는 분리된 재활용품을 보면 그 대강을 짐작할 수 있었다.

시리얼 신혼집은 분리수거를 하는 일요일까지 시리얼 박스가 복도에 차곡차곡 쌓이는 것이라든지, 유리창에 다량 구매용 시리얼에만 들어 있는 사은품 포스터가 붙어 있는 것으로 미루어 짐작할 수 있었다. 그리고 우유 회사를 변경한 아주머니는 분명 약간의 건망증이 있지 않을까 의심이 되었다. 그 집에서 버려져 나오는 냄비는 오래되어서가 아니고 불에 까맣게 그슬려서 나오는 것들이 종종 있었기 때문이다. 그러니 우유 배달원과 넣었느니, 안 넣었느니 하며 싸웠을 것이고, 결국 보란 듯이 다른 회사의 우유를 주문했을 것이다. 전에는 없던 문 앞에 거는 우유 배달 주머니를 특별히 요청한 것이나, 유산균음료를 위해 별도의 주머니도 매달아달라고 요청한 점을 봐서는 길도의 예상에 더욱 무게가 실렸다.

7층에는 500㎖에서 1,000㎖로 변경했다가 최근 6개월도 못 되어 우유를 그만 넣어달라고 한 가정이 있다. 길도의 추측으로는 그 집 아이가 중학교에 진학하면서 왕성한 식욕으로 우유 용량을 늘였다가, 얼마 가지 않아 학습지나 학원을 새롭게 시작하는 바람에 우유를 중단한 것이 아닌가 싶었다. 그래서 보급소장인 아버지께 얘기하고 간간히 200㎖ 우유를 서비스로 넣어주고 있었다. 실상은 어떨지 모르지만 길도는 이런 식으로 각 가정을 기억하고, 또 배달에 임하고 있었다. 아님, 말고.

　윤정의 집은 최근 많은 세간이 빠져나온 듯했다. 복도에는 매일같이 살림살이들이 잘 묶여서 나와 있었는데, 전집류 책이 나온 적도 있었고, 그리 문제없어 보이는 선반이나 주방용품들도 차곡차곡 쌓여 있었다가 없어지곤 했다. 최근에는 오래전부터 창문에 붙어 있던 10년 전 아이돌 사진과 애완견 사진도 떼어냈다. 그래서 길도는 '이사를 가려나…….' 하고 생각하던 참이었다.
　길도는 윤정의 출근을 지켜보기 위해 집 앞에서 기다리고 있는 중이다. 이미 2시간 전에 들렀던 곳이었다.
　윤정은 정확하게 7시 30분에 집을 나섰다. 엘리베이터 문이 열리고 건물을 나서는 시점에 맞춰 길도는 앞장서서 걷기 시작했다. 회사의 위치는 이미 알고 있으니 윤정의 동선은 분명했다. 게다가 길도는 앞장서서 걸으며 미행할 수 있는 몇 안 되는 사람이 아닌가. 태연하게 걸으면서 주변 사물을 통해 윤정의 사소한 행동거지도 확인할 수 있었다.

바로, 그 순간이었다. 발이 미끄러지면서 동시에 마음 저 깊숙한 곳에서부터 언짢은 감정이 솟구쳐 올라왔다. 개똥을 밟은 것이었다. 순간 많은 생각들이 번개처럼 스쳐 갔다. '왜? 미행만 하면 개똥을 밟는 것인가?', '왜, 동네 개들은 배설에 이토록 집착하는가?', '빈번한 개똥 부비트랩은 왜 여전히 몸서리쳐지는가?'

그러나 길도는 애써 태연한 척했다. 또다시 한쪽 다리만을 이용해 골목으로 숨어들었다. 보도블록에 발을 비벼서 얼마간의 응급조치를 취한 후 윤정의 뒤로 따라붙었다. 다행히 윤정은 통화 중이었다. 윤정과는 최대한 거리를 벌려서 지켜보기로 했다.

윤정의 회사는 걸어서 15분이면 충분했지만, 애견센터 앞에서 15분 정도의 시간을 보냈다. 아직 이른 시간이라 애견센터는 문이 닫혀 있었고, 쇼윈도에는 한참 잠에 취해 있는 녀석들이 뒤척이고 있었다. 유독 한 녀석에게 관심을 보이는 것이 윤정이 기르던 녀석이라서가 아닐까 하는 생각이 들었다. 곧 결혼해서 이민을 갈 사람이 아닌가. 배달된 우유도 사실은 저 녀석 몫이 아니었을까 생각했다. 윤정은 10분 정도 손을 흔들었던 것 같다. 손목시계를 한 번 보고는 그 길로 윤정은 회사로 냅다 뛰었고, 길도도 집으로 냅다 뛰었다.

집에 도착할 때까지 한쪽 발바닥을 바닥에 붙인 채로 왔다. 비벼 끌고 온 것이다. 지난번 집까지 따라온 개똥에 또 한 번 놀랐던 기억이 떠올랐다. 도착과 동시에 오래되어 솔이 누운 칫솔을 골라내 빨랫비누에 힘차게 문댔다. 먼저 센 물살로 밑창을 강타했고, 육안으로 개똥을 찾아볼 수 없을 때부터는 솔을 이용해서 문질렀다. 하얀 거품과 톡 쏘는 빨랫비누 향 때문인지 조금씩 안정을 찾을 수 있었다.

4시간 후, 무릎까지 오는 장화를 신은 길도가 맞은편 건물에서 윤정의 점심시간을 열심히 지켜봤고, 다시 집으로 돌아와 또다시 열심히 신발의 밑창을 문질렀다.

혹시 퇴근을 놓치지는 않았을까 걱정을 하면서 윤정의 회사 근처로 향했다. 하지만 손에서 빨랫비누 냄새를 없애지 않고서는 나올 수가 없었다. 점심시간에 찾았던 〈파트너즈〉의 맞은편 건물로 올라갔다. 건물은 여러 종류의 학원들이 입주해 있어서 사람들의 왕래가 잦았다. 길도가 찾은 5층은 어르신들이 주로 찾는 사교댄스강습소 〈앉으나 서나 스텝생각〉이 있었다.

화려한 의상과 흰 구두를 신은 어르신들이 계단실에 붙어 있는 화장실을 이용하느라 요란스럽게 들락거렸지만 길도에게 말을 걸지는 않았다. 오히려 당신들 취미에 푹 빠져 있어서 그런지 바지 지퍼를 올리며 서둘러 나오시는 분들도 적지 않았다. 화장실에 들어간 손, 볼일을 본 손, 지퍼를 올린 손이 다시 파트너의 손을 잡는 상상에 이르자 자연스레 목이 움츠러들었다. 목을 어깨에 집어넣은 상태로 망원경을 꺼내 들었다.

회사에서 윤정의 인기는 멀리에서도 느낄 수 있었다. 윤정이 있는 곳마다 사람들이 모여들었고 남녀의 구별도 없었다. 윤정의 자리는 매진 직전의 영화관 매표소처럼 북적였다. 다들 윤정의 이민을 아쉽게 생각하고 있는 것 같았다.

오후 7시가 다 되어갈 무렵 배불뚝이 아저씨가 안쪽 방에서 나왔다. 슬금슬금 윤정 쪽으로 다가가더니 옷걸이에 걸려 있는 토드백을 제가 메고는 출입구 앞으로 가 명청히 섰다. 무슨 교황청의 근위병이나 마네킹쯤으로 착각하고 있는 양 미동도 않고 있었다. 다른 직원들은 배꼽을 잡고 웃고 있었고, 마지못한 듯 윤정도 자리에서 일어섰다. 그리고 배불뚝이에게서 가방을 뺏어 들고 샐쭉한 척 회사를 나섰다. 가방을 뺏긴 배불뚝이가 손을 흔들었다.

회사를 나온 윤정은 다시 애견센터로 갔다. 주인과는 안면이 있는지 가벼운 인사를 하고는 바로 유리 케이스 안에 있던 녀석을 번쩍 들어 올렸다. 비글로 보이는 녀석은 옛 주인이 좋은 건지 유리 케이스를 나온 것이 좋은 건지 심하게 버둥거렸다. 그때마다 날개 같은 큰 귀가 펄럭거렸다.

'비글이라…….'

　작은 누나 때문에 길도도 잠시 비글을 키운 적이 있었다. 그래서 비글이라고 하면 떠오르는 단어들이 있었다. '에이리언의 어릴 적 이름', '악마의 행동대장', '혼돈의 첨병' 등이었다. 비글은 알에서 부화하는 유일한 포유류일 것이다. 심하게 활동적인 비글은 정리된 상태를 두 눈 뜨고 보지 못하는 생명체였다. 당시 거의 모든 말썽의 중심에는 그 녀석이 있었다. 언젠가 TV에서 국회의원들끼리 멱살잡이를 하면서 국회를 난장판으로 만드는 것을 본 적이 있었다. 길도는 그때 중계 카메라에는 잡히지 않지만 어딘가에서 비글이 팔짱을 낀 채로 그 모든 혼란을 진두지휘하고 있었을 것이라고 확신했었다. 모든 비글의 눈망울에는 은하계급의 별들이 폭발하는 빅뱅이 숨겨져 있다고 굳게 믿고 있는 길도였다.

　한참을 껴안고 부비고 입을 맞추던 윤정이 시계를 봤다. 그때, 사각 얼굴에 숯검댕으로 크로키한 사내가 애견센터의 문을 두드렸다. 사내는 센터 안으로 들어갈 생각이 없는 듯 보였다. 엉덩이를 밖에다 둔 채로 상채만 들어가는 시늉을 했다. 윤정이 아쉬운 듯 녀석(귀 큰 쪽)을 내려놓고, 토드백에서 뭔가를 꺼내 센터의 주인에게 건넸다. 자세히는 보이지 않았지만 투명한 비닐에 비치는 것으로 판단컨대 녀석(역시 귀 큰 쪽)의 간식인 듯했다. 센터를 나와 팔짱을 끼니 녀석(이번엔 숯검댕 쪽)이 헤벌쩍 웃었다.

길도는 가방에서 카메라를 꺼냈다. 아직 날도 밝고 윤정과 숯검댕을 함께 찍으면서 의뢰인을 이해할 수 있는 좋은 기회라 생각했다. 게다가 숯검댕은 스케줄 상 10일 딱 하루만 사진에 담을 수밖에 없었다.

윤정과 숯검댕은 한참을 쏘다녔다. 국수를 한 그릇씩 먹고는 또다시 어슬렁 시내를 걸어 다녔다. 하천변 조깅코스를 걷다가 벤치에 앉아서 얘기하고, 또 한참을 빙빙 돌다가 번화가를 거닐었다. 데이트가 일이라면 무척 고된 일이 아닐까 하는 생각이 들었다. 그러다가 윤정이 숯검댕의 손을 끌고 십여 미터를 뛰었다. 길도도 덩달아 뛸 수밖에 없었다. 걷는 것은 좋아하지만 뛰는 것은 절대로 싫어하는 길도.

윤정과 숯검댕이 들어간 곳은 겨우 스티커사진 전문점이었다. 둘은 기계를 전부 다 이용해 보려고 하는 것 같았다. 숯검댕이 정원수처럼 큰 무지개 가발을 쓰고 윤정에게 애교를 떨었다. 한참을 걸을 때는 모르다가 스티커사진이 이들을 피곤하게 했는지 다시 분식집에 들어가서 라면과 김밥을 시켜먹었다. 길도도 모르는 척 길가에 서서 어묵을 몇 개 집어먹었다. 개똥 때문에 하루 종일 아무것도 먹지 못한 길도였다. 허기도 허기지만 길도의 장화는 발바닥이 매우 아팠다. 문득 아내를 따라 시장이나 백화점을 다닌다는 것이 이런 기분이 아닐까 싶었다. 화심이가 마당발이길 간절히 기원했다.

둘은 자정이 다 되어서 헤어졌다. 어두운 골목 어귀에서 입맞춤을 한 후였다. 불이 꺼진 걸 보니 집엔 아무도 없는 것 같은데, 왜 굳이 골목 어귀를 입맞춤의 장소로 선택했을까? 취향도 참. 15분이면 올 거리를 5시간이나 걸렸다.

길도는 지금 세 곳의 현장 중 가장 멀리 있는 유치원 〈앨리스〉로 향하는 버스를 타고 있었다. 원래의 일정에서 다급하게 수정된 행보였다. 그렇게 된 이유는 한 시간 전으로 거슬러 올라간다. 다홍이를 학교에 데려다 주고 어제 찍은 사진들을 모니터에서 확인하고 있었다. 마구잡이로 찍은 사진들이라도 조금만 더 들여다보면 무슨 생각으로 셔터를 눌렀는지 기억해 낼 수 있었다. 이 과정이 앞으로 둘이 함께 있는 장면은 어떻게 담아야 할지를 결정하는데 도움을 줄 수 있을 것 같았다. 무엇보다도 애견센터 앞에서 꼭 붙든 팔이라든지 윤정이 숯검댕을 위해 비빔국수를 비벼주는 모습은 그대로 출력해 전달해도 좋을 듯싶었다.
그리고 보니 놀이터 벤치에서 윤정이 무림 고수의 손동작으로 뭔가를 얘기할 때, 숯검댕은 눈 안에 뭔가를 가득 담고 있었던 것 같았다. 약 일억 팔천만 개쯤. 이 정도만 해도 〈숯검댕과의 즐거웠던 추억〉편은 충분하지 않을까 하고 생각할 때쯤 뭔가가 눈에 들어왔다. 다시 처음부터 사진들을 확인해야만 했다. 눈을 비비기도 해보고, 여러 배율 확대도 해보았다. 그것은 모든 사진에 다 들어와 있었다.

정수리에서 스멀스멀 의문부호가 기어나왔다. 그리고 그건 본격적으로 사진을 찍기 전에 반드시 확인해야 한다는 것을 의미했다.

의문부호가 딱딱하게 굳어진 것이 오전 8시 45분, 〈내가사께〉에서 〈앨리스〉로 행선지 변경을 결심한 것이 8시 55분, 그리고 시외버스를 타고 있는 시각은 9시 40분이었다.

| 7일 | 앨리스 ➡ 파트너즈 : 남동생(정윤수) |
| 11일 | 내가사께 ➡ 파트너즈 |

목적지까지 가는 동안의 시외버스 안 풍경을 바라보자. 운전기사의 뒷좌석에는 노부부가 자리하고 있었고, 그 뒤로 점퍼 차림의 중년 신사분이 신문을 읽고 있었다. 그리고 맞은편으로 아주머니가 어린아이를 안고 있었다. 출입문 언저리에는 대학생으로 보이는 여자 두 명이 각각 자리를 차지하고 있었고, 맨 뒷자리 중앙에는 파란색 선수용 물안경을 쓴 청년이 조신하게 앉아 있었다. 가슴팍을 가로지르는 가방을 메고 있는 것과 목에 걸린 수첩을 보아서 우리의 길도가 틀림없었다.

어린아이는 엄마의 품에서 벗어나 자꾸 고개를 돌려 뒤

를 보려 했고, 그때마다 엄마는 힘으로 아이의 머리를 제자리로 돌려놔야만 했다. 여학생 하나가 손에 브이를 들고 셀카를 찍는 시늉을 했다. 하지만 물안경을 쓰고 앉아 있는 청년을 타깃으로 삼았다는 것쯤은 그 청년도 잘 알고 있었다.

여학생의 휴대전화를 보니 스마트 폰도 아닌 터라 자신의 사진이 바로 소셜 네트워킹 서비스(SNS, Social Networking Service)에는 오르지 않을 것 같아서 괜찮을 것 같다고 하면 거짓말이고, 길도도 자신의 모습이 우스꽝스럽다는 것쯤은 잘 알고 있었다. 하지만 어쩔 수 없었다.

수년 전 등굣길이었다고 했다. 여느 때와 같이 창가에 앉아 창문을 통해 들어오는 바람을 입안에 가두고는 볼이 볼록해지는 것을 즐기고 있었단다. 그 재미가 여간 쏠쏠한 것이 아니었나 보다. 30분이면 갈 수 있는 지하철을 마다하고 한 시간을 소모하고 두 번을 갈아타야 하는 버스를 타곤 했으니까. 그런데 그날따라 내리기 10분 전쯤부터는 바람이 잦아들더니 그냥 후덥지근한 더위만이 창가를 맴도는 것이 느껴지더란다. 그래서 약간의 조바심으로 버스 바깥으로 얼굴을 살짝 내미는 순간, 길에서 튕겨 오른 작은 돌 부스러기가 눈 옆을 스치면서 작은 상처를 내고 만 것이다. 버스를 내릴 때에도, 길을 걸을 때에도, 교문을 들어설 때에도 아무렇지 않던 길도가 제자리에 앉고 나서는 그대로 패닉 상태에 빠져 버렸다. 이마를 책상에 처박고 어깨를 들썩이며 울고 있는 것을 양호실에 데려다 준 것은 단짝 천둥이었다. 늘 자신에게 남은 것은 볼 수 있다는 것 밖에 없다고 생각하던 길도가 아니던가. 그래서 그 이후로 대중교통을 이용할 때는 늘 물안경을 착용하고 있었다. 잠수용 해녀 물안경을 사용하고 싶었지만 그래도 일말의 사회성은 남겨둬야 한다고 생각하는 길도였다.

버스를 내리고도 한참을 걸어야 〈앨리스〉에 도착할 수 있었다. 시각은 정오를 조금 넘기고 있었다.

공사 현장만큼 식사 시간을 정확하게 지키는 곳도 없을 것이다. 밥과 일의 종속관계가 명확하기 때문이 아닐까 생각한다. 그래서 약속된 시간에는 정확하게 연장을 정리—일하는 시간에 포함된다—하고 밥을 먹으러 간다. 밥 먹는 곳이 멀리 있으면 미리 출발하고, 밥도 일하듯이 열심히 먹는다. 이때만큼은 배고파서 먹는 것뿐만 아니라 다시 일하기 위해서 먹기 때문일 것이다. 그리고 식사와 휴식은 약속된 시간을 넘기지 않는다. 다음 밥을 먹기 위해 일해야 하기 때문이다. 그래서 길도는 지금 횅한 작업 현장을 바라보고 있다. 연장을 지키는 견습공 한 사람만이 바닥을 쓸고 있었다. 가지런히 놓인 선배들의 연장을 보면서 저 견습공은 무슨 생각을 할까? 길도는 짐작할 수 있을 것 같았다. '아, 나도 식사시간에 식사를 하고, 휴식시간에 쉬고 싶다!' 가 아닐까?

〈앨리스〉 주변엔 아무것도 없었다. 주택가에서 삼사백 미터 정도 떨어져 도톰한 숲에 둘러싸여 있는 것이 전부였다. 아이들에게는 좋은 환경임에 틀림없었지만, 길도에게는 아무런 구실을 마련해 주지 못하고 있었다. 공사장 주변을 기웃거린다면 분명 무슨 일이 있느냐고 물어보려 들 것이다. 정면 승부가 필요했다. 어쨌거나 팔 길이만큼의 줌 기능을 가진 카메라로 윤정의 동료들을 담아야 한다.

길도는 견습공에게 다가갔다. 견습공은 약간은 경계의 눈초리로 길도를 맞이했다.

"어떤 일로 오셨습니까?"

길도가 재빨리 목에 걸린 수첩을 펴 견습공에게 내밀었다. 1번 견출지가 붙은 페이지였다.

〈저는 말하지도, 듣지도 못합니다. 하지만 입모양을 보고 알아들을 수 있습니다.〉

빠르게 읽어 내려간 견습공은 여전히 경계를 풀지 않았다.

"그래서 어떤 일로 오셨어요?"

빈 페이지를 열어 본론으로 들어갔다.

〈저는 근방에 사는 디자인 전공 학생입니다. 공사 현장을 찍어가는 과제가 있는데 이 현장이 너무 마음에 들어서요. 부탁드립니다.〉

이제야 알겠다는 표정이 되었다.

"제가 결정할 수 있는 것이 아니라서…… 소장님 오시면 물어봐 드릴게요."

길도는 꾸벅 허리를 굽히고는 현장 입구로 가서 섰다. 생각보다 친절한 견습공은 가까이서 보니 길도 또래인 것 같았다.

식사를 마치고 돌아오는 기능공들은 출근 도장을 찍듯이 길도 얼굴에 눈총을 찍어놓고 하나둘씩 작업장으로 복귀했다. 길도도 이때를 놓칠세라 한 사람씩 출력해 온 사진과 대조해 보았다. 무리의 한복판에서 윤정의 동생 윤수를 찾아낼 수 있었다. 그는 연신 주위의 동료들과 진지한 대화를 나누고 있었다. 역시 사진에서 본 정체불명의 남자는 윤수가 아니란 걸 확인했다.

한 무리의 사람들과 담배를 보루째로 사서 뒤따라오는 사람이 들어가고는 더 이상 현장에 발을 들여놓는 사람은 없었다.

길도는 깊은 생각에 잠겼다. 이 현장을 서둘러 온 것은 정윤수 때문만은 아니었다. 정윤수일지도 모른다고 생각하게 했던 그 어떤 사람. 실물을 보고 확인하고 싶었다. 그 의문의 사람을 확인하기 위해 〈앨리스〉를 찾아온 것이었다. 하지만 그 정체불명의 사람은 온전히 의문의 사람으로 남게 되었다. 우려가 현실이 되는 순간이었다.

그때 등 뒤에서 누군가 길도의 어깨에 살짝 손을 올려놓는 느낌이 들었다.

깜짝 놀라 빈 팔을 휘젓는 엉거주춤한 경계의 자세를 취하고 말았다. 아까 그 견습공이었다.

"놀라셨나요? 죄송해요. 그런데 제 입모양 보고 무슨 말인지 알 수 있다고 했죠? 그렇죠?"

놀라 손을 휘저은 모양새가 부끄러운 길도가 얼굴이 빨개진 채로 고개를 끄덕였다.

"저희 소장님께서 허락하셨어요. 그 대신 작업에 방해가 되지 않도록 주의하라고 하셨고요. 작업 중인 아저씨들은 좀 예민하시거든요. 혹시 도움이 필요하면 저한테 얘기하세요. 저는 마당에 있는 자재를 안으로 옮기고 있을 거예요. 10분 후에 작업 시작할 겁니다."

말이 끝나기가 무섭게 뒤돌아 달려간 견습공이 길도를 지켜보고 있던 남자에게 얘기를 건넸다. 아마도 소장님이 아닐까 생각했다. 길도는 소장으로 보이는 남자에게 고개를 숙여 인사를 했다. 남자도 손으로 인사를 받았다. 그 옆에는 윤정의 동생 윤수가 바짝 붙어서 뭔가를 얘기하고 있었고, 다른 기능공들은 모두 그늘진 곳에서 담배를 피우거나, 바람에 떨어진 빨래처럼 응달 아무 곳에나 누워 있었다.

길도는 비교적 자유롭게 돌아다닐 수 있었다. 그러나 사진을 찍을 때는 조심스럽게 다가갔다. 플래시는 터트리지 않았고, 어느 정도 거리도 유지했다. 특히 말단 기능공으로 보이는 경우 더욱 조심했다. 일도 고되고 불만이 있어도 말하지 못한다는 것을 잘 알기 때문에 카메라가 자극적일 수 있었기 때문이다. 웃고 있는 표정보다는 웃음을 자아내게 하는 순간에 셔터를 눌렀다. 윤정이 캐나다에서 사진을 보며 즐거워하는 모습을 떠올렸다.

윤수는 한시도 소장의 곁을 떠나지 않았다. 오히려 다행이라 생각했다. 누나 이외에도 다른 보호자가 있다는 것을 상기시킬 수 있는 사진이 더욱 좋겠다고 생각했다.

메모리 가득 사진을 담고서 소장님과 윤수에게 찾아가 허리 숙여 감사의 인사를 전했다. 그들도 목례로 답해주었다. 고개를 빼서 견습공을 찾는데 윤수가 땅 밑을 가리켰다.

"지하실, 지하실."

길도가 쭈뼛거리며 지하실 앞에 섰다. 길도에게 어둠은 '아무것도 없음'을 의미했다. 그 앞에는 정말이지 아무것도 없었다. 이 순간만큼은 말하고 싶어졌다. "고마웠어요~ 저 돌아갈게요~."라고.

그때 길도의 등에 손길이 느껴졌다. 깜짝 놀라 또 한 번 엉거주춤하게 경계의 자세를 취하고 말았다. 견습공이었다. 큰 원한 없이도 평생을 다시 보지 말아야 할 사람이 이 견습공 아닐까 하는 생각이 들었다. 너무나 창피했다.

"가시게요? 일 다 봤어요? 다음에 또 오시면 찾아주세요. 아 참, 저는 김솔이에요. 외자. 김솔."

왜, 아직까지 가명을 만들지 않았을까 후회가 됐다.

〈이길도. 19살〉

습관처럼 나이까지 써버렸다.

"어, 동갑이네. 나도 19살이에요. 와, 부럽네. 대학에서 디자인을 전공하고."

디자인 전공 대학생이라면 농아 이길도와 듣고 말할 수 있는 기능공 김솔을 바꿀 생각이 있는지 물어보고 싶어졌다. 창피한 모습을 들킨 까닭에 까칠해진 길도다.

"다음에도 또 들러주세요."

참 밑도 끝도 없이 친절한 녀석이다. 어쨌든 이 견습공, 아니, 김솔에게서 큰 도움을 받았다. 길도는 한 번에 목례도 하고 손도 흔들고 허리도 접는 어색한 인사로 김솔에게 감사의 마음을 전했다.

길도는 돌아오는 버스에서 어제의 사진을 떠올렸다. 사진 속에는 윤정과 태석 그리고 알 수 없는 '제3의 인물'이 있었다. 윤정과 태석을 정면에서 찍는 사진에는 빠짐없이 그 의문의 인물이 끼어들어 있었다. 혹시나 하고 사진들을 꼼꼼히 들여다봤지만 장소를 옮길 때마다 그 사람은 항상 따라다녔고, 그리고 그때마다 두 사람을 주시하고 있었다.

스토커! 불현듯 스토커라는 단어가 떠올랐다. 윤정과 태석의 뒤를 따라가고 있었을 때 어쩌면, 그 스토커와 나란히 걷고 있었을지도 모른다는 생각에 소름이 돋아났다. 길도는 카메라를 물끄러미 내려다봤다. 왜, 이 카메라에는 평범한 장면이 잡히질 않을까? 신부님께 축성[4]이라도 받아야 하나? 어쩌면 그쪽도 내 존재를 알아챘을지도 모르겠구나 하는 생각이 들었다. 물안경이 습기로 뿌옇게 흐려졌다.

〈파트너즈〉의 맞은편 건물 5층으로 돌아왔다. 수첩과 펜을 잡고서야 겨우 진정할 수 있었다. 전체적인 상황이 뒤엉켜 있을 때는 직접 볼 수 있도록 메모를 하는 것이 도움이 되곤 했었다.

파파라치 대(對) 스토커. 무슨 소설, 아니, 만화에나 나오는 얘기도 아니고 상황이 우습게 돌아가고 있었다. 다양한 경우의 수를 파악해야 했다. 퍼즐을 맞출 때처럼 가장 확실한 자리의 퍼즐부터 자리를 찾아준다면 전체적인 상황의 대강이 보일 수도 있을 것 같았다.

우선 스토커가 아닐 경우는 제외해야 한다. 가능성이 너무 희박했다. 그러기 위해서는 여러 겹의 우연이 겹쳐 있어야 가능하다. 길도를 포함한 세 사람과 사내의 동선이 정확하게 일치해야만 한다. 게다가 두 사람 뒤에서 서성이며 윤정과 태석을 바라보고 있어야 한다. 그리고 단지 우연이었다면 아무런 걱정 없이 다시 사진에 집중하면 되는 것이 아닌가. 사내가 스토커라는 가정하에서 경우의 수를 생각해야 했다. 윤정과 태석 두 사람 중 누굴 스토킹하고

---

4)사람이나 물건을 하느님에게 봉헌하여 거룩하게 하는 일. 가톨릭에서는 묵주나 십자가 등의 성물들을 신부님에게 축성 받는다.

있는 것일까? 박태석 쪽이라면 더 이상 고민할 필요는 없을 것 같았다. 박태석은 의뢰자도 아닐뿐더러 남자가 남자를 스토킹하는 상황에서 길도가 뭘 어찌 하겠는가. 이 경우 스토킹이라기보다는 염탐이나 미행 정도로 생각해야 하는지도 모르겠다.

하지만 가장 걱정스러운 것은 역시 윤정을 스토킹하고 있다는 가정이었다. 그렇다면 몇 가지 의문이 해결되어야 한다. 누가 무슨 이유로 스토킹을 하고 있으며, 윤정이 이 사실을 알고 있는지 정도일 것이다. 일단 다음 취해야 하는 행동은 확실해졌다. 혼자 있는 윤정을 지켜봐야 한다. 스토킹은 자연스레 멈춰지지 않을 것이다. 그리고 윤정이 이 사실을 알고 있는지도 확인해야 한다. 그래야 이 의문의 남자를 알아내고, 또 그 이유를 알아내는 실마리가 될 수 있을 것이다. 그다음에 윤정에게 알릴지 말지를 결정하면 된다. 도움이 필요했다. 이번에도 화심이 카드를 쓰기로 했다.

「도움 절실ㅠㅠ 집으로 와줘.」

화심이에게서 문자가 바로 도착했다.

「오케. 저녁 해줄게. 그때 얘기해 줘.」

아무래도 윤정을 더 지켜보는 것은 힘들 것 같았다. 길도에겐 너무도 고단한 하루였다. 그래서 집으로 돌아가려고 일어서는 그때, 길도 앞에 앞뒤로 흔들리는 할머니 한 분이 떡하니 버티고 계셨다. 어마야! 오늘 길도는 깜짝 놀라는 일들의 연속이다. 일어서려다 다시 주저앉은 길도가 할머니를 올려다봤다. 반짝이가 촘촘히 박힌 카디건을 활짝 열어젖히고, 허리에 두 손을 올린 할머니는 중심을 잡고 계시는 것 같았다. 게슴츠레한 눈가와 쪼글쪼글한 입가엔 땀방울이 송골 맺혀 있었다. 쪼그려 앉아 있던 길도에게까지 술 냄새가 스며들었다. 역시 술 냄새는 공기보다 무거운가 보다.

점심시간에 맞춰 어깨에 카메라를 멘 화심이가 〈파트너즈〉를 방문했다. 미리 준비한 음료를 내려놓으면서 문에서 제일 가까운 직원에게 말을 건넸다.

"안녕하세요. 저는 〈더 게릴라〉라는 인터넷 신문의 고화심 기자입니다. 잠시 시간 좀 내주실 수 있을까요?"

"지금 식사 중인 거 안 보이세요?"

막 입에 밥을 넣던 주근깨 여직원이 귀찮다는 듯이 상대했다.

"주희 씨, 그러면 안 돼요. 회사를 방문한 손님한테. 무슨 일로 오셨죠?"

중앙에 앉아 있던 배불뚝이가 손을 저으며 주근깨를 타일렀다.

"네, 식사 중에 죄송합니다. 알면서도 이렇게 모여 계실 때 방문해야 좋은 기삿거리를 들을 수 있을 거 같아서요."

"회사 이름도 나가나요?"

배불뚝이가 관심을 보였다.

"그럼요, 기사가 나가면 반드시 출처를 밝히는 것이 원칙이죠. 회사와 기사 제공자의 이름이 기사 끝머리에 표기될 거예요."

"어떤 내용인데요?"

"직장인들의 일상에서 벌어지는 독특한 경험에 관해서 기사를 만들고 있어요. 아무거나 다 괜찮아요. 예를 들어 덕수궁 돌담길을 애인과 함께 걸었는데 정말로 얼마 후에 헤어졌다든지, 아니면 누군가 나를 지켜보고 있는 것 같은 느낌이 들었다든지 하는 것들이죠."

"아, 그런 내용이요. 다들 그런 얘기 한두 개씩은 가지고 있잖아요. 나는 어머니가 그러시는데 제주도 돌하르방 가루를 긁어와서 밥에 섞어 먹고는 가졌다고."

배불뚝이가 '나, 귀하게 자란 사람이야.' 라는 표정으로 얘기했다.

"내 건 정말 대박인데, 제 동생은요, 지나가던 스님이 밋밋한 어머니 배를 보고 그랬대요. 지금 임신 중이신데 낳을까 말까를 고민 중이지 않느냐고요. 그래서 어떻게 아셨냐고 물었더니 다짜고짜 그냥 낳으라고 했대요. 그래야 큰 놈이 살 수 있다고. 그래서 낳은 녀석이 제 동생이에요."

주근깨가 총각무를 우걱우걱 씹으며 끼어들었다.

"주희 씨 지금 건강하게 잘살고 있으니 스님 말씀이 맞는가 보네."

"근데, 부모님이 돌아가시게 생겼어요. 동생이 걱정시켜서……."

다들 웃겨 죽겠다고 깔깔댔다. 그때까지 조용히 얘기를 듣고만 있던 윤정이 얘기를 꺼냈다.

"저도 얼마 전에 이상한 일이 하나 있었는데요, 아무리 동생에게 얘기해도 믿지를 않더라고요. 다들 아시잖아요. 제 개, 뭉치. 그 녀석 데리고 저녁에 산책을 가끔 나가거든요. 요 앞 산책로 아시죠? 녀석이 가끔 집 밖을 나가면 어찌나 몸부림을 치던지 제가 그만 목줄을 놓치고 말았어요. 한참을 찾아 헤매다 보니까 식수대 근처에서 물을 마시고 있더라고요. 그래서 아무 생각 없이 집으로 데려왔죠. 근데 집에서 보니까 목줄 이름표에 이름이 바뀌어 있더라고요. 똘이라고. 그래서 녀석을 다시 자세히 뜯어봤어요. 뭉치가 맞더라고요. 목줄도 뭉치 건데 이름만 바뀐 거 있죠. 그리고 며칠 후엔 저희 집 우편함 이름이 바뀌어져 있더라고요. 한참을 확인해 봤어요. 손가락으로 짚어가면서요. 그런데 정말 저희 집만 〈김수연〉 하고 매직으로 적혀 있는 거예요."

"벌써 새로 이사 올 사람이 고쳐 놓은 거 아냐?"

배불뚝이가 관심을 보이며 물었다.

"아니에요. 주인아저씨께 물어봤는데 주인아저씨가 직접 들어와서 살 거래요. 게다가 다른 집은 101호, 102호 하는 식으로 써 있는데, 우리 우편함에만 이름을 써놨을

리가 없죠."

"동네 개구쟁이 녀석들 소행일 거야. 요즘 애들 짓궂잖아."

"글쎄요, 우편함이라면 모를까…… 동네 아이들은 뭉치 근처에도 안 오거든요. 뭉치가 노려보면 애들이 오줌을 지릴 정도라니까요."

"뭉치 원래 부모가 나타난 거 아냐? 비글 부모! '우리 애는 원래 뭉치가 아니라 똘이입니다.' 하고 말이지."

배불뚝이의 유머에 모든 직원들이 웃음을 터트렸다.

그 시각 길도는 〈앰부시〉에 있었다. 현장은 생각보다 좁았고 작업자들도 예닐곱 정도뿐이었다. 이곳 현장 소장에게도 사진 촬영을 허락받을 수 있었다. 농아라고 하니까 이유는 묻지도 않았다. 그런데 소장의 반응에서 묘한 여운이 남았다. 애써 무시하고 신경 쓰지 않으려고 노력하는 것처럼 보였다. 한 장소에 같이 있지 않으려고 하는 것은 물론이고, 길도가 있는 곳을 향해 시종일관 등지고 서 있는 것이 그랬다. 갑자기 예전 반 친구의 작문이 생각났다. 누구의 글이었는지 이름도 얼굴도 생각이 나지 않지만 내용만큼은 또렷이 기억하고 있었다.

……우리 집 장애인은 나 하나뿐인데 밖에 나서면 모두들 내 흉내를 내곤 한다. 다른 가족들은 그런 대접을 받을 필요

가 없는데도 말이다. 가끔은 내 장애가 사고가 아닌 바이러스에 의한 것은 아닐까 착각 한다. 우리 가족들에게 전염시킨 바이러스…….

당시 선생님은 잘 쓴 글이라고 소개해 놓고는 아무런 평도 내놓지 않으셨다. 평소와 같았으면 교향악단의 지휘자와 같이 현란한 손놀림을 앞세워 잘된 점을 과장되게 칭찬했을 텐데 말이다. 그 어색함이 오히려 이처럼 오랫동안 기억에 남을 수 있도록 한 것 같았다.

소장의 행동은 길도를 자극하는 뭔가가 있었지만 장애인에 대한 아무런 데이터가 없어서 그럴 수도 있겠다고 뒤끝을 흐리고 말았다. 충분히 그럴 수 있었다. 사람들은 전혀 데이터가 없는 상황에 대개 두 가지 반응을 보이곤 한다. 적극적으로 뛰어들어 알려고 하거나, 처음부터 없었던 것처럼 아예 무시하거나. 그러나 지금은 소장에게 마음을 빼앗길 여유가 없었다. 길도는 생각보다 빨리 사진을 찍고 화심이에게 갈 수 있을 것 같았다. 하지만 그것이 공연한 바람이었던 것을 곧 알게 되었다. 이곳엔 소장처럼 길도를 투명인간 취급하는 사람도 있었고, 적극적으로 달려들어 알고 싶어 하는 유형의 사람도 함께 있었다. 그중 한 사람이 자신을 차명진이라고 소개했다.

"정말 입모양 보면 알 수 있어요? 그거 어디서 배울 수 있어요?"

〈따로 배운 건 아니고 그냥 알게 되었어요.〉

"우와, 완전 초능력이네. 초능력. 무슨 정보기관 같은 곳에서 스카우트하려고 하겠는데요. 혹시 영어도 알아들어요?"

〈아는 단어만 읽어요.〉

"아, 맞다. 듣는 게 아니라 읽는 거지. 음악은 어떻게 들어요? 들어본 적 있어요? 소리가 없는 세상에서는 음악 대신에 뭐가 있어요?"

〈없어요.〉

길도는 자신의 대답이 점점 짧아지는 것을 느꼈다.

"수화는 해요? 농아끼리는 수화를 하죠? 그거 얼마나 자세하게 얘기할 수 있어요. 우리들 말하는 것처럼 자세하게 표현할 수 있어요?"

〈수화 못해요.〉

길도가 수화를 못할 리 있을까. 그냥 질문이 꼬리를 물 것 같아서 못한다고 했다. 사실 그다지 하고 싶지도 않았다. 좀 수다스럽고 부산한 느낌이 들기 때문이랄까. 그리고 수화로 의사소통할 가까운 친구도 지금은 없다. 예전 학교 친구들은 가끔 문자메시지로 연락을 주고받는다. 그러고 보니 예전보다 수화가 자유롭지 않겠다는 생각이 들었다. 길도는 사람들의 이목을 끄는 방법을 잘 알고 있다. 수화를 하면 된다. 그 잠시 동안에도 억지로 건네받은 측은지심이 주머니 곳곳에 구겨 넣어지곤 한다.

"농아도 유전이죠? 사고로 농아가 되는 경우도……."

말하는 도중에 녀석이 휙 뒤를 돌아봤다. 소장은 이쪽을 쳐다보지도 않고 큰소리로 녀석을 부르는 것 같았다. 녀석이 손에 명함을 쥐어주고는 재빠르게 뛰어갔다. 하늘을 보고 작은 성호를 그었다. 녀석 때문에 거의 사진을 찍지 못했다. 설정이고 뭐고 직원들을 겨우 알아볼 수 있기만 하면 되겠다 싶었다. 직원들 모두를 담았지만 결국 소장님은 등짝만 볼 수 있었다. 처음 인사할 때를 제외하고는 한번을 제대로 마주 보지 못했다. 어쩔 수 없었다. 다시 녀석이 돌아와서 이것저것 물어보기 전에 자리를 벗어나고 싶었다. 이 현장에서도 윤정과 태석을 지켜보던 그 사람은 만날 수 없었다.

집에 돌아와 보니 냉장고엔 화심이가 남기고 간 메모가 자성에 의지해 붙어 있었다.

미안. 얼마 있으면 또 시험이라서 기다리지 못하고 그냥 가.

인테리어 사무실에서 정윤정 씨의 얘기를 들을 수 있었어.

네가 생각한 대로 분명 뭔가 있기는 한 것 같은데, 연관성이 있는지는 모르겠어.

얼마 전에 키우던 개의 이름을 누군가 바꾼 적이 있었나 봐.

이름표에 뭉치에서 똘이로 바뀌어 있더라는 거야.

정윤정 씨 집 우편함에도 다른 사람 이름으로 바뀌어 적혀 있더래.

스토커가 있을 거라고는 생각하지 않는 것 같고, 동네 꼬마들 소행쯤으로 여기는 눈치더라고. 내 생각엔 스토커는 맞는 것 같은데 아주 소심한 스토커가 아닌가 싶어.

그리 걱정할 것 없을 것 같은데…… 네 생각은?

추신. 나 요즘 거짓말 늘었다. 책임져라.

기회가 되면 탐정도 되었다가 가짜 기자 노릇을 하는 것은 졸업 후 기자를 지망하는 것과 무관하지 않았다.

화심이의 말대로라면 모른 척 그냥 넘어가도 좋을지도 모르겠다. 윤정은 결혼 후 캐나다로 떠날 것이고 남아 있는 인연들(뭉치를 포함해서)은 모두 스토커의 기억에서 잊혀질 수 있을 것이다. 따라가지만 않는다면 말이다. 하지만 과연 아무도 상처받지 않을 수 있을까? 어쨌거나 영 개운치 않은 느낌일 수밖에 없었다. 이름을 바꿔 부르다니. 참, 소심도 하다는 생각이 들었다.

길도는 대폿집 〈목포고모〉에서의 회식을 기대하고 있었다. 어쩌면 〈파트너즈〉의 직원들이 다 모일 수도 있는 자리였기 때문이다. 게다가 회식 자리이니 술도 몇 순배 돌 테고 그러면 사진으로 남기기 좋은 장면들이 연출될 수 있을 것도 같았다. 태석까지 온다면 이번 의뢰는 〈목포고모〉에서의 사진들로도 충분할 수 있겠다고 생각했다.

저녁을 다 먹고서 다홍이에게 오거리로 산책을 가자고

했다.

"삼촌, 가는 참에 〈목포고모〉 들렀다가 올 거지? 그럼 카메라도 챙겨가자."

눈치 빠른 다홍이는 그냥 넘어가는 법이 없었다.

오거리 골목에 있는 〈목포고모〉를 들여다보면서 내일 있을 회식을 상상했다. 사전 답사인 셈이었다. 다홍이가 길도를 제 키 높이로 불러 내렸다. 삼촌 목에 걸려 있는 수첩에다 다홍이가 그림을 그렸다. 길도도 곧 다홍이의 뜻을 알아차리고는 손가락으로 동그라미를 만들었다.

다음날 약속 시간을 한참이나 앞두고 윤정이 나타났다. 잘 아는 듯 주인아주머니와 얘기를 나누고는 하나둘씩 도착하는 직원들을 입구에서 맞이했다. 〈앨리스〉와 〈앰부시〉의 낯익은 직원들도 속속 모여들었다. 어떤 직원들은 가족들을 동반했는데, 가족들까지도 윤정과 매우 가까워 보였다. 특히 배불뚝이는 어린 배불뚝이와 여자 배불뚝이를 대동하고 왔는데 단청(丹靑) 스타일로 눈 화장을 한 주인아주머니도 나와서 반갑게 맞이했다. 길도와 다홍이는 우유 홍보를 가장해서 〈목포고모〉 바로 옆에 자리를 잡을 수 있었다. 옆 상가 신문보급소는 토요일 오후 7시쯤에는 이미 셔터 문을 내리고 영업을 하지 않았다. 그래서 방해받지 않고 홍보 테이블을 펼 수 있었다. 화심이도 계획을 듣고는 함께하고 싶어 했지만 그럴 수 없었다. 화심이를

기자로 알고 있는 직원들 눈에 띄면 얘기가 복잡해질 수
도 있었기 때문이었다.

물이 채워진 플라스틱 용기에는 우유 브랜드의 상표와
홍보문구가 디자인된 현수막이 깃발처럼 펄럭이고 있었
고, 간이 테이블에는 배달신청 용지와 샘플들이 진열되었
다. 길도와 다홍이도 구색을 갖추기 위해 로고가 프린트된
썬캡을 쓰고 하얀색 티셔츠를 커플로 입고 있었다.

윤정의 애인 태석도 그리 늦지 않게 회식 자리에 참석했
다. 길도가 서둘러 카메라를 들고 다가서려 하자 다홍이가
붙잡았다. 마치 성급하게 승부를 보려는 투수에게 "아직
볼카운트 여유 있으니 서두르지 마라 말이야. 천천히 기회
를 기다려라 말이지." 하고 얘기하는 코치처럼 길도의 성
급함을 다독였다. 그리고 귀를 쫑긋 세우고는 안에서 벌어
지는 대화들을 생으로 중계했다.

"방금 들어온 사람은 앉지도 못하고 벌로 노랠 불러. 슬
픈 노랠 불러. 어떤 아저씨가 누가 벌 받는지 모르겠다고
그랬더니 사람들이 막 웃어. 노래 부르던 아저씨가 겨우
앉았어. 이 사람 저 사람 한 소리씩 해서 무슨 소린지 잘
모르겠어. 밥 나온다. 삼촌, 잘됐다. 저분들 좀 취한 다음
에 들어가자."

시간이 좀 지났을까. 그동안 다홍이는 두 세대나 우유
배달 신청을 받아냈다. 길도는 옆에서 웃기만 했고 제품
설명은 모두 다홍이 몫이었다. 두 번째 고객이 신청서를

모두 작성하고 샘플 몇 개를 들고 갔을 때, 다홍이가 눈짓으로 신호를 보냈다.

다홍이가 썬캡을 고쳐 쓰면서 의기양양하게 앞장서고 그 뒤에서 길도가 우유 한 박스를 들고 따라 들어갔다. 눈두덩에 단청을 그린 아주머니가 길도와 다홍이를 보고는 손을 내저었다.

"우리 우유 필요 없어요."

"아니에요. 그냥 드리는 거예요. 저희 요 옆에서 홍보하고 있어서 그냥 드리는 거예요."

"아, 그래! 그럼 고맙지."

"아주머니, 부탁이 하나 있는데요?"

"뭔데?"

"다름이 아니고요. 저희 우유가 이 매장에 있는 사진을 좀 찍고 싶어서요. 저희 돌아가서 소장님께 보여 드려야 하거든요."

"그런 거야 뭐, 손님들 방해되지 않게만 해요."

"고맙습니다."

그리고 다홍이는 유산균음료를 직접 건넸고, 홍보도 빼먹지 않았다. 이제 길도에게 기회가 생긴 것이다. 길도는 우유를 빈 테이블에 턱 하고 올려놓고는 눈치껏 회식 자리를 사진에 담았다. 배불뚝이는 짓궂게 윤정에게 건배를 청하기도 했고, 윤정이 태석에게 음식을 먹여주는 장면에서는 박수가 터져 나왔다. 마침 아주머니가 전화를 받고 있을 때에는 노골적으로 양팔 줌을 밀고 댕겨가며 셔터를 눌렀다.

그때, 한 무리의 사람들이 회식에 끼어들었다. 아마도 아직 방문하지 못한 〈내가사께〉 현장의 직원들 같았다. 현장을 마무리하고 오느라 늦은 눈치였다. 모두들 배불뚝이와 윤정에게 번갈아 가며 반가움과 아쉬움의 인사를 하고 있었는데, 그중에서 길도의 눈에 들어오는 사람이 있었다. 사진 속 의문의 인물, 바로 그 스토커였다. 복장도 사진 속의 복장 그대로였다. 베이지 점퍼의 지퍼는 끝까지 올라가 있었고 지퍼 사이로 우중충한 넥타이가 살짝 엿보였다. 길도는 베이지 점퍼 차림의 그 사내를 눈짓으로 가리키며 다홍이의 어깨를 살짝 잡았다. 다홍이도 금방 그 사내가 누구를 말하는 것인지 알아차렸다. 그 사내는 배불뚝이에게만 건성으로 목례를 하고는 윤정의 옆을 그대로 지나쳐 빈자리를 찾아 앉았다. 그 뒤로 사내는 관심 없는 척 일관했지만 슬쩍슬쩍 윤정을 훔쳐내고 있었고, 그때마다 길도는 그 눈길을 포착할 수 있었다. 길도가 잠깐을 집중하고 있는 순간 단청 아주머니가 다홍이에게 말을 건넸다.

"이제 됐지? 손님들이 더 들어와서 복잡하니까 더 찍을 것이 있으면 다음에 또 찍어, 알았지?"

"네, 아주머니. 고맙습니다. 우유 더 필요하시면 말씀하세요."

길도와 다홍이는 일단 후퇴할 수밖에 없었다. 더 머뭇거렸다가는 오히려 아주머니에게 반감을 살 수도 있을 것 같았다.

"앉을 의자가 없으면 이것 가져다 앉아요. 그리고 좀 한가해지면 국수라도 한 그릇 말아줄게."

길도와 다홍이는 간이의자 하나를 들고 나왔다. 뭔가 빌미를 남겨둬야만 했기 때문이다. 의자에 걸터앉아 팔짱을 끼고 있는 다홍이가 뭔가를 골똘히 생각해 내고 있었다. 길도도 역시 생각을 정리해야 했다.

"역시 그랬구나. 같은 회사 사람."

길도가 하고 싶은 말을 다홍이가 해버렸다.

길도는 가장 아니었으면 하는 상황을 확인하고는 한숨을 내쉬었다. 말 못하는 연정을 갖고 있는 직장 동료, 결혼과 동시에 머나먼 외국으로 떠나는 동료를 두고 주위를 배회해야 했으리라. 소심한 소유욕이 윤정의 애완견과 우편함 이름을 '제 것'으로 바꿔야만 했으리라. 어쩌면 사내는 윤정이 떠나갈 때까지 아무런 고백도, 알아챌 만한 행동도 하지 않을지 모른다. 하지만 마음 한구석이 크게 비워질 것만은 분명해 보였다. 긴 생각 끝에 다홍이가 팔짱을 풀고 서서는 옷매무새를 고쳤다.

"삼촌, 준비됐지? 자, 들어가자."

길도도 카메라를 고쳐 쥐고는 뒤를 따랐다.

"아주머니, 저희 들어갈게요. 오늘 고마웠습니다. 여기 의자 가지고 왔어요."

"그래, 꼬마 아가씨. 똘똘하네. 다음엔 낮에 와. 내가 요 앞에 자리 펴게 해줄게. 그리고 우리도 배달시켜야겠다. 유산균 이거 맛있네."

"고맙습니다. 꼭 들를게요. 아주머니, 마지막으로 제가 아주머니랑 사진 몇 장 찍어도 될까요?"

"호호, 좋지. 우리도 덩달아 홍보됐으면 좋겠네!"

다홍이가 의미 있는 눈빛을 보냈다. 그리고는 회식 자리가 보일 수 있도록 주방 한편으로 치우쳐 자세를 잡았다. 단청 아주머니는 다홍이가 기특하고 귀여운지 다홍이를 꼬옥 껴안았고 다홍이는 눈짓으로 삼촌을 재촉했다. 적어도 그 순간만큼은 길도와 다홍이는 같은 마음이었을 것이다. '아주머니, 죄송해요!'

길도는 포커스를 회식 장소에 맞췄다. 윤정과 태석 그리고 다른 직원들의 흥겨운 포즈들이 고스란히 담겼다. 말없이 혼자 앉아 있던 의문의 그 사내도 카메라에 가둘 수 있었다.

〈목포고모〉를 나온 후 테이블과 홍보물들을 정리해 자전거에 실었다. 다홍이가 실실 웃더니 삼촌의 귀를 잡고는 제 입을 보여줬다.

"삼촌, 나 아까 베이지 점퍼 입은 아저씨 이름 알아냈다!"

눈을 똥그랗게 뜬 길도가 '뭔데?'라는 표정을 지었다.

"나오려는데 배불뚝이 아저씨가 그 아저씨한테 잔을 내밀면서 그랬어. '박병렬 씨 한 잔 받지.'하고."

박병렬. 그나저나 길도는 독립을 한 건지 다홍이 보호 아래 얹혀사는 건지 다홍이의 존재가 너무도 크게 느껴졌다. 힘차게 페달을 밟는 길도와 핸들 사이에 절묘하게 걸터앉은 다홍이가 까랑까랑한 목소리로 동요를 불렀다.

"바~람이 머~물다간 드~을판에, 모~락모락 피~어나는 저녁연기."

다음날 정오, 미사를 마치고 나오는 사람들 사이에 한상욱 신부를 기다리는 길도와 다홍이가 있었다. 주일은 신부님들에겐 가장 바쁜 때인 줄 알면서도 내내 풀리지 않는 것이 있을 때면 신부님에게 도움을 청하곤 했었다. 신부님은 점심을 함께하자고 했다. 길도와 다홍이에게 신부들이 사는 사제관은 낯선 곳이 아니었다. 길도와 다홍이가 복사[5]를 할 때 맛있는 군것질거리를 달라고 졸졸 뒤따르던 곳이었기 때문이다. 사제관에 도착하자마자 다홍이가 선반에서 냄비를 찾아 물을 받았다. 조금이라도 신부님의 손을 덜어드리려는 다홍이의 마음이 엿보였다.

"신부님, 물은 몇 컵으로 해요?"

"늘 네가 사용하던 컵으로 세 컵만 받아라."

선반에는 다홍이가 선물한 머그컵이 잘 닦여져 마르기를 기다리고 있었다. 선물은 신부님께 하고 저가 들르면 전용으로 사용하곤 했던 것이다. 신부님은 냉장고에서 1인

---

5)복사(服事). 미사 중 신부를 도와 예식을 원활하게 거행할 수 있도록 보조하는 사람으로 주로 어린 소년이나 소녀가 이 역할을 맡는다.

분씩 포장되어 있는 밀가루 반죽과 멸치가 들어가 있는 그물망, 그리고 역시 비닐봉지에 1인분씩 담겨져 있는 야채들을 꺼냈다. 먼저 그물망을 냄비 손잡이에 걸어 물에 담가놓고는 자리로 돌아왔다.

"그래, 나한테 상의할 일이란 게 뭘까?"

한상욱 신부는 들어줄 준비가 되었다는 듯이 몸을 바짝 당겨 앉았다. 다홍이는 길도를 대신해 최근에 의뢰 온 일의 내용과 며칠 동안 지켜본 윤정의 주변과 그 의문의 사내에 대해 차분히 설명했다. 신부님은 '스토커'라는 말보다는 '의문의 사내'라고 하자고 했다. 또한 속사정을 알 수 없는 그 사내를 범죄자로 낙인찍는 것이 더 나쁜 일일 수도 있다고 말씀하셨다. 한 신부는 듣는 내내 '흐음.' 하고 낮게 신음 소리를 내고 있었다. 아마도 그 사내의 가질 수 없는 고통을 함께하고 계시는 것이리라. 하지만 한 신부의 의견은 예상과는 달리 냉정했다.

"그 형제님의 행동은 아무래도 스토킹이라고 생각되는구나. 그 형제님은 스스로 사랑을 하고 있다고 생각할지 모르겠지만, 서로에게 고통만을 남기는 스토킹일 따름인 것이지. 길도가 직접 지켜본 것이니 고민이 많겠구나. 하지만 이런 일에는 신중에 신중을 기해야 해. 괜한 사람을 오해할 소지는 충분히 있는 것이니까."

길도는 한참을 멍한 표정으로 있다가 이내 수첩에 하고 싶은 말을 토해냈다.

〈진정한 사랑이란 뭘까요? 하느님 빼고요. 보통사람들이 하는 사랑 말예요.〉

길도의 본질적이고도 포괄적인 질문에 한 신부는 몸을 뒤로 빼면서 웃었다.

"좀 곤란한 질문 아니니? 나 같은 신부에게 하느님을 빼고 사랑을 얘기해 달라니."

신부님이 잠시 생각을 정리하는 동안 길도와 다홍이는 신부님의 입만 쳐다보고 있었다.

"말뜻은 충분히 알겠어. 하지만 나는 역시 이렇게 대답하겠어. 아무런 대가 없이, 상대방이 원하는 것을 내어주는 것이 하느님의 사랑이라 할 수 있겠지. 그리고 우리들 보통사람들도 그처럼 비슷하게 닮아갈수록 더욱 본질적인 사랑에 다가가는 것이라고 얘기할 수 있지 않을까?"

이번엔 웬일인지 다홍이가 멍한 표정이 되어 있었다. 어느새 멸치를 우려낸 국물이 좋은 향을 내고 있었고, 신부님은 배가 부르도록 수제비를 만들어주셨다.

한사코 됐다고 하는 다홍이의 손에는 결국 남은 수제비 재료 전부가 들려 있었다.

길도와 다홍이는 윤정의 집 앞에 일찌감치 나와 있었다. 특별히 몸을 숨길 곳은 없었지만 다홍이와 함께 있다면 그 사내와 마주쳐도 의심받을 일은 없을 것 같았다. 그런데 예전 같았으면 벌써 동요도 여러 곡 부르고 간판의 영어를 읽는다든지 부산을 떨었을 다홍이가 아무 말 없이 멍한 표정으로 삼촌의 옷자락만 붙잡고 있었다. 신부님의 짧은 사랑학 개론이 다홍이를 얼음으로 만들어놓은 것 같았다.

윤정의 집 앞에 먼저 모습을 드러낸 것은 애인 박태석이 아닌 스토커 박병렬이었다. 아파트 앞 재활용품 상자를 기웃거리는 모습으로 보아 혹시 모를 윤정의 버려진 분신을 찾고 있는 것 같았다. 저렇게 버젓이 집 앞을 서성일 수 있는 것도 태석의 방문 시간을 미리 알고 있기 때문이 아닐까 하는 생각이 들었다. 어제 회식 중에 연인 간의 대화에 귀를 기울이고 있었던 것이 틀림없다고 생각했다. 그런 중에도 다행이라면 병렬이 자신의 욕구 때문에 다른 곳으로 시선을 돌릴 여유가 없어 보인다는 점이었다. 어쩌면 길도의 존재를 모르고 있을 확률이 컸다.

얼음이 된 다홍이를 스토커 쪽으로 등지게 하고는 어깨 너머로 포커스를 맞췄다. 윤정의 아파트를 배경으로 여러 컷, 쓰레기를 뒤지고 있는 여러 컷을 남겼다. 병렬이 여러 차례 손목시계를 흘깃거렸다. 그 빈도가 잦아질 무렵, 길도와 다홍이는 아파트 입구가 보이는 건물의 그늘진 입구로 몸을 숨겼고, 병렬은 아파트 입구 앞에 세워져 있던 승합차에 올랐다. 승합차는 안을 볼 수 없도록 짙은 선 스크린으로 가려져 있었다. 길도는 스토킹의 정도가 더해가고 있음을 직감했다. 만약의 상황을 대비하여 승합차의 차량 번호를 메모했다.

잠시 후 과일 바구니를 든 태석이 모습을 드러냈고, 곧장 윤정의 집으로 올라갔다. 태석은 엘리베이터가 아닌 계단을 이용했는데, 잠깐 잠깐 보이는 숯검댕 눈썹이 계단실에 꼬리 긴 잔상을 남기고 있었다. 십 분 남짓 후에 말끔하게 차려입은 세 사람이 아파트 입구에 섰다. 앞장을 선 윤수는 손에 과일 바구니를 들고 있었고, 윤정과 태석은 서로의 손을 꼭 잡고 있었다. 그렇게 셋이 천천히 걸음을 옮기고 있을 때, 승합차도 가다 서기를 반복하면서 그들 뒤를 따랐다.

　　윤정의 이모댁은 걸어도, 승합차로도 20분쯤 거리에 있었다. 윤정은 어딘가에서 고용한 파파라치가 사진을 찍고 있을 거라고 예상했는지 주변을 의식하면서 천천히 걸었다. 윤정 일행이 주택가의 녹색 대문으로 들어가자 승합차도 조금 못 미치는 곳에서 시동을 껐다. 승합차는 언제까지고 계속해서 윤정을 따라다닐 것 같은 기세였다. 병렬이 운전석에서 내려 검은 선 스크린으로 가려진 옆문으로 다시 올라탔다. 병렬이 윤정을 계속 따라다니는 한 길도는 카메라를 들 수 없었다. 길도의 존재를 눈치 챌 수 있었기 때문이다. 그렇게 된다면 앞으로의 행동에도 제약이 생길 것이다. 이러지도 저러지도 못하는 길도에게 다시 똘똘이로 돌아온 다홍이가 제 생각을 물었다.

　　"삼촌, 저 차가 저러고 쫓아다니면 결국 사진도 못 찍겠지? 그렇지?"

길도가 천천히 고개를 끄덕였다.

"그럼, 저 차를 쫓아버리자."

할 수만 있다면 좋겠지만 그럴 방법이 없지 않을까 하고 생각하는 중에 어느새 다홍이가 승합차로 다가갔다. 그리고는 까만 승합차의 유리를 노크했다.

"아저씨~ 아저씨~."

"……."

"아저씨, 거기 계신 거 다 알거든요."

"……."

"아저씨, 거기 들어가시는 거 다 봤거든요."

"무슨 일인데?"

승합차의 문이 빼꼼히 열렸다.

"곧 아버지께서 돌아오실 때가 되셨거든요. 그리고 여긴 저희 집 앞이고요. 이 동네는 여기 사는 사람들만 주차하게 되어 있거든요."

"금방 떠날 거다, 꼬마야."

빠르게 주변을 훑어보고는 다시 승합차의 문을 닫았다.

다홍이가 다시 한 번 유리문을 두드렸다. 살짝 열리는 옆문.

"저는 분명 말씀 전해 드렸어요. 아무래도 엄마랑 얘기해 보셔야겠어요."

뒤돌아선 다홍이는 맞은편 대문으로 다가서더니 대문을 보고 고래고래 소리쳤다.

"엄마~ 엄마~. 아저씨가 그런 게 어디 있느냐고 하시는데요? 그래서 못 비켜주시겠데요. 어떻게 해요? 네? 엄마~"

다홍이의 고함 소리에 옥상에서 빨래를 널고 계시던 아주머니가 고개를 삐죽 내미셨고, 창문이 열리는 곳이 두세 군데나 있었다.

그때 승합차의 시동이 걸리더니 작은 매연과 함께 그 자리를 박차고 나갔다. 길도는 다홍이가 너무 대견해서 껴안고 뽀뽀를 해주려고 다가서려고 하는데, 다홍이는 아직 다 끝나지 않았다는 듯이 그 자리에 있으라는 신호를 보냈다. 아니나 다를까. 승합차는 잠시 후 좀 더 아래에 다시 나타났고, 다홍이는 자신을 쳐다보는 아주머니들에게 보란 듯이 팔을 뻗어 승합차를 가리켰다. 당연히 아주머니들의 시선이 승합차를 쳐다본 것은 물론이었다. 소란을 피우기 싫었던지 승합차는 자리를 떠나 큰길로 나갔다. 길도는 승합차가 큰길을 계속 달려 사라지는 것을 확인하고서 서둘러 다홍이에게로 돌아갔다. 다홍이는 몇몇 아주머니들에게 둘러싸여 있었는데 길도를 보고서는 달려와 폭 안겼다.

"아주머니들이 무슨 일이냐고 물으셔서 모르는 사람이 말을 걸기에 무서워서 연기한 거라고 했어. 그리고 삼촌이 올 때까지만 같이 있어 달라고 그랬지. 삼촌, 나 진짜 무서웠어."

그 소란이 잦아지고 다홍이는 녹색 대문을 배경으로 섰

고, 길도도 카메라의 연속촬영 모드를 켜고는 아예 엉덩이를 바닥에 대고 앉아 준비했다.

길도는 다홍이 등굣길을 함께했다. 하굣길에도 시간에 맞춰 데리러 오기로 했다. 어제 스토커에게 다홍이가 노출되고 나서 혹시나 하는 마음에 걱정이 되었던 것이다. 길도는 다홍이를 학교에 데려다 주고는 곧장 일본식 선술집인 〈내가사께〉의 공사 현장으로 향했다. 〈파트너즈〉의 나머지 직원들 사진도 담아야 했지만 무엇보다도 현장에 있을 스토커 병렬을 관찰해야 했다. 이곳에서는 몰래 사정을 엿보기로 했다.

작업 현장은 다른 많은 상점들이 입점해 있는 10층 건물의 3층에 있었다. 〈목포고모〉에서 봤던 낯익은 사람들이 분주하게 움직이고 있었다. 길도는 피아노 학원 입구에 서서 현장 안을 유심히 살폈다. 한참을 찾아도 보이지 않던 병렬이 어깨에 짐을 짊어지고 나타났다. 한동안 묵묵히 계단을 오르내리며 'ㄷ' 단면의 길쭉한 메탈스터드를 현장으로 날라 왔다. 다 옮긴 후에는 잠깐의 휴식도 없이 용접 마스크를 쓰고 가져온 자재를 재단했다. 그때마다 절단기에서는 불꽃을 뿜어냈다. 그래서 그런지 병렬 근처에는 아무도 얼씬하지 않았다. 주변 분위기를 보니 실력만큼은 인정받고 있는 것 같았다. 멀찌감치 서서 병렬의 작업 모습을 지켜보는 사람들의 표정을 보아도 그랬고, 아무런 도움 없이 혼자 크고 작은 벽의 뼈대를 만들어 가는 모습이 그래 보였다. 게다가 보는 사람이 숨이 찰 정도로 쉴 새 없이 일하고 있었다. 잠깐을 멈추지 않았다. 일하는 동안에도 다음 작업을 미리 생각하고 있는 사람처럼 보였다. 다른 사람들이 점심을 먹고 담배를 피우는 동안에도 세우던 벽 근처의 쓰레기를 청소하고 허리를 폈다. 근처의 다른 기능공들이 엄지손가락을 치켜세우며 칭찬을 아끼지 않으나, 병렬은 무심하게 흐르는 땀을 닦을 뿐 아무런 대꾸도 하지 않았다. 눈도 맞추지 않는 것 같았다. 공사 현장도 다른 사회와 마찬가지로 관계의 끈이 실타래처럼 얽혀 있는 곳이다. 그런데 그 실타래가 병렬을 거치지 않고 지나치고 있었다.

현장 소장은 병렬이 작업한 벽을 검토하더니 고개를 끄덕였다. 인사를 꾸벅한 후 뒤도 돌아보지 않고 작업도구를 챙겨 현장을 벗어났다. 길도는 다홍이에게 학교가 끝나도 먼저 나오지 말고 기다려 달라고 문자메시지를 전송한 후 〈파트너즈〉로 향했다.

길도는 병렬이 서둘러 일을 마친 것은 다시 윤정의 주변에서 그녀를 엿보기 위한 것임을 직감했다. 〈파트너즈〉의 주변에 자리를 잡을 것이 분명해 보였다. 문제는 어디에서 그녀를 지켜볼 것인가 하는 것이었다. 윤정이 퇴근하기에는 아직 시간이 일렀다. 두 가지 가능성이 점쳐졌다. 하나는 병렬이 자신의 집으로 돌아가서 기다렸다가 퇴근 시간을 즈음하여 다시 나온다는 것과 또 다른 하나는 곧장 이곳 〈파트너즈〉의 주변을 서성이며 윤정을 엿보는 것이었다. 두 번째 가능성에 더욱 무게가 실렸다. 어제의 방해로 스토킹이 중단되지 않았던가. 병렬이 〈파트너즈〉의 주변을 배회하고 있다는 가정하에 움직여야 했다. 어디에 있을까? 〈파트너즈〉의 내부를 관찰할 수 있는 곳은 그리 많지 않았다. 맞은편의 두서너 동의 건물이 유력했다. 그중 한 곳은 이미 길도도 잘 알고 있는 곳이었다. 사교댄스강습소가 있는 5층이 가장 엿보기에 좋은 장소였다.

길도는 우선 그 건물 뒤로 가보기로 했다. 혹시 병렬의 승합차가 주차되어 있지 않을까 하는 생각에서였다. 승합차는 보이지 않았다. 지하주차장에도 가보고 조금 먼 거리의 공터에도 가봤지만 어디에도 보이지 않았다. 길도는 조금 위험하지만 적극적인 방법을 시도했다. 저격수를 찾기 위해서는 직접 타깃이 되어야 했다. 〈파트너즈〉가 있는 건물로 올라갔다. 노출될 것이 걱정되었지만 그 방법이 지금으로서는 최선인 것 같았다. 〈파트너즈〉보다 한 층 더 올라간 계단실에서 거리를 조망했다.

이십 분쯤 흘렀을까? 병렬의 모습이 눈에 들어오기 시작했다. 어디를 들렀다가 왔는지 이제야 거리를 내려오고 있었다. 거치적거리는 승합차를 어딘가에 두고 온 모양이었다. 길도의 예상대로 사교댄스강습소가 있는 건물의 5층 복도 창문에서 모습을 드러냈다. 병렬은 망원경을 통해 윤정을 훔쳐보기 시작했다.

무엇이 저 사람을 이토록 집착하게 만드는 것일까? 쉽게 다가서지 못하는 성격 때문일까? 아니면 손에 쥘 수 없는 상황 때문일까? 길도는 스토커들이 엿보는 횟수가 늘어날수록 욕구도 함께 커진다는 신문기사를 접한 적이 있었다. 지금까지는 윤정도 눈치 채지 못할 정도로 아무런 피해를 주지 않았지만, 앞으로 어떤 돌출행동이 일어날지는 의문이었다. 길도는 이제 와서 발을 뺄 수 없다는 것을 잘 알고 있었다. 윤정이 퇴근해서 무사히 집까지 돌아가는 것을 확인해야 했다. 길도가 들키지 않도록 계단실의 그림자 속에서 스토커를 지켜보고 있는데, 그에게 예기치 않은 일이 벌어졌다.

병렬의 바로 뒤에 반짝이 카디건 할머니가 서 있는 것이 아닌가! 분명 그 할머니였다. 반짝이가 촘촘히 박힌 카디건을 입고 앞뒤로 흔들거렸던 그 할머니. 어제의 술 냄새가 기억났다. 저 정도 거리라면 분명 술 냄새가 진동할 텐데 병렬은 망원경에 두 눈을 박아놓고는 엿보기에 열중하고 있었다. 여전히 앞뒤로 흔들리던 할머니가 병렬의 어깨를 두드렸다. 놀라서 획 돌아선 병렬 때문에 할머니는 중심을 잃고 주춤거렸다. 병렬은 알아보기 힘든 몇 마디를 하더니 다시 망원경에 집중했다. 할머닌 한참 동안을 중심 잡는 것에 열중하시더니 드디어 병렬의 등 뒤에서 반짝이 카디건의 팔뚝을 걷으셨다. 그때부터는 열심히 삿대질을 하고 고래고래 소리를 지르는 것 같았다. 그때 강습소의 문이 열리더니 위아래로 온통 하얀 옷(보이진 않았지만 아마 신발도 하얀색으로 통일하시지 않았을까 싶다)을 입은 대머리 할 아버지와 길 건너에서도 선명하게 보이는 화장을 한 비슷한 연배의 할머니들이 나오셨다. 동료 댄서들의 등장으로 탄력을 받은 카디건 할머니는 병렬의 등짝을 마구 두드렸다. 순식간의 일이었다. 자초지종도 모를(모르기는 병렬도 매한가지였을 것 같기는 하지만) 다른 노년의 댄서들도 병렬의 등짝을 일단 냅다 두드렸다. 길도는 그 모양이 마치 '인디언 밥'이라는 게임 벌칙과 비슷하다고 생각하고는 배를 움켜잡았다.

결국 병렬은 가슴에 망원경을 끌어안고 줄행랑을 치고 말았다. 어제는 8살짜리 아이에게, 오늘은 노년의 댄서들에게 혼쭐이 나는 병렬이었다. 그렇게 병렬은 입이 댓발은 나온 채로 거리에 방치되었다. 그래도 도끼눈을 뜨지 않고 입만 삐죽 나오는 것을 보니 그리 나쁜 사람은 아닐지 모른다는 생각이 들었다. 길도도 거리로 나와 윤정의 귀갓길에 앞장설 수 있는 동선을 고민했다.

마침 길에 서서 먹을 수 있는 분식집이 눈에 들어왔다. 우선 점심을 거른 허기부터 달래야 했다. 다행히 떡볶이와 어묵을 천천히 먹으면서 시간을 조절할 수도 있었고, 병렬에게는 등을 돌릴 수 있어서 자연스러웠다. 윤정의 회사

입구가 보이지 않았으나 병렬이 반응하는 것으로 거울 삼을 수 있을 것 같았다.

날이 어두워질 때까지 윤정은 퇴근하지 않았다. 그동안 병렬은 자리를 여러 번 옮겨가며 입구를 지켰고, 길도는 아버지께 문자메시지를 보내 다홍이를 데리러 가달라고 부탁을 해야 했다.

유심히 살펴보니 병렬은 혼잣말로 중얼거리는 습관이 있었다. 그 입모양은 대강 "뭐, 난 괜찮아.", "나만 좋아하면 됐지 뭐.", "쳇, 갈 테면 가라지 뭐."라고 말하고 있었다. 조금은 측은하고, 조금은 서글프게도 보였다. 그때 갑자기 병렬이 움찔하더니 건물 입구로 쏙 들어가 버렸다. 윤정이 입구에 모습을 드러낸 것이다. 덕분에 병렬은 건물 입구에 나와 있었던 싸롱 웨이터에게 "어서 옵쇼~"하는 인사를 받아야만 했다.

회사를 나온 윤정은 역시나 애견센터 쇼윈도를 서성거렸다. 병렬도 예측이나 했다는 듯이 미리 애견센터의 맞은 편에 와 있었다. 애견센터 사장이 윤정을 발견하고 들어오라는 손짓을 했지만, 윤정은 손을 흔들어 사양하며 아쉬운 발걸음을 떼고 있었다. 정을 떼고 있는 까닭이었던지 발걸음에 속도가 붙지는 못했다. 윤정은 그렇게 천천히 바람을 느끼며 집으로 돌아갔고, 병렬은 윤정의 집 앞까지 따라와 한참을 그 앞에서 서성거렸다. 그가 돌아간 건 재활용 쓰레기를 뒤적거리다가 아파트 경비아저씨께 핀잔을 듣고 나서였다. 그것이 전부였다. 그렇게 기계처럼 작업을 당겨 하고, 회사 앞에서 예닐곱 시간을 기다리며 서성이고 몰매(?)를 맞아가면서, 겨우 20여 분 남짓 윤정의 뒤를 밟은 것이 전부였다. 그리고 마무리로 핀잔까지 얻어먹고도 저렇게 태연한 얼굴로 돌아가다니…… 그것이 스토커 박병렬의 4월 11일 하루였다.

의뢰의 마지막 날, 길도는 윤정과 하루 종일을 함께했다. 출근을 함께했고, 업무 중에도 주변을 서성거렸다. 그리고 퇴근도 함께했다. 병렬은 오후 6시가 다 되어서 나타났다. 오늘 일이 만만치 않았을까? 소장이 쉽게 허락하지 않았을까? 아님 노년의 댄서들에게 맞은 곳이 부어올랐을까? 길도를 이렇게 궁금하게 만든 것은 어제 딱 하루 병렬의 스토킹을 지켜봤지만 병렬의 스토킹이 엄청나게 일정한 패턴을 가지고 있다고 확신할 수 있었기 때문이었다.

늘 일정한 패턴을 가지고 있는 스토커가 스토킹의 장소에 2시간가량 늦은 것은 분명 작지 않은 일 때문이란 것을 알 수 있었다. 스토커에게 오늘은 어제의 복사판이었다. 그렇게 혼나고도 또다시 사교댄스강습소 앞에서 윤정을 엿보고 있었고, 애견센터 앞에서 윤정이 했던 것처럼 뭉치를 잠깐 동안 물끄러미 쳐다보는 것, 그리고 집까지 따라가서 쓰레기를 뒤지는 것 모두가 어제와 닮아 있었다. 그리고 경비아저씨의 호통으로 하루를 마무리하는 것까지도. 어쩌면 길도가 댄스강습소에서 반짝이 카디건 할머니의 이상한 시선을 받았던 것도 할머니에겐 그놈의 베이지 점퍼 자식을 생각나게 해서가 아닐까 싶었다. 매일매일 야단맞고, 누군가를 엿보는 불쌍해 보이는 녀석. 대들기는커녕 때리는 대로 다 맞고 뭔가를 감싸 안고 도망치는 그 녀석. 그래도 매일같이 찾아드는 그 어수룩한 녀석으로 오해를 받았던 건 아닌가 싶었다.

길도는 다홍이가 졸린 눈을 부비며 자기 방으로 들어가고 나서야 사진들을 가려내기 시작했다. 쓸 만한 사진을 별도로 구분해서 리터칭 작업을 했다. 사진의 전반적인 보정은 물론이고 강조할 것과 그렇지 말아야 할 점은 리터칭 작업을 통해 더욱 확실하게 다듬어졌다. 누나가 두고 간 컴퓨터가 다시 한 번 마법지팡이를 휘두르고 있었다.

윤정에게 발송될 사진은 그녀의 바람대로 이곳에서의 추억들이 충실히 담긴 것들이었다. 기꺼이 은인이 되어준 〈파트너즈〉의 고마운 동료들, 좋은 직장동료들에 둘러싸여 자신의 미래를 훌륭히 개척하고 있는 의젓한 동생 윤수, 운명 같은 연인 태석 그리고 좋은 주인을 기다리는 뭉치와 그녀가 살았던 생생한 삶의 장소들이 고스란히 기록되어 있었다. 아마도 윤정은 틈틈이 이 사진들을 들여다보며 고국과 자신의 이십대를 추억하리라.

사진을 다듬는 내내 길도를 잡아끄는 사진 속의 인물이 있었다. 스토커 박병렬이었다. 병렬의 모습은 그림자까지도 사진에서 모두 삭제했다. 병렬이 있던 자리에는 가로수가 새로이 심어지거나 거리의 자립형 광고판이 대신 들어섰다.

윤정의 새로운 시작이 아무 탈 없기를 바라는 마음과 그녀의 빈자리로 가슴이 뻥 뚫릴 스토커의 후일이 상충됐다. 길도는 어쩌면 자신이 두 사람의 중요한 인생 분기점을 목격하고 있는지도 모른다고 생각했다. 그래서 경솔할 수 없었다. 신중하고 또 신중해야 했다. 새로운 출발을 하는 것도, 그리고 빈자리를 채우는 것도 모두 본인들의 몫이어야만 한다고 생각했다. 길도는 단지 그들이 그 순간에 와 있음을 깨달을 수 있도록 도와줄 뿐이라고 스스로에게 다짐하고 있는 것이다.

며칠 후 〈파트너즈〉에는 소포 배달이 두 건 있었다. 하나는 인터넷 신문 〈더 게릴라〉의 고화심 기자에게서 온 유산균음료 한 박스였다.

〈소중한 제보 감사하게 받았습니다. 그러나 신문사 내부 사정으로 인해 게재되지 못한 점 죄송합니다.〉라는 메모가 붙어 있었다. 그 신문사 내부 사정이란 것이 아직 창립되지 못한 것임을 직원들은 알 턱이 없었다. 그리고 또 다른 하나는 윤정에게 온 것이었다. 발신인을 확인한 윤정은 모른 척 간이 주방으로 가서 사진들을 훑어보았다. 사진 속의 인물들은 모두 주인공이 되어주었다. 윤정의 뒤에서 뽈을 다는 시늉을 하는 대장이며 직원들, 특제 안주를 만들어 직접 입에 넣어주는 〈목포고모〉의 주인아주머니, 직원들에 둘러싸여 한 곡 멋들어지게 뽑는 동생 윤수 그리고 애견센터 사장에게 애교를 부리는 뭉치가 그 안에서 살아 있었다. 윤정은 눈물이 왈칵 쏟아졌다. 흐르는 눈물이 목덜미를 지나 스카프에 흡수되었다. 그 옆을 지나던 눈치 빠른 주근깨 디자이너 오주희에게 그 광경을 들켜 버렸다.

"울어요? 정윤정 씨, 울어요? 아니, 윤정 언니 울어? 이리들 와보세요. 윤정 언니 뭔가 보면서 막 울어요!"

오주희는 악을 쓰는 건지 모를 소리로 사람들을 불러 모았다.

모두 자리를 박차고 간이 주방으로 모여들었다. 윤정이 울먹이면서 싱크대 위 선반을 열었다.

"모두 커피 한 잔씩 해요. 다 말씀 드릴게요."

소파가 둘러싼 테이블에 커피가 준비되었고, 윤정이 받은 사진이 펼쳐졌다. 윤정은 사진의 내용에 대해 설명했다. 그래서 사진 속의 사람들을 보고 울었노라고 고백했다.

"난 왜 이래? 실제보다 배가 더 많이 나와 보이잖아. 내가 임산부야? 캐나다 사람들이 뭐라고 그러겠어."

모두들 흘쩍거리다가 곧 웃음바다가 되었다. 윤정이 몰래 뒤로 감추려던 약혼자 태석의 사진도 들통이 나서 공개되었다.

"윤정 씨는 복도 많네! 애인 코 하나는 진짜 잘생겼다."

노처녀 박가희 실장의 말이라 모두들 배꼽을 잡으며 쓰러졌다.

"캐나다에서 쓸 만한 사람 있으면 택배로 보낼게요. 수신자 부담으로 받으셔야 해요!"

윤정은 박가희의 가슴팍을 파고들며 애교를 떨었다.

다들 자신들이 찍힌 부분을 지적하고 한마디씩 하면서 와자지껄했다.

그 시간, 길 건너 댄스강습소 앞 복도에는 길도가 서 있었다. 〈파트너즈〉를 정탐하러 온 것만은 아니었다. 길도는 반짝이 카디건 할머니를 기다리고 있었다. 할머니가 계단을 올라오면서 힐끗 길도를 올려다봤다.

"어라, 딴 놈일세."

길도는 시치미를 뚝 떼고는 수첩에서 견출지 1번이 붙은 페이지를 할머니께 보여 드렸다. 카디건 할머니는 몇 번을 피해가려고 하다가 결국 돋보기를 꺼내 들었다.

〈저는 말하지도, 듣지도 못합니다. 하지만 입모양을 보고 알아들을 수 있습니다.〉

카디건 할머니가 또 한 번 길도를 올려다봤다. 아마도 '그래서 어쩌라고?' 하는 표정 같았다. 길도가 미리 준비한 메모를 펼쳐 보여 드렸다.

〈할머니 복장이 너무 멋지세요. 댄스도 분명 멋있으실

것 같은데요, 괜찮으시다면 할머니 춤추는 모습을 사진에 담고 싶어요. 부탁드려요.〉

카디건 할머니는 별 희한한 녀석이 다 있네 하면서도 길도의 손을 덥석 잡고 강습소 안으로 들어갔다. 강습소 안에는 화려한 복장의 준비된(?) 댄서들이 파트너를 기다리고 있었다. 카디건 할머니는 동료들에게 앞선 얘기를 들려주며 으쓱해하셨다. 본인은 정작 '별 희한한 녀석' 하면서도 동료들에게 무료한 일상의 얘깃거리가 될 듯했던 모양이었다.

반응은 폭발적이었다. 머쓱해서 엉덩이를 뒤로 쭉 빼고 찍었던 카디건 할머니와 백구두의 할아버지 사진을 LCD 화면으로 확인하면서부터였다. 포커스로 들어올 때에도 마치 무대에 오르는 댄서들처럼 우아하게 인사를 하고 포즈를 취했다. 게다가 자신의 파트너만으로는 아쉬웠는지 파트너를 바꿔가며 촬영에 임했다. 어떤 할아버지는 평소 손 한 번 잡기도 힘들었던(댄스 파트너로서인지 연정 때문인지는 모르겠지만) 파트너와 사진을 찍고는 얼굴에 봄기운이 만연해지셨다. 길도는 오히려 이렇게 열중하시다가 댁에 돌아가시는 길에 다리 힘이 풀리실까 봐 걱정이 되었다.

노년의 댄서들 모두가 꼭 사진을 보내달라고 당부하고 또 당부하셨다. 길도는 허리를 굽혀 모든 분들에게 인사를 드리면서 카디건 할머니에게 수첩의 메모를 보여 드렸다.

〈너무 멋있으셨어요. 조금 아쉬운 점이 있다면 약주 때문에 카메라 초점이 좀 흔들리더라고요. 할머니 춤과 건강을 생각하셔서 약주를 조금만 덜 드셨으면 좋겠어요. 사진 꼭 보내 드릴게요.〉

어린 녀석의 발칙한 충고에 카디건 할머니의 입가가 더 쪼글쪼글해졌다. 하지만 잠시뿐. 카디건 할머니는 길도의 엉덩이를 톡톡 두드리며 잘 가라고 손을 흔들어주었다.

카디건 할머니가 그 후로 약주를 줄이셨는지 아님 더 느셨는지는 확인할 수 없었다. 하지만 최대한 정중하게 말씀드려야만 했다. 그것이 사회 구성원으로서의 도리라고 생각했다.

민규는 길도의 간곡한 부탁으로 점심시간을 반납했다. 그리고는 길도가 미리 준비해 준 복장으로 인테리어 공사가 한창인 〈내가사께〉 앞에 와 있다. 길도의 부탁은 서류 봉투 하나를 누군가에게 전해주는 것이었다. 그러면서 당부한 사항이 있었다. 반드시 '그 사람' 혼자 있을 때 전해 줄 것과 가급적이면 눈을 맞추지 말고 사인도 받지 말 것, 그리고 전달되었으면 뒤도 돌아보지 말고 재빠르게 그 자리를 빠져나올 것이었다. 모자를 푹 눌러쓴 민규는 길도가 프린트해 준 사진으로 '그 사람'을 쉽게 찾을 수 있었다. 그리고 연장을 챙기기 위해 건물 아래로 내려왔다가 다시 엘리베이터를 타는 순간을 포착했다.

"3층 공사 현장분이시죠? 우편 좀 부탁드립니다."

병렬은 엉겁결에 서류봉투를 받아 들었고, 민규는 냅다 그 자리를 도망쳐 나왔다. 서류봉투의 발신자는 〈언니네사진관〉이었고, 수신자는 정윤정이었다.

　길도가 민규에게 당부한 내용은 모두 병렬이 서류봉투를 열어볼 수 있도록 유도한 장치들이었다. 아무도 보는 사람이 없는 곳에서 자신에게 잘못 배달된 윤정의 물건. 그것도 사진관에서 보내온 것이라면 분명 병렬이 내용을 확인해 보고 싶어 할 것이라 생각했다. '예비신부에게 보낸 홍보성 광고일지도 몰라.' 하면서 자신의 행위에 정당성을 부여할 여지도 만들어놓은 것이었다.

　사진의 내용은 윤정과 태석이 서로의 시선을 교환하는 사진들이었다. 길거리에서, 회식 자리에서, 공터에서, 집 앞에서의 장면들을 간추린 것이었다. 이 중 몇 장면은 병렬도 함께하고 있었을 것들이었다. 하지만 약간은 다른 구도의, 다른 분위기의 사진들이 될 수 있도록 약간의 터치가 가해진 것들이었다.

　병렬이 윤정과 태석의 상황을 모르는 바 아닐 거라 생각했지만, 애인을 바라보는 윤정의 눈을 통해 확고한 애정을 알아줬으면 하는 의도에서 다시 한 번 강조한 것이었다. 윤정의 눈에 별을 몇 개 잡아 넣는 터치를 감행했다. 그리고 애견센터 앞에서 사랑하는 뭉치에게 애정을 확인하고 또, 더 좋은 주인을 기원하며 발걸음을 떼는 장면. 이 장면에서도 윤정의 눈에 눈물을 만들어 넣었었다. 윤정이 태석만을 사랑하는 불공평한(?) 사람이 아니라는 것도 알리고, 윤정에게 집중되어 있는 관심을 분산시키자는 의도가 숨어 있는 연출인 셈이었다. 그리고 윤정이 회사에서 동료들과 함께 즐거워하는 장면들이 포함되었는데, 이 장면에도 길도의 리터칭 실력이 발휘되었다. 외향적이고 직설적인 성격의 주근깨, 아니, 오주희의 주근깨를 모두 없앤 것이었다. 조금은 위험하고 무책임한 일일지도 모르겠지만…….

　다시 며칠 후, 길도는 윤정으로부터 고맙다는 답장 메일과 사례비를 받을 수 있었다. 아버지께 전해 들은 얘기로 둘은 결혼식을 잘 마치고 캐나다로 떠났으며, 캐나다에는 남편 태석의 가족들이 모두 정착하고 있어서 그리 어렵지 않게 타향살이를 할 수 있을 것이라고도 했다. 그리고 배불뚝이 소장님댁으로 들어간 동생 윤수가 우유와 유산균 배달을 부탁했다는 것과 배불뚝이 소장의 이름이 배병두라는 것도 전해 들었다. 배씨는 배씨인 셈이었다. 한상욱 신부도 길도에게 찾아와 특별한 조언을 해주었다.
　"길도야, 내 당부하고 싶은 얘기가 있어 찾아왔다. 지난번 네 얘기를 들었을 때만 해도 그리 이상할 것 없다고 생각했었지만, 한참을 다시 고민해 보니 여간 마음에 걸리더구나. 다름 아니라 의뢰인 이외의 다른 사람이 네 포커스에 들어갈 때에는 여러 번 생각을 해본 후에 결정해야 할 거라고 생각해. 작업 현장의 직원들이야 나중에 그 사실을 안다고 해도 크게 기분 나빠하지 않겠지만 어찌 되었든 동의 받지 못한 것은 분명하잖니? 그렇다면 다른 파파라치와 심지어 스토커와 다를 것이 없지 않겠니? 전에도 얘기했겠지만 길도의 사진이 치유의 사진이 되리라는 것에는 한 점 의혹이 없지만 생각하기에 따라서는 상처의 사진과 그 경계가 매우 모호하기 때문에 더욱 조심해야 한다고 얘기하고 있는 거야. 알겠니?"

신부님의 얘기는 길도의 마음을 서늘하게 했다. 그렇지 않아도 남의 사생활을 들여다본다는 것이 길도에겐 점점 부담이 되고 있어 더욱 그랬다. 가만히 끄덕이는 머리를 한 신부는 길도의 머리를 부드럽게 쓰다듬어 주셨다.

월말은 토요일이라 이따금씩 그러는 것처럼 이어폰만 끼고 길로 나섰다. 이어폰을 끼고 길을 걸으면 묘한 느낌에 사로잡히곤 한다. 누가 말을 걸어도 또는 자동차의 경적 소리가 등 뒤를 울려도 들을 수 없지만 장애인을 보듯 쳐다보지는 않기 때문이다. 욕은 좀 먹겠지만 듣지 못하는 것이 당연하다고 생각을 하게 되는 것이다. 일반인을 가장한 모습이라고나 할까. 농아도 장애인으로서가 아닌 귀에 큼지막한 이어폰을 하나 걸고 있어서 다른 소리가 들리지 않는다고 바라봐 주면 어떨까 하는 생각을 가끔 해보곤 한다. 길도는 '별 차이 없을 텐데…….' 하면서 태연히 길을 걷고 있었다.

그러다가 길에서 낯익은 사람을 만났다. 박병렬이었다. 많이 달라진 모습에 잠깐을 집중해야 했었다. 매일 똑같던 베이지색 점퍼도 벗었고(날씨 탓도 있었겠지만) 가르마도 다른 곳으로 옮겨가 있었다. 무엇보다도 개를 한 마리 앞장 세우고 있었는데 다름 아닌 뭉치(아님 똘이일까?)였다. 길도는 미리 길을 앞질러 그 둘을 몰래 카메라에 담아 캐나다에 있는 윤정에게 보내면 어떨까 생각했다. 그러면 윤정이 "어, 이 녀석 뭉치잖아! 그리고 이분은 다름 아닌 박병렬 과장님이네! 이런 우연이!" 하면서 국제전화를 걸겠지?

"안녕하세요, 박병렬 과장님, 저 기억하세요? 저 윤정이에요. 놀라셨죠? 다짜고짜 웬 전화냐 그러시겠죠? 더 놀라운 사실 하나 알려 드릴까요? 과장님 얼마 전에 애견센터에서 개 한 마리 분양받으셨죠? 그렇죠? 호호호, 깜짝 놀라실 줄 알았어요. 그 개 사실 전에 제가 기르던 개예요. 뭉치라고. 아 참, 지금은 뭐라고 부르시고 계시나요. 제 생각만 했네요. 지금 이름은 뭐죠?" 하고 반가운 마음에 수선을 떨겠지.

"아, 네…… 안녕하셨어요, 똘이, 아니, 지금도 뭉치예요. 애견센터 사장님이 알려주셨어요. 그곳 생활은 어떠세요?" 갑작스런 기습이었지만 예상외로 담담하게 전화를 받는 본인의 모습에 대견스런 마음까지 들면서 태연하게 전화에 응할 테고.

"좋아요. 가끔 한국 생각이 나긴 하지만 이곳에서노 남편 일을 도와주느라 정신이 없네요. 그나저나 회사분들은 어떠세요?"

"이곳 걱정은 마세요. 회사는 여전해요. 그리고 뭉치도 걱정 마세요. 잘 지내고 있어요."

뭐, 대충 이런 대화를 하지 않을까? 길도는 꼬리를 흔들며 앞장 서는 뭉치가 대견스러웠다. 옛 주인도 그렇게 생각하겠지. 뭉치와 병렬의 앞에 주근깨, 아니, 오주희가 기다리고 있다면 더욱 좋을 텐데 하고 생각했다. 길도는 낮이 유난히 길었던 그 휴일의 오후, 그 자리에 멈춰 서서 새로운 가족의 탄생을 조용히 축하할 수 있었다.

4장 지킬&하이드

난 설령 네가 다른 사람들에게는 가끔 실망스런 존재일지 몰라도,
나는 절대 그렇게 생각하지 않아. 난 늘 고맙게 생각하고 있다고.
넌 나에게 혀이며 성대이며 목젖이니까.

　김창진 부장은 타는 갈증으로 잠에서 깼다. 갈증은 볏단에 불을 놓은 것처럼 온몸으로 번지고 있었다. 더듬거려 주변을 휘저어보려 하는데 몸이 욱신거려 왔다. 남은 힘을 한곳으로 모은 후에야 겨우 몸을 뒤집고 상체를 일으킬 수 있었다. 앞을 본다는 것도 쉽지 않았다. 눈을 비벼 접착제 같은 것을 떼어냈지만, 망막에는 바로 상이 맺히지 못했다. 방 안은 안경 없이 보는 3D 영상 같았다. 머리가 지끈거리고 속도 메스꺼웠다.

　'나도 이젠 늙었나 보네.'

　쓴웃음이 절로 새어 나왔다. 천천히 이중 삼중의 영상이 하나로 합쳐지면서 알아볼 수 있는 영상이 만들어졌다.

'뭐야, 이건!'

뭔가에 감전된 느낌이었다. 방 안은 그야말로 난장판이었다. 딸아이가 밥상으로 사용하고 있는 소반이 둘로 쪼개져 있었고, 주전자는 심하게 찌그러져 물이 모두 방바닥에 흘러나와 있었다. 게다가 재떨이까지 엎어져 있어서 눈물로 흘러내린 마스카라 자국 같았다. 얼마 전에 장만한 TV의 한쪽이 움푹 파여 있었고, 벽에 걸려 있어야 하는 것들도 죄다 바닥에 내팽겨져 있었다. 그때 옷장이 활짝 열려 그 안의 내용물들이 모두 뒤엎어진 것이 눈에 들어왔다.

'강도?'

반사 신경과 같이 가족이 염려스러웠다. 딸아이의 방문을 살짝 열어보니 다행히 모녀는 모두 곤하게 자고 있었다. 바로 아내를 흔들어 깨우고 싶었지만 그럴 수 없었다. 어젯밤의 기억이 전혀 없었기 때문이다. 아무런 생각 없이 아내에게 말을 걸었다가는 바가지에 시달릴 것이 틀림없을 것이다. 사라진 어젯밤의 기억. 정확히 회식 자리인 숯불갈비 집에서 나오는 순간부터 아침 눈 뜰 때까지의 기억. 현관의 빗장은 안에서부터 단단히 잠겨 있었다.

'내가 취기에 흔들거리면서 이것저것을 어질렀나? 그럴 리가 없는데……'

매일같이 술을 마셔도 흐트러짐 없는 자세로 지인들을 배웅해 주던 김 부장이었다. 게다가 집에 들어와서도 아이의 숙제를 봐주고 음식쓰레기를 처리해 준 후에 잠자리에 들곤 했었다. 하지만 어제는 유독 기억이 나지 않았다. 그러니 그러지 않았다고 쉽게 단정 지을 수도 없는 노릇이었다.

우선 아내가 깨기 전에 엎어지고 부서진 것들을 치워놓아야 한다. 이 광경을 본다면 가족들이 얼마나 놀랄 것인가. 가족이 잠들고 나서 들어왔다면 없었던 걸로 무마시킬 수도 있을 것 같았다. 어젯밤의 동선을 추정해 보았다. 비틀거리면서 주전자를 걷어차고 재떨이를 밟아 엎었을 것이다. 그리고 한 발 더 나아가 소반을 밟아 부수고는 TV로 넘어지는 상황을 그려냈다. 기억이 나질 않으니 억울하지만 최악의 상황으로 가정해야 했다.

'참내, 내가 필름이 다 끊어지고 말이야……'

방 안을 정리하고 망가진 TV 앞에 쪼개진 소반을 살짝 가져다 놓는 것으로 어제의 동선을 되짚어보려던 순간 뒤에서 인기척이 느껴졌다. 아내는 문 앞에 서서 무섭게 쏘아보고 있었고, 옆에서 잠이 덜 깬 진아는 아빠를 보고 울음을 터트렸다.

아내는 말없이 양복과 지갑 그리고 휴대전화를 떠안겼다. 아무 말 하지 말고 빨리 나가달라는 무언의 항의였다.

'깨어 있을 때 들어왔구나!'

현관을 나서는 등 뒤에서 딸아이의 울음소리가 한참을 따라왔다.

김창진. 42세. 웹사이트 서버의 보안 솔루션을 제공하는 IT 회사의 부장. 1년 전 부장으로 진급하면서 주간업무 부서를 맡아오고 있다. 아내 전수연은 집 근처에서 조그만 미술학원을 운영하고 있고, 딸 진아는 다섯 살로 엄마가 운영하는 미술학원에서 다른 원생들과 함께 하루를 보내고 있다.

결혼하고 나서, 아니, 연애시절부터 지금까지 그렇게 화난 표정의 아내를 본 적이 없었다. 하지만 그보다 더 당혹스러운 것은 회사를 마치면 으레 대폿집에서 한 잔을 하곤 했었지만, 이처럼 필름이 끊겼던 적이 한 번도 없었다는 것이다. 다른 직장인들이 그렇듯이 김 부장도 일을 마치면 하루의 고단함을 달래기 위해 술집을 찾아왔었다. 게다가 주간업무 부서의 리더로서 부하직원들의 고충과 그날그날의 업무 내용을 파악해야만 한다. 리더의 능력은 부서원들을 단합시키고, 또 각각의 역량을 극대화할 수 있도록 환경을 만들어주는 것이라고 믿고 있는 김 부장이었다.

'남편이 자정까지 일하고도 음식쓰레기 버려줘, 자고 있는 딸애 이마에 뽀뽀해 줘, 더 이상 뭘 더 바라!'

순순히 내쫓기기는 했지만 슬슬 불만이 터져 나왔다. 게다가 어제는 '칠칠데이'라고 며칠 전부터 아내에게 얘기해 온 터였다. 칠칠데이는 주간과 야간업무 부서가 일 년에 딱 한 번 함께 회식을 하는 자리였다. 미국 본사 직원이 파견 나와 각종 시스템을 점검하는, 그것도 일요일에 경우와

직녀처럼 만난다고 해서 직원들은 너나 할 것 없이 칠월칠석 즉, 칠칠데이라고 부르고 있었다. 주간과 야간업무 부서를 총괄하는 전동현 이사가 주관하는 자리였다. 전동현 이사는 나이도 한 살 어린 입사 후배였다. 위기관리 능력을 인정받고 업무 실적도 좋아 파격적으로 진급한 경우였다. 하지만 김 부장은 회사에 떠도는 사장님 처조카설에 더 무게를 두고 있었다.

'명문대 출신이랍시고 일 돌아가는 것도 모르는 녀석이 번개처럼 이사까지 진급했으면 뻔한 거지, 뭐.'

회사 앞 포켓공원에는 비대한 비둘기들만이 지친 다리를 쉬어 가고 있었다. 평소 같았으면 트레이닝복 차림의 추레한 야간업무 부서 직원들이 커피에 담배 연기를 내뿜고 있었을 것이다. 로비를 가로질러 직원 승강기 앞에 마련된 전자카드 단말기에 사원카드를 가져갔다.

—삐~익.

빨간색 LED 램프가 'X'를 표시하는 것과 동시에 경비원 장 씨가 튀어나왔다.

"이게 왜 이러죠?"

"안녕하세요, 김 부장님. 글쎄요. 고장 났나 보네요. 제가 시설부에 말해놓을게요. 이쪽 방문객 승강기를 이용하시면 어떨까요? 죄송합니다."

"죄송하긴요. 아무려면 어때요. 수고하세요."

어제의 악운이 마지막 몸부림을 치고 있는 것 같았다. 방문객 승강기는 공기청정기가 설치되어 있어서 향기로웠지만, 업무 영역으로 들어가기 위해서는 한 번 더 게이트를 통과해야 하는 번거로움이 있었다. 보안을 중요시하는 회사의 정책 때문이었다. IT 업계에서는 사내 보안도 일종의 상품이다. 그래서 경쟁적으로 독창적이고도 빈틈없는 보안체계를 마련해서 적극적으로 홍보에 끌어내고 있었다. 사무실이 있는 8층에 내려 다시 한 번 사원카드를 게이트에 가져갔다.

—삐~익.

빨간색 LED 램프가 'X'를 표시했다. 이번엔 사무실 막내인 최창환이 어슬렁 기어나왔다.

"어, 부장님. 어떻게 이렇게 일찍 나오셨어요?"

최창환 엔지니어는 귀신을 본 듯 깜짝 놀란 표정이 역력했다.

"그럼, 그깟 술 좀 마시고 자빠져 있을 줄 알았어? 그나저나 시설부 녀석들 형편없네. 1층 로비에서도 사원카드 에러 뜨더니 또 그러네. 빨리 자네 사원카드로 게이트 좀 열어봐."

"부장님, 그런데 그게……."

그때 마침 반대 편직원 승강기 문이 열리면서 배성진 과장이 모습을 보였다.

"어이, 성진아. 배 과장. 네 사원카드로 게이트 좀 열어봐. 내 사원카드가 에러가 났나 봐. 창환이 녀석 야단 좀 쳐라. 그렇게 사원카드 소지하고 다니라고 했는데…….”

배성진 과장이 목에 걸고 있던 사원카드를 갖다 댔더니 파란색 LED 램프가 'O'를 만들어냈다.

“어째 문 하나 열어주는데 쩔쩔 매냐? 창환아, 배 과장 좀 보고 배워라.”

김 부장은 게이트를 들어오면서 어쩔 줄 몰라 하는 최창환의 등을 탁탁 두드렸다.

“부장님, 드릴 말씀이 있어요. 거기로 가시죠.”

무표정의 배성진 과장은 앞장서서 비상계단으로 향했다. 비상계단은 직원들 간의 비공식적인 은밀한(?) 장소로 종종 사용되고 있었다. CCTV가 없는 유일한 곳. 직원들 간에 고민을 토로하거나 직원들의 눈을 피해 상사가 하급 관리직원의 실수를 지적할 때, 그리고 가끔은 사내 연애를 하는 직원들이 들르는 곳이었다. 그래서 빠끔히 고개를 드밀어봤을 때 누군가 이용하고 있는 것이 확인되면 두말할 것 없이 문을 닫고 다른 층을 알아보는 것이 당연했고, 계단실의 위와 아래에서 작은 속삭임이 들리더라도 모른 척해주는 것이 불문율이었다. 사내에 마련된 회의실이나 어떤 휴게실보다 더욱 진한 진솔함이 묻어나는 곳이었다.

배성진 과장은 같은 대학 같은 학과 후배로 김 부장이 스카우트한 케이스였다. 대학 때부터도 친분이 두터웠고, 김 부장은 배성진 과장의 수더분한 성격을 특히 아꼈다.

그래서 누구보다도 김 부장의 심중을 잘 헤아리는 든든한 아군 중의 아군이었다. 배성진 과장이 입사한 이후 이 둘은 가끔 담배 한 개비로 서로 간의 흉금을 털어놓고는 했다.

"선배님, 어제 잘 들어가셨어요?"

입에 문 담배에 불을 붙여주면서 걱정이 묻어나는 안부를 물었다.

"으…… 응, 뭐 그럭저럭."

"사모님께 혼나지는 않으셨어요?"

"내가 어제 혼날 짓을 했어?"

"평소보다도 늦게 들어가셨으니까 드리는 말씀이죠. 야간업무 부서의 주성훈 부장님은 아이가 아프다면서 2차에서는 내빼시던데요."

"우리가 2차도 갔었어?"

"네, 부장님. 어제 일 하나도 기억 안 나시죠?"

배성진 과장의 말이 성큼 다가왔다.

"으…… 응, 어떻게 알았어? 내가 어제 그렇게 비틀거렸어?"

"아뇨, 평소랑 다름없었어요. 조금 조용하시긴 했지만요. 그런데 오늘 이렇게 일찍 오신 걸 보니까 어제 일을 기억 못하시는 것 같아서요."

"무슨 소리야. 9시 15분 다 돼서 왔는데. 일찍은 무슨……"

"그게 아니라……."

"창환이 녀석도 그러더니 자네도 날 노인네 취급하는 거야? 그럼 내가 그 정도 마시고 드러누웠을 것 같았어? 나아직 그 정도는 아냐. 걱정 마."

"그게 아니라, 어제 전동현 이사와 말씀 나누신 거 기억안 나세요?"

"전동현 이사? 고깃집에서 내 옆에 전동현 이사가 앉았었지. 가만있어 보자…… 그래, 주·야간업무 부서 전체를독자법인으로 전환하는 것에 대해 얘기했던 것 같았는데.그리고는 기억이 나질 않네."

"그게 아니라……."

"어허, 이 친구. 뭔데 이리 뜸을 들여?"

"어제 부장님 야간업무 부서로 발령 나셨어요. 그것도오늘부터요. 회식에 참석한 다른 직원들에게도 모두 전 이사님이 직접 설명했고요. 직원들도 갑작스런 인사에 모두놀라는 눈치더라고요."

"뭐? 내가 잘려?"

"잘리긴요. 전 이사님 얘기로는 주간보다는 야간이 덜바쁘니까 회사 헬스장에라도 가서 건강도 좀 챙기고 이참에 술도 좀 줄이라고 하시더라고요. 출·퇴근 시간이 좀애매하긴 해도 전 이사님 말씀도 일리는 있는 것 같아요.앞으로 1년만 그렇게 하자고 하시던데요."

"그게 잘린 거 아냐? 그럼, 주간은?"

"야간업무 부서의 주성훈 부장이 맡기로 했어요."

"잘린 거 맞네. 억지로 주 부장을 주간으로 내려 보낸 거 봐서는 말이야."

주성훈 부장이 기러기 아빠인 건 회사 사람들이 다 아는 사실이었다. 늦은 밤 불 꺼진 집에 돌아가는 것도 싫고, 혼자 식사를 해결하는 것도 싫어서, 수당이 좀 더 많은 야간업무 부서를 지원한 것은 주 부장 스스로의 선택이었다. 그러니 지금의 상황은 주성훈 부장이 주간업무 부서로 승진된 것이 아니라, 김 부장이 야간업무 부서로 좌천된 것을 의미하는 것이었다. 주간업무 부서의 수장을 맡고 있다는 것을 큰 프라이드로 생각하던 김 부장은 자존심이 허물어지는 것을 느꼈다.

"내 반응 어땠어?"

애써 태연한 척 두 번째 담배에 불을 붙였다.

"말이 좀 없으셨지, 뭐 평소와 별반 다르시지 않으셨어요. 2차, 3차까지 다 가시고 제가 댁 앞까지 모셔다 드렸는걸요. 저한테 택시타고 가라고 택시비도 주셨는데요. 평소와 같이 2만 원."

"그랬어? 그런데 왜 기억이 하나도 안 나지? 어제 고깃집 후반부터. 아마도 전 이사한테 그 얘길 듣던 즈음에서부터 오늘 아침 일어날 때까지 말이야."

"요즘 몸이 좀 약해지신 거 아니에요? 전 이사님 말씀처럼 야간업무부 담당하시면서 건강도 좀 챙기세요. 야간업무부 애들 똘똘해서 믿고 맡기셔도 될 거예요. 주성훈 부장도 보니까 자정에 회의하고 주무시고는 새벽 네댓 시에 일어나셔서 운동하시던데요. 가끔 급한 일 있으면 깨우겠지만요."

그때 최창환 엔지니어가 따뜻한 커피 두 잔을 가져다 놓고는 조용히 자리를 피했다.

"성진아, 나 먼저 간다. 들어가라."

"댁으로 바로 돌아가시게요?"

"아니, 전 이사 좀 만나보고 들어갈게. 수고해라."

그렇지 않아도 자욱한 계단실에 또 한 번의 연기가 길게 뿜어져 나왔다.

임원진의 사무실이 있는 12층은 층 전체를 감도는 향기부터 달랐다. 승강기를 내리자 로비의 안내데스크 직원이 일어나 가볍게 목례로 인사했다.

"부장님, 어떻게 오셨어요?"

"전동현 이사 만나러 왔어."

"약속되신 건가요?"

"아니, 약속은 무슨 얼어 죽을……."

"잠시만 기다려 주세요. 이사님께 여쭤보고요."

안내데스크 직원들은 좀 융통성이 있어야 한다고 생각을 했다. 그렇게 절차를 일일이 따지다가는 경쟁사에 뒤처지고 말 게 분명했다.

'하긴, 저 온실 속 화초같이 귀하게 모셔진 애들이 뭘 알

겠어. 지금 아래층에서는 전쟁터처럼 총알이 빗발치는데 말이지.'

"이사님께서 들어오시랍니다."

전동현 이사는 멋진 앤티크풍의 간부용 책상에서 뭔가를 열심히 들여다보고 있었다.

"어서 오세요. 어제는 잘 들어가셨어요?"

"네. 잘 들어갔습니다."

"어휴, 왜 또 그러세요. 저희 둘만 있을 때는 말씀 놓기로 하셨잖아요. 선배님이 그러시면 제가 불편해요."

김 부장도 인정하는 전동현 이사의 능력이 하나 있었다. 바로 자신의 감정을 꽁꽁 숨겨둘 줄 안다는 것. 자신의 속마음은 어디 북극에라도 묻어놓은 것처럼 보였다.

"다름 아니라……."

어디서부터 얘기를 꺼내야 좋을지 우물쭈물하기만 했다.

"선배님, 어제 인사이동 때문에 그러시죠?"

"내가 무슨 실수를 했나 싶기도 하고, 인사이동의 취지도 궁금하기도 해서……."

김 부장은 말끝을 흐렸다.

"말씀드렸던 그대로예요. 딱 1년만이에요. 그동안 술도 좀 줄이시고 건강도 챙기세요. 매일 부하직원들 얘기 들어주느라 술자리도 잦았고, 그래서 건강도 나빠지신 것 같아서요. 제가 야간업무부 직원들에게 미리 얘기해 놨어요.

선배님 쉴 수 있게 하라고요. 차진철 과장이 선배님 잘 보좌해 줄 거예요.”

탁자를 내려다보고 있던 김 부장은 ‘역시나 솔직한 얘기는 들을 수 없겠군.’ 하고 체념하고 말았다.

“그렇다면 회사 말을 들어야지.”

“선배님, 미리 말씀 드리지 못한 건 죄송해요. 사장님께서 어제 낮에 갑자기 결재하셔서요. 너무 갑작스러우셨을 거예요. 그래서 한 일주일 정도 댁에서 쉬세요. 사장님께는 제가 나중에 다시 말씀드릴게요. 부서에도 제가 따로 말해놓을게요.”

‘이게 말로만 듣던 조기정년퇴직인가? 왜 하필 나야? 그리고 왜 하필 지금이야?’

잘 알겠다고 하면서 방을 나왔다. 전동현 이사가 승강기 앞까지 배웅해 줬지만 갈 곳이 떠오르지 않았다.

회사에서 네 정거장을 내려와서 버스를 탔고, 집 앞 두 정거장 앞에서 내렸다. 딱히 어디 갈 곳도 없었고, 가고 싶은 곳도 없었다. 집은 특히나 그랬다. 만약 갈 곳이나 가고 싶은 곳이 있었다면 그건 어디가 되었던지 간에 도망이 되었을 것 같은 생각이 들었다. 그렇다고 멈춰 설 수도 없었다. 그냥 그래야 할 것 같았다. 하천 둔치를 따라 무작정 걷고 싶었다. 하천을 따라 모텔들과 크고 작은 식당들이 뒤로 돌아 누울 때쯤 이제 막 문을 여는 식당이 눈에 띄었다.

　그로부터 3시간 후 경찰차의 요란한 사이렌 소리와 함께 연행되는 한 사내가 있었고, 그 사내는 경찰서에서도 한동안 소란을 피우다가 제풀에 지쳐 깊은 잠에 빠져들어 버렸다.

　아내 수연이 연락을 받고 경찰서를 찾은 것은 다시 1시간이 지난 뒤였다. 딸 진아와 수강생들을 잠시 같은 층 태권도 사범에게 부탁한 후 택시를 타고 온 것이다.

　"사모님, 여깁니다. 좀 일찍 오시지 그랬어요."

　앳된 경찰관이 볼멘소리를 늘어놓았다.

　"죄송해요. 제가 바로 나올 상황이 되지 못해서요."

　"아저씨는 저기 숙직실에서 주무시고 계세요. 어찌나 소란을 피우시던지, 어휴. 그리고 피해보상금도 준비하셔야 할 겁니다."

　"피해보상금이요?"

　"네, 식당 앞에 세워져 있던 자동차 사이드 미러를 발로 차서 부쉈데요."

　"그럴 리가 없어요. 남편은 유순한……."

　말을 이어나갈 수 없었다. 어제오늘 남편의 모습은 전혀 낯선 그것이었기 때문이었다. 특히 어제 저녁은 전혀 다른 사람 같았다.

　"여기 오시는 분들 대부분 원래 그럴 분들은 아무도 없어요. 단지, 술이 좀 과하신 거지. 근데 아저씨는 특히 스트레스가 좀 심해 보이시던 걸요. 소리를 고래고래 지르는 분들은 스트레스 때문이라고 그러는 걸 들은 적 있거든요."

"피해보상금은……?"

"자세한 액수는 잘 모르겠지만 주차되어 있는 차량 여러 대의 사이드 미러를 부쉈다는 걸 보니 적지 않을 겁니다. 저쪽에 앉아 있는 김경희 순경에게 가보시면 자세하게 알려줄 겁니다."

깊이 잠이 든 남편은 아무리 흔들어도 깨어날 기미가 보이질 않았다. 세 명의 경찰관과 한 대의 경찰차량 지원을 받고서야 겨우 집으로 옮겨놓을 수 있었다. 남편은 결국 차량 6대(그중 한 대는 경찰차로 남편이 뒷자리에서 운전석 시트를 발로 차는 바람에 골목에 세워져 있던 쓰레기차를 들이받았다고 한다)의 사이드 미러와 다섯 명의 경관, 그리고 한 대의 지원 차량을 소모하고 말았다. 집에 남아서 남편에게 자초지정을 듣고 여러 가지를 따져 묻고 싶었지만 그럴 수 없었다. 다시 학원으로 나가야만 했다. 수강생들을 다른 학원 선생님께 맡겨놓고 돌아다닌다는 얘기가 학부모들 귀에 들어가면 학원은 그날로 문을 닫아야 할지도 모르기 때문이었다.

다행히 녹색 매트의 태권도장에는 평상복의 아이들이

태권도복의 아이들 틈에서 깔깔거리며 뛰어놀고 있었다. 아이들 모두에게 아이스크림을 돌리고 나니 피해보상금이 더욱 아깝게 느껴졌다. 아이들에게 무슨 내용을 가르치고 지도했는지 기억나지 않을 정도로 멍하게 시간을 보내야만 했다. 아침만 해도 어제의 일로 남편에게 화가 났었지만 분노는 어느새 걱정과 불안으로 변질되어 있었다. 그 조용하고 온순한 성품의 남자가 갑자기 폭력적으로 돌변한 이유가 궁금하고 또한 걱정스러웠다. 학원이 끝나는 대로 딸 진아를 큰언니에게 잠시 부탁하고 집으로 향했다. "무슨 일 있냐?"고 물어보는 언니에게 "별일 없다."고 건성으로 대답할 수밖에 없었다. 옆에 서 있던 진아가 "아빠가 어제 잔뜩 취해서 들어왔어." 하고 말하지 않았다면 계속 꼬치꼬치 물어봤겠지만, 언니는 더 이상 묻지 않고 걱정스런 표정으로 동생을 보내줬다.

김 부장은 또 한 번의 갈증으로 잠에서 깨어났다. 연소되지 못한 잠재의식 때문이었는지 의식이 돌아옴과 동시에 자리에서 벌떡 일어났다. 다행히 주위는 모두 정돈된 상태로 평화로워 보였다. 하지만 그 모든 것이 꿈은 아니었던지 TV의 상처는 그대로였다.

'휴~ 난 또. 이번엔 그대로네. 그럼 그렇지.'

하지만 들어갔던 식당에서 반주 몇 잔을 하다가 어떻게 집으로 돌아왔는지 이번에도 기억이 나질 않았다. 아내가 돌아오기 전에 티 나게 예쁜 짓 좀 해야겠다고 생각했다. 음식쓰레기를 치우고 싱크대에 남아 있던 설거지거리도 말끔히 치웠다. 이왕 내친 김에 앞치마도 두르고 걸레를 쥐었다. 퇴근하는 아내가 반성하는 모습을 볼 수 있도록 시계를 봐가면서 거실의 똑같은 자리를 반복해서 닦고 있었다. 평소보다 30분이나 늦게 아내가 돌아왔다.

"왔어? 진아는?"

무릎을 꿇고 걸레질을 하면서 고개만 뒤로 돌려 퇴근하는 아내에게 말을 건넸다. 물론 문이 열리는 쇳소리에 맞춰 취한 준비된 자세였다. 아내는 아무 대꾸 없이 방으로 들어갔다가 가방만 내려놓고는 눈에 힘이 들어간 표정으로 다가와 앞에 철퍼덕 앉았다.

"당신, 얘기 좀 해요."

"무슨 얘기? 아, 어제 일? 칠칠데이였잖아. 그래서 좀 많이 마셨나 봐. 야간 애들이 어찌나 반갑다고 술을 주던지 말이야. 당신도 알잖아. 애들이 나만 보면 주간업무 부서로 와서 일하고 싶다고 부탁을 한다는 거. 그래서 좀 과했어. 미안해. 나도 그렇게 비틀거릴지 몰랐어. 내가 TV 하나 다시 사줄게. 미안해."

"아니, 그게 아니고 당신 어제 저녁에 한 말 기억 안 나요?"

"무슨 말?"

"시치미 떼지 말고 어서 말해요."

"무슨 시치미? 당신도 알잖아? 나 술 마시면 조용히 들어와 자는 거."

"어제는 달랐어요. 정말 기억 안 나요?"

"어땠는데? 아침에 일어나 보니까 내가 이것저것 엎어 놓은 것 같기는 하지만 그래서 미안하다고 그랬잖아. 좀 과했어. 정말 미안해."

"그냥 엎은 게 아니에요. 어제 당신 다른 사람 같았어요. 밥상이며 재떨이며 주전자, 당신이 모두 던져서 망가뜨린 거예요. 게다가……."

아내는 말을 잇지 못하더니 흐느끼기 시작했고, 이내 눈물이 새어 나왔다.

"전엔 들어보지도 못한 욕설을 하고……."

"내가? 말도 안 돼. 진아 엄마, 아니, 수연아. 나 잘 알잖아. 내가 그럴 리 있어?"

"게다가 모두, 깡그리 불태워 버린다고 하면서……."

아내는 더 이상 아무 말도 하지 못했다. 너무도 서럽게 우는 바람에.

믿을 수 없었다. 도저히 믿을 수 없었다. 사랑하는 아내와 딸 앞에서 욕설을 퍼붓다니. 누구를 향해 했건 그건 중요치 않았다. 평소 욕설도 폭력이라고 굳게 믿고 있던 김 부장이 아니던가! 아내가 거짓말할 리는 없지만 쉽게 받아들일 수 있는 얘기도 아니었다. 부끄러움에 잠시 동안 그 자리에 그대로 얼어붙어 버렸다. 아내는 냉정을 찾으려고 애쓰는 기색이 역력했다. 원망 섞인 추궁 뒤에 다른 톤의 추궁이 뒤따랐다.

"오늘 일도 기억이 안 나요?"

"오늘? 오늘 뭐? 낮부터 술 마신 거? 그동안 수고했다며 며칠 동안…… 아니, 오늘은 들어가서 쉬라고 해서 속풀이 해장술 한 거야. 정말 미안해. 다신 안 그럴게."

"당신 집에 어떻게 들어왔는지 기억나요?"

"택시 타고 들어왔나? 뭐, 그랬을걸."

"택시? 그 택시요금 얼마나 나왔는지 알아요? 자그마치 85만 원 나왔어요. 85만 원."

이어지는 아내의 얘기는 충격적이었다. 식당에서부터의 일은 결코 자신이 저지른 일로 받아들이기 힘든 것이었다. 분명 또 다른 김창진의 짓이 틀림없었다. 아무 말, 아무 생각도 할 수 없었다. 너무나 부끄러워 숨이 차올랐다. 저 멀리, 한 번도 가보지도 못했던 히말라야 안나푸르나를 맨발로, 맨손으로 오르고 있는 것처럼 숨이 가빠졌다.

"당신, 병원에 한 번 가보는 게 어때요? 몸에 이상이 생겨서 그럴 수도 있잖아요."

"병원? 당신 그래도 너무 하는 거 아냐? 한두 번 필름 끊긴 걸 가지고."

"단지 필름이 끊겼다고요? 단지 필름이 끊긴 걸 가지고 뭘 그러냐고요? 당신이 진아한테 뭐라고 했는지 아세요?"

이건 또 무슨 소린가. 듣고 싶지 않았다.

"알았어. 그만. 갈게, 간다고. 그러니까 그만하자."

더 이상 들을 수 없었다. 어쩌면 영영 회복될 수 없을 것만 같았다. 아내도 그걸 잘 알고 있었다. 부끄러운 아빠로 살아간다는 것은 생각할 수도 없는 것이었다. 얼굴을 똑바로 들고 어떻게 진아를 볼 수 있겠는가!

아내는 진아를 데리러 언니 집으로 가면서 저녁까지 먹고 오겠다고 했다. 따라갈까 하다가 진아의 얼굴을 마주할 자신이 없었다. 잠시 생각을 하는 것도 좋겠다 싶어 하천 옆 둔치로 나와 산책로를 걸었다. 불 꺼진 고물상 벽에 붙은 구인광고가 눈에 들어왔다. 근무 조건과 봉급은 턱없이 열악했지만, 누가 볼세라 광고를 뜯어 주머니에 찔러 넣었다. 혹시 직장을 잃게 되었을 경우를 위한 대비책이자 어떤 경우에서라도 가족은 부양해야겠다는 의지의 표현이었지만, 이내 부끄럽다는 생각이 다시 고개를 들었다. 늘 아내와 진아를 위해서는 무슨 일이든 할 수 있으리라 굳게 믿고 있었던 그였지만, 지금은 그것이 가식적이고도 공허한 자기 최면이 아닐까 하는 느낌을 지울 수 없었기 때문이다. 그렇게 끔찍이 사랑하는 가족에게 폭언을 서슴지 않고 폭력적인 행동까지 했다니 누가 봐도 앞뒤가 맞지 않는 행동이었다.

'아, 왜 그랬을까, 왜 그랬을까?'

전엔 고민이 있을 때면 당연히 지인들과 술자리를 통해

쌓여 있던 것들을 풀어냈었고, 또 충분히 효과가 있었다. 하지만 지금은 그 만능열쇠가 독화살로 돌아오고 있었다. 눈에 보이지도 않고 소리도 없는, 다만 다른 사람들의 입을 통해 전해 들을 수밖에 없는 그런 독화살이었다.

산책로가 끝나고 큰 길과 만나는 곳에는 대낮처럼 불 밝혀진 술집들이 모여 있었다. 김 부장의 다리는 아무 명령 없이도 그곳에서 멈춰 섰다. 타고 온 말이라면 목이라도 베어야겠지만 그럴 수 없었다. 한편으로는 당당히 들어가 평소처럼 한 잔을 걸치고 멀쩡히 돌아가 아직도 건재함을 과시하고 싶은 생각이 간절했다. 그것이 아무런 고통 없이 이 어려운 상황을 헤쳐 나갈 지혜 같기도 했다. 술 한 잔 제대로 못하면서 부서의 리더는 고사하고 어떻게 사회생활을 꾸려 나갈 것인가 생각하면 앞이 깜깜해졌다. 하지만 술집 앞에서 번번이 진아의 얼굴이 방패가 되어 튕겨져 나오고 말았다. 한참 동안의 실랑이 끝에 뒷걸음질로 그 자리를 빠져나와 집으로 향하는 힘겨운 발걸음을 옮기고 있었다. 자신과의 싸움도 지치는가 보다.

골목 모퉁이를 돌아갈 즈음이었다. 그의 눈에 들어온 것은 오래되고 먼지가 뿌연 그래서 가로등에도 을씨년스런 자동차 몇 대가 나란히 주차된 것이었다. 동질감과 다르지 않은 측은한 마음에 그 옆에서 담배 한 개비를 빼어 물었다. 가로등 불빛에 버려진 자동차의 상흔이 선명했다.

'너도 아프냐? 나도 아프다.'

피식하고 자조가 새어 나왔다. 더 가깝게 다가서고 싶었지만 먼지가 묻어나오지 않을 정도로만 다가섰다. 이미 온 동네 가게 홍보는 제가 다 맡은 양 스티커로 도배가 되어 있었는데 이상한 홍보가 하나 눈에 들어왔다. 먼지 수북한 유리창에 손가락으로 쓴 것 같은 글씨.

당신의 일상을 담아드리겠습니다. —파파라치.
www.iampaparazzi.net

아내는 주민등록증만 있어도 되는데 굳이 의료보험증을 손에 쥐어줬다. 그리고는 몇 번을 당부했다.

"당신, 소아과랑 산부인과만 빼고 병원이란 병원은 다 다녀오세요. 알았죠?"

술 마시고 끊어진 기억을 이어주는 병원이 있을까. 아내는 남자들의 세계는 물론이고 비즈니스 바닥을 몰라도 너무 모른다. 이 증상으로 병원을 찾으면 분명 의사 양반은 비웃을 것이 틀림없었다. 물론 겉으로는 이러쿵저러쿵 어려운 용어를 섞어가면서 진단을 하고 약을 지어주겠지. 장사는 장사니까. 결국 "며칠 푹 쉬고 당분간 음주를 자제해주세요. 어이, 박 간호사. 여기 이 손님 주사 크고 비싼 거 한 방 놔드리고, 비타민 몇 알 드려. 내일 또 오세요. 감사합니다. 다음 손님이요~" 정도의 처방은 충분히 예상할 수 있는 것이었다. 하지만 정작 궁금한 얘기는 못 들을 것이다. 간절히 알고 싶은 사실은 '내가 정말 취해서 폭언과 폭력을 서슴지 않았을까?' 인데 의사들은 단지 예상치 못한 행동으로 얼버무릴 것이 틀림없었다.

어쨌거나 아내와의 약속도 있었으니 병원은 가야 한다. 단, 그전에 확인을 하고 또 분명히 해두어야 할 것이 있었다. 취기에 어떤 행동을 취하는지 분명히 알아두어야 한다. 그런 다음에 병원에 가도 늦지 않을 것이다. 뭐, 위장 보호액이나 잔뜩 타서 오겠지만. 아내에게 회사에 일주일 동안 나가지 않아도 된다는 얘기를 꺼내지 않은 것은 잘한 일인 것 같았다.

'집에는 병원에서 바로 출장을 간다고 얘기해 놔야겠다.'

PC방에서 키보드를 두드리는 김 부장의 손가락이 희미하게 떨리고 있었다.

길도는 요즘 부업이 생겼다. 아이들의 사진을 찍어주는 것인데 주로 말 못하는 영·유아들이었다. 그래서 그런지 길도는 묘한 친밀감에 사명감까지 느낄 수 있었다.

일의 시작은 화심이 덕분이었다. 화심이는 다홍이 어릴 적 사진이 너무 예쁘다고 지갑에 가지고 다녔었는데, 우연히 시집간 사촌 언니의 눈에 띄게 되었고, 다시 여러 아기 엄마들의 손을 타게 된 것이었다. 테크닉이야 전문가들의 그것에 비해 더 나을 것이 없었겠지만 순간을 포착하는 능력만큼은 아기 엄마들에게 "이 사진 어디서 찍었어?"라는 궁금증을 자아내기에 충분했다. 화심이도 이런저런 얘기를 보태어 나름 일정한 일거리를 만들 수 있게 된 것이었다.

길도를 처음 본 아기 엄마들은 하나같이 아연실색한 표정으로 의뢰를 후회했던 것 같았다. 이미 나이 어린 청각 장애인이란 얘기를 들었기 때문에 큰 기대보다는 좋은 일 한 셈 치자고 생각했던 아기 엄마들마저도 길도가 들고 오는 카메라는 '우리 아가'를 찍어줄 그것과는 너무나 거리가 멀어보였기 때문이었을 것이다. 작고 가볍고 납작하기까지 한 그 카메라. 그래서 바지 주머니에 쏙 들어가는 '그것'을 어머니들은 불신했던 것이다. 첫 아기를 찍을 때만 해도 엄마들은 팔짱을 끼고 가늘어질 대로 가늘어진 눈으로 길도를 검증하려 했었다.

"저 학생이 도대체 사진을 찍으려고 하는 거야? 마냥 옆에만 앉아 있네."

"준비물도 하나 없이 왔잖아요. 나는 저 가방 안에 딸랑이라도 하나 들어 있을 줄 알았더니. 에이, 어린 학생이 너무 성의가 없네."

"저렇게 빤히 들여다본다고 애가 웃어줄 것 같은가 보지?"

"카메라 좀 보세요. 어째 휴대전화에 내장된 카메라보다 성능이 떨어질 것 같은 걸 들고 왔어요."

"아니, 사진은 언제 찍을 거야. 사진사야 베이비시터야?"

아기 엄마들의 불만은 끝이 없었다. 첫 아기의 엄마만이 화심이와의 친분으로 이렇다 할 불평을 내지 못하고 있을 뿐이었다. 길도는 아주머니들의 불평을 알 수 있었지만 아무런 내색도 하지 않았다. 다만 아기와 길도 사이에 카메라를 조심스럽게 내려놓고는 아기를 살피고 있을 뿐이었다. 다른 아주머니들이 화제를 돌려 수다에 집중하고 있을 때에도 여전히 아기만 바라보고 있었다. 그동안 아이는 늘어지게 한잠을 자기도 했고, 실례한 기저귀를 갈기도 했다.

저녁 무렵 길도는 몇 장의 사진을 아기 엄마에게 보여주었고, 아기 엄마는 감격한 나머지 모니터를 와락 끌어안았다. 사진 속의 아기는 콧잔등에 앉은 파리를 보느라 눈이 가운데로 몰려 있기도 했고, 한쪽 눈을 씰룩이며 얼굴을 일그러뜨려(아마 이때 아기는 용변을 보지 않았나 싶다) 독재자의 표정을 짓기도 했다. 그리고 어떤 사진에는 뒤돌아 있는 엄마를 향해 뭔가 진지한 얘기를 하는 듯 손짓과 표정을 만들어내기도 했다. 아기 엄마는 자신도 미처 알아채지 못한 아기의 표정을 확인하고는 카메라를 가슴팍에서 내려놓을 줄 몰랐다.

"그랬어? 그랬어? 우리 아가가 정말 그랬어요?"

그날로 아기 사진은 PC의 바탕화면에 고정되었고, 찍은 모든 사진을 크게 출력해 달라는 부탁을 받았다. 다른 아기 엄마들이 길도를 다시 보게 된 것은 두말할 나위 없었다. 어떤 아기 엄마는 한 달에 한 번씩 방문해서 아기의 성장하는 모습을 기록해 달라고까지 했다.

오늘은 아기 엄마들에게 특별 서비스를 제공해 드리고 돌아오는 길이었다. 화심이랑 둘이서 아기들을 돌봐주는 동안 아주머니들끼리 편하게 영화를 감상하고 오시라고 영화표를 끊어드렸던 것이다. 세 시간 동안의 특별한 휴가를 서비스한 셈이다. 영화도 눈물을 쏙 뺄 수 있는 작품으로 골랐다. 〈친정엄마〉. 화심이의 아이디어였다.

아기들에 푹 빠져 있어서 그랬는지 아니면 생활비 마련에 약간의 여유가 생겨서 그랬는지 보름만의 파파라치 의뢰가 불쑥 다가선 느낌이었다. 낮에 도착한 이메일은 파파라치를 재촉하고 있었다.

'내일? 그것도 어린이날?'

1 이름 : 김창진

2 기간 : 2011년 5월 5일~5월 7일까지

3 집주소 : 경기도 용인시 기흥구 구갈동 67번지 은하수모텔 505호

4 전화번호 : 011—7XX—XXXX

5 스케줄(자세히 적어주세요!)

5일 저녁 늦게 대동극장 맞은편에 있는 실내포장마차에서 한잔

할 생각이오.

6일 저녁 늦게 대동극장 뒷골목에 있는 손세차장 옆 실비집에서 한잔할 생각이오.

6 요구사항

5일과 6일 저녁, 술 마시기 시작한 후부터 묵고 있는 모텔에 들어갈 때까지의 세세한 행동들을 카메라에 담아주시오. 꾸며 찍을 필요도 전혀 없소. 있는 그대로를 담아주시오. 7일에는 사진을 받아보았으면 좋겠소. 7일 오후에는 병원엘 가야 하니까. 뭐, 그렇다고 병이 있는 것은 아니니 오해하지 마시오. 출력할 필요 없으니 사진 파일을 그대로 메일로 보내주시오. 다시 한 번 강조하겠소. 술 마시는 동안과 모텔에 가는 길만을 찍어주시오. 내 아이에게는 어쩌면 이것이 선물이 될지도 모르오. 그러니 최선을 다해주시오. 어린이날 일을 의뢰해 미안하오.

7 첨부파일 : KimChangJin.jpg

8 이메일 : Bart@Ahub.net

'남자 의뢰인은 처음이네. 그런데 말투가 왜 이래? 사극을 씹어 드셨나?' 제가 한 생각에 배꼽을 움켜잡고 쓰러지는 길도. 의뢰인의 사진에 수염을 붙이고 갓을 씌우고 도포를 두르는 상상으로 몇 분을 '깔깔깔' 흘려보냈다.

다시 진지한 표정으로 의뢰 메일을 확인했다. 아무리 생각해도 모를 일이었다. 사진을 보아하니 술 마시고 있는 모습을 멋있다고 생각할 만큼 철부지로 보이지도 않았다.

도대체 그 의도가 짐작되지 않았다. 화심이도 〈잘 모르겠는 걸〉 하는 답장을 보내왔고 옆에 있던 다홍이도 고개를 저었다. 그래서 오랜만에 다홍이와 함께 어머니를 만나러 〈묵언서점〉으로 향했다. 먼저 보급소에 들러서 아버지께 인사드리는 것을 잊지 않았다. 서점의 어머니는 아직도 습관처럼 책을 읽고 계셨다.

"어이구, 우리 강아지들. 무슨 바람이 불어서 이 노인네를 다 찾아주셨을까?"

"할머니, 안녕하셨어요?"

"그럼, 잘 지내지. 너희들은 어떠니? 끼니 거르지는 않고?"

어제저녁도 함께 먹어놓고 또 끼니를 걱정하신다. 하지만 어쩌겠는가, 농아인 막내아들과 똑똑하지만 아직 열 살인 손녀가 서로를 의지하며 살고 있으니.

"아침은 있는 밥에 계란프라이 만들어 먹었고요, 점심은 급식 먹었어요. 삼촌은 화심이 언니랑 아기들 사진 찍어줄 때 거기서 함께 먹고 들어왔대요."

'아침에 프라이 먹었었나? 계란 떨어져서 시리얼에 우유만 말아서 먹었던 기억인데⋯⋯.'

그사이에 궁금했는지 보급소 소장님도 가게 문을 잠시 닫아두고 서점으로 건너오셨다.

"다홍이, 오늘 이 할애비랑 저녁 먹으로 왔냐? 길도 삼촌이 밥은 잘 해주고?"

"그럼요, 삼촌이 집안일 거의 다해요. 설마 열 살짜리 조카한테 일이라도 시키려고요. 오히려 엄마 있을 때보다 더 편해요."

길도는 공연히 아이들 참고서를 뒤적이고 있었다.

"다름이 아니고요, 삼촌한테 일이 하나 들어왔는데 좀 이해할 수 없는 부분이 있어서요. 그래서 여쭤보려고 왔어요."

자초지종을 설명하는 것은 언제나 다홍이 몫이었다. 무엇을 알고 있는지, 그리고 무엇을 모르겠는지 일목요연하게 설명하는 것이 '얘가 정말 몰라서 물어보나?' 싶을 때가 종종 있었다. 길도의 부모님들도 그동안 어렵게 마련한 자립의 기회이니만큼 자세한 내용을 알려고 하거나 또 묻지 않았다. 다만 다홍이에게 대강의 이야기만을 듣고서 언제나처럼 "선을 넘어서는 안 돼, 항상 적당한 선을 지켜야 돼! 알았지?" 하고 충고를 하고는 그 둘이 알아서 하기를 진심으로 바라왔다. 하지만 이번엔 직접 도움을 청한 일이니 기다렸다는 듯이 귀를 쫑긋 세우고 다홍이의 이야기를 경청하고 있는 것이었다.

"도대체 무슨 일로 술 마시고 있는 모습을 찍어달라고 그러는 걸까요?"

어머니가 빙그레 웃으셨다. 아는 문제가 나왔을 때 짓는 전직 선생님의 표정이었다.

"이분 아무래도 술주정이 있으신 것 같으시네."

"내 생각도 그런데."

아버지도 옆에서 거드셨다.

"이분 아무래도 술주정이 좀 심하셔서 자신이 술 마시고 어떤 행동을 하는지 알고 싶어서 그런 거 아닌가 싶은데."

"자기가 술 마신 걸 몰라요? 그럼 술 마시다가 기절하는 거예요?"

다홍이 눈이 땡그래졌다.

"기절?"

두 분이 배꼽을 잡으셨다.

"그때마다 기절했으면 네 할아버진 백번도 넘게 기절했을 게다."

"이 사람이 애들 앞에서 쓸데없는 소릴……."

아버지는 괜히 대걸레를 잡고 마른걸레질을 하기 시작했다. "에이, 이 사람, 에이, 쭈그렁 할망구." 하시면서.

"그런데 그렇게 코가 비뚤어질 때까지 술을 마시고도 기절은 하지 않고 집까지 찾아오시더구나. 그런데 아침에 일어나면 어제저녁이 하나도 기억이 안 난다는 거야. 정말 기억이 안 나는 건지 아니면 창피해서 그러는 건지 모르겠지만 말이야."

"할아버지, 정말 그러셨어요?"

"무슨 소리, 너희 할머니가 좀 과장이 심하시구나. 할아버지 아주 젊었을 때에 한두 번 정도 그런 적이 있는 거지. 백번은 무슨 백번. 그때는 윗사람이 술을 주면 거절할 수 없는 상황이었거든. 그러니 술 마시다가 어떻게 집에 들어 갔는지도 모르는 경우가 한두 번 있었지."

"그럼, 할아버지 말씀은 술 마시고 집에는 들어갔는데 그 중간 일은 기억이 안 나신다는 거예요?"

"뭐, 그런 셈이지. 얘길 들어보니까 이 사람도 그런 경우 를 겪고 있는 것이 아닐까 생각되는데."

"할아버지, 그럼 어떻게 해야 해요? 이분은 어떻게 해야 기억을 찾을 수 있어요?"

"다른 방법은 없단다. 술을 끊어야지."

"간단하네요. 이분한테 술 끊으라고 살짝 귀띔해 주면 되겠네요?"

"그리 쉽지 않은 일이야. 술을 끊는다는 게 그리 쉬운 문 제는 아니지. 내 생각이지만 아마 이 사람도 본인이 술만 끊으면 모든 것이 해결되리라는 것쯤은 알고 있을 거야. 그런데 그게 쉽지 않으니까 술을 끊지 않고도 해결할 방법 이 있으리라고 생각을 하고 있는 거겠지. 그런 의도로 너 희한테 사진을 찍어달라고 의뢰한 것이 아닐까 싶다. 자신 이 술에 취했을 때 어떻게 하는지 알기 위해서."

"그럼, 할아버지는 어떻게 끊으셨어요?"

"너희 할아버지는……." 하고 어머니께서 무슨 말을 하 려고 하시는데 아버지가 또다시 "어허, 저놈의 할망구, 어 허, 쭈그렁 할망구." 하시면서 어수선한 마른걸레질을 시 작하셨다.

"어쨌든, 네 할아버지는 길도 삼촌을 낳고 나서는 고주망태가 되도록 술을 마시지는 않으셨어. 그런데 그런 것들도 알아야 사진을 찍을 수 있는 거야?"

"저는 잘 모르겠어요. 삼촌은 그런 게 사진 찍을 때 도움이 되나 봐요."

길도는 출력해 온 의뢰 메일의 마지막 부분을 가리키며 어머니를 쳐다봤다.

〈……내 아이에게는 어쩌면 이것이 어린이날 선물이 될지도 모르오. 그러니 최선을 다해주시오. 어린이날 일을 의뢰해 미안하오.〉

"길도야, 이게 무슨 의미인 것 같으냐고? 그런 거야?"

길도가 고개를 끄덕였다.

"글쎄, 내 생각엔 이분이 술을 끊으려고 하는 의지가 상당한 거라 생각되는데. 자신의 아이를 위해서. 게다가 꽤나 예의 바른 사람인 것 같구나. 그런데 네 아버지 얘기처럼 술 끊는 것이 그리 쉬운 일이 아니거든. 아마도 자신 속의 또 다른 뭔가와 계속해서 싸우고 있을 거야. '술을 끊어야 해.'라고 타이르는 쪽과 '술을 끊지 않고도 해결할 수 있어.'라고 속삭이는 또 다른 쪽이 말이지."

그때 말없이 대걸레를 쥐고 서점을 뱅뱅 돌던 보급소 소장님이 우뚝 걸음을 멈췄다.

"다홍이 내일 어린이날 뭐 할 거니? 이 할애비랑 내일 놀이동산에 갈까? 놀이기구도 타고 선물도 사고 그러자.

어때?”

다홍이는 잠시 말이 없었다. 아마도 다홍이도 다홍이 안에 있는 또 다른 다홍이와 서로 의견이 맞지 않았던 때문이었을 것이다.

“할아버지, 괜찮으시면 토요일이나 일요일로 미루면 안 돼요? 내일은 길도 삼촌이랑 함께 보내야 할 것 같아요. 삼촌은 일하고 있는데 저 혼자만 재미있게 놀 수 없잖아요. 함께 사는데 의리 없게.”

아마도 제 삼촌이 걱정되어서겠지. 밤늦은 시간에 삼촌을 길가로 혼자 내보내느니 차라리 어린이날을 하루 이틀 미루는 쪽으로 기운 결정이었다.

“좋다. 토요일로 하자. 그땐 할머니랑 삼촌이랑 모두 함께 놀이동산에 가는 거다. 알았지?”

“네, 너무 좋아요.”

그렇게 의연했던 다홍이도 어린이날 아침에 받은 엄마의 전화에는 그만 울음을 터뜨리고 말았다. 그러면 엄마가 더 힘들어할 것도 충분히 아는데도 말이다. 그 뒤로 다홍이는 발코니의 백일홍 앞에 쪼그리고 앉아 있었다. 손가락으로는 잎 하나하나와 일일이 악수를 나누기도 하고, 향기를 맡는 것인지 귓속말을 하는 것인지 얼굴을 가까이 가져가기도 했다. 그때 길도가 읽은 하나의 입모양은 “너는 기억나니?”란 말이었다.

다홍이를 기쁘게 해줄 생각으로 다홍이 신발주머니를 열었다. 아직 깨끗했지만…… 뭐, 완전히 새것 같지는 않았다. 다홍이는 늘 깔끔하니까 더 새하얗게 된다고 해서 나쁠 것은 없겠지. 다홍이의 실내화를 세숫대야에 담고서 가루비누 한 스푼과 물 한 바가지를 섞었다. 그리고는 오래되어 솔이 누운 칫솔을 하나 골라서 다홍이 옆으로 가져갔다. 다홍이 옆에 찰싹 달라붙어서 두 손으로 하트를 만들어 보여줬다.

다홍이는 짐짓 놀라는 표정이었다. '놀랄 것까지야.' 길도는 칫솔로 구석구석 꼼꼼하게 문질렀다. 칫솔이 하얀 거품을 만들어내니 길도의 마음도 하얗게 부풀어 올랐다. 열심히 실내화를 빨아내는 길도의 옆얼굴에 다홍이의 입모양이 비춰졌다.

"삼촌, 나 모레엔 학교 가는데…… 그때까지 마를 수 있을까?"

깔깔깔 웃는 다홍이의 등 뒤에서 하얀 거품이 계속해서 부풀어 올라만 갔다.

오후엔 화심이도 함께할 수 있었다. 화심이까지 있으니 어린이날 영화관 앞에 있는 행복한 가족의 모양새를 갖추게 되었다. 그 사실이 이 세 사람을 더 신나고 들뜨게 한 모양이었다. 한참을 만난 그 자리에서 얼싸안고 방방 떴으니 말이다.

실내포장마차는 저녁 7시부터 손님을 받는다고 했다. 화심이가 다홍이를 위해 영화표 세 장과 팝콘 두 개 그리고 슬러시 세 개를 샀다. 하지만 저녁 7시 전에 끝나야 했기 때문에 영화를 선택할 수 있는 폭은 넓지 못했다. 여자 두 명의 찬성으로 공포영화를 보게 되었고, 길도는 슬러시를 입도 대지 못했다. 너무 춥대나 어쨌다나. 어쨌든 이 세 사람은 손가락 사이로 본 영화 얘기로 포장마차가 문을 여는 시간까지 쉴 새 없이 떠들 수 있었다.

극장 앞 계단에 신문지를 깔고 앉고는 맞은편 실내포장마차로 의뢰인이 들어오기를 기다렸다. 실내포장마차도 문을 활짝 열어젖히고는 손님이 오기를 기다렸다.

정각 7시. 낯이 익은 중년의 남자가 술집을 찾았다. 김 부장은 그렇게 포장마차의 첫 손님이 되었다. 김 부장은 손을 흔들어 먼저 술을 주문했다. 술을 컵에 따라 한 잔을 마시고서야 음식을 주문했다. 술이 한 병쯤 들어간 후에는 푹 숙이고 있던 고개를 바로 세우고 뭐라고 얘기를 하기 시작했다. 입모양이 심하게 일그러져 있어서 내용은 고사하고 그것이 주인아주머니에게 한 소리인지 아니면 혼잣말인지조차 알 수 없었다. 그사이 화심이는 햄버거와 음료수를 사왔고, 지루했는지 햄버거를 먹고 나서도 한참을 본인들 얘기에 열을 올렸다. 강한 약품 냄새에 옆을 보니 화심이는 다홍이 손가락에 매니큐어를 칠해주는데 열중하고 있었고, 다홍이도 그 광경을 놓칠세라 들여다보고 있었다.

이 둘에게는 어린이날 행사가 한창 진행 중이었다.

김 부장이 주문한 음식은 줄어들 기미가 없었지만 주인 아주머니는 연신 빈병을 치우고 있었다. 이번엔 주인아주머니가 뭐라고 얘기를 했고, 뒤이어 새로운 음식을 가져 나왔다. 김 부장이 술집에 들어온 지 세 시간쯤 지났을까. 주인아주머니는 김 부장의 맞은편으로 나와 앉아 뭔가를 얘기했고, 그 자리에서 음식값을 계산 받았다. 김 부장은 포장마차에서 나와 몇 군데의 식당을 기웃거리다가 모두 닫혀 있음을 확인하고서야 발걸음을 옮겼다. 실내포장마차의 불이 꺼진 것도 그때쯤이었다.

김 부장이 시야에서 벗어나기 전에 그 뒤를 밟아야 했다. 식당에서의 김 부장은 그리 이상할 것이 없었다. 그렇게 많은 술을 마셨어도 술주정은 고사하고 작은 흔들림도 없었다. 어쩔 수 없이 김 부장 앞에 빈 술병이 늘어선 몇 장의 사진만을 담아야 했다. 길도 일행은 재빨리 자리를 정리했고, 김 부장은 신호등이 없는 왕복 4차선 도로를 건너고 있었다. 김 부장은 그때마저도 신중한 모습을 보여줬다. 좌우를 돌아보며 차가 없을 때를 기다렸다가 왼손을 들고 길을 건넜다. '다 큰 어른이 무슨' 하고 생각하다가, '어릴 적 교육이 참 중요하구나!' 하는 생각을 했다. 길도는 중앙선에 잠시 멈추어 선 김 부장을 카메라에 담았다. 그리고는 잠시 생각에 잠기는가 싶더니 화심이와 다홍이에게는 길을 건너온 김 부장을 따라가라는 신호를 보냈다.

화심이와 다홍이는 길도에게 무슨 이유인지 물어볼 새 없이 김 부장을 따라가야 했다. 김 부장이 잰걸음으로 속도를 내기 시작했기 때문이다.

길도는 아직도 두 다리를 그 자리에 단단히 고정시키고 뭔가를 기다리고 있었다. 같은 자리, 같은 방향으로 카메라를 향하고 있다가 차들이 4차선 도로를 가득 메웠을 때 여러 번의 셔터를 누르고서야 자리를 떠났다.

김 부장은 생각보다 멀리 가지 못했다. 불이 꺼진 식당이라도 그 안을 들여다보고서야 자리를 옮겼다. 어린이날, 어른들의 식당들도 문을 닫은 집들이 많았다. 불이 켜져 있고 문이 열려 있는 집들도 더 이상 손님을 받지 않겠다고 손을 저었다. 결국 김 부장은 작은 가게에서 뭔가를 사서 검은 봉지에 담아가지고 나왔다. 그것이 무엇인지는 쉽게 짐작할 수 있었다. 김 부장이 묵고 있다는 모텔이 보이자 길도 일행은 먼발치서 지켜보기로 했다. 김 부장이 들어가면 오늘 할 일은 끝나기 때문이었다.

'어!', '엥!', '…….' 길도 일행의 반응이었다. 김 부장은 모텔 앞을 유유히 지나 어딘가로 향하고 있었다. 일말의 망설임도 없었기 때문에 김 부장은 어둠 속으로 순식간에 빨려 들어갔다. 길도 일행은 어둠 속으로 발을 내딛기 전에 다홍이를 가운데에 두고 단단하게 스크럼을 짰다. 군데군데 가로등이 길을 인도하고는 있었지만, 좁고 어두운 골목에서는 작은 길고양이에도 쉽게 놀랄 수밖에 없었다.

그런 길도 일행의 어려움에도 아랑곳하지 않고 김 부장은 거침없이 골목을 헤쳐 나갔다. 그리고 골목 모퉁이를 돌아 설 때였다. 김 부장은 가로등 밑 어두운 그림자 속에 숨어 있던 뭔가에 부딪혀 잠깐을 비틀거렸다. 그러나 전혀 아랑곳하지 않고 다시 몇 걸음을 옮기다가 철대문의 어느 집 앞에 멈춰 섰다. 이윽고 열쇠로 자물쇠를 여는 소리가 들리더니 김 부장은 대문을 '철컹' 하고 닫고는 그 안으로 들어가 버렸다. 화심이가 길도와 다홍이를 가로등 불빛 아래로 데리고 나와서는 열쇠를 가지고 있는 것을 보아서는 자기 집인 것 같다고 그 둘을 안심시켰다. 모텔로 들어갈 것을 기대했던 터라 길도의 걱정스러운 마음이 표정에 드러나 있었던 모양이었다. 다홍이는 쭈그리고 앉은 채로 삼촌의 팔을 잡아당겼다.

"삼촌, 저 아저씨 저래 보여도 많이 취하셨나 봐. 이것 좀 봐. 봉지 밑이 뜯어져서 술병이 모두 쏟아져 깨졌잖아. 그리고 여기에도 부딪힌 것 같은데."

재활용쓰레기 봉투에서 삐죽 튀어나온 깨진 형광등 끝에는 아직 굳지 않은 피가 흐르고 있었다. 길도 일행이 흐르는 피를 보면서 그 심각성에 놀라고 있는데, 다시 한 번 철문이 '철컹' 하고 닫히는 소리가 들렸다.

잠시 후 짙은 어둠 속에서 아이의 손을 잡은 여자가 길도 일행 옆을 스쳐 지나갔다. 일행은 누가 먼저랄 것 없이 그 여자의 뒤를 밟기 시작했다. 그 여자가 김 부장의 아내임을 직감할 수 있었던 것도 그랬지만 우선 그 어두운 골목을 벗어나고 싶었다. 다행히 여자는 불빛이 환한 거리를 따라 걸었다. 이따금씩 서서 아이를 달래기도 했지만 여자의 걸음은 목적지 없는 사람마냥 더디고 느렸다. 여자는 몇 번이나 전화를 꺼내 들었다가도 다시 팔에 감긴 토드백에 던져 넣었다. 그러던 여자는 다시 걷기 시작했다. 15분쯤 더 걸었을까. 여자가 멈춰 선 곳은 불이 모두 꺼진 3층짜리 상가 건물 앞이었다. 여자는 건물의 관리인으로 보이는 사람에게 몇 마디 말을 건넨 후 건물로 들어갔다. 그리고는 3층의 한곳에서 불이 밝혀졌다. 미술학원 〈마티스〉였다.

다음날 아침, 길도는 평소보다 30분 정도 일찍 일어났다. 오늘은 조금 멀리까지 우유 배달을 할 생각에서였다. 밤새 가슴팍에 끌어안고 잤던 다홍이의 실내화를 바람이 잘 통하는 곳에 놔둔 후에 살금살금 집을 빠져나왔다. 우유 보급소에는 이미 아버지 이정복 소장님께서 나와 계셨다. 길도는 아버지께 인사를 후다닥 한 후에 바로 장부를 찾아 하나씩 살펴보았다.

'그럼 그렇지. 여기 있다!'

희복빌딩 3층 미술학원 마티스. 월요일부터 금요일까지 1,000㎖ 우유 한 개와 유산균음료 한 개.

옆에서 궁금증이 가득한 눈으로 바라보시던 아버지께는 희복빌딩에 갈 배달은 자기가 하겠다고 손짓으로 시늉을 했다. 학원건물이라 우유를 배달받는 곳이 많았다. 그리고 별도로 바구니 하나에는 유산균요구르트와 아이들이 좋아하는 바나나우유와 딸기우유를 여러 개 담았다. 홍보 전단지를 바구니에 테이프로 붙이고 굵은 매직펜으로 '서비스' 하고 써 넣었다. 그리고 오랜만에 로고가 프린트된 썬캡과 하얀색 티셔츠와 조끼를 갖춰 입고 배달에 나섰다.

길도는 보급소에 있는 스쿠터를 타지 않는다. 아니, 탈 수 없다고 하는 편이 옳을 것이다. 유난히 균형을 잡지 못하는 것은 귀 때문일 것이라고 의사선생님이 말씀하셨다. 그래도 귀가 아프지 않은 것만 해도 천만다행이라고도 덧붙이셨다. 그래서 길도에게 스쿠터는 어떠한 면허증으로도 탈 수 없는 것이 되어 있었다. 자전거를 탈 수 있는 것만으로 만족해야 했다. 하지만 '만약 스쿠터를 타고 배달을 나간다면 조금 편할지는 몰라도 지금처럼 아버지가 혼자서 배달을 내보내는 일을 없었을 거야.' 하고 생각하는 속 편하고, 속 깊은 길도였다.

배달에 나선 길도는 제일 먼저 미술학원 〈마티스〉로 향했다. 발뒤꿈치를 떼고 빠르게 걷는 걸음도 숨을 턱까지 차게 했다. 마지막으로 3층 높이의 계단을 단번에 뛰어올라 가서는 가쁜 숨을 내쉬었다.

그 시간 불 밝혀진 학원은 〈마티스〉뿐이었다. 복도 쪽으로 난 길쭉한 유리창으로 안이 들여다보였다. 서너 개를 붙인 책상 위에 한 아이가 작업용 긴 앞치마를 덮고 자고 있었고, 어제저녁의 그 여자는 머리를 감싸 쥐고 석고상처럼 움직이지 않았다. 평소 같았으면 다른 학원의 학원생들이나 학부모들에게 내세울 만한 자랑거리를 홍보하던 유리창이었을 테지만, 지금은 보여주고 싶지 않은 모습도 보여줄 수밖에 없는 부끄러운 그것이 되어버렸다. 길도는 심호흡을 한 번 길게 하고는 학원의 출입문을 두드렸다. 여자가 고개를 들어 길도를 쳐다봤다. 길도의 옷차림을 보고는 가볍게 목례를 하고 손짓으로 문 앞에 두고 갈 것을 알렸다. 길도는 준비해 간 바구니를 꺼내 제 눈앞에서 흔들었다. 그제야 여자는 어깨에 걸쳤던 옷가지를 내려놓고 학원 문 앞으로 나왔다.

"안녕하세요. 그런데 저희 우유를 더 시킬 여유가 없는데 어떡하죠. 죄송합니다."

길도가 바구니에 붙인 홍보 전단지를 그녀 얼굴 쪽으로 돌려서 보여줬다.

"서비스요? 이렇게나 많이요? 마침 아이한테 먹일 것이 좀 필요해서 나갈까 하던 참이었는데…… 그런데 오늘은 다른 분이 오셨네요."

길도가 목에 걸린 수첩을 잡으려고 하는데 아무것도 매달려 있지 않았다. 보급소에서 유니폼으로 갈아입는 도중에 빠뜨린 것 같았다.

　'이런, 이면지를 달랄 수도 없고…….'

　그래서 당황한 나머지 생각한 것이 수화를 하는 것이었다. 수화를 하면 상대방이 알아듣지 못해도 농아라는 사실 정도는 전달할 수 있으리라 생각했다. 그런데 문제는 '아버지'라는 수화가 갑자기 생각이 나지 않는 것이었다. 아니, 아무리 오랫동안 수화를 하지 않았어도 그렇지 가장 기본적인 '아버지'가 하필 지금 생각이 나질 않느냐 말이다. 그래서 어차피 상관없을 어떤 뜻도 없는 수화 비슷한 것을 하고 말았다. 수화를 모르면 이것이 무슨 뜻인지도 모를 테니까. 그런데 여자의 반응은 길도를 놀라게 했다.

　"아드님이세요?"

　길도는 숨을 멈추고 고개만 까딱까딱 끄덕였다.

　"아, 어쩐지 많이 닮으신 것 같더라고요. 아버지께도 고맙다는 말씀 전해주세요. 감사합니다."

　길도도 인사를 하고 있는 그녀 앞에서 두 손 포개어 인사를 하고 또 잠들어 있는 아이에게도 손을 흔들고는 황급히 건물을 빠져나왔다.

　가슴을 쓸어내린 길도는 나머지 배달을 다 마칠 때까지도 '아버지'라는 수화가 생각나지 않았다. 그러나 우유 여섯 개와 유산균음료 세 개로 소중한 뭔가를 얻을 수 있었던 시도라고 생각했고, 아버지와 닮을 수 있어서 참 다행이라는 생각도 했다.

집에 돌아왔을 때까지도 다홍이는 깊은 잠에서 깨어 나오지 못하고 있었다. 길도는 다홍이를 좀 더 자도록 내버려 둘 생각이다. 아직 열 살밖에 되지 않은 녀석이 밤늦도록 삼촌과 뒷골목을 누비고 다녔으니 오죽했을까. 길도는 화장실에서 실내화를 드라이어로 뽀송뽀송하게 말렸고, 두꺼운 펜으로 다홍이가 알아볼 수 있는 작은 꽃을 하나 그려 넣었다. 그리고는 다홍이가 말했던 것처럼 '있는 밥에 계란프라이'를 만들어놨다.

'오늘은 모처럼 다홍이를 학교까지 데려다 줘야지.' 하고 맘을 먹은 길도였다.

길도는 낮 시간을 이용해서 아기 사진을 찍기로 약속했었다. 원래는 어린이날에 맞춰 함께 나들이를 하면서 가족을 찍어달라고 했었던 부탁이었지만, 조카가 있어서 그럴 수 없다고 화심이가 미리 양해를 구해놨던 곳이었다. 요즘은 화심이가 길도의 매니저 역할을 톡톡히 하고 있어서 어떤 감사의 말을 전해도 부족할 것만 같았다. 진짜 '말'로 한다면 모를까. 그런 생각이 들 때면 곧 다가올 화심이의 생일이 여간 부담스럽지 않았다. 많은 것들을 이해해 주겠지만 그래도 길도는 가벼운 주머니며 부족한 자신이 새삼 원망스러워졌다. 그리고 오늘 길도의 걱정은 화심이에서 그치지 않았다. 다홍이가 새로운 리스트에 방금 전 포함되었다. 불과 30분 전 학교 앞에서의 일 때문이었다.

평소 같았으면 다홍이와 길도는 손을 잡고 다정하게 걸어가거나 '업어주겠다', '싫다' 하는 등의 장난을 치면서 학교 앞까지 걸어갔을 텐데 오늘따라 다홍이는 아무 말 없이 두 발치 앞에서 땅바닥만 보며 걸어가는 것이었다. 다가서면 멀어지고 또 다가서면 종종 걸음으로 도망쳤다. 그렇다고 다홍이가 삼촌한테 삐치거나 토라진 건 또 아닌 것 같았다. 집 앞을 나올 때만 해도 다홍이는 실내화를 꺼내 삼촌 앞에 보여주면서 "이거, 삼촌이 그려 넣었어? 예쁘다. 그치? 고마워, 삼촌." 했던 다홍이었다. 그런데 다홍이가 누군가로부터 온 문자메시지를 본 후부터 말이 없어진 것이다. '무슨 내용이었을까?', '누구였을까?', '다홍이가 다홍이답지 않게 변하게 된 이유는 무엇일까?' 길도는 쉽게 다홍이에게 말(?)을 걸 수 없었다. 그런데 학교 정문을 약 100미터쯤 앞두고 한 녀석이 다홍이를 기다리고 있었다. 녀석은 당연한 듯 다홍이에게 다가가 악수를 청했고, 다홍이는 녀석의 손을 휙 뿌리치더니 뒤돌아서 길도에게 건성으로 손을 흔들고 저만치로 뛰어가 버렸다. 그때의 다홍이 얼굴은 붉게 열이 올라 있었다.

'감기?'

당황한 그 녀석도 고개를 꾸벅하더니만 다홍이를 따라 학교로 쏙 들어가 버렸다.

'가만 보자. 저 녀석 어딘가 낯이 익은데. 맞다, 프레디 머큐리. 프레디 머큐리가 제 속으로 들어와 있다고 했던 녀석. 까만 전기 테이프를 코 밑에 수염인 양 달고 있던 녀석이잖아. 창수라고 했던가? 다홍이 녀석도 감기가 걸렸으면 감기가 걸렸다고 얘기할 것이지. 하여간 삼촌은 끔찍이 아낀다니까! 어쨌거나 저 창수 녀석 괜히 열 오른 다홍이에게 잘못 걸리기라도 했다간 뼈도 못 추릴 텐데…….' 하고 뒤돌아섰다.

　재란이와 재린이는 일란성 쌍둥이이다. 여자 아기인데다 나풀거리는 똑같은 옷을 입혀놔서 더욱 분간하기 힘들었다. 쌍둥이 엄마는 "여기 볼살이 더 통통한 쪽이 재란이고요, 5분 먼저 나온 언니랍니다."라고 열심히 설명했지만 뒤돌아서면 누가 재란이고 누가 재린이인지 구분할 방법이 없었다. 볼은 둘 다 터질 듯 귀여웠다. 그래서 '누군가가 5분 먼저 나온 언니겠지.' 하면서 구분하기를 포기할 수밖에 없었다. 그래도 다행스러운 점은 아기들이 길도와 카메라를 좋아한다는 것이었다. 아기들 사진은 거리가 가까우면 가까울수록 좋은 장면이 나온다고 믿고 있었기 때문에 아기들이 친숙함을 느끼고 있다면 그다음은 시간이 해결해 줄 문제였다.
　덕분에 길도는 시간이 흘러감과 동시에 온몸이 침투성이로 변해가고 있었다. 아기들은 길도의 몸이 놀이터인 양 그 위를 기어 다녔고, 바로 턱 아래에서 햇살처럼 웃어주었다. 쌍둥이 엄마는 길도의 사진들 중에 특히 두 아기가 손을 마주잡고 서로를 '누굴까' 하고 쳐다보는 사진을 좋아했다. 어떻게 보면 데칼코마니처럼 거울에 손을 대고 있는 한 아기의 사진처럼 보였다. 길도는 몇몇 사진을 크게 인화해 줄 것을 약속하고 그 자리에서 바로 수고비를 받을 수 있었다.

　길도는 김 부장이 묵고 있다는 은하수모텔 앞으로 왔다. 김 부장이 어제 예기치 않게 자신의 집으로 들어갔으니 모텔에서 나올 확률은 적었지만 집에서부터 약속된 장소로 이동할 경우 이 앞길을 지나갈 확률은 컸기 때문이다. 게다가 어제의 일로 오늘의 일정을 포기할 심산도 배제할 수 없었기 때문에 최대한 취기 없는 김 부장을 지켜보고 싶었다. 화심이에게는 김 부장이 의뢰를 취소할 것에 대비해 가끔씩 이메일을 확인해 달라고 부탁을 해놨지만 설사 의뢰를 취소한다 해도 멈추지 않을 생각이었다. 새우처럼 굽은 자세로 자던 아이의 모습이 이미 길도를 강하게 끌어당기고 있었다.
　모텔 앞은 한산했다. 들어가는 사람도 나오는 사람도 없었고 지나가는 행인도 드물었다. 길도는 맞은편 길가에 쪼그리고 앉아서 가방을 살폈다. 휴대전화와 예비 배터리, 여분의 메모지와 펜 그리고 홍삼캔디와 카메라. 길도는 카메라를 켜고 배터리와 메모리의 잔량을 체크했다. 그리고 필요 없는 사진들을 삭제해 가용 메모리를 최대한 확보한 다음 흐린 하늘을 감안해 화이트밸런스도 미리 설정해 두었다.

한참을 카메라 준비 상태에 집중해 있었을까? 한 사내의 그림자가 길도에게 드리워졌다.

"어이, 학생. 지금 여기서 뭐 하는 거지?"

사내는 빨간색 나비넥타이를 매고 깃이 빳빳한 흰색 와이셔츠에 검은색 조끼를 단정하게 차려입은 젠틀맨이었다. 길도가 신사다운 사내의 복장에 감탄하고 있을 때 친절한 젠틀맨은 길도의 멱살을 잡고 일으켜 세워줬다.

"그 카메라는 뭐냐고?"

'그닥, 좋은 건 아닌데요.' 하며 겸손하게 빼고 싶었지만, 다소 성급한 젠틀맨은 이미 길도의 카메라를 낚아채고 있었다. 그리고는 카메라의 이곳저곳을 살펴보기 시작했다. 카메라에 흠뻑 매료된 것이 틀림없어 보였다.

"이 카메라 어디에 쓰는 거냐고! 왜 대답이 없어?"

길도가 목에 걸려 있던 수첩을 어렵게 펼쳐 1번 견출지가 붙여진 내용을 보여줬다.

〈저는 말하지도, 듣지도 못합니다. 하지만 입모양을 보고 알아들을 수 있습니다.〉

젠틀맨이 어이없는 표정으로 피식했다. 그러더니 멱살을 잡아당겨 길도의 코와 젠틀맨의 그것이 부딪힐 정도의 거리를 만들었다.

'가까이서 말한다고 들리는 게 아닌데…….'

"뻔한 수작하지 말고, 여기에서 지금 뭐 하는 거냐고?"

젠틀맨은 좀 더 격앙되어 있었다.

길도는 수첩을 넘겨 2번 견출지가 붙여진 내용을 보여 줬다.

〈입모양을 정확히 발음해 주시면 감사하겠습니다.〉

젠틀맨은 또 한 번 어이없는 웃음을 지었다.

"너 파파라치지? 그렇지? 어서 바른대로 말해~!"

길도가 멱살 잡힌 엉성한 자세로 수첩에 몇 글자 적어 보여줬다.

〈맞는데요. 어떻게 아셨어요?〉

이제야 젠틀맨이 환하게 웃는다. 그리고는 뒤를 돌아보 았다. 모텔 입구에는 깡마른 사내가 팔짱을 끼고 있었다. 젠틀맨이 고개를 끄덕이자 깡마른 사내도 고개를 끄덕여 신호를 교환했다. 젠틀맨의 팔에 힘이 가해지면서 길도는 모텔의 녹색 커튼 안으로 끌려 들어갔다.

길도는 늘 이 안이 궁금했었다. 길게 갈라져 있는 녹색 커튼은 바람에 흔들리면서도 보일 듯 보일 듯 보여주지 않 는 새침함이 있었다. 그런데 막상 들어와 보니 번호판 없 는 자동차만 몇 대 서 있을 뿐 별다른 점은 없었다. 여간 실망스런 것이 아니었다. 젠틀맨은 길도를 바닥에 내동댕 이쳤다. 바닥도 시멘트 바닥으로 별로 특이할 만한 것은 없었다. 그런데 젠틀맨의 발은 흰색 양말에 슬리퍼를 신고 있었다. 실망스러웠다. 그것도 더럽기 짝이 없는 양말과 슬리퍼. 젠틀맨이라면 위와 아래는 물론 보이는 곳과 보이지 않는 곳도 함께 신경 써야 하는 건데 좀 어설픈 젠틀맨임에 틀림없었다.

"너 잘 만났다! 여기가 어디라고 우리 손님들한테 카메라를 들이대!" 하고 어설픈 젠틀맨은 자기 주먹을 보여줬다. 그리고 몇 마디 무슨 말을 하긴 했지만 계속 지켜볼 수는 없었다. 너무 가까운 거리에서 엄청난 침을 튀기고 있었기 때문이었다.

잠시 후, 녹색 커튼으로 김 부장이 들어왔다.

"어서 오세요. 어라, 505호 손님이시죠? 어제는 안 들어오셨던데요."

깡마른 사내가 허리를 굽혀 인사했다.

"아, 네. 사정이 있어서요. 그런데 무슨 일 있어요? 밖에서도 악쓰는 소리가 들리던데요."

"별일 아니에요. 글쎄 어린 녀석이 저희 모텔 앞에서 파파라치를 하고 있잖아요. 왜 그거 있잖아요. 모텔에 들어가는 손님들 사진 찍어서 협박하고. 가끔 뉴스에서만 봤는데 우리 모텔에도 그런 똥파리 같은 자식이 들러붙어 있을 줄은 생각도 못했네요. 어린 노무 쌔끼가."

김 부장이 잠시 동안 길도와 눈을 맞췄다.

"보내주세요. 저랑 아는 사람입니다."

"네?"

어설픈 젠틀맨과 깡마른 사내가 합창을 했다.

"제가 일을 부탁한 사람입니다. 보내주세요."

김 부장이 바닥에 넙죽 엎드려 있는 길도에게 다가와서 쪼그려 앉았다.

"오늘 저녁 그곳에서 봅시다."

김 부장은 어설픈 젠틀맨의 손에서 카메라를 다시 낚아채 길도에게 넘겨줬다. 그리고는 길도의 겨드랑이를 부축해 일으켜 세워줬다. 김 부장의 손은 두툼하고 따뜻했으며 간지러웠다.

녹색 커튼을 얼굴로 가르면서 나왔다. 마치 서부영화에서 총잡이가 바에 들어갈 때를 연상케 하는, 언젠가는 꼭 하고 싶던 것이었다. 그래서 다시 한 번 들어갔다 나오려고 하는데 어설픈 젠틀맨이 제 가슴에 큰 주먹을 만들어 보여줬다. 그래서 뒤통수로 커튼을 가르면서 나올 수밖에 없었다. 길도가 제 카메라를 내려다봤다.

'난 설령 네가 다른 사람들에게는 가끔 실망스런 존재일지 몰라도, 나는 절대 그렇게 생각하지 않아. 난 늘 고맙게 생각하고 있다고. 넌 나에게 혀이며 성대이며 목젖이니까.'

방금 전의 봉변을 위로하고(카메라가 당한 봉변이었으니까) 다시 명랑한 스타카토 걸음으로 다음 장소로 향하는 길도였다.

실비집이 문을 열 때까지는 시간이 좀 남아 있었다. 그보다도 김 부장의 아내와 딸이 걱정되어 미술학원 앞으로 발길을 돌렸다. 낮이 되니까 건물 앞에는 학생들이 제법 들락거렸다. 그리고 보니까 건물은 전체가 하나의 학원건물 같았다. 대학으로 치면 단과대학 정도의. 미술학원 〈마티스〉를 비롯해 태권도장 〈이얍〉, 피아노학원 〈호로비츠〉, 바둑학원 〈단수〉, 컴퓨터학원 〈빌 보다 잡스〉 등 많은 학원들이 입주해 있었다. 그래서 그런지 건물은 제 껍질보다 간판으로 더 많은 부분을 보여주고 있었다. 거기에 현수막과 창문 썬 스크린까지.

'희복아, 너 숨은 쉬고 사니?'

아내 수연은 혼자서 아이들 미술을 가르치고 있었다. 그러다가 집에 돌아가는 아이가 있기라도 하면 함께 나와 횡단보도를 건너는 것을 지켜봐 주기도 하고, 학원 앞 버스 정류소에서 버스를 탈 때까지 배웅해 주기도 했다. 길도는 휴대전화에 내장된 카메라를 이용하기로 했다. 길도의 얼굴을 알아볼 수 있으니 카메라를 들이대기에는 위험했다. 그래서 카메라의 설정을 최적화한 후에 언제든지 찍을 수 있도록 손에 쥐고 있었다. 마침 딸아이의 손을 잡고 아내 수연이 건물을 나섰고 길도는 버스 정류장에 숨어 아내와 아이를 카메라에 담을 수 있었다. 학생들이 우르르 빠져나간 오후 4시쯤, 김 부장의 아내는 학원 건물 옆 빵집에서 양복을 입은 남자 둘과 반가운 인사를 나눈 후 30분 정도

이야기를 했다. 길도는 빵집 유리창 옆에서 그 남자들의
입모양에 온 신경을 곤두세워야 했다.

　길도는 실비집 근처에서 김 부장을 기다리는 동안 손세
차장 담벼락에 바짝 붙어 앉아 있었다. 이따금 세차를 하
시던 분들이 "거기에 있다가 물이 튀어도 난 몰라요." 하
는 표정을 지어 보였고, 고무장갑과 비닐로 된 앞치마를
입은 아주머니는 저만큼 떨어지라고 손짓도 했지만, 길도
는 물러설 생각이 눈곱만큼도 없었다. 길도는 가루가 된
물이 얼굴에 달라붙는 것이 좋았다. 어른 손가락만 한 물
살이 자동차에 강하게 부딪혀 만들어진 가루는 한동안 공
중에 떠 있을 만큼 가벼웠다. 운이 좋으면 거품도 날아들
고 그 위로 무지개가 걸리는 것도 볼 수도 있었다. 소리가
없는 세상에서는 촉감도 짜릿한 축복이 된다는 걸 저분들
이 알까 싶었다. 그래서 가끔 손에 쥐고 있던 수세미 같은
걸 던져도 쉽게 용서를 해드리곤 했다. 그래도 마냥 있을
수 없다는 것을 길도는 잘 안다. 직원들 얼굴이 "네가 귀찮
아! 신경 쓰여!"라는 노란색 신호등에서 "네가 무서워 죽
겠어!"라는 빨간색 신호등으로 바뀔 때가 길도가 그 자릴
떠날 때인 것이었다.
　'옷이야 세탁하면 그만인데…….'
　실비집이 문을 열고 손님을 맞기 위해 부산하게 움직였
다. 1인용 의자를 몇 개 가게 앞으로 내오고 음식 재료들을

빠르게 안으로 가지고 들어갔다. 모든 불이 하나둘씩 켜지더니 안쪽 솥단지에선 김도 모락모락 피어오르기 시작했다.

길도는 안에서 무슨 냄새가 나는지 코를 킁킁대며 그 앞을 서성이고 있는데 김 부장이 나타났다. 길도는 재빨리 맞은편 골목으로 숨어들었다. 김 부장은 가게 앞 의자에 앉아서 한참을 머뭇거렸다. 허리를 펴고 일어서 들어가려다가 다시 앉고, 다시 일어나 가려다가 마지못해 앉기를 반복했다. 그러다가 김 부장이 손목시계를 쳐다봤다. 얼떨결에 길도도 제 손목시계를 쳐다봤다. '5시 50분'을 가리켰다. 김 부장이 자리를 박차고 일어선 것은 다시 5분이 흐른 뒤였다. 김 부장은 길도가 있는 골목을 향해 손을 휘젓기도 했고 'X' 자를 만들어 보이기도 했다. 세차장에서 고무장갑의 아주머니가 했던 그 손짓과 닮아 있었다. 길도가 골목의 어둠 속으로 살짝 몸을 숨기자 김 부장은 걷기 시작했다.

김 부장은 큰길가로 나와 방향을 잡고 걸어갔다. 동네에서 가장 번화한 오거리를 향하고 있었다. 주변에서 가장 높은 건물 앞에 다다르자 건물을 한 번 올려다봤다. 그리고는 또다시 실비집 앞에서 보여줬던 망설임을 재연하고 있었다. 건물을 들어가려는데 한쪽 팔이 입구의 한편을 잡고 놔주질 않았고, 가까스로 들어갔다가는 다시 뛰쳐나오곤 했다. 한 번은 엘리베이터를 타고 7층까지 올라갔다가 다시 내려오기도 했다. 결국 김 부장은 건물을 나와 모텔을 향해 갔다. 아니, 그보다는 건물에서부터 멀리 달아나려는 듯 횡단보도를 건너서부터는 있는 힘껏 달리기 시작했다. 그 건물의 맨 위층인 7층에는 〈새마음 신경정신과 의원〉이 있었다.

길도는 돌아오는 길에 다홍이를 위해 감기약을 지었다. 열이 좀 있는 것 같고 아이가 가루약을 싫어한다고 약사에게 보여 드렸다. 그랬더니 큼직한 병에 들어 있는 물약과 알약 하루 분을 주셨다. 약병에는 노란 머리의 아이가 약을 맛있게 먹고 있는 그림이 그려져 있었다. 정말 맛있을까 궁금해졌다. 그래서 다홍이가 약을 먹을 때 한 수저 얻어먹을까 생각해 봤다. 감기는 초기에 잡아야 하니까.

집에 돌아오니 다홍이는 보이지 않았고 냉장고에 큼지막한 메모가 붙어 있었다.

〈삼촌, 나 오늘 할아버지, 할머니랑 숙제하고 저녁 먹고 잘 거야. 그러니까 걱정하지 말고 저녁 챙겨먹고 잘 자. 내일 봐, 삼촌.〉

길도는 휴대전화를 들고 다홍이에게 감기약을 얘기하려다 그냥 내려놓았다. 할아버지랑 할머니랑 있으면 더 잘 알아서 해주시리라 생각했다. 감기 기운이 있다면 감기약이 아니라 병원에 데리고 가실 것이 분명하니까.

어쨌거나 오늘은 또 한 번의 긴 밤이 될 것이 분명했다. 김창진 부장의 의뢰를 마무리 져야 했고, 화심이의 생일 선물도 준비하기로 했다. 누나의 컴퓨터를 켜고 로딩 되는 동안에 발코니로 나가 화분을 바라봤다. 매형에게서 누나, 지금의 다홍이까지 사랑의 정표로 내려오는 백일홍은 지금 막 꽃봉오리를 키워내고 있었다.

　닷새 후. 길도는 지금 화심이의 생일을 축하하러 가는 길이다. 화심이의 친구들, 그러니까 길도보다 두 살이나 많고 또 대학을 다니는 친구들이 길도를 기다리고 있을 것이다. 화심이는 부담스러우면 오지 않아도 된다고 했지만 그래도 가야 할 것 같았다. 오히려 농아에다가 나이도 어린, 그것도 겨우 검정고시로 고졸 학력을 가진 남자친구가 나타나면 화심이가 곤란해지지 않을까 걱정이었다. 그렇다고 부딪히지 않고 도망만 다녀서는 아무것도 얻을 것이 없다는 걸 잘 알고 있었다. 물론 그런 자리에 아무런 대책 없이 나서는 것은 아니었다. 약간의 선물을 준비했다. 김 부장의 사진을 편집하던 날 저녁, 길도는 화심이에게 줄 선물도 함께 준비했었다. 앨범이었다. 벌써 '시시해' 하는 소리가 여기저기서 들리는 것 같지만 끝까지 잘 들어보시라.

　둘이 서로 사귀기로 한 약 300여 일 전부터 화심이가 택시를 타고 귀가할 때면 어김없이 택시의 번호판을 찍어뒀었다. 언젠가 뉴스에서 택시기사가 강도로 돌변한 기사를 접한 뒤부터 취한 행동이었다. 플래시까지 터트리면 더욱 효과가 크다고 믿고 있었고, 화심이도 내심 싫지는 않아하는 것 같았다. 그 번호판 사진만을 출력해서 만든 앨범이니 비용은 얼마 되지 않는다고 해도 묵혔던 시간만큼, 꾸준했던 정성만큼 빛을 발하지 않을까 생각했다. 그리고 그것은 길도의 진심이 담긴 바람이었다. 화심이에게 고맙다는 말을 대신하고 또 좋아한다는 말을 대신할 수 있다면 좋겠다는 바람.

그리고 앨범 맨 마지막 칸에는 가는 금반지를 붙여놨다. 말이 금반지지 사실은 '금실반지'라고 불러야 옳을 것이다. 그래도 독립한 한 남자가 스스로의 능력으로 벌어낸 시작이니만큼 화심이는 기뻐해 줄 것이 틀림없었다. '다음엔 더 굵어졌으면 좋겠다.'고 말하지만 않았으면 좋겠다고 생각했다.

그리고 다홍이는 놀이공원을 가기로 했던 토요일 약속을 지키지 못했다. 이유는 저희 친구들끼리 유명 가수의 콘서트에 가고 싶다는 것이었는데, 어린이날을 기념하자던 것이었던 만큼 상관없겠다 생각했다. 창수의 어머니가 직접 아이들과 함께 공연장을 찾았고, 정작 아버지께서 놀이공원을 가지 못해 상당히 실망이 크셨던 것 같았다.

김 부장의 의뢰는 흩어진 퍼즐이 채 맞춰지지 않은 모양으로 마무리되었다. 수고비는 길도가 사진을 보내지도 않은 시점(아마도 〈새마음 신경정신과 의원〉 앞에서 서성일 때 건 전화 중 하나가 텔레뱅킹이 아니었을까?)에 이미 입금되었지만, 길도는 충실히 사진을 보냈었다. '충실히'라는 말은 좀 어울리지 않지만 늘 그렇듯이 길도만이 엿볼 수 있는 '이면의 진실'을 담기 위해 최선을 다했다. 사진의 절반은 합성과 편집으로 재창조된 사진들이었다.

총 여덟 장의 사진을 김 부장 이메일로 보냈었다. 그중 절반은 김 부장이 쏜살같이 달리는 차도 한가운데 위태로이 서 있는 사진들이었다. 위태한 차도와 중앙선에 서 있던 김 부장의 사진을 각각 따로 찍어서 하나로 합성한 것이었다. 다행히(?) 기억이 나지 않는다면 본인에게는 얼마나 아찔한 느낌이 들까 하는 생각으로 공을 들였다. 그리고 한 장은 김 부장이 손등으로 쳐서 깨뜨린 형광등 사진. 핏자국이 좀 더 붉은 선홍색을 띠고 흥건하게 보이도록 약간 손을 보탠 것이었다.

그리고 또 다른 한 장은 빵집에서 아내와 이야기를 나누던 남자들의 사진이었다. "안녕하세요, 형수님. 이분은 저희 회사의 전동현 이사님입니다."로 소개했던 김 부장의 회사 동료들. 이들은 김 부장의 블랙아웃(Black Out)[6]을 가장 먼저 직감하고 누구보다도 김 부장의 건강을 걱정하던 사람들이 아닐까 하는 생각이 들어 사진에 포함시켰다. 직장 내에서도 김 부장의 건강을 진심으로 걱정하는 사람들이 있다는 사실을 부각하고 싶었다. 그리고 아내와 딸

---

6)단기성기억상실증 또는 알코올성 단기기억상실증. 소위 과음 후 필름이 끊겼다고 하는 것을 일컬음.

이 손을 잡고 있는 사진도 포함시켰다. 조금은 직설적인 메시지가 담긴 사진이었지만 확실한 효과를 보장받을 수 있을 것 같았다. 그래서 최대한 우울하고 파리한 느낌으로 가야 했다. '만약 이 세상에 이 둘만이 남게 된다면' 하는 생각이 들 수 있도록.

그리고 마지막 사진은 길도에겐 도박과 같은 한 컷이었다. 타이트한 빨간색 니트를 입은 아내의 배를 클로즈업한 사진이었다. 아내의 나이와 외모에 비해 배가 많이 나와 있는 사진이었다. 카디건으로 미처 가리지 못한 순간을 포착했다. 길도는 새벽녘 우유를 배달할 때 김 부장의 아내가 의식적으로 배를 보호하려고 한다는 인상을 받았었다. 무엇보다도 마지막 사진이 김 부장의 결심에 올바른 영향을 미쳤으면 하는 바람이 간절했다.

그때 길도는 사진을 편집하면서 다른 때와는 다르게 깊은 생각에 빠져 들었었다. 사진에 손을 댄다는 것이 진실을 가리는 것인지 밝히는 것인지 명확하게 설명할 수 없었다. 누군가는 조작이라고도 혹은 사기라고 할지도 모르겠다 싶었다. 하지만 지금의 길도는 보이는 그대로가 늘 진실은 아니라고 반박하고 싶은 것이다. 잠재된 위험이나 내재된 불행은 벌어지기 전에는 너무도 평온한, 그리고 불편한 진실일 뿐인 것이다. 그러니 이 불편한 조작이 길도에게는 진실로 한 발 더 다가서기 위한 '조작'이었다고 항변하고 싶은 것이다.

그 뒤로 약 2주 후, 길도에게는 의뢰 메일이 아닌 안부 메일이 한 통 도착했다.

　학생이라고 불러도 되겠지?

　우린 어색한 만남이었지만 이미 구면인 셈이니까.

　난 학생의 앳된 얼굴을 자주 떠올리네.

　그렇다고 오해하지는 말게.

　단지 학생에게 고맙다는 생각이 들 때면 그때 모텔 마당에 엎드려 있던 학생 얼굴이 떠오르는 것이니까.

　술집에 있던 내 모습이 학생의 뷰파인더엔 어떤 모습으로 보였는지 꼭 직접 만나 듣고 싶지만 지금은 그럴 수 없는 것이 아쉽다네.

　지금은 회사도 휴직을 했고, 창살 있는 병원에서 치료 중이니까.

　하지만 그 덕분에 나는 내게 더 없이 소중한 것들을 지킬 수 있었네.

　그럴 수 있도록 자네의 사진이 내게 용기를 주었네. 진심으로 감사하네.

　내 평생 잊지 않고 살겠네. 진심으로 고맙네.

　사람 구실할 때쯤에 다시 연락했으면 하네.

　아 참, 그리고 혹시 아내의 배를 찍어 보낸 이유를 물어봐도 될까?

　나는 한참을 그것이 아내가 임신한 것이라고 생각하고 있었네.

　그리고 그 생각이 병원 생활을 버티게 한 힘이 되기도 하지만 말이야.

　그런데 아내한테 물어보니 임신이 아니라는군. 그냥 중년의 뱃

살이라는 거야.

　그래서 내가 병원을 나가면 함께 운동을 다니자고는 했지만 말이야.
아내는 그런 작은 호의에도 눈물을 보일 정도로 힘들었던 모양이네.
혹시 자네도 내 아내가 임신한 거라 생각했던 것은 아닌가? 하하하.

　사실 건강한 몸으로 병원을 나간다면 우리 딸아이에게 동생을
만들어줄 생각도 없지는 않네만. 그렇게 된다면 자네는 '파파라치'
가 아니라 '예언자'로 간판을 바꿔 달아야 할지도 모르겠네. 하하
하. 건강하게.

─김창진 드림.

　추신. 혹시 홈페이지에 해커라도 달라붙으면 연락하게. 해커의
목을 비틀어주겠네.

5장 레테(Lethe)

사람들은 수면에 얼굴이 비칠 때, 물의 깊이로써
자신의 내면을 비춰내고, 그 심연(深淵)에서 자신과 마주선다.
　　　　　　　　　　　　―가스통 바슐라르 『물과 꿈』 중에서

　아무도 없는 사제관 탁자 위에 사과가 하나 놓여 있다. 사과는 외부에서 힘을 가하지 않는 이상 미동도 않고 가만히 있을 것이다. 사과가 300g이라는 제 무게를 가지고도 책상을 뚫고 지구 중심으로 향하지 못하는 이유는 뭘까? 그것은 사과와 탁자가 접하는 바로 그 지점에 정확하게 300g만큼의 반력(사과가 지구 중심으로 향하는 것과 정확하게 반대 방향)이 작용하고 있기 때문이다. 만약 반력이 300g 이상이면 사과는 공중부양을 하게 되거나 하늘로 튀어 오를 것이다. 다시 말해서 사과의 무게와 중력의 방향 그리고 움직이지 않는다는 사실의 객관적인 지표들로 보이지 않는 탁자의 반력을 설명할 수 있는 것이다.

길도의 경우도 이와 크게 다르지 않다. 누군가가 등지고 서 있는 배경이, 그의 복장이, 얼굴 표정이, 시선이, 걸음걸이가 객관적인 지표가 되고 있기 때문에 길도 역시 그 내면을 추측하고, 상상하는 것이 아니라 반력과 마찬가지로 '보고 있다'라고 얘기할 수 있는 것이다.

남들이 볼 수 없는 것을 보는 것도 병이고, 사는데 불편한 장애이다. 길도가 딱 그렇다. 며칠 전 지켜본 젊은 신부의 '이면'이 길도를 혼란스럽게 만들고 있다.

「쌍둥이 엄마 기억나? 아이들 사진 말고 다른 걸 상의하고 싶다는데 잠시 들를 수 있어?」

화심이에게서 온 문자메시지였다. 쌍둥이 엄마는 재란이와 재린이의 엄마를 얘기하는 것이었다. 그런 쌍둥이 엄마가 아기들 사진 말고 다른 상의할 것이 있다고 만나기를 청한 것이었다. 이것저것 생각할 필요도 없었다. 일도 없었을 뿐 아니라 아기들이 너무 보고 싶었다. 유난히 길도를 잘 따르는 아기들. 아기들을 위해 근처 문방구에서 공 두 개와 물총 두 개를 샀다. 공은 말랑말랑한 것으로 입에 들어가기 힘든 크기로 골랐고, 물총 역시 단순한 구조로 부품 중 일부가 떨어져 입에 들어가지 않을 만한 것으로 선택했다. 물론 같은 제품 두 개씩이었다.

쌍둥이 엄마는 현관에서부터 반갑게 맞아주었고 길도를 위한 과장된 동작이 어느새 익숙해져 있었다. 어찌 보면

구연동화를 하는 유치원 선생님 같아 보였지만 싫지 않았다. 놀라운 사실은 불과 몇 주 만에 아이들이 쑥 자라 있었다는 것이다. 아무리 아기들은 콩나물처럼 자란다지만 몰라보게 자란 모습에 새삼 놀라울 따름이었다. 게다가 한 녀석은 식탁 의자를 붙잡고 있었지만 분명 서 있었다. 앞뒤로 심하게 흔들거리면서도 묘하게 쓰러지진 않았다. 다른 녀석도 길도를 알아보고는 배를 바닥에 깐 자세로 두 팔을 휘둘러 길도 쪽으로 다가오는데 속도가 예사롭지 않았다. 분명 이 녀석도 설 수 있으리라는 확신이 들었다.

길도는 쌍둥이 엄마에게 유산균음료와 우유 몇 개를 인사로 드렸고, 아기들은 공과 물총을 미끼로 놀이방으로 꾸며진 발코니로 유인했다. 바닥에 있던 녀석은 장난감에 시선을 맞추고는 양팔을 한번에 휘둘러 약 예닐곱 번 정도로 발코니에 다가섰고, 아슬하게 서 있던 녀석도 능숙하게 바닥에 배를 깔더니 같은 폼으로 전진해 다가왔다. 자세히 들여다보면 녀석들의 팔 휘젓는 동작은 아기 옷 특유의 저마찰성 미끄러짐을 계산한 치밀한 것으로 보였다. 쌍둥이들은 순식간에 말랑말랑한 공에 저희들의 침을 발라놓았고, 약간의 물을 넣은 물총을 만지작거리면서 물총 입구에서 물이 나오는 것을 보고 까르르 웃고 있었다.

그러다가 한 녀석(재란인지 재린인지는 모르겠지만)이 손에 힘을 꽉 쥐었는지 세찬 물살이 다른 녀석의 얼굴을 강타했고, 맞은 녀석은 울음을 터트리고 말았다. 가해자도 함께 울었다. 그런데 당황해하는 길도와는 달리 한순간의 망설임도 없이 쌍둥이 엄마는 태연하게 아기들의 물총을 맞바꿔 주었다. 재란이 물총이 재린이에게로, 재린이 물총은 재란이에게로. 그것도 TV 채널 돌리듯이 너무나 자연스럽게. 그런데 놀랍게도 채널은 돌아가 버렸다! 아기들이 다시 까르르 웃기 시작했다. 이번엔 물살을 얼굴에 맞아도 까르르 웃었다. 아기 엄마의 재능이 신기한 건지 아기들이 신비한 건지 모르겠지만 조삼모사 고사가 생각나서 길도도 배를 쥐고 잠시 흐느적거려야 했다.

쌍둥이 엄마가 길도 얼굴에 가깝게 다가와서 본론을 꺼내놓았다. 입에서 달콤한 분유 냄새가 났다.

"내 여동생이 이번에 결혼해요. 둘 다 시민체육공원 직원들이라 결혼식은 공원 잔디밭에서 조촐하게 하기로 했어요. 음식도 구내식당에서 도와주신다고 했는데, 사진을 찍어줄 분이 없어서 부탁을 좀 드리려고요. 공원 측에서 이렇다 저렇다 얘기가 없어서 안 되는 줄 알고 있었는데 갑자기 허락을 해주셔서 부랴부랴 결정하게 되었어요. 그렇다 보니 시간이 촉박하네요."

길도는 목에 걸린 수첩에 다소 흥분된 필체로 다음과 같이 적었다.

〈쌍둥이들 그때도 볼 수 있나요?〉

"그럼요!"

쌍둥이 엄마가 노랠 불렀다. 이것으로 계약은 순조롭게

성사되었고, 계약 성사 기념으로 쌍둥이들의 분유를 조금 얻어먹을 수 있었다.

길도가 돌아가려고 일어서는데 쌍둥이들이 길도의 다리를 잡고 함께 일어났다. 신기하게도 두 녀석 모두 길도의 주머니에 손을 걸은 채로 균형을 잡고 있었다. 길도는 그 순간을 고스란히 카메라에 담을 수 있었다.

다음날 화심이를 통해 결혼식 일정과 비용에 관한 얘기를 들을 수 있었다. 결혼식은 5월 셋째 주 금요일에, 야외 촬영은 그 이틀 전인 수요일에 한다고 했다. 비용은 파파라치 비용으로 하기로 했고, 출력과 앨범 만드는 비용은 별도로 주신다고도 했다. 모든 비용은 쌍둥이 엄마가 동생에게 주는 선물로 직접 지불해 준다고도 덧붙였다.

화심이를 졸라서 야외 촬영과 결혼식이 있을 시민체육공원에 미리 가보자고 했지만 시험을 이유로 그럴 수 없다고 했다. 그 대신 결혼식엔 참석해 보겠다고 길도를 달랬다. 그래서 길도는 버스를 타는 곳까지만 함께하는 것에 만족하고 혼자 버스에 올랐었다. 일요일인데도 다홍이는 얼굴 보기가 힘들다.

탁 트인 공원은 다양한 시설로 북적였지만 인적은 드물었다. 문을 연 지 얼마 안 된 탓도 있었지만 큰 도로에서 조금 떨어진 공원은 아직도 여기저기 공사가 마무리되지 않은 곳이 눈에 띄었다. 공원 입구의 안내 지도에는 축구

장도 보였고 육상 경기를 할 수 있는 트랙도 보였다. 길도는 운동장들과 부대시설이 밀집한 쪽이 아닌 인공으로 조성된 호수 쪽으로 방향을 잡았다. 울창한 가로수 길이 나오면서부터 경관은 확연하게 달라졌다. 길도는 눈으로 '이곳에서도 한 컷', '저곳에서도 한 컷' 하면서 마음속에 부표를 달아매면서 길을 따라 걸어갔다.

그 길의 종착점으로 보이는 곳에 작고 명징한 호수가 드러났다. 호수의 주변에는 외곽을 따라 걸을 수 있는 나무로 된 산책로가 만들어져 있었는데, 산책로의 한쪽 다리가 호수에 발을 담근 곳에서는 호수를 가까이서 내려다볼 수 있었다. 이곳을 야외 촬영의 클라이맥스 장소로 결정했다.

난간에 기대 호수를 내려다보았다. 목에 걸려 대롱거리는 수첩이 서로 가까워지거나 하려는 듯 흔들거리고 있었다. 예전에 읽었던 책의 한 대목이 떠올랐다.

사람들은 수면에 얼굴이 비칠 때
물의 깊이로써 자신의 내면을 비춰내고,
그 심연(深淵)에서 자신과 마주 선다.

─가스통 바슐라르 『물과 꿈』 중에서

5월 셋째 주 수요일, 평일 낮의 공원은 사람 구경하기가 더 힘들었다. 공원 입구에서 길도를 기다리는 사람들이 전부인 듯했다. 〈시민체육공원〉이라는 큰 글귀가 써져 있는 승합차 옆에는 웨딩드레스를 입고 있는 신부와 연미복을 입고 있는 신랑 그리고 정장을 차려입은 쌍둥이 엄마가 있었다. 그리고 이 세 사람을 제외하고는 모두 시민체육공원의 마크가 큼직한 조끼를 입은 직원들뿐이었다. 그들이 아마도 신랑, 신부의 들러리들이라 여겨졌다. 늦진 않았지만 기다리고 있는 사람들에게 미안한 마음으로 허리를 굽혀 인사를 했다. 쌍둥이 엄마는 얼른 사람들에게 소개를 했다.

"이쪽은 우리 애들 사진을 찍어줬던 분이에요. 사진은 다들 우리 집에 오셔서 본 적 있으실 거예요."

길도가 멋쩍게 웃으며 다시 한 번 허리를 굽혀 인사를 했다.

"그리고 이쪽이 내 동생 강수진이고, 이쪽이 신랑이에요."

검은색 연미복을 입은 신랑이 큰 손을 내밀어 악수를 청했다.

"최무성입니다. 대충 얘기는 들었습니다. 얼마 전 쌍둥이 사진을 보고서 어떤 분이 찍었을까 궁금했었습니다. 저희들도 잘 부탁드리겠습니다. 제 말 모두 알아들으시는 거죠?"

쩌렁쩌렁한 목소리가 길도의 몸에 와 닿았다. 다른 친구들에게도 기대된다는 듯 너스레를 떨고 있는 신랑의 뒤로 신부가 입으로 웃고 있었다.

길도가 가방에서 빌려온 카메라(렌즈가 돌출된 제법 전문가용처럼 보이는 화심이 아버지 것이었다)를 꺼냈을 때에는 들러리들의 수군대는 입모양이 보였다. 아마도 이것 역시 사람들에게는 전문가용으로 비춰지지 않았던 것 같다. 하지만 이마저도 결정적인 사진을 위해서는 사용할 수 없었다. 너무 급하게 빌려오는 바람에 사용법도 제대로 익히지 못했기 때문이다. 정작 필요한 사진은 길도의 전용 똑딱이를 이용해야 했다. 그때엔 길도의 귓등에 "설마~" 하는 소리가 들리는 것 같았다.

길도의 대변인은 쌍둥이 엄마가 맡아주었다. 길도가 수첩에 몇 가지를 요청하면 쌍둥이 엄마가 그걸 대신 지시하는 식이었다.

"그래, 여기서 한 컷 찍고 가자."

"신랑, 고개를 조금만 이쪽으로, 턱은 조금 당기고요. 그렇지. 그대로 움직이지 마시고요."

"신부, 좀 더 활짝 웃어야지. 그래, 좀 더 활짝 웃어야지 사진에 예쁘게 나오지."

"신부, 신랑 가슴에 폭 안겨, 물속에 풍덩 빠지듯 폭 안겨. 신랑, 왼손 뭐 해요. 신부 안아줘야지."

때론 시키지도 않은 주문을 보태기도 했다.

쌍둥이 엄마는 신부에게 계속 웃으란 주문을 넣었다. 길도가 보기에도 신부는 이미 입을 활짝 벌려 웃고 있었지만 웃고 있는 것은 입뿐이었다. 결혼은 아무리 동네 모임처럼 간소하게 하더라도 사람을 경직되게 만드는 것 같았다. 신랑이 애써 너스레를 떨면서 긴장을 풀라고 얘기했지만 신부의 자연스런 얼굴은 보기 힘들었다. 그런데 웃긴 것은 애써 태연해 보이려고 하는 신랑 역시 다리를 심하게 떨고 있는 것이 종종 포착되곤 한다는 것이었다. 그래서 신랑의 왼손이 자유롭지 못했던 것이 아닐까 싶다. 신부의 어깨에 손을 얹자니 그 긴장이 그대로 전달될 테니 말이다. 신랑은 신랑대로 뭔가를 붙잡고 떨림을 참아보려 안간힘을 쓰는 중이었다.

가파른 경사를 끝으로 호수가 여전히 반가운 얼굴로 맞아주었다. 오히려 호수는 신부보다 더 다양한 표정을 가지고 있었다. 하늘을 비춰내는 거울과 같이 차분한 표정이 되었다가도, 실바람이 호수 위 주름을 만들어 훑어가면 다시 햇살을 담은 온화한 미소를 보여주었다. 이곳이 직장인 사람들에게도 뭔가 알 수 없는 안도감을 갖게 해주었는지 다들 팔을 벌려 기지개를 켜고 있었다.

"길도 씨, 신랑과 신부가 잠시 쉬었다가 찍자고 하는데, 어때?"

신부에게서 달려온 쌍둥이 엄마가 예비 부부 측의 의사를 전했다. 마다할 이유가 없었다. 길도도 호수 위 바람을 느끼고 싶은 생각이 간절했다. 게다가 오늘은 괜히 찍지도 않을 화심이 아버지 카메라까지 들고 흉내를 냈으니 두 배로 힘들기도 했었고, 뷰파인더에 신부를 담을 때부터 명치에 답답함을 느끼고 있었다. 일종의 신호처럼.

예비신랑 무성은 화장실을 다녀오겠다며 담배를 몰래 숨겨 무리들과 함께 사라졌고, 수진은 잠시 혼자 있고 싶다며 호수에 걸쳐진 산책로를 걷기 시작했다. 간식을 챙겨 먹는 신부 측 들러리들 사이에 있는 쌍둥이 엄마의 걱정스런 시선이 그녀와 함께했다.

길도도 수진과 일정한 거리를 유지한 채로 호숫가 난간에 기대어 섰다. 수진은 웨딩드레스가 끌리지 않도록 잡아올려 허리춤에서 끌어안고 있었다. 어느새 수진은 호수에 제 얼굴을 비쳐내고 있었다. 바람이 그녀의 머리칼을 장난스럽게 잡아채도 그녀는 호수에서 얼굴을 꺼내지 않았다. 그녀 목에 걸려 있는 펜던트도 수면 위 제 사촌을 향해 흔들리고 있었다. 한참을 그렇게 가만히 있는가 싶었는데, 그때였다. 그녀에게서 뭔가가 떨어져 나와 호수로 빠져들었다. 펜던트는 그대로 흔들거리고 있었다. 찰나의 일이었기 때문에 길도는 제대로 본 것인지, 잘못 본 것인지를 확인할 방법이 없었다.

수진은 아무런 미동도 하지 않고 있었고, 호수도 뭔가를 꿀꺽 삼키고도 아무런 말이 없었다. 수진은 그제야 길도를 의식하고는 다시 발걸음을 옮겨 호수의 반대편 쪽으로 걸어갔다. 길도는 더 이상 따라갈 수 없었다. 아니, 더 이상 좇을 필요도 없어 보였다. 그녀가 떨어트린 한 방울의 자리엔 아직도 심연(深淵) 안에서 뭔가와 마주 서 있는 그녀가 있었기 때문이었다.

5월 셋째 주 금요일, 붉은빛의 노을이 물들어가는 결혼식장에는 화심이와 다홍이도 함께 했다. 처음엔 약속이 있다고 했던 다홍이가 뷔페가 나올 거란 얘기에 조용히 일어나 외출용 원피스와 스타킹을 꺼내 들고 거울 앞에 섰었다. 화심이도 시험이 코앞으로 다가왔지만 신부의 웨딩드레스가 너무 궁금하다며 따라나선 것이다.

결혼식은 제법 외국영화의 장면에 충실해 있었다. 특히 단상 주변으로는 영화 하나를 정해놓고 모니터링하면서 마련한 것이 아닐까 할 정도로 일관된 화려함이 있었다. 하지만 어쩌면 그 영화가 결혼식이 아닌 선거운동이나 전당대회에 관한 영화일지도 모른다고 길도는 생각해 봤다.

신랑과 신부가 서게 될 단상은 여러 겹의 레이스로 연결한 귀퉁이 기둥 안에서 화려했다. 그리고 바람에 살짝살짝 날려주는 레이스들, 진짜인지 가짜인지 알 수 없는 고층의 케이크, 순백의 드레스로 차려입은 들러리와 화동들은 예식의 주인공들과 하객들을 들뜨게 하기에 충분했다. 다만 아쉬운 것이 있다면 곳곳에 〈시민체육공원〉이라는 글자가 프린트—그것도 필요 이상으로 크게, 여러 번 반복되어—되어 있었다는 점이었다. 하객들을 위한 의자의 등받이에는 〈시민체육공원〉이라는 녹색 글씨가 선명했고, 심지어 레이스를 자세히 보면 같은 문구가 레이스의 파도 문양을 그대로 줄 지어 따라가고 있었다. 참 아쉬운 홍보가 아닐 수 없었다.

하지만 이 결혼식이 화려한 외양과는 상관없이 매우 검소한 결혼이라는 것을 알게 해주는 것이었다. 그래서 가급적이면 단상에서 하객을 향해 사진을 찍도록 하고 뒤에서 앞을 향하더라도 의자의 글씨는 피해야겠다고 생각했다. 물론 나중에 리터칭 과정에서 다시 한 번 확인해 봐야 할 것이라고 메모를 해놓았다.

누군가 마이크를 쥐고 마이크에게 말을 걸었다.

"마이크, 마이크, 지금 너는 테스트를 당하고 있다."

사람들 몇몇이 웃음을 터트렸다. 테스트당한 마이크를 잡은 사람의 목소리가 스피커를 타고 흘러나왔다.

"30분 후에 식이 시작될 예정입니다. 아니, 분명히 식은 시작됩니다."

또 한 번 사람들이 폭소를 터트렸다.

"식이 끝나는 대로 가족과 친지 그리고 친구들은 사진 촬영이 있을 예정입니다. 그리고 나머지 하객들은 좌측에 보이는 천막에 맛있는 식사가 준비되어 있으니 그곳으로 가서서 식사를 하시면 되겠습니다. 죄송스런 말씀이지만 의자가 넉넉지 않습니다. 그래서 지금 앉아 계시는 의자를 직접 그곳으로 가져가셔서 앉으시면 더욱 감사하겠습니다. 즐거운 시간 되십시오."

다홍이는 천막에서 제일 가까워 보이는 곳에 자리를 잡

앉다. 화심이도 그 옆에 자리를 잡고는 길도에겐 어서 가서 볼일을 보라고 손짓을 했다.

신랑은 그제 봤던 연미복을 입고 식장 입구에 서서 하객들을 맞으며 허리를 굽혔고, 신부 수진은 지붕이 쓰인 천막 안에 앉아 있었다. 그곳에서 쌍둥이 엄마와 쌍둥이들, 그리고 쌍둥이들처럼 탱탱한 볼을 가진 남자를 만날 수 있었다.

쌍둥이 엄마는 남편에게 길도를 소개했고, 탱탱 볼의 남자는 길도의 두 손을 잡고 여러 번 감사의 마음을 전했다. 지방 출장을 가서 한 달에 두세 번 오기 힘들다고, 그때마다 쌍둥이들 사진을 보면서 위안하고 있다고, 휴대전화며 지갑이며 사방에 쌍둥이들 사진을 붙여놨다고, 쌍둥이들이 똑같이 엉덩이만 세우고 잠이 든 사진을 자신은 물론이고 직장 동료들도 너무 좋아한다고 했다.

길도는 이참에 신부의 사진을 몇 컷 찍었으면 좋겠다고 주변 사람들에게 양해를 구했다. 수진은 이번에도 입으로 화려하게 웃어주었다.

간단한 사진 촬영이 끝나자 신부 주변으로 다시 사람들이 모여들었다. 길도는 쌍둥이들에게 눈높이를 맞춰 볼을 어우르며 녀석들의 입신(?)을 축하해 주었다. 쌍둥이 엄마는 동생에게 가깝게는 신혼여행에서부터 결혼생활까지 충고를 아끼지 않고 있는 것 같았다. 그런데 쌍둥이들의 어깨너머로 보이는 수진은 언니의 말을 전혀 듣고 있지 않는

것 같았다. 눈을 이따금씩 맞추긴 해도 귀를 기울이고 있
는 것은 전혀 아닌 듯했다. 오히려 천막 바깥의 식장 한곳
을 흘깃흘깃 의식하고 있었다. 쌍둥이 엄마의 에나멜 백에
비친 그곳에 수진의 신랑은 없었다. 망설여졌다. 신부 강
수진의 감추어진 방을 들여다볼까 봐 걱정이 되었다. 심하
게 건들거리고 있는 쌍둥이들의 볼을 한 번 꼬집어주고는
'에이~' 하는 심정으로 뒤돌아섰다.

하객석의 맨 끝, 신부 대기실에서 가장 먼, 그래서 더 멀
어질 수 없는 곳에 시원한 네이비블루 재킷의 남자가 서
있었다. 남자 역시 시선을 숨기고 있었다. 남자의 시선이
알려주는 곳엔 아무것도 없는 그냥 숲뿐이었다. 남자는 대
여섯 살 정도의 아이와 함께 있었는데 딸인지 조카인지 아
니면 그냥 아는 아이인지 외모로는 알기가 힘들었다. 다만
그 아이가 남자를 올려다보면서 하는 말로 보아서는 그 아
이도 신부인 강수진을 알고 있는 것이 분명해 보였다.

"수진이 언니 예쁘다. 그치?"

남자는 허리를 굽혀 아이에게 귓속말을 한 후 그 자리에
그대로 서 있었다. 남자는 더 가까이도, 더 멀리도 움직이
려 하지 않았다. 마치 식장에 있다는 것만으로도 마음을
전달하기에 충분하다고 생각하는 것 같았다. 남자와 아이
는 그렇게 식장 한 귀퉁이에 있다가 식이 끝나기 직전에 언
덕길을 내려가 제 갈 길로 갔던 것 같다.

길도는 다홍이와 화심이를 음식이 있는 천막으로 먼저

보내고 신부와 신랑의 새 출발에 집중했다. 신랑은 남자답게 생긴 외모와는 달리 무척이나 떨고 있었다. 사회자가 "신랑, 신부 모두 신부 부모님께 큰절~" 할 때에는 얼마나 정신이 없는지 어느 쪽이 제 부모님이고, 어느 쪽이 신부 부모님인지를 헷갈려 하는 눈치였다. 그 순간 신부가 신랑의 손을 꼭 잡았고, 갑자기 신랑의 얼굴엔 어린아이 같은 미소가 번져 갔다. 아마 그 순간이었던 것 같다. 아마도 그 순간에 신랑은 다시 정신이 돌아왔고, 모든 것이 제자리로 돌아왔던 것 같다.

"아버님, 어머님, 고맙습니다. 저희 잘살겠습니다."

신랑이 다시 어디서 그런 기운이 솟아났는지 소리를 질렀고, 신부는 귀를 막는 시늉을 했다. 그 자리에 있던 모든 사람들이 자지러지게 웃었다. 가슴에 커다란 꽃을 단 할머니께서는 그 모습의 신랑이 귀여웠던지 자리에서 내려가 신랑의 머리를 쓰다듬었고, 신랑도 할머니를 와락 껴안아 드렸다. 어르신들은 다시 한 번 배꼽을 잡으셨고, 그 모습을 바라보던 신부도 입을 가리고 웃음을 터트렸다. 사진을 위해서도, 모두들을 위해서도 좋은 순간임을 길도는 알 수 있었다. 그렇게 식은 끝나가고 있었다.

신랑과 신부는 음식이 준비되어 있는 천막에서 하객들에게 감사의 인사를 전할 때도 맞잡은 손을 놓지 않았고, 레이스와 풍선으로 장식된 차를 타고 "저희 잘 다녀올게요~" 하며 손을 흔들 때도 하나 된 손으로 흔들었던 것을 기억한다.

등 쪽에서 서늘한 땀방울이 곤두박질치고 있는 것을 느낄 때쯤 화심이와 다홍이는 접시에 음식을 담아왔다. 그때 길도는 다홍이 배를 보고서 하마터면 소리를 지를 뻔했었다. 다홍이 티셔츠에 프린트된 개구리왕자가 막 뛰어오르려 하는 것같이 당겨 올라가 있었다. 그런데도 다홍이는 제 삼촌의 음식에 관심이 있었는지 삼촌을 연신 잡아당겼다. 뭘 담았는지 궁금하다는 구실이었는데 결국 튀김옷이 잘 입혀진 새우를 하나 들어내고서는 삼촌을 놓아줬다.

길도는 모두 다 줘도 전혀 아깝지 않을 것 같았지만 다홍이 머리 위에서 팔짱을 낀 화심이가 무서운 표정을 보여줬다. 새우튀김을 입에 털어 넣고는 다홍이는 손바닥을 탁탁 쳤다. 아마도 멋진 몸매를 위해서는 이쯤에서 그만 두어야겠다는 자기제어의 표현이 아니었나 싶다. 결국 다홍이는 삼촌 등에 업혀서 공원을 내려왔고 다홍이가 큰 숨을 쉴 때마다 길도는 가던 길을 멈추고 한참을 낄낄대야 했다.

그날, 삼촌 등에 업혔던 다홍이가 버스에서 어른 방귀를 뀌었던 기억, 다른 승객들의 고약한 표정보다 약 5초 후에 길도가 그 사실을 알아챘던 기억, 식장에서 내내 화심이와 눈을 맞추기 힘들었던 기억, 버스에서 내린 후 내내 길도와 화심이는 아주 가까이 붙어서 걸었던 5월 20일 초저녁은 그렇게 기억되고 있었다.

길도가 사제관 테이블에 놓인 사과를 만지작거리며 며

칠 전을 회상하고 있을 때 한상욱 신부는 미안한 표정으로 사제관에 들어섰다.

"길도야, 오래 기다렸지? 돌아오는 길에 자매님 몇 분이 묵주에 축성을 부탁하더구나. 미안하다. 마실 거라도 줄까?"

길도는 수줍게 손사래를 쳤다.

"길도야, 이리 와 앉아라. 잘 왔다. 다홍이도 잘 있니?"

길도는 다홍이가 적어준 편지를 한상욱 신부에게 건넸다.

한상욱 신부님, 안녕하셨어요?

다홍이에요.

지난번 주신 수제비는 너무 맛있게 먹었어요.

말씀드리기 쬐끔 창피하지만 그날 저녁에 다 먹었어요.

삼촌이 물 세 컵을 받은 냄비를 가지고 자고 있는 저를 깨우지 뭐예요.

정말 맛있었어요.

다음엔 신부님께 정성껏 만든 팬케이크를 대접하고 싶어요.

늘 신경 써주셔서 감사합니다.

삼촌이랑 찾아뵙고 싶었는데 미리 친구들이랑 숙제하기로 했거든요.

주일날 미사 끝나고 꼭 찾아뵐게요.

안녕히 계세요.

—최다홍 올림.

"다홍이는 편지도 꽤나 예의 바른걸. 내가 다음번에 수제비 만들 때는 좀 더 많이 만들어서 나눠 먹어야겠구나. 내 수제비를 좋아하는 사람들이 있으니 말이야. 자, 그럼 길도가 찾아온 본론을 들어볼까? 무슨 일로 이 어수룩한 신부를 다 찾아왔을까? 길도야, 할 얘기가 길면 PC 앞으로 갈까?"

길도와 한 신부는 얘기가 길어질 것 같으면 컴퓨터 모니터를 함께 보면서 키보드로 대화를 하곤 했었다. 메모장을 열어놓고 길도가 몇 자 적으면, 한 신부가 줄 바꿔서 몇 자 적고 하는 식이었다. 길도는 휴대전화의 자판이 더 편했지만 한 신부가 그쪽으로는 속도가 영 나지 않는 바람에 PC 앞에 자리를 잡고 앉았었다.

그런데 오늘은 길도가 두툼한 이면지를 꺼내 펼쳤다. 그리고는 한 신부의 옆 자리로 옮겨 앉아 이면지와 볼펜 몇 자루를 꺼내놓았다. 한 신부는 길도가 평소와는 달리 혼란스럽고 뭔가 깊숙한 얘기를 가져온 것이라는 것을 예감할 수 있었다. 길도는 먼저 두 개의 서류봉투를 한 신부에게 내밀었다. 서류봉투 각각에는 예복을 입은 신랑과 신부의 사진들이 담겨 있었다. 같은 사람, 같은 장소의 사진들이었지만 사진을 분류한 이유를 충분히 짐작할 수 있었다. 겉면에 크게 물음표를 표시한 서류봉투 안에는 전혀 다른 내용의 사진이 한 장 더 들어 있었다. 사람의 형체를 직접 찍은 것은 아니고 두 사람, 한 사람은 어른으로 보이고 또다른 한 사람은 어린아이로 보이는 사람의 그림자만을 찍은 것이었다. 그 그림자는 〈시민체육공원〉이라고 쓰인 하얀색 의자에 드리워져 있었다. 길도는 한 신부가 사진을 보는 동안 이면지에 글을 써내려가고 있었다.

지난주 쌍둥이 엄마한테 사진을 찍어달라고 부탁을 받았어요. 여동생이 결혼을 한다고 해서요. 쌍둥이들은 참 귀여워요. 볼이 더 통통한 쪽이 재란이고요, 좀 덜 통통한 쪽이 재린이에요. 그런데 저는 침을 더 많이 흘리는 쪽이 재란이고, 유난히 눈웃음을 잘 치는 녀석이 재린이라고 기억하고 있어요. 그 녀석들 이제는 의자 다리를 붙잡고 설 수 있게 되었더라고요. 애들은 참 빨리 크죠? 그런데 쌍둥이 엄마의 여동생은…….

한참을 본론과 상관없는 얘기를 써내려 가고 있는 길도의 어깨를 한 신부가 톡톡 두드렸다.
"길도야, 그렇게 하다간 내일 아침이 돼도 본론이 나오질 않겠다. 내가 사진을 보고 느낀 점을 먼저 얘기해 주면 좀 더 쉽지 않을까? 길도 생각은 어때?"
길도가 멋쩍은 웃음으로 대답했다.
"사진을 보니까 길도가 무슨 고민을 하고 있는지, 네가 무엇을 보았는지 조금은 공감할 수 있을 것 같구나. 그럴 거야. 혼란스러울 거야. 우리 길도는 우리들이 미처 들여다볼 수 없는 그 내면을 보곤 하니까 말이야. 길도는 이 웨딩드레스 입은 신부님에게 뭔가 메시지를 전해야 한다고 생각하는 거지? 이 신부님이 뭔가 놓고 가고 있다고 생각하고 있는 거지? 길도는 그걸 보여주고 싶은 거고. 그런데도 뭔가 석연치 않은 구석이 있고 말이야. 그렇게 생각하는 거야?"

길도는 마치 한 신부가 자기 가슴속을 들여다본 것 마냥 놀랍고도 신기해서 잠시 가느다란 눈초리로 쳐다보는 시늉을 했다. 그리고는 이내 크게 고개를 끄덕였다.

"그렇다면 길도에게 해줄 말이 하나 있지. 혹시 레테라는 강 이름을 들어본 적이 있니?"

길도는 아직도 가느다란 눈초리를 풀지 않은 채 고개를 가로로 크게 저었다.

"레테는 그리스 신화에 나오는 강의 이름이야. 사람이 죽으면 간다고 하는 저승에 있는 강인데, 죽은 사람들이 이 강물을 마시고 살아 있을 때의 기억을 모두 잊는다고 하지. 물론 상징적이고 은유적인 표현일 뿐이야. 그런데 또 어떤 사람들은 이 레테의 강을 결혼과 결부시켜서 얘기하기도 해. 결혼을 앞둔 사람들도 이 강물을 마시고 결혼 전의 기억을 지운다고. 그래서 결혼을 새 출발이라고 하잖니. 나는 그 말뜻에 충분히 공감한다. 나는 이 자매님이 무엇을 놓고 가야 하고, 또 무엇을 가져가야 하는지를 스스로 잘 알고 있다고 생각해. 그러니 이건 누군가가 나서서 해결할 문제도 아니고, 바로잡을 문제는 더더욱 아니라고 생각하는 거지. 만약 그래야 할 사람이 있다면 자매님 자신일 거야. 내 생각은 대충 이런데 길도는 어떻게 생각하니?"

길도는 산책로에서 호수에 얼굴을 비춰내고 있는 신부를 떠올렸다. 신부님의 말씀대로라면 웨딩드레스의 신부는 자신에게 말을 걸고 있는 중이었을 것이다. 신부는 호수 바닥 깊은 곳에서 어떤 모습으로 자신과 마주 섰을까 궁금했다. 하지만 신부님 말씀처럼 그 역시도 자신의 몫일 것이다. 길도는 결심이 섰다. 웨딩드레스의 신부에게는 해결의 문제가 아닐지 몰라도 길도에게는 해답이 나온 것이다. 길도가 다시 한 신부의 얼굴을 올려다보니 신부님은 가만히 웃고만 계셨다. 길도가 생각할 수 있도록 잠시 기다려 주셨던 것이다.

길도가 이면지에다 가슴의 말을 담아냈다.

〈신부님도 사람을 보면 저처럼 그 뭔가가 자꾸 떠올라요? 겉모양새랑은 조금 다른?〉

"아니, 난 길도 속만 들여다보이는데?"

신부님이 짓궂게 길도 가슴을 들여다보는 시늉을 했다.

길도가 가슴팍을 부여잡으며 몸을 비비 꼬았다. 길도가 부여잡은 가슴속에는 이미 아까 가지고 있었던 뭔가가 새어 나가고 남아 있지 않았다.

길도는 서류봉투에 아무런 표시가 되지 않은 것만 들고

자리를 일어섰다. 그리고는 신부님에게 깍듯하게 인사를
한 후에 사제관을 나섰다. 문을 닫고 나서는 길도의 뒷모
습에서 휘파람 소리가 들리는 것 같았다.

사제관 탁자 위에는 길도가 가져온 사과 하나와 물음표
가 그려진 서류봉투가 홀로 남아 있었다. 한상욱 신부는
그것을 알면서도 길도를 붙잡지 않았다. 오히려 책상 서랍
의 한쪽에 잘 보관하기로 했다. 늘 그렇듯이 신부들에게는
사람들의 고민이 홀로 남곤 한다는 사실을 잘 알고 있었기
때문이다.

6장 코끼리

누나, 저는 얼마 전부터 이 소리 없는 세상이 갖고 있는
중대한 문제점을 뼈저리게 느끼게 되었어요.
바로 '초대할 수 없다'는 것이에요.

세 달 만에 찾은 부모님 댁엔 아무도 계시지 않았다. 이
사 가고 난 빈 집 같은 쓸쓸함이 느껴졌지만 부모님께도
그편이 나을 것 같았다. 어렵사리 둥지를 떠난 어린 새가
부모의 둥지를 기웃기웃한다는 인상을 주고 싶지 않았다.
백번 좋게 생각해도 미완의 독립을 연상시키기에 충분했
다. 그렇다고 해도 막상 부모님 댁이라고 하니 좀 우스웠
다. 몇 달 전만 해도 우리 집이었는데 얼마나 됐다고 '부모
님 댁'이라고 한다는 건 얄팍한 배신을 떠올리게 했다.
　지금은 잘 사용하지 않는 수도전이 있는 마당엔 돌 타일
사이로 이름 모를 초록들이 살짝살짝 얼굴을 내밀고 있었
다. 말이 돌 타일이지 건물 철거 현장에 널린 부서진 벽돌

이나 화강석 조각들을 다듬어 재활용한 것이었다. 원래는 흙 마당이었는데 뭔 바람이 불었는지 시멘트를 발랐다가, 너무 삭막한 느낌이 들어 다시 헐어냈었다고 했다. 그 자리에 잡다한 돌들을 박아 넣으니, 제법 마음에 들어 하시는 지금의 마당이 된 것이다. 비가 내려도 물이 고인 웅덩이가 만들어지지 않았고, 여름엔 이끼와 이름 모를 풀들이 돌바닥 사이로 녹색을 만들어놓았다.

좁은 마당을 가로지르면 'ㄴ'자로 꺾인 돌계단 앞에 설 수 있다. 이 계단을 기점으로 오른쪽 밑으로 돌아가면 보일러가 있는 지하실로 갈 수 있고, 계단을 오르면 현관을 만날 수 있다. 현관 옆으로는 쓰임새를 알 수 없는 발코니가 붙어 있었는데, 계단을 따라 올라왔던 난간이 발코니를 따라 돌아가고 있다.

툇마루가 변형된 것이라고 하기에는 걸터앉기에 불편했고, 돌난간이 오히려 방해가 되었다. 그렇다고 서양의 발코니를 흉내 낸 것이라고 하기엔 너무 비좁고, 그 앞은 지척에 담벼락만 보였으니 조망 역시 꽝인 셈이었다. 도대체 왜 있는 것이며, 또 왜 난간을 돌로 만들어야 했는지 궁금하지 않을 수 없는 공간이었다. 부잣집처럼 보이게 하려는 의도였다면 집 꼴이 온몸으로 부정할 만한 것이었다. 그런데 예상 밖으로 이 공간을 좋아 하던 녀석이 있었다. 한때는 큰누나의 동거견[犬]이었던 해피라는 슈나우저였다.

'아, 이 녀석을 어떻게 설명해야 할까!' 이 녀석은 정말 이지 한 가족 같다는 느낌이 들었었다. 그런데 그냥 사랑 스럽고 마냥 귀여워서가 아니라, 결코 무시할 수 없는 존 재감 때문에 그렇다고 해야 할까? 해피는 몸을 뒤덮은 윤 기 있는 흑갈색의 짙은 털을 배경으로 깔고 입과 눈썹 부 위만 흰색으로 나 있어서 정말 눈썹이 있는 것처럼 보였 다. 게다가 그 끝이 살짝 올라가 있어서 누가 봐도 진지한 표정을 가지고 있었다.

녀석은 보통의 애완견들이 제 존재가치를 인정받기 위 해 갖춘 애교나 뭐, 그런 비슷한 것들에 대해서는 전혀 아 는 바가 없었다. 일 년도 채 안 된 녀석이 무덤덤하기가 이 를 데 없었다. 가족 중 누구 하나가 대문을 열고 들어오면 발코니에서 턱을 괴고 있던 녀석이 어슬렁어슬렁 일어나 현관 앞쯤(달리는 법이 없으니 주로 마주치는 곳은 현관 앞이었다) 에서 제 발로 상대의 발을 콕 찍고 다시 제자리로 돌아가 곤 했다. "나, 왔어!"에 대한 "알았어!" 정도의 인사인 셈 이었다.

꼬리를 흔들고 반갑다는 인사를 받을 수 있는 사람은 어 머니가 유일했다. 어머니는 해피를 무척이나 아끼셨고, 녀 석도 그 사실을 잘 알고 있었다. 이곳으로 이사 오게 된 이 유 중 세 손가락 안에 꼽히는 것이 바로 그 망할 놈의 쥐들 때문이었다고 하셨다. 예전에 살던 개량 한옥은 쥐들이 사 는 집에 사람이 얹혀사는 것 같다고 늘 말씀하셨다. 토요명화(큰누나에게 토요명화는 어린 시절을 회상하는 창과 같은 의미인 것 같다. 큰누나가 대학 때 쓴 동화 습작*은 이를 잘 보여주고 있었다)를 하는 날이면 식구들은 목욕을 하고 흰 가래떡을 구워서 줄지어 깐 이불에 누웠었고, 천장에선 그놈의 쥐들이 운동회를 벌이곤 했었단다. 그 소리에 큰누나는 아버지의 옆구리를 파고들었고, 작은누나는 깔깔대고 웃었고, 아버지는 웃기지 않은 농담을 했으며, 어머니는 피의 응징을 꿈꾸셨다고 했다.

---

*토요명화

이도은 지음

아직도 토요명화의 시그날은 그대로인가?
내 어릴 적 토요명화는 일주일 내내 지루한 기다림을 잉태하게 한 무엇이 있었다.
내 부모님, 어린 동생과 철없던 추억이 찐하게 농축된 순간이었다.

장위동 대로변 허름한 개량 한옥.
그 마저도 외가에서 임대받은 어릴 적 보금자리.
친구들에게 들킨 어느 날, 홍역처럼 부끄러워했었다.
그만큼 서울 도심의 미관과는 너무도 동떨어져 있었다.

그런 단칸방마저도 축제의 장으로 변모시켰던 토요명화
어머니는 축제의 시간을 위해 간식을 마련했고, 아버지는 일찌감치
샤워를 마치고 방 안 가득 이불을 펼치셨다.
샤워라고 해봤자 하늘 좁은 마당에 딸린 부뚜막 부엌에서
찬물을 예닐곱 바가지 끼얹고 마는 것이지만,
아버지의 차가운 살갗이 우릴 마냥 문대게 만들었다.
나는 그 좁디좁은 방 안을 활달한 분자 마냥 이리 뛰고 저리 뛰어 다녔고,
지붕 위 검은 고양이는 들썩이는 냄비 뚜껑을 물끄러미 지려 밟았다.

아버지께서 베개를 차례대로 놓을 즈음,
어머니께서 뜨끈해진 가래떡을 들고 마루로 들어오실 즈음,
우리들 이마에 땀으로 머리카락이 들러붙을 즈음,
네 발 달린 총천연색 컬러 테레비에서는 시그널 음악이 흘러나온다.
빠 ~바 빠 ~바 빠 바 바 바 바 밤~
시그널 음악을 밑에 깐 온갖 명화의 토막들이 페이드인, 페이드아웃을 반복하며

어쨌거나 이사를 하면서 녀석들과 영영 이별이라 생각
했던 것이, 일주일도 채 되지 않아 지하실에서 쥐를 보고
기겁을 하셨다고 했다. 그때 놀란 마음에 비명보다는 눈물
이 흘렀다고 하셨다. 그리고 사람을 겁내지 않는 것으로
봐서는 예전의 그 망할 놈들이 분명하다고 확신하셨던 것
같다.

　그런 쥐들을, 그런 거머리 같던 쥐들을 싹 쓸어 내쫓은
것이 바로 해피였다. 그러니 어머니께서 그렇게 해피를 아
끼시는 것은 너무도 당연한 일이었다. 한희자 여사에게 당
시의 상황을 직접 들어보자.

　"어느 날 저녁에 가족회의를 소집했었지. 쥐들 때문에
다시 이사를 가야 하느냐 마느냐의 문제가 안건이 되었었
고. 그리고 언제나처럼 해피도 한쪽에서 진지하게 다른 사
람들의 의견들을 듣고 있었어. 그때 분명히 기억나는 건

우리들의 심장을 쪼그라들게 만들었다.

테레비에서 가까운 순서로 아버지, 어머니, 동생 그리고 나.
난 서열보다는 싸늘한 냉기의 벽을 좋아했다.
네 식구가 누우면 그리 어렵지 않게 반대쪽 벽에 닿는다.
물론 토요명화가 끝날 즈음에 우리들이 누워 있던 순서란 별반 의미가 없었다.
대개 동생은 아버지나 어머니 몸 위로 널려 있었고,
난 어딘가에 처박혀 있는 포즈로 잠이 들어 있었다.
그래도 늘 영화를 끝까지 지켜보는 사람은 나와 아버지였다.
토요명화가 끝나고 방 안을 밝혀주던 테레비의 전원을 끄면 한동안 방 안에는 푸
른빛의 잔영이 남는다.
그때의 기억은 여러 가지 느낌으로도 남는다. 그때 안겼던 아버지의 푸른 살결.

그립다. 부모님의 빳빳한 허리가 그립고, 등짝에 손 넣은 보드라운 촉감이 그립고,
장독대와 촘촘한 별들로 더욱 좁디좁은 하늘을 가진 마당이 그립다.
미치도록 그립다.

녀석이 간식거리를 줘도 본체만체 계속 눈썹만 씰룩씰룩하고 있더라는 거지. 그땐 저도 한 가족이라고 심각하게 고통을 나누고 있는 거라고만 생각했었지. 그래서 기특하다고만 생각했었는데, 그날 이후로 신기하게 쥐들이 서서히 사라지고 있는 느낌이 들지 뭐야. 그래서 난 일시적인 현상이겠거니 하고 불안한 마음을 거두지 못하고 있었는데, 해피가 마치 그때까지 제가 한 일들이 이겁니다 하듯이 보여주지 않았겠어? 내가 시장을 보고 막 돌아왔을 때였어. 평소 같았으면 대문을 열자마자 꼬리를 흔들고 달려오던 녀석이 계단참에 앉아서 제 엉덩이만 보여주고 있지 뭐야. 그래서 저 녀석이 못 들었나 싶어서 "해피야~" 하고 불렀더니, 이번에도 꼬리만 두어 번 흔들기만 할 뿐 여전히 돌아앉아서 제 엉덩짝만 보여주고 있지 않았겠어. 그래서 뭔가 하고 해피한테 다가갔더니, 글쎄 녀석 앞에는 쬐그만 생쥐가 부르르 떨고 있지 뭐야. 계단 턱에 가로막혀서 이리 가지도 저리 가지도 못하게 갇혀 있더라고. 그래서 나는 어떻게 하나 하고 지켜보고 있는데 해피가 내 쪽을 살그머니 돌아보더라고. 바로 그때였어! 생쥐 녀석이 용수철처럼 튕겨 올랐어. 놀란 건 오히려 내 쪽이었지. 하마터면 뒤로 자빠질 뻔했지 뭐야. 그런데 해피는 돌아보지도 않고 한 발을 쓱 들더니 생쥐를 강하게 스매싱하는 거야. 덕분에 생쥐 녀석 힘만 빼고 아까 그 자리에 도로 갇혀버렸지. 그런데 그 뒤로도 몇 번 똑같은 일들이 반복되는 거야. 물론 생쥐가 튀어 오르는 높이는 점점 낮아졌지. 가만 보니까 해피가 나를 향해 돌아본 것이 아닐지도 모른다는 생각이 들어. 방심한 척 틈을 살짝 보여주는 고도의 제스처가 아닐까 말이지. 어쨌든 죽었는지 탈진한 건지 모를 생쥐 녀석을 턱 물더니 화단으로 가져가는 거야. 그러더니 발로 땅을 파고 그 안에 휙 던져 넣더라니까. 다시 뒷발로 흙을 덮는 둥 마는 둥 하고는 내 앞으로 와서 꼬리를 흔들더라고. 어찌나 예쁘던지 꼭 끌어안아 줬더니 녀석 앞발로 가슴팍을 밀어내더구나. 그 뒤로는 우리 집엔 쥐가 다시는 나타나지 않았어. 뭐, 그 뒷이야기야 말 안 해도 훤하지. 야음을 틈타 생쥐의 부모들이 죽기 직전의 녀석을 들춰 메고 도주했겠지. 엑서더스[7] 중에는 많은 소문들이 만들어졌을 테고."

해피의 무용담은 주변에서 모르는 아주머니들이 없을 정도로 삽시간에 퍼져 나갔었다고 했다. 여하튼 어머니의 눈에는 집에서 유일하게 밥값 하는 식구가 아니었을까?

이 집은 원래부터 오래된 집이라 쉽사리 낡아지리라 생각하기 어려웠다. 어릴 적 노안이 더디게 늙는 것과 비슷한 이치라고나 할까. 게다가 이 집은 사는 사람들 모두가 보수의 달인들이었다. 증축이나 개축 정도는 아니라도 중규모의 보수는 아버지 담당이셨다.

---

7)어떤 지역이나 상황에서 빠져나가는 일. 모세에 이끌려 이스라엘인들이 이집트를 탈출한 일. 또, 그것을 기록한 구약성서의 '출(出)애굽기(記)'.

예전 집의 연탄보일러를 기름보일러로 바꾼 사람도 바로 아버지라고 하셨다. 재미를 붙이셨던지 지하실을 개조해 난방이 가능한 방을 하나 만들자고 우기시다가 어머니의 반대로 실행에는 옮기지 못하셨다고 했다. 그리고 어머니는 어머니대로 소규모의 보수는 거뜬하게 해치우셨다. 재료만 준비되어 있으면 방 하나쯤은 우습게 도배를 하셨다. 약간의 단점이라면 시간이 좀 많이 걸린다는 것이지만, 결코 실력이 없어서는 아니었다. 완벽주의자다운 성품 때문에 도배지의 패턴을 정확하게 맞추지 못하면 결코 한 장도 대충 붙이는 법이 없으셔서 그런 것이었다. 그래도 완성만 되었다 하면 이음새를 찾기 힘들 정도로 완벽한 품질을 자랑하셨다.

그리고 작은누나는 전공이 미술이다 보니 방바닥이나 벽 혹은 문틀의 흠집 같은 걸 감쪽같이 숨기는 재주가 있었다. 거의 물감으로 이를 해결하는데, 기술이라면 흠집 주변의 색깔과 똑떨어지는 물감을 섞어내는 데 있었다. 이는 가족들이 모두 감탄하는 능력이었다. 어디에 흠집이 났는지 도통 찾을 수 없을 정도였다. 낯선 음을 듣고 정확하게 음계를 맞추는 능력이 절대음정이라면, 눈으로 확인한 색깔을 여러 물감을 섞어서 정확하게 만들어내는 누나의 능력은 절대색감이라고 할 수 있었다.

큰누나는 보기와는 다르게 보수는커녕 청소하거나 자기 물건을 정리 정돈하는 재주도 없었다. 오히려 뭔가를 망가트리고 잃어버리고 흐트러트리는 쪽이었다. 어머니께서 어렸을 적 걸어 다니는 카오스라고 불렀던 때가 있었는데, 그때는 무슨 뜻이었는지 잘 알지 못했었다. 그냥 누나에게 외국 이름을 하나 붙여준 정도로 생각할 뿐이었다. 그래서 일찍 시집간 누나를 눈물로 축하해 주지 않았나 싶었다. 그러니 이 집은 아직도 멀쩡하게 제 기능을 다하고 있었고, 어디 하나 부러지거나 혹은 닳은 것이 그대로 방치되지 않았다.

그런데 세 달 만에 온 집은 이상하게도 어두워져 있었다. 지구 자전축이 급격히 기울어지거나, 화산재가 날아와 상공을 부유하고 있는 것도 아닌데, 이상하게 어두워진 느낌이었다. 집이 오래됐으면 부러지거나 닳아빠져야지 기껏 어두워진다는 것이 납득하기 어려웠다. 노부부만이 기거하는 집에 태양이 비껴가기라도 하듯이 말이다.

희한한 것은 그것뿐만이 아니었다. 문짝에 LG 트윈스 펜던트가 붙은 길도의 방은 15년 8개월 동안 그 어느 곳에서도 삐걱 소리 하나 나지 않았었다. 그런데 불과 세 달 만에 문 정첩에서는 '끼익' 소리를 냈고, 문짝과 문틀은 어긋나 뻑뻑해져 있었다. 길도가 독립함과 동시에 이 방을 지켜주던 정령들도 함께 독립한 것일까? 방은 집 전체와 조화롭게 어두워져 있었고, 심지어 낯선 냄새까지 풍기고 있었다.

방의 관리 상태로 보아 부모님은 언제고 다시 돌아올지

모른다는 생각과 성공적인 독립을 희망하는 중간쯤에 머무르고 계시는 것 같았다. 방의 배치나 내용물들은 그대로였지만 그 모든 것들이 박제되어 생소했다. 침대는 세탁소 이름이 프린트된 큰 비닐로 덮고, 모서리마다 테이프로 꼭꼭 붙여두셨다. 그리고 그 위엔 작은 책가방 크기로 이불이 압축 포장되어 있었다.

어머니는 언제부턴가 새로 구입하신 비닐 백과 진공청소기의 공기 흡입 기능을 이용하고 싶어 하셨다. 길도는 어머니와 함께 방문판매 사원이 시연하는 것을 본 적이 있었다. 큰 이불을 넣은 비닐 백에 진공청소기의 주둥이를 넣고 전원스위치를 밀어 작동시키면 그 컸던 비닐 백이 한순간 압축된 책가방이 되는 것이다. 아마도 어머닌 이 대목에서 구입을 결정하셨던 것 같았다. 3분 라면의 냉동건조 김치도 같은 원리로 만들어진 것이 아닐까 하는 생각도 들었고, 또 어떻게 보면 우주식량과도 많이 닮은 것 같았다. 우주선에 둥실 떠다니는 우주식량을 입으로 잡아먹던 우주인 모습이 떠올랐다.

옷장에는 거의 모든 옷들이 역시 비닐 커버를 입고 있었고, 양말과 속옷 서랍에는 제습제가 어김없이 들어가 있었다. 그리고 길도가 늘 앉아서 고민하고 공책에 낙서하고…… 또, 고민하고 낙서하던 책상은 커다란 니트 보자기가 씌어져 있었다. 가만히 보니 예전에는 거실 벽에 태피스트리로 걸어두었던 것이었다.

길도는 책상에 앉아서 책을 보는 법이 거의 없었다. 누워서 보거나 다용도실로 나 있는 창문턱에 걸터앉아 책을 보곤 했었다. 그러면 다용도실에서 속옷을 빨고 있는 큰누나나 팔레트를 구석구석 씻고 있는 작은누나를 내려다볼 수 있었다. 큰누나는 제 등짝으로 속옷을 가렸고, 작은누나는 팔레트에 남은 물감으로 길도 발에 그림을 그려주곤 했었다. 언젠가는 하마를 너무도 잘 그려주어서 며칠 동안 씻지도 않고 양말도 신지 않고 돌아다닌 적도 있었다. 발가락은 고스란히 하마의 이빨이 되어 있었다.

어머니도 가끔은 그곳을 이용하시곤 했었는데, 주로 아버지의 험담을 할 때였다. 등 돌려 앉으면 길도가 아무런 소리도 보지 못한다고 가끔 착각을 하신다. 특히 그렇게 흥분되었을 때는 더 그렇다. 그때마다 길도는 세탁기의 스테인리스에 비춰진 어머니 입모양을 읽어내곤 했었다.

"이~노무 영감탱이, 소갈머리는 쥐 불알만 해가지고……."

그러다가 힘겹게 허리를 펴시고는 '네가 뭘 알아?' 하는 표정으로 코를 찡긋해 보이곤 하셨다.

길도는 추억이 점점이 박혀 있는 이 구석방에 '무언가'를 찾기 위해 다시 선 것이다.

벽 한 면을 고스란히 차지한 책꽂이 위에는 상자들이 층층이 쌓여 있었다. 각 상자마다에는 A4 이면지를 사 등분한 표지가 하나씩 붙어서 그 상자의 내용물을 알려주고 있었다. 〈길도—중3〉, 〈종은—재수〉, 〈도은—대학4〉 하는 식의 표식이었다.

〈길도—고1〉의 박스를 찾아 내리고는 호기심 어린 손길로 조심스레 박스를 열었다. 누가 보면 영락없이 100년 전 타임캡슐의 캔 뚜껑을 따는 과학자의 표정을 연상했을 것이 틀림없다. 가장 먼저 눈에 띈 것은 투명한 플라스틱 용기에 들어 있는 학교 배지와 이름표였는데, 그것을 보니 갑자기 교가가 부르고 싶어졌다. 한 번도 불러본 적은 없었지만…… 그리고 나머지는 대부분 당시의 노트들이었고, 맨 아래에는 길도가 미술시간에 만들었던 나무판화와 찰흙 공예품들이 보였다. 어떻게 조물조물거리다가 만들었던 스테고사우르스[8]의 머리와 등짝의 골판들은 이미 댕강 날아가고 없었다. 길도는 눈에 익은 A4 파일을 하나 꺼내 들었다. 파일 안에는 낙서라든지 기름종이에 만화 캐릭터를 베껴 그린 그림들(가끔 외설스런 그림도 끼어 있었다)이 보였다.

더 뒤적였더니 봉투 입구가 뜯겨져 있는 편지 몇 통들이 길도의 눈에 들어왔다. 편지들은 고무줄로 한 다발 묶여 있었다. 다행히 봉투의 내용물들도 그대로 있었고, 하나같이 발신자는 〈코끼리〉로 되어 있었다.

'역시, 코끼리였어.'

소인을 확인해 가장 처음에 받은 것으로 보이는 편지를

---

8) '지붕 도마뱀'이라는 뜻으로, '스테고'란 등줄기를 따라 나 있는 오각형 골판을 가리키는 말.

열어보았다. 내용은 하얀 편지지 한 장을 빼곡히 채우고
있었다.

　이제 막 고등학교에 입학했다고 했나요?

　그렇다면 제가 한참 누나일 것 같은데 '길도' 라고 불러도
될까요?

　…….

　아무런 말이 없으니 '네.' 라고 대답한 것으로 생각할게요.

　참 제멋대로죠? 그래도 어쩔 수 없습니다.

　우리의 짧지만 진술한 대화를 편하게 이어가려면 이렇게
호칭을 정리하는 것이 좋을 것 같네요.

　우선 고등학교 입학을 축하해.

　학교를 옮겨서 계속 다닐지, 아님 그만두게 될지 모르겠다
는 얘기를 듣고도 이런 얘기를 하는 것은 충분히 그럴 만하기
때문이라고 생각해서야.

　누구에게는 평범한 일이 또 누구에게는 매우 어렵고 힘든
일일 수 있으니까, 길도가 고등학교를 입학한 것은 축하 받기
에 충분한 것이지. 다시 한 번 축하해.

　학교를 더 다니고 말고는 그다음 일이니까 일단 축하는 받
아줬으면 해.

　길도는 어쩌면 내가 남의 일이라고 쉽게 말하는구나 하고
생각할지도 모르겠다.

'남의 일' 맞지. '길도의 일' 이니까. 어느 누구도 대신할 수 없는 '길도의 일'.

　하지만 쉽게 생각하고 말하는 건 아니라고 말하고 싶어.

　길도는 더 이상 수화를 배우고 싶지 않아 하잖아.

　그래서 촉발된 일들이니까 나는 모두 길도의 몫이라는 거지.

　처음엔 수화를 배우지 않는다는 것이 그렇게 큰일이 될까 생각하기도 했지만, 어찌 보면 선생님들에겐 그렇게 받아들여질 수도 있겠구나 하는 생각도 들어.

　선생님들은 농아에게 수화를 가르쳐야 하는 것이 당연한 일인데 길도가 그것을 거부했으니, 선생님들이 더 이상 길도에겐 필요 없는 사람이 된 셈이거든.

　어찌 되었건 나는 길도의 부모님에게서 해답을 찾을 수 있을 것 같다는 생각이 들어.

　부모님께 기대라는 얘기는 절대 아냐. 그건 아기들이나 하는 거고.

　길도는 이제 스스로의 문제를 책임질 수 있는 의젓한 청년이잖아.

　게다가, 게다가 길도도 얘기했잖니? 부모님께서 '담담하게' 얘기하셨다고.

　너 역시 담담하게 이 문제를 받아들이는 것은 어떨까?

　내가 길도에게 어떤 해결책을 주겠다는 '오만한' 생각은 전혀 없어.

다만 친구로서, 친구로서 길도가 한 얘기 안에 결연한 의지가 묻어 있는데도 정작 본인은 잘 모르고 있는 느낌이 들거든.

나는 그걸 대신 알려주고 싶은 것뿐이야.

나도 내 자신의 일만으로도 삶이 버겁고 힘겨운 사람 중 하나야.

어쩌면 길도는 어쩔 수 없이 자꾸 드러나는 문제를 가지고 있는 사람이고, 나는 감출 수 있기 때문에 자꾸 숨게 되는 문제를 가지고 있는 사람이지.

언젠가 길도가 내 마음을 읽어준다면 어떨까 하는 생각도 들어.

어쩌면, 어쩌면 나도 내 깊은 곳에 누군가가 읽어주기를, 이해해 주기를 바라는 마음이 있는지도 모르거든.

지금은 그럴 생각이 전혀 없지만 말이야.

어떻게 결정했든지 이 누나에겐 '담담하게' 얘기해 줬으면 좋겠다.

믿을지 모르겠지만 길도와의 대화를 통해 나 역시 큰 용기를 얻어.

또 연락하자. 알았지, 길도야!

—2008년 4월 19일 코끼리가.

길도는 편지를 읽어 내려가다가 콧등이 시큰해지는 것을 느꼈다. 당시의 고민이 고스란히 기억나는 것도 있었지만, 코끼리의 편지가 얼마나 큰 위안이 되었던가가 생생히 기억났기 때문이었다. 길도는 뭔가 떠오르는 생각에 다시 노트 하나하나를 샅샅이 확인했다. 뭔가 기억의 실마리를 더 찾을 수 있을 것도 같은데…….

'앗, 이거다!'

길도가 찾아낸 것은 코끼리에게 보낸 첫 번째 편지의 습작이었다. 방금 전에 찾은 코끼리의 편지는 이 편지에 대한 답장이었으리라. 길도의 기억으로는 첫 번째 편지를 보내기 전에 무수히도 많은 편지들을 쓰고, 구겨 버리고를 반복했었다. 그중 가장 길게 쓴(보내기 직전의 습작이었으면 좋으련만) 글은 이랬다.

안녕하세요.

친구 소개로 편지를 보내게 되었습니다.

혹시 그 친구 기억하실지 모르겠지만 들리지 않고 말하지 못하는 ~~벙어리~~ 농아 친구예요. 천둥이라고, 민천둥.

좀 웃기죠? 소리와는 영 인연이 없는데도 이름은 천둥이에요.

이름을 먼저 지었다나 봐요.

천둥이 부모님은 언젠가 듣고 말할 수 있지 않을까 하는 마음에 이름을 못 버리고 계신데요. 뭐, 쉽게 버릴 수 있는 것도 아니지만요.

그런데 ~~녀석은~~ 천둥이는 이름 때문에 늘 놀림감이 되고 있다고 생각해요.

우리 반 ~~새끼~~ 애들은 누구도 놀릴 수 없는데도요.

아, 죄송해요. 제 소개가 늦었습니다.

저는 이제 막 고등학교에 입학한 이길도라고 합니다.

저도 천둥이랑 같은 ~~병어리~~ 농아예요.

하지만 천둥이랑은 조금 달라요.

저는 '들리지 않아서 말하지 못하는' 농아예요.

이렇게 말하면 차이를 아실 수 있으실까요?

천둥이가 그랬어요.

'코끼리' 한테 편지를 쓰면 마음이 편해진다고.

하지만 왠지는 잘 모르겠다고 하더라고요.

그래서 저도 이렇게 펜을 들게 되었어요.

많이 망설였어요. 오늘 일이 있기 전까지는.

저 오늘 학교에서 선생님들께 많이 혼났거든요.

아니, 그보다는 선생님들을 많이 실망시켜 드렸다는 쪽이 옳은 표현이겠어요.

제가 수화를 배우기 싫다고 했거든요.

왠지 수화를 하고 있으면 수다스럽다는 느낌이 들어서 차라리 글을 쓰는 것이 좋겠다고 했어요.

수화를 전혀 못하는 것도 아니고요. 더 하고 싶지 않다고 한 거였거든요.

학교만 나서면 함께 수화로 대화할 사람도 없고요.

그랬더니 담임선생님은 설득하시다 지쳐서 우셨고요.

시각장애반을 담당하시는 선생님께서는 예전에 자기 반에서 안마를 배우지 않겠다고 했던 녀석보다 더한 녀석이라며 혀를 차셨어요.

선생님들은 제가 입모양을 보고 말을 알아들을 수 있다는 것도 잘 믿지 않으세요. 구어법이라고 하는데, 제가 그 수업도 듣지 않았거든요.

할 줄 아는데 뭐 하러 배워요?

전 어릴 때부터 입모양을 보면 무슨 말인지 읽어낼 줄 알았거든요.

어쩔 때는 뒤돌아 있는데도 그냥 보이고요.

또 어쩔 때는 내가 마음을 읽고 있는 것이 아닌가 싶을 때도 있었어요.

어떻게 된 건지는 저도 잘 모르겠지만, 그냥 알아요.

어쨌거나 저희 부모님이 학교에서 무슨 소리를 듣고 오셨는지, 저를 불러다 놓고는 담담하게 그러셨어요.

학교를 옮기거나, 어쩌면 관두거나 해야 될지 모르겠다고요.

저는 사실 문제가 뭔지도 잘 모르겠어요.

그래서 무엇을 고민해야 할지도 잘 모르겠고요.

학교를 다니지 않게 되면 친구 만들기가 더 힘들어지겠죠? 그렇겠죠?

듣지도 말하지도 못하는 제가 사람들 속에서 괴물이 되진 않을까 걱정이에요.

그게 제일 걱정이에요.

혹시 코끼리는 제가 무슨 고민을 해야 하는지 말해주실 수 있을까요?

앞뒤가 뒤죽박죽인 제 얘길 들어주셔서 감사합니다.

또 코끼리에게 편지를 쓸 수 있었으면 좋겠어요.

이렇게 제 얘기를 누군가에게 쓰는 것만으로도 시원한 느낌이 들 거라고는 생각도 못했거든요.

그런데 어쩌죠?

아무런 답장이 없으면 제가 다시 편지 쓰기가 어려울 것 같은 생각이 들어요.

간단한 몇 줄이라도 답장을 받으면 정말 행복할 것 같아요.

해주실 거죠?

그럼, 염치불구하고 답장을 기다리고 있겠습니다.

안녕히 계세요.

—2008년 4월 12일 이길도 올림.

추신. 그런데 왜 코끼리예요? 천둥이도 궁금해하는 것 같아요. 대답하기 곤란하시면 안 하셔도 괜찮습니다.

오랜만에 들춰본 편지로 그동안 잊고 있었던 친구가 떠

올랐다. 민천둥. 일 년 남짓이 고작인 고등학교 시절의 유일한 친구였으니, 길도에겐 몇 안 되는 장애인 친구인 셈이다. 마지막으로 천둥이를 본 건 네 달 후에는 외가가 있는 청주로 내려간다고 했던 작년 설 연휴 중이었다.

천둥이는 편의점 옆에 설치된 인형뽑기 기계 앞에 서 있었다. 천둥이의 옆에는 일행인지 모를 아저씨가 인형뽑기에 몰두해 있었고, 천둥이도 기계 팔의 움직임에 취해 있었다. 길도가 가까이 다가서도 천둥이의 시선은 인형들과 함께 빠져나올 줄 몰랐다. 가까이서 보니 기계가 작동될 때엔 천둥이의 오른손도 레버를 조종하는 양 섬세하게 움직이고 있었고, 시선으로는 인형을 낚아챌 타이밍을 조심스레 노리고 있는 것 같았다. 오랜만에 천둥이 귀에 손가락을 넣었더니, 녀석이 깜짝 놀라 뒤로 자빠졌다. 천둥이를 현실 세계로 데려오는 제일 확실한 방법이었다. 잠깐을 빤히 쳐다보더니 이내 길도를 알아봤다.

둘은 반가움에 하이파이브를 하고 볼을 꼬집고 그 자리에서 펄쩍펄쩍 뛰었다. 두 건장한 청년들이 만나 온갖 호들갑을 떨고 있었지만, 그 주변엔 정작 기계의 음향효과와 기계 팔의 빽빽한 소음만이 감돌고 있을 뿐이었다. 그러다가 옆에 있던 아저씨에게 넘어져 레버를 놓치게 하고 말았다. 신경질적으로 몸을 뿌리치는 아저씨는 아마도 걸쭉한 욕설을 날리면서 천둥이의 멱살을 잡으려고 했던 것 같다. 그리고 눈빛을 한 번 맞춘 천둥이와 길도는 쏜살같이 뒷걸음질로 자리를 피해 달아났다.

'아, 모르는 사람이었구나!'

천둥이와 길도는 오랜만에 헤헤거리며 거리를 누볐다. 한참을 달린 후 둘은 한적한 버스 정류장 벤치를 찾았다. 그리고 누가 먼저랄 것 없이 휴대전화를 꺼내 들었다. 천둥이의 휴대전화 화면이 더 큰 것을 확인하고 길도는 제 것을 바지 주머니에 도로 넣었다. 길도가 휴대전화에 문자를 입력할 때에 천둥이는 길도의 얼굴을 보고 있었고, 길도가 휴대전화를 건네면 천둥이는 방금 보았던 길도의 표정을 상기하며 문자를 읽어 내려갔다. 그리고는 얼굴을 마주 보고 다시 헤헤거렸다.

천둥이가 받아 든 휴대전화에 문자를 입력할 때에는 길도가 천둥이의 표정을 훑고 하는 식이었다. 이 모습을 조금 떨어진 곳에서 바라보면 어떨까?

아무 말 없는 사내 녀석 둘이 그리 빠르지도 느리지도 않게 계속해서 휴대전화를 주고받는다. 그리고 중간엔 얼굴을 마주하며 생글거린다. 뭐, 이런 그림일까? 수화를 어색해하는 농아라는 점에서 둘은 매우 닮아 있었다.

하여간 이 둘이 그때 나누었던 대화는 앞으로의 계획에 관한 것이었다. 검정고시로 고등학교 졸업 자격을 얻은 길도는 별다른 계획이 없었고, 천둥이는 외가가 있는 청주로 내려가서 대학을 다닐 것이라고 했었다. 그곳엔 농아도 강의를 들을 수 있는 시스템이 마련되어 있었다는 것이 이유였다. 전공은 미처 물어보지 못했었다.

어쨌거나 길도가 부랴부랴 집으로 돌아와 예전의 편지를 들춰낸 이유는 어젯밤 도착한 의뢰 때문이었다. 의뢰인 이름이 다름 아닌 〈코끼리〉였다. 처음에는 의뢰인의 이름을 가명으로 한 것이 마냥 신기했었지만, 차츰 과거의 한 모퉁이를 수놓았던 이름일지도 모른다는 생각이 길도를 들뜨게 하고 있었다. 물론 다른 사람일 수도 있었지만 지금 길도의 손에 들려 있는 편지의 문체와 수년이 흐른 뒤 파파라치를 의뢰한 문체가 너무도 닮아 있었다. 필체를 비교할 수 있다면 더욱 확실했겠지만 말이다.

1 이름 : 코끼리

2 기간 : 2011년 6월 13일~6월 18일까지

3 집주소 : 경기도 성남시 분당구 이매동 아름마을 조은아파트 102동 1003호

4 전화번호 : 010—XXXX—XXXX

5 스케줄(자세히 적어주세요!)

저는 화요일과 금요일 오전 10시 정도엔 집 근처 병원엘 다녀와요. 그리고 오후 10시 30분이면 집 앞 지하마트에서 하루치 생필품을 구입해요. 거의 어김없답니다. 일주일이든 일 년이든.

6 요구사항

제 일상을 찍어주세요.

너무 당연한 주문인가요? 그런데 좀 다른 복잡한 조건이 있어요.

파파라치님은 기본 3일을 작업하시는 것으로 알고 있어요. 맞나요?

그런데 저는 월요일부터 토요일까지 6일을 지켜봐 주셨으면 해요. 그러면 비용을 3일 치의 두 배를 지불해야 하는 거겠죠? 그런데 만약, 만약 길에서나 혹은 마트에서 장을 보는 모습을 사진에 담으실 때 노출된 제 얼굴을 사진에 담으신다면 저는 12일 치의 비용을 지불할 용의가 있습니다.

다만, 다만 집 안이나 병원으로 들어오셔서는 안 되고요, 저에게 파파라치님이 노출되지 않아야 한다는 조건을 만족시켜야 해요. 그리고 항시 제 주변에 있었다는 인증 사진도 함께 보내주셔야 합니다. 제가 사진을 보고 노출된 제 얼굴이 담긴 사진을 발견하지 못한다면 그대로 6일 치의 비용만을 드리겠습니다. 물론 무성의한 사진이라는 생각이 든다면 이마저도 드릴 수 없겠지만요. 꼭, 꼭 응해주셨으면 감사하겠습니다.

7 첨부파일 : KoKKeeRy.jpg

8 이메일 : Trrsah@KoKKeeRy.pe.kr

길도는 바로 의뢰에 응하겠다는 답장을 전했었다. 그리고 사진은 그다음 주 화요일에 받아볼 수 있게 하겠다고 했다. 메일을 발송하는 엔터키를 누르고서는 이내 부끄러운 생각으로 온몸이 비틀렸다. 그럴 필요는 전혀 없었지만 왠지 의기양양하게 도전해 오는 느낌의 의뢰라서 한껏 가슴을 부풀려 수락 편지를 썼기 때문이었다.

…(중략)…틀림없이 만족할 만한 사진을 받으실 수 있을 겁니다.

그리고 비용은 충분히 준비해 놓으셔야 할 거구요.

그럼, 이만.

흔적을 남기지 않는 파파라치가.

도대체 이 의뢰자가 기대하는 사진이 뭔지도 모르면서, 게다가 이런 의문투성이 의뢰를 하는지 영문도 모르면서 '왜, 그런 허세를 부렸을까?' 하고 생각하니 얼굴이 달아올랐다. 게다가 이 의뢰자가 자신이 예전에 알던 그 코끼리라면 하는 생각에까지 미치니 어디론가 멀리 도망치고 싶어졌다.

'내가 미쳐!'

길도는 내심 의뢰자가 몇 년 전의 그 코끼리였으면 좋겠다고 생각했다. 코끼리는 길도가 고등학교에 입학했을 무렵 또래의 학생들과 편지를 주고받던 작가의 필명이었다. 학생들과 편지를 주고받는다는 것 이외에 본명이나 직업 같은 다른 신상에 대해서는 아무도 알지 못했다. 코끼리는 자신의 일상에 대해서는 거의 얘기하지 않았다. 몇몇 호기심이 많은 아이들은 코끼리의 이것저것을 묻기도 했었다지만 다들 이렇다한 답변은 듣지 못했다고 했다. 편지의 내용처럼 길도 또래보다 한참 누나라는 사실과 글 쓰는 일을 업으로 하고 있다는 것 정도가 코끼리에 대해 희미하게나마 아는 전부였다.

그러고 보면 마음속 깊은 곳 고민을 전부 말하는 쪽과 거의 아무것도 자신의 것을 보여주지 않는 불균형이 있었던 셈이다. '하긴 아쉬운 쪽은 우리들이었으니…….' 길도를 포함한 다른 학생들은 왜 그녀가 코끼리를 필명으로 쓰고 있는지, 왜 편지 하단엔 어김없이 희한한 코끼리 도장이 등장하는지 전혀 의미를 알지 못했다. 하지만 진지한 자세로 어떤 사소한 고민—심지어 노골적인 야한 농담을 하는 녀석들의—에도 답장을 해주었던 까닭에 반 아이들은 거의 한 번 이상은 코끼리와 편지를 주고받은 경험이 있었을 정도였다.

길도가 학교를 그만두고 나온 후 반년쯤 후였을까? 길도는 코끼리와 그녀를 받들던 열성팬들 간에 더 이상 편지를 주고받지 못하게 되었다는 소식을 접할 수 있었다. 코끼리에게 너무 많은 편지가 도착하기 시작하면서 코끼리는 일일이 답장을 해줄 수 없는 상황에 직면했던 것이었다. 다른 열성팬들은 개인 블로그의 게시 글을 보고 눈물을 흘렸었고, 길도는 그녀에게서 온 마지막 편지를 보면서 눈물을 글썽였었다.

길도에게.
그동안 길도의 가슴속 얘기를 들을 수 있어서 큰 영광이었어.
아주 가까운 곳에서 길도와 함께 기뻐하고 슬퍼하고, 또 때론 감탄했었노라고 자신 있게 말할 수 있게 되어서 행복하기까지 하단다.

내가 전에도 말한 적이 있었지만 '길도 같은 동생이 있었으면 좋았을 텐데.' 하는 생각은 지금도 변함이 없단다. 네 생각은 잘 모르겠지만 말이야.

모든 일에는 시작과 끝이 있어. 우리의 편지처럼 말이지.

난 지금 우리의 편지가 더 이상 계속될 수 없다고 얘기하고 있는 거야.

요즘 나에게 도착하는 편지가 너무 많아서 내 일은 고사하고 그 모두에 답해줄 수 없는 상황이 되어버렸어.

누구에겐 답장을 쓰고 누구에겐 그러지 못하는 상황은 견디기 힘든 일이거든.

그래서 나로서도 내리기 힘든 결정을 내리게 된 거야.

길도는 충분히 내 심정을 이해해 주리라 믿어.

그리고 하소연이라도 해야 조금은 나아질 수 있으리란 믿음에 편지를 쓰게 된 거야.

내 푸념이 길도에겐 옮겨가진 않았으면 하면서도 말이지. 미안하고 또 고마워.

그래도, 그래도 길도가 이 누나와 편지를 주고받던 이 시절, 이 공간에서만큼은 아무런 불편함이나 상처를 느끼지 못했었다는 사실을 꼭 기억해 줬으면 좋겠어.

그것은 길도만이 아니라 나 역시에게도 마찬가지였으니까.

언젠가 길도가 왜 코끼리라는 필명을 쓰느냐고 물은 적이 있었지?

바로 대답하지 못해서 미안해.

늘 내 얘기를 하지 못한 것에 대해 마음의 빚으로 남아 있어.

지금 역시 말하긴 힘들지만 이건 분명해. 난 코끼리를 좋아하지 않아.

그리고 난 내가 싫어하는 그 '코끼리' 라고 생각해.

성의 없이 대답한다고 생각해도 어쩔 수 없겠지.

이 정도로도 나로서는 길도가 참 각별한 동생이었다고 말하고 싶은 거야.

언젠가 내가 길도에게 다시 편지를 하게 되는 날이 온다면,

그땐 용기를 내 '코끼리' 의 고민에 대해서도 털어놓는다고 약속할게.

그땐 길도도 많이 성장해 있겠지.

우리 앞으로도 계속 누군가의 상처를 보듬고 덮어줄 수 있는 사람으로 성장하자.

어떠니?

길도는 꼭 그렇게 될 거라 믿어. 가끔은 누나 생각도 좀 해줄 수 있지?

아프지 말고 늘 씩씩하게…….

길도야, 안녕.

—2008년 10월 19일 코끼리 누나가.

길도는 당시 한 번도 코끼리의 블로그를 방문한 적이 없었다. 왠지 블로그에서는 만인의 코끼리를 만나게 될 것 같은 느낌이 들었기 때문이다. 길도는 직접 손으로 쓴 편지가 더 좋았었다.

〈코끼리〉라는 키워드를 가지고 몇몇 블로그를 방문해 보았다. 코끼리의 블로그는 예상보다 쉽게 찾을 수 있었다. 길도가 찾은 블로그는 많은 블로그들 중에도 최상위 방문객 수를 자랑하고 있었고, 무엇보다도 블로그의 이름이 쓰여 있는 대문에는 낯익은 코끼리의 도장이 상징처럼 박혀 있었다.

모서리가 둥근 네모 박스 안에 코 짧은 코끼리가 코에서 콧물 두 방울을 흘리고 있었다. 하지만 블로그에는 지금의 의뢰자와 그때의 코끼리를 이어줄 이렇다 할 것을 찾을 수 없었다. 하지만 다음 주에는 모든 것을 확인할 수 있으리라 생각했다. 한 번도 만나본 적은 없지만 멀리서도 코끼리를 보게 된다면 바로 알아챌 수 있을 것만 같았다.

의뢰 첫날부터 코끼리를 알아보고 또 만날 수 있을 거란 기대가 어둠 저편으로 사라지고 있는 느낌을 지울 수 없었다. 코끼리의 집은 거실 쪽 발코니도, 다용도실 쪽 창문에도 블라인드가 무겁게 드리워져 있었다. 게다가 아침 내내 건너편 주차장에서 기다려도 코끼리는 집 밖을 나오지 않았다.

'정말, 말한 스케줄 이외에는 집 밖으로 고개도 내밀지 않을 셈인가?'

이렇게 되면 인증 사진이 큰 골칫거리가 되어버릴 것 같았다. 장고 끝에 편의점을 찾았다. 길도는 1면에 큰 사진이 실린 신문 한 부와 병에 들어 있는 콜라 한 병 그리고 도넛 몇 개를 사서 큰 종이 봉지에 넣어달라고 부탁했다.

봉지는 구멍 두 개를 내서 머리에 썼고, 콜라는 그림자를 만들어내는 해시계 노릇을 했다. 신문은 당연히 1면을 펼쳐서 당일임을 인증했고, 도넛은 그냥 맛있게 먹었다. 꼬치꼬치 따져 묻는다면 영 허술한 인증 사진이었지만 어쩔 수 없었다. 그나마 두 시간 간격으로 찍는 오후 사진에는 동네 개구쟁이들이 들어간 단체 사진이 되어 있었다.

코끼리는 정말 저녁 10시 20분, 장을 보러 나올 때 딱 한 번 집을 나섰다. 너무 오랫동안 기다린 탓이었을까? 10층의 엘리베이터 홀에 불이 들어왔을 때는 숨이 멎는 것 같았다. 엘리베이터는 곧장 1층으로 내려왔고 드디어 코끼리가 모습을 드러냈다.

'엥, 이건 또 무슨……'

코끼리로 보이는 사람은 한밤중(그것도 여름을 목전에 둔)에도 머리 전체를 두르는 오드리 헵번 스타일의 두건을 쓰고 있었고, 큼지막한 선글라스에 마스크도 착용하고 있었다. 길도도 따라붙기 힘들 정도의 잰걸음으로 지하마트를 찾은 걸로 봐서는 길도의 의뢰인인 코끼리가 맞는 것 같았다.

'그래서 노출된 사진을 찍으면 두 배를 주겠다고 했던 건가? 뭐야, 도대체……'

맞추라고 준 문제가 아니라 틀리라고 준 문제를 받은 기분이었다. 어딘가 앞뒤가 맞질 않았다. 손님이 거의 없는 마트는 가게를 정리하고 문을 닫을 준비를 서두르고 있었다. 게다가 코끼리는 물건을 비교하고 고르는 법이 없었다. 마트를 한 바퀴 휘돌면서 손에 집히는 물건을 장바구니에 털어 넣어버렸다.

길도가 잠시 생각의 고리를 연결하려고 하는데 벌써 그녀는 카운터에 서서 직원과 마주 서 있었다. 시간이 없었다. 16시간을 기다린 의뢰인이었고, 길게 잡아야 20분 정도 주어진 기회였다. 길도는 카메라 플래시를 터트릴 수 없다는 것을 잘 알고 있었다. 그 순간 길도는 정체가 들통 날 것이 분명했다. 길도는 재빨리 계단을 올라가서 상가건물의 입구에 기대어 계단을 등지고 섰다. 카메라의 플래시를 끄고는 셔터 속도를 조정했다. 그리고 어깨너머로 계단 한 발자국 앞에 포커스를 설정했다. 그곳이 제일 밝았다. 그녀는 순식간에 올라섰고, 너무도 빠른 걸음으로 건물을 빠져나갔다.

길도는 그녀를 뒤따르지 않았다. 뒤따른다 해도 무엇을 어떻게 해야 할지 아무것도 떠오르지 않았다. LCD 창의 그녀는 살짝 고개를 숙인 채로 걸음을 재촉하고 있었다. 집을 나올 때부터 줄곧 그 자세였으니 별수가 없었다. 평

범한 체형의 뒷모습에서 이 여자가 길도의 의뢰인인 코끼
리라는 확신이 들었다.

    의뢰인 코끼리의 수요일은 월요일과 똑같았고, 오늘 목
요일은 화요일과 똑같을 것이라는 것에 조금의 의심도 들
지 않았다. 화요일과 목요일도 다른 날들과 거의 같았다.
다른 점이 있다면 오전 10시에는 집을 나서서 마트 건물에
서 이삼십 미터 떨어진 이비인후과를 다녀온다는 것만 달
랐다. 한낮의 걸음은 마트를 향했던 걸음보다 더욱 빨라져
있었다. 매일매일 변화를 주는 쪽은 오히려 길도였다. 인
증 사진에 쓸 가면이 바뀌었고, 아이들이 점점 늘어났으
며, 도넛과 콜라를 사는 양이 많아졌다. 길도가 코끼리를
기다리던 곳은 사람들이 그다지 찾지 않던 곳이었는데, 아
이들이 하나둘씩 모이기 시작하면서 처음엔 경계를 거두
지 않던 아이들의 어머니들도 그곳 주변을 서성이게 되었
다. 피리를 불지도 않았는데 말이다.

    지금 길도는 코끼리가 지나간 이비인후과 앞에 서 있다.
그녀는 늘 땅을 보며 걷기 때문에 조금은 노골적으로 사진
을 찍어도 길도를 알아챌 수 없으리라 생각이 들었지만 만
약을 대비해서 등 돌려 셀프 카메라를 찍는 자세로 코끼리
를 사진에 담았다. 그런데 바로 그때! 그녀가 방금 전에 길
가던 누군가와 어깨를 살짝 부딪치며 뭔가를 떨어뜨린 것
이 포착되었다. 그녀는 무척이나 당황한 것 같았다. 잠시

의 망설임 끝에 고개를 숙여 미안한 마음을 표시하고는 바로 집까지 뛰어가 버렸다.

'피 묻은 휴지?'

그녀의 뒤로 검붉은 핏자국이 어지럽게 뒤따르고 있었고, 저녁엔 마트에서도 그녈 볼 수 없었다. 그리고 다음날에도…….

길도는 코끼리를 기다리지 않았다. 예상대로라면 오늘도 코끼리는 볼 수 없을 것 같았다. 하지만 반드시 나와야만 했다. 밤새 고민한 마지막 인증 사진을 위해서였다. 그리고 매일매일 길도와 함께했던 아이들과도 짧았던 만남의 작별 인사를 해야 했다. 아이들에게는 모두 자신의 얼굴이 나온 사진들을 한 장씩 나눠 주었고, 아주머니들에게는 유산균요구르트 한 병씩을 나눠 드렸다. 길도는 밤새 구상했던 인증 사진을 모두와 함께 찍은 후 도넛을 나눠 먹고 집으로 돌아왔다.

길도가 정성스레 편지 한 통을 쓰고 있는데 화심이에게서 문자메시지가 도착했다.

「오늘 시험 잘 봤다. 잘했다 해줘!」

「잘했어! 추카추카^^」

「무슨 의뢰 중이야? 다홍이가 걱정하던데. 교복 입고 나갔다며?」

길도는 슬쩍 거실에 엎어져서 숙제를 하고 있는 다홍이

를 쳐다봤다. 역시나 자고 있었다. 요즘 다홍이는 틈만 나면 가방을 던져 놓고 쏘다니기 일쑤였다. 그래도 삼촌 걱정은 종종 하는가 보다.

「응. 교복 풀세트. ㅎㅎㅎ」

「왜?」

「만나서 얘기 해줄게.」

「다음 주 금요일 시험 끝나. 그때 볼까?」

「명동 쏘다니는 거 어때?」

「얏호! 그때 봐~ 자기.」

길도는 괜히, 괜히 뒤를 돌아봤다. 누가 볼까 봐서. 괜히.

예전에 화심이를 좋아하게 되었을 때에도 코끼리에게 고민을 털어놓았었다는 것이 어렴풋이 떠올랐다. 그때엔 이미 학교를 그만두고 검정고시 학원을 다니던 때였다. 코끼리는 그때에도 큰 힘이 되어주었었다. 코끼리의 조언 몇 마디가 앞을 가로막던 큰 산을 허물어 버리는 힘이 되어준 것이었다. 지금 생각해 보니 큰 산 앞에 서 있는 길도를 살짝 옆으로 돌아서게 해 시원하게 뚫린 길을 보게 했던 것 같았다. 인식의 전환? 맞다. 유식한 말로 인식의 전환을 통해 우리들에게 문제의 실체를 더욱 잘 볼 수 있도록 했던 것이 아니었을까? 당시 코끼리의 조언을 염두에 두며 화심이에게 줬던 고백의 쪽지에는 다음과 같은 문장이 있었다.

좋아하게 되었다고, 내 탓이라기보다는 당신 탓이 더 크다고.

그래서 뭐 어쩌라는 것도 아니라고. 그냥 알아달라고.

당신을 좋아하는 사람이 듣지 못하고 말 못해서 나도 미안하게 생각하고 있다고.

하지만 그건 내가 불편한 것이고, 당신을 불편하게 하지는 않을 거라고.

단지, 알아달라는 것뿐이라고…….

좋아한다고 얘기하는 것은 죄를 짓는 것이 아니라고 했었다. 길도는 코끼리의 말을 그대로 인용했고, 화심이와는 한 달간의 불편한 시간을 보낸 후 사귀게 되었었다. 그리고는 자연스럽게 코끼리를 기억 속에 덮어두었었다.

우유 배달을 마친 길도는 약속된 날까지 하루가 남았지만 더 기다릴 이유가 없었다. 출력된 사진을 담은 서류봉투 한 통을 코끼리가 사는 집 문 아래로 밀어 넣었다. 인증 사진이 너무 많은 까닭에 봉투가 두툼했다. 그리고는 벨을 누르고 걸릴세라 냅다 계단을 통해 밖으로 달아났다. 하지만 길도의 집과 마찬가지로 코끼리의 벨은 울리지 않았고, 그것을 모르는 길도는 8층쯤에서 한 번 떼구루루 굴러야 했다.

밤늦도록 집필에 몰두했던 코끼리는 점심시간이 다 되

어서야 침실을 나섰다. 병원을 가는 날이라면 두 시간 정도 전부터 준비를 하고 여전히 긴장된 마음을 추스르고 했을 테지만 다른 날이라면 눈뜨는 시간이 곧 기상 시간이 되어 있었다.

발코니의 내려진 블라인드 뒤에는 또 한 번의 커튼이 닫혀져 있었는데, 그 이중의 틈을 통해 코끼리는 하루치 햇살을 호흡했다. 살짝 열어진 창문 틈을 통해 굵은 바람이 한 마디 들어왔다. 그 때문에 커튼이 잠시 열어 젖혀졌고, 어두웠던 실내가 환해졌다가 다시 서서히 시들어갔다. 실내가 다시 어두워지길 구석에서 기다리던 코끼리는 창문 앞으로 다가섰지만 차마 창문을 닫을 수는 없었다. 그래서 방으로 돌아가 스테이플러를 가져와서는 커튼과 커튼 사이를 툭, 툭, 툭 하고 찍어버렸다.

순간이었지만 한 번 햇살이 머물렀던 가구들은 예전의 것이 아닌 것 같았다. 만약 저 가구들이 말을 할 수 있었다면 아마도 햇살 가득한 마당으로 내놓아달라고 사정을 했을지도 모른다는 생각이 들었다. 디즈니 영화 '미녀와 야수'를 보면 가구들이 말을 하던데…….

'비를 맞아도 괜찮겠어요. 지나가던 개의 오줌받이가 되어도, 도둑고양이의 은신처가 된대도 상관없어요. 매일같이 뜨고 지는 햇살에게 인사하게 해주세요. 제가 여기 있다고 손 흔들 수 있도록 해주세요. 네?'

코끼리는 얼른 집 안의 모든 것들과 눈을 맞춰야 했다.

다시 내 편으로 만들어야 했다. 반골기질의 가구가 다른 것들을 선동하기 전에. 현관 옆 우산꽂이와 눈을 맞추고 있을 때 낯선 봉투가 하나 보였다.

발신인은 〈아이 엠 파파라치〉였다. 코끼리는 안도의 한숨을 내쉬면서도 몸이 경직돼 오는 것을 느꼈다.

웹 서핑 중에 '나는 파파라치예요.'라고 스스로를 떳떳이 밝히는 사이트를 만난 것은 아주 우연이었다. 집필 소재를 찾기 위해 그날도 이런저런 키워드를 가지고 마음껏 웹을 누비고 있었다. 코끼리의 눈을 사로잡은 것은 'iampaparazzi.net'이었다. 그것도 국내 사이트였으니 호기심이 발동하는 것은 어쩌면 자연스런 일이었다.

'국내에도 파파라치가 있었나?'

자세히 들여다보니 서양의 파파라치와는 사뭇 다른 콘셉트로 파파라치를 하고 있었다. 게다가 이건 작동되고 있는 것이었다. 코끼리는 주변을 둘러보았다. 키보드와 모니터 그리고 펜과 종이를 제외하고는 살아 있는 어떤 것도 보이지 않았다. 코끼리는 뭔가를 의지대로 작동시켜 보고 싶어졌다. 가까이 다가오지 않으면서도 작동되는 뭔가를 확인하고 싶어졌다. 게다가 아주 오래전부터 다른 사람 눈에 비춰진 자신의 모습이 너무도 궁금했다. 병원의 다른 환자와 간호사들, 마트 계산대 직원의 반응을 보면 그리 어렵지 않게 알 수도 있을 것 같았지만, 코끼리 스스로가 판단하기에는 확신이 서질 않았다. 하지만 누구에게 물어볼 수도 없는 노릇이었다. 그래서 결심했던 의뢰였다. 첫날의 자신을 보고서 도망간대도, 포기하고 돌아선대도 어쩔 수 없었지만 그걸로 그뿐인 것이라고 생각하면 됐다. 그런데 이 파파라치는 포기를 몰랐고, 지금 코끼리의 손에는 사진 한 뭉치가 건네져 있었던 것이다.

봉투를 여는 동안 긴장은 극에 달했고, 코에서는 당연하다는 듯이 코피가 쏟아졌다. 코끼리는 집 안 어디에나 있는 거즈를 가지고 코를 막았다. 부어 있는 얼굴과 잇몸, 코와 입의 언저리가 아파왔다. 마음을 진정시킬라치면 다시 주변을 맴돌았을, 그리고 자신을 관찰했을 파파라치 생각에 다시 코피가 쏟아졌다. 예전 같았으면 벌써 병원으로 나섰을 일이었지만, 왠지 지금 이대로 물러서면 영원히 앞으로 나아갈 수 없을 것만 같은 느낌이 들었다.

'유진아, 침착하자. 조금만 더 침착해지자. 넌, 할 수 있어. 그치?'

간신히 마음을 진정시킨 후 봉투를 뜯어 사진을 펼쳐 보았다. 사진을 넘기던 코끼리는 너무 어의가 없어 헛헛한 웃음이 흘러나왔다.

사진은 처음부터 파파라치 자신만을 찍고 있었다. 검은 비닐봉지에 구멍을 두 개 뚫고는 밖을 내다보고 있었고, 한 손에는 신문을 쥐고 다른 한 손으로는 먹다 남은 콜라병을 가리키고 있었다. 그리고 어디서 나타났는지 다음 사진부터는 아이들이 하나둘씩 늘어가고 있었다. 똑같은 사진이 계속된다 싶어 몇 장을 연달아 드르륵 넘기니 콜라병의 그림자가 움직이고 있었다.

'이 손이 가리키고 있는 것이 콜라병이 아닌 그림자였군!'

그리고는 마트에서 나오고 있는 자신의 사진이 한 장, 그것도 고개를 내리고 있는 모습뿐이었다. 두건과 선글라스와 마스크는 얼굴 전체를 완벽하게 가려주었다. 묘한 승리감이 씁쓸하기만 했다. 다음날의 사진은 파파라치의 마스크와 늘어난 아이들 그리고 병원에서 돌아오는 똑같은 포즈의 사진만이 달랐을 뿐이었다. 그 다음날도 그리고 그 다음날도……. 코끼리는 파파라치에게 보낼 이메일 내용을 생각해 보았다.

'참, 열심히 찍긴 했지만 역시 약속은 약속이겠죠. 6일치의 비용만을 드리겠습니다. 인증 사진을 보니 성의는 있어 보이네요. 수고하셨어요.'

목요일 병원에서 돌아오면서 코를 막고 있던 약솜을 떨어뜨린 후 외출을 전혀 하지 않은 것에 대해서는 조금 미안한 생각이 들었다. 허탕을 쳤을 파파라치를 생각하니 안쓰러운 생각도 들었고, 어쩌면 자신이 약속을 어긴 것이 아닌가 싶기도 했다.

'역시, 생각했던 비용을 다 줘야 하나?'

그렇게 의뢰를 마무리 지으려는 순간 봉투 안에 아직도 딱딱한 뭔가가 더 있다는 것을 알게 되었다.

'이건 또 뭐지? 홍보 팸플릿인가?'

딱딱한 그 뭔가는 다름 아닌 또 다른 봉투였고, 표지에는 정성스럽게 쓴 티가 역력한 글과 그림이 있었다.

〈이 그림을 알아보신다면 봉투를 열어봐 주시고요, 그렇지 않다면 그냥 버려주시면 감사하겠습니다.〉

그 아래에는 코끼리 자신이 즐겨 사용하는 '코 짧은 코끼리' 그림이 그려져 있었다.

'아니, 어떻게 된 일이지?'

코끼리는 허겁지겁 봉투를 열어보았다. 봉투 안에는 쪽지 하나와 사진이 한 장 들어 있었다.

이 봉투를 뜯어보셨다면 아마도 제가 아는 코끼리가 아닐까 싶네요.

누나, 오랜만이에요. 저 길도예요.

긴 얘길 한다면 다른 팬들에게 반칙을 하는 거겠죠?

누나, 저 약속을 지켰어요.

검정고시로 고등학교도 졸업했고요, 화심이와도 사귀고 있어요.

그리고 독립도 했어요.

천둥이는 대학도 갔대요.

누나도 '오래된 약속'을 지켜주세요.

사진 속의 파파라치, 아니, 길도는 가면을 쓰고 있지 않았고, 꽉 끼는 교복에 학교 배지와 이름표까지 패용하고 있었다. 웃고 있는 길도는 너무나도 편안하고 행복한 표정을 하고 있었다. 코끼리는 잠시 뚫어져라 사진을 쳐다보았다. 자신을 남겨두고 모두들 훌쩍 자라 있는 모습에 알 수 없는 뜨거운 눈물이 흘렀다. 눈물은 흐르고 흘러 그녀의 일그러진 얼굴을 타고 사진 속으로 떨어졌다.

사진의 길도는 제 목에 걸려 있는 수첩에 뭔가를 그려 보여주고 있었다. 코 짧은 코끼리 그림이었는데 원본의 것과는 나르게 약간 변형되어 있었다. 코끼리의 코가 길게 덧붙여져 박스를 뚫고 바깥으로 나와 있는 것이었다.

며칠 후 길도에겐 기다리던 이메일이 한 통 도착했다.

파파라치님 보세요.

보내주신 사진은 잘 받았습니다.

하지만 잘 아시리라 생각합니다.

제 요구조건을 만족시키지 못하셨습니다.

그래서 미리 말씀드렸던 대로 최소한의 비용만을 드려야겠다고 생각…… 했었지만, 의뢰인보다는 정작 본인 인증 사진을 찍어야만 했던 고충을 외면할 수 없을 것 같네요.

그곳에서 바라본 제 모습은 어땠나요?

꽁꽁 감싸 감추고, 솔직하지도 못한 모습에 많이 실망스럽진 않으셨나요?

아실지 모르겠지만 오히려 전 오랜만에, 아주 오랜만에 예기치 못한 선물을 받은 기분이랍니다.

용기일지 희망일지 잘 알 수 없지만 분명 그것은 제 창문을 열어젖혔고, 까만 선글라스를 벗어 내리게 했습니다.

저는 지금 햇살을 만끽하고 있습니다.
오래전에 알았던 귀여운 동생을 생각하면서 말이죠.
선물 감사히 받겠습니다.

추신. '오래된 약속' 꼭 지킬게. 이번엔 그리 오래 걸리지 않을 거야.
길도가 이 누나에게 큰 힘이 되는구나. 그리고 누나 이름은 신유진이야. 신유진.
잊지 말도록. 그리고 보너스로 '길도의 추억'을 보내줄게.
예전 주소로 보내도 되겠지?

코끼리, 아니, 유진 누나에게서 도착한 것은 길도가 예전에 보냈었던 편지 한 통이었다. 화심이를 짝사랑하는 마음이 고스란히 담겨 있는 그 시기의 소중한 편지였다.

코끼리 누나 보세요.
저 길도예요.
누나의 글을 읽고 있으면 누나도 저처럼 이 고요한 세계에 살고 있는 것이 아닌가 하는 착각이 들 때가 있어요. 아무리 생각해도 그럴 리가 없는데 말이죠.

아마도 갇혀 있는 저를 너무도 잘 알고 계셔서 그런 것 같기도 해요.

누나, 저는 얼마 전부터 이 소리 없는 세상이 갖고 있는 중대한 문제점을 뼈저리게 느끼게 되었어요.

바로 '초대할 수 없다'는 것이에요.

누군가를 잘 데리고 들어왔다고 생각하고 뒤돌아보면, 그 사람은 길을 잃고 어딘가에 떨어져 있곤 해요.

어쩌면 제가 길을 잃었는지도 모르겠어요.

초대할 수 없다면 어쩔 수 없지 하고 생각도 해봤어요.

그런데 그렇게 생각한 날부터 이상한 일이 벌어지고 있어요.

아침에 일어나면 제일 먼저 생각이 나요.

'어쩔 수 없지' 했던 그 사람 얼굴이요.

눈치 채셨겠지만, 저 초대하고 싶은 사람이 생겼거든요.

학원 앞 아이스크림 가게에 새로 온 아르바이트 학생이에요.

저보다 두 살이나 많은 대학생이에요.

누나, 얼마 전에는 제 옆으로 지나가는 그 사람의 향기를 맡았어요.

그 향기가 잠들기 전에는 어김없이 떠올라요.

누나, 저 어떻게 해야 하죠?

사람이 잠을 못 자면 죽을 수도 있다고 하던데요.

제발, 빠른 답변 부탁드립니다.

—이길도 올림.

'사람이 잠을 못 자면 죽을 수도 있다고?' 떼쟁이 떼쓰는 것도 아니고, 지금 보니 너무나 부끄러웠다. 그렇다고 없앨 수도 없었다. 이 편지는 이미 길도의 소유가 아닌 게 되어버렸기 때문이다. 꼭꼭 숨겨뒀다가 내년 화심이 생일 때에나 '주인'에게 돌려주는 편이 좋을 것 같았다. 화심인 바보 같다고 그럴까? 아니면 좋아할까? 그 궁금증은 일 년쯤 뒤로 미루어놓는 것이 좋을 것 같았다.

7장 내가 개꿈을 꾼 것인지, 개가 내 꿈을 꾸는 것인지

하지만 이렇게 생각해 볼 수도 있지 않을까?
아날로그니 디지털이니 아주 높이, 아주 높이서 내려다보면 결국
그 구분은 없는 것이 아닌가 하고 말이지.
결국 남는 건 만화만 남는 거라고 말이야.
거부감을 갖는 또 다른 자네는 멀리 유배를 보내게나.

새벽 거리를 뭔가가 굉장한 속도로 달리고 있었다. 꺾어지르는 커브길, 미끄러지는 헛발이 바닥을 심하게 할퀴곤 했지만 속도를 줄일 기색은 없어 보였다. 그때마다 길모퉁이 전봇대 옆에 방치된 쓰레기봉투가 튀어 올랐다.

가쁜 숨소리가 저 깊은 곳에서부터 들려왔지만 그 속도에, 그 거리에 비하면 몸은 가벼웠다. 새벽 공기가 연료가 되어준 탓인지 상쾌한 기분까지 몸 전체를 감돌았다.

'운동이라고는 라면 물 올릴 때 몇 걸음 옮기는 게 다였는데…….'

게다가 아까부터 뭔가가 좀 낯설었다. 뒤로 빠르게 지나가는 거리의 모습이 평소와는 다르게 보였다. 뭐랄까, 바닥에 바짝 붙어 달리고 있는 것만 같았다. 빙판 위 썰매를 지치는 눈높이보다도 좀 더 낮은 시점이었다.

'앨리스의 물약이라도 마신 거야?'

그리고 발자국 소리는 또 어떤가? 손톱으로 책상 위를 '틱틱틱' 피아노 치는 소리랄까. 속력이 붙을 때마다 살짝살짝 보이는 발에는 털신이 신겨져 있었다.

'처음 보는 털신인데······.'

앗! 털신을 자세히 보기 위해 힐끗 내려다보니 이건 또 무슨 일인가! 털신도 내 발도 아닌 내 앞 발이 아닌가. 나는 지금 네 발로 달리고 있는 중이었다. 그렇다면 이따금씩 내 눈앞에 나타났다 사라지는 이것은······?

'내 혀? 세상에나! 내가 지금 납작 엎드려 네 발로 새벽 거리를 달리고 있는 거야? 게다가 혀까지 길게 빼고!'

이따금씩 쇼윈도에 비춰지는 정지 화면은 더욱 끔찍했다. 뭉실한 털 뭉치를 두른 채 땅에 닿을 듯한 빵빵한 배와 짧은 다리로 보도 위를 날고 있었다.

'세상에나!'

골목 모퉁이를 돌아 가파른 경사 길에 접어드니, 저 높은 곳에서 낯익은 건물이 고개를 내밀고 있었다. 1층엔 작은 가게가, 2층은 주인 가족이 사는 상가건물. 건물 앞 가파른 경사로 인해 가장 낮은 곳에서는 3층 건물처럼도 보였다. 거기에 옥탑방까지 하나 혹 붙어 있으니, 주인집 늦둥이는 가정환경 조사에서 '4층 자가 빌딩'에 체크를 하고 있었다. 가게 앞에는 다리 길이가 각기 다른 널찍한 평상이 있는데, 옥탑으로 올라가는 계단을 상당 부분 가로막고 있었다.

서둘러 방으로 돌아가고 싶었다. 언덕배기 야트막한 상가 건물의 옥탑, 견고한 성이자 은신처로 빨리 숨어들어가야 했다. 바닥난 체력으로 정신이 아득해져 왔다. 다시 한 번 길가의 쓰레기봉투를 들이받아 온 사방을 쓰레기 천지로 만들었다. 설상가상으로 옆구리엔 통증이 느껴졌지만 속도를 줄일 수 없었다. 가파른 계단을 뛰어오를 때에는 부족한 산소 탓인지 기억이 더욱 흐릿해지고 있었다. 잠에서 깨어나고 있다면 좋겠는데, 이 꿈에서 깨어날 수 있다면 정말 좋겠는데…….

장석주는 아직 몽롱한 상태였다. 침대에 걸터앉은 상태로 주변을 살폈다. 흥건히 젖은 반라의 몸엔 정체 모를 털과 계란 껍질 조각을 비롯한 잡다한 쓰레기 찌꺼기가 붙어 있었고, 옆구리에서는 원인 모를 통증이 전해졌다. 눈을 비비고 손과 발을 찬찬히 들여다봤다. 몹시 더러웠고 약간의 상처도 있었지만 다행히 석주가 알던(?) 손과 발이었다.

'그럼 그렇지. 쳇, 꿈도 참…….'

창밖에서 '끼~익, 끼~익' 거슬리는 고무 마찰음이 들려왔다. 두 발로 서서 중심을 잡았다. 꿈이 생생했던 만큼 직립보행이 힘겨웠다. 창으로 내다본 집 앞 거리는 흩어져

어지러운 쓰레기로 가득했다. 언덕을 내려오던 자전거가 쓰레기를 피해가느라 수시로 브레이크를 잡으며 곡예 운전을 무릅썼다. 이 어수선함은 가게가 문을 열 때까지 계속될 것이다.

석주의 달력엔 최근 열두 개의 빨간 동그라미가 연속해서 표시되어 있었다. 꿈을 꿨다는 건 그래도 잠을 잤다는 애긴데, 전혀 그렇지 않은 것 같았다. 열흘을 그대로 뜬눈으로 보낸 것 같았다.

'꿈에서 달리는 것도 피곤한 걸까?'

몸과 마음이 모두 피폐했다. 잠이 부족한 것쯤이야 일상이려니 하면 그만이었지만 매일 똑같은 꿈을 꾸는 것은 무엇으로 설명이 될까? 보고 있는 것같이 생생한 장면은 그렇다 치더라도, 침대를 어지럽히는 털이라든지 쓰레기 조각들 그리고 크고 작은 상처들은 무엇으로 설명할 수 있을까? 누구와도 상의할 수 없는 것들이었다. 밤마다 털북숭이로 변해서 거리를 미친 듯이 뛰어다닌다고 하면 사람들은 '누가 만화가 아니랄까 봐…….' 하면서 빈약한 상상력을 빈정거릴 것이 분명했다. 당연한 반응이겠지. 그런데 그러면 좋겠는데, 그 말대로면 좋겠는데, 그 알 수 없는 1퍼센트가 석주를 불안하게 만들고 있었다. 더 이상 웃어넘길 수 없었다.

그때, 전화기의 벨이 울리는 것과 동시에 자동응답기의 멘트가 흘러나왔다.

―장석주의 화방입니다. 지금은 외출 중이라 전화를 받을 수 없습니다. '삐' 소리 후 용건을 남기시면…….

[장 작가, 나요. 심경원. 거기 있는 거 다 알아요. 어서 전화 받아요.]

석주는 몇 가지 변명거리를 생각해 보다가 포기하는 심정으로 수화기를 들었다.

"안녕하세요, 편집장님. 장석줍니다."

[장 작가, 아침 일찍 실례가 되는 줄 알면서도 전화했어.]

"괜찮습니다. 깬 지 좀 됐어요."

[어제 장 작가의 작품을 포함해서 이번에 출범할 만화포털사이트의 콘텐츠들을 가지고 밤샘회의를 했어. 얘기는 들었지?]

"네."

[결론부터 말하자면 이번에도 장 작가의 작품만 보류됐어. 이유는 보름 전과 똑같아. 단행본 때와 작품 느낌이 너무 다르다는 게 중론이지. 데뷔 초 작품보다 더 미숙한 것 같다는 사람도 있었고, 문하생들을 시켜서 한 것이 아니냐는 의견도 있었어.]

"저, 문하생 안 키우는데요."

[알아. 아니까 이상하다는 거야. 그림체도 그림체지만 스토리도 초창기보다도 못하다고들 해. 아무리 펜에 잉크를 묻혀 그리던 사람이 디지털 펜으로 바꿨다고 해도 말이

야. 나야 장 작가의 감성을 믿고 있으니까 계속해서 고집하고 있지만 다들 고개를 저어. 일단 그림체만이라도 회복했으면 좋겠는데, 어때? 〈꽃잎〉처럼 어떻게 안 되겠어?]

〈꽃잎〉은 처음으로 고정 독자층을 확보했던 다섯 권짜리 청춘물이다. 채색이나 스크린 톤 작업 없이 순수하게 펜으로만 작업했기 때문에 펜 특유의 정교함이 묻어나는 작품이었다. 심경원 편집장이 특히 아끼는 작품이라 걸핏하면 "꽃잎처럼만, 꽃잎처럼만." 하고 노래를 불렀다.

"노력해 볼게요."

[앞으로 일주일 더 줄게. 그 이상은 힘들어. 이번엔 우리도 갑이 아니고 을의 입장인 거 알잖아. 포털사이트 쪽에서는 빨리 다른 작가를 구했으면 하는 눈치더라고. 디지털 만화는 아무래도 작업하는 느낌부터 많이 다르겠지만 어떡하겠어? 조금만 더 쥐어짭시다. 어느 정도 궤도에만 올라가면 좀 편해질 거야. 그리고 앞이 꽉 막혀서 일이 잘 안 풀릴 땐 바람이라도 좀 쐬고 그래. 너무 구세대 만화가 티 내지 말고. 신세대 만화가들은 대인관계도 중요하게 생각해. 시간이 없으니 오늘 하루 어디 드라이브라도 하면서 깨끗하고 시원한 공기 폐에 담아와. 내가 이번 달 인세에 기름값 좀 얹어서 보내라고 할게. 좋은 소식 기대할게. 그럼 끊어.]

"네, 들어가세요."

수화기를 내려놓기 무섭게 다시 벨이 울리고 자동응답

기가 작동했다.

—장석주의 화방입니다. 지금은…….

[어이, 장 작가. 석주. 그냥 들어. 내 생각엔 장 작가 작품의 호흡이 조금 긴 것 같아. 요즘 디지털 만화들은 호흡을 짧게, 짧게 가는 것 같더라고. 참고해. 그리고 이젠 몸 상하는 작업이야말로 구시대적인 거야. 건강 챙기라고.]

자동응답기는 아직 할 말을 다하지 못했는지 제 멘트를 흘리고 있었다. 석주는 빈 수화기를 들었다가 다시 내려놓았다.

스무 살 가까운 터울이 있는 편집장과의 인연은 말단 사원 때로 거슬러 올라가야 하니 벌써 스무 해가 더 되었다. 야단치듯 챙겨주는 스타일은 변함없지만 예전과 같은 자신감은 많이 결여되어 있는 듯 보였다. 편집장 역시도 이 과도기에서 혼란스럽기는 마찬가지일 것이다.

편집장과는 그동안 좋은 팀을 이뤄왔다. 함께 작업한 만화책을 쌓아놓자면 천장까지 겨우 닿을 정도는 나올 것이다. 스무 해 동안의 작업량으로는 그리 많지 않은 것일지도 모르지만, 단 한 번도 다른 출판사와, 다른 기획자와도 일할 생각을 한 적은 없었다. 가끔 출판사 사장이 판매량을 문제 삼을 때에도 늘 똑같은 말로 사람들을 설득시키곤 했었다.

"판매량이야 다른 만화들 있잖아요. 그런데 생각해 보세요. 우리 출판사가 정말 작품다운 작품을 내는 출판사로 인정받는 데에는 장석주 작가의 역할을 무시할 수 없다고요. 결국 그 평가가 우리 출판사를 롱런하게 만들 테니 걱정 마세요." 하고는 뒤돌아서서 "장 작가, 판매량도 좀 신경 써줘. 가끔 독자들 지갑을 여는 작품들도 좀 생각해 달라고. 그래야 출판사나 나는 물론이고 장 작가도 있는 거야. 건빵 봉지에 들어 있는 별사탕만큼만이라도 말이야."

편집장은 두 달 전 아무런 연락 없이 옥탑방에 들렀었다. 양복 주머니에서 소주 두 병과 참치 캔 하나, 그리고 처음 보는 의기소침함을 꺼내놓았다. 인쇄용 만화책 말고 인터넷에서 볼 수 있는 디지털 만화를 그리면 어떻겠냐고 했었다. 선택할 수 있는 것이 아니라며 말끝을 흐렸다. 그러다가 독자들 반응이 좋으면 소장용으로 인쇄본을 내면 된다고 했다. 출판사도 현저하게 줄어든 만화책 판매량으로 고민이 이만저만한 것이 아니라고 했고, 사장도 잘나가는 포털사이트를 찾아다니면서 만화 콘텐츠를 제공할 수 있도록 해달라고 하는 것 같다고 했다. 어찌 되었건 이젠 웹 콘텐츠를 만들어내는 것이 주된 업무가 될 것이니, 손에 잉크 묻혀가며 만화를 그리는 작업에는 더 이상 힘 빼지 말라며 뒤돌아섰었다.

그로부터 며칠 후 편집장으로부터 소포가 하나 부쳐져 왔다. 전자펜과 스캐너 그리고 이미지 리터칭 소프트웨어가 들어 있었다. 동봉된 작은 쪽지엔 간단한 당부가 적혀 있었다.

디지털 세상으로 들어갈 수 있는 열쇠라네. 자네 역시 이 거대한 소용돌이에서 피할 수 없겠지. 함께 살아남으세. 회사에서 쓰던 걸 보내네. 손에 익거든 새 걸로 하나 마련해 주도록 하겠네. 하루빨리 사용법을 익히도록 하게. 빠른 시일 내 사용할 일이 생길 것 같네. 혼자 사는 집에 불쑥 쳐들어가 걸례가 많았네. 다음엔 우리 집에 한 번 놀러 오게나. 내 아내와 딸은 여전히 자네의 열혈 팬들이니 언제든 환영할 걸세. 조만간 전화하겠네.

—심경원 드림.

편집장의 말이 옳았다. 살아남아야 한다. 피할 수 있는 것이 아니었다. 요즘 같은 세상에서 만화 판에 디지털 바람이 부는 것이 뭐 이상할 것이 있겠는가. 몇 년 전 인터넷에서 플래시로 만든 동영상을 보고 만화니 영화니 하고 입씨름을 벌인 기억이 있었다. 지금 생각해 보니 영화든 만화든 별 중요하지 않은 것으로 힘을 뺀 것이었다. 어쩌면 애써 만화가 아니라고 우겨본 것일지도 모르겠다. 중요한 건 언제부턴가 그 낯선 뭔가가 만화책을 대신하고 있다는 것이었다. 잠에서 깨어보니 아무도 없는 텅 빈 집에 홀로 남아 있는 느낌을 지울 수 없었다. 머리는 충분히 설득된 듯했지만 몸은 아직 과거에 머물고 있었다. 편집장의 얘기를 상기하면서 지적당한 몇 가지를 메모해 보았다.

1. 그림체가 엉망이다. 예전보다도.

2. 스토리도 미숙하다. 예전보다도.

3. 호흡마저 길다. 웹 콘텐츠답지 않게.

　그리고 간밤의 꿈이 생각나 〈4. 털북숭이로 변한다.〉라고 쓸까 하다가 피식 빈 웃음만 흘리고 말았다. 편집장이 이 얘기를 들으면 어떤 표정을 지을까. 일단은 피식하고 똑같은 반응을 보이겠지. 그리고는 이 모든 작업상의 불협화음을 그 탓으로 돌릴지도 모를 일이었다. 어쩌면 '변하는 꿈을 꿔서', '변한다고 생각해서' 아님 '변해서' 이십 년 동안 다듬어 왔던 그림체를 잃었다고 할지도 모를 일이었다. 아무것도 가닥이 잡히지 않았지만 일단 편집장의 조언은 하나 들어줄 수 있을 것 같았다.

　'바람을 쐬자. 그래. 상쾌한 공기를 폐에 가득 담아오자!'

　스스로 명쾌한 동의를 얻어냈지만 바로 떠날 수는 없었다. 어디로 갈지 떠오르지 않았다. 다시 침대에 걸터앉고 말았다. 불러주는 곳이야 늘 없었지만, 평소 가고 싶었던 곳도 하나 없었다니. 유원지, 놀이동산, 동물원, 박물관 등을 떠올려도 마땅치 않았다. 혹시나 하고 다이어리를 뒤져보기로 했다. 오래전 일이지만 가끔 해야 될 일이나 하고 싶은 일들이 생각나면 'To Do'라는 항목에 메모를 했었던 기억이 났다. 다이어리의 커버를 펼치는데 가야 할 곳이 눈에 들어왔다. 다이어리의 날개 부분에는 돌아가신 어머니의 사진이 코팅되어 있었다. 어머니는 공원묘지에 계신다. 생전과 마찬가지로 외롭게. 공원묘지를 떠올리니 가물가물하게 길도 생각이 나고 중간에 들렀었던 식당들도 피어올랐다.

'피자를 좋아하셨으니 한 판 가져가야겠다.'

좋은 선택이라는 생각에 마음이 살짝 들떠오는 것을 느꼈지만 다시 방문 앞에서 멈춰 서야만 했다.

'이렇게 입고 가도 되려나?'

집에서 홀딱 벗고 산 것도 아니었지만 그래도 그냥 뭔가 이상했다. 체크무늬 난방에 트레이닝 바지. 일 년 열두 달 피부처럼 두르고 있는 옷. 갑자기 이대로 입고 나가도 될까 하는 생각이 석주를 잠시 동안 붙잡고 있었다. 결국 창밖을 내다보고 다른 행인들의 복장도 특별하지 않다는 판단이 섰다. 그리고 지갑과 차 키를 찾는데 십여 분, 꺼뒀던 휴대전화를 찾아 충전하는데 삼십여 분이 소요되었다. 집밖을 나서니 어느덧 정오가 가까워지고 있었다.

석주의 차는 집에서 삼십 분 정도 떨어진 곳에 주차되어 있었다. 집 앞엔 장소도 협소할뿐더러 경사가 심해 주차를 하기엔 적당하지 않았다. 그래서 일부러 조금 걷더라도 장기주차에 별문제가 없어 보이는 하천 근처 골목길에 세워

놓았었다. 다섯 달 전에 세워둔 차가 잘 있는지도 불확실
했다. 출간된 만화책을 실어올 때를 제외하고는 세워놓고
나 몰라라 했었다. 어쩌면 유리창이 깨져 있거나, 타이어
의 바람이 빠져 있을지도 모를 일이고, 노숙인의 맨션이
되어 있을지도 모를 일이었다.

　두껍게 덮인 먼지로 차를 알아보는데 애를 먹었다. 올해
의 3, 4월 황사 먼지는 유난히 지독했었다. 먼지의 색상으
로 보아서는 황사와 길 먼지가 이중으로 얹혀 있었다. 한
바퀴 빙 돌아보니 상태는 괜찮아 보였다. 사이드 미러가
하나 부서져 있었지만, 운전하는 데는 별문제가 되지 않을
것 같았다. 어차피 그쪽은 잘 보지 않으니까. 무엇보다도
다행인 건 차 키가 쏙 하고 잘 들어간다는 것이었다. 소박
한 만족으로 비춰질지도 모르지만 결코 그렇지 않았다. 요
전에는 차 키가 들어갈 구멍에 누군가가 이쑤시개를 쑤셔
넣어서 열쇠 수리공을 불러야 했었기 때문이다.

　차 안은 지하실에서나 올라올 법한 냄새가 카시트에서
배어 나왔다. 그래도 운전석에 앉아 문을 탕하고 닫으니
기분이 좋아졌다. ─주인님, 오랜만입니다. 하는 기계음이
라도 나왔으면 참 좋았겠는데 하는 생각이 들었다. 키 박
스에 키를 꽂고 돌리니 한 번에 시동이 걸렸다. 누가 듣든
말든 '헐헐헐' 웃어버렸다. 레버를 조작해서 워셔액을 뿌
리고 와이퍼를 움직였다. 운전석 유리창을 통해 깜깜했던
실내가 환해졌다. 다시 한 번 '헐헐헐' 웃어버렸다. 스타

일리쉬한 손동작으로 룸미러를 조작해 뒤를 비춰냈다. 뒷유리창에도 먼지 커튼이 드리워져 있었다. 이번엔 레버를 조작해도 앞 유리창의 와이퍼만 움직일 뿐이었다. 그제야 뒷유리창엔 와이퍼가 없다는 것이 생각났다. 그냥 갈까 하다가 조수석에 널브러져 있던 티슈를 집어 들고 차 뒤로 나섰다. 먼지는 화학작용을 일으켰는지 딱딱하게 코팅이 되어 있었다. 자세히 보니 누군가가 먼지 위에 글을 써놓았다.

당신의 일상을 담아드리겠습니다. ─파파라치.
www.iampaparazzi.net

3분쯤 얼어 있던 석주는 유리창을 대충 닦아냈고, 한바탕 새까만 매연을 토해낸 자동차는 북적이는 도로로 합류했다.

다홍이는 귀를 간질이는 음악 소리에 잠에서 깼다.
'벌써 아침인가? 그런데 아직도 깜깜하네.'
방 안은 아무것도 분간할 수 없을 만큼 어두웠지만, 살짝 열린 문틈으론 가느다란 음악 소리와 어른거리는 불빛이 새어 들어오고 있었다. 손을 더듬거려 침대 밑의 자명종을 집어 들었다. 새벽 1시. 모두 잠들어 있어야 할 시간이었다.

망설이다가 문틈으로 거실을 내다보았다. 거실 역시 아무런 등도 켜 있지 않았지만, 어른거리던 불빛은 TV 브라운관에서 흘러나오고 있었다. 그 앞에 굽은 등을 하고 움츠려 앉아 있는 것은 실루엣만으로도 길도 삼촌인 것이 분명했다. 그런데 평소의 삼촌답지 않았다. 아니, 다홍이는 태어나서 한 번도 길도 삼촌이 저러고 있는 것을 본 적이 없었다. 평소의 삼촌과는 많이 달라 보였다. 무엇보다도 삼촌은 절대 불 꺼진 방에서 TV를 보지 않는다는 것이 오래된 철칙이었고, 저렇게 한 발자국도 안 되는 거리에서 TV를 보지 않는다는 것은 가족들 모두가 아는 사실이었다. 물론 시력을 보호한다는 차원에서였다.

누구나 다 아는 사실이지만 삼촌은 늘 가방에 줄자를 가지고 다녔다. 혹시 어딘가에서 TV를 볼 일이 있으면 3미터를 정확하게 잰 후에 그 뒤에서 TV를 시청하곤 했다. 만약 3미터가 확보되지 않는다면? 그건 시청을 포기하는 것을 의미했다. 게다가 3미터가 확보되고 TV를 시청하게 된다 해도 역시 가방에서 당근이나 낱개 포장된 치즈를 꺼내우물거리곤 했다. 당근이나 치즈에는 눈에 좋은 비타민 A가 다량 함유되어 있기 때문이다.

이처럼 시력보호에 철저한 삼촌이 새벽 1시, 불 꺼진 방, 그것도 1미터도 안 되는 거리에서 TV를 시청하고 있는 것이었다. 게다가 지금 삼촌이 시청하고 있는 프로는 바로 한밤의 클래식이었다. 어느 시립교향악단이 토실토실한 테너 연주자와 협연을 하고 있었다.

걱정되고 조금은 무서운 생각도 들었지만 지금은 궁금증을 억누를 수밖에 없었다. 박자를 맞추고 있는 건지 아님 뭔가를 메모하는 것인지 삼촌은 바닥에 손가락으로 뭔가를 끼적이고 있었고, 고개가 5도 만큼 기울어져 있다는 것은 상당히 심취해 있다는 것을 의미했기 때문이다. 궁금증은 잠시 묻어두고 잠을 청하기로 했다. 어쩌면 삼촌에겐 말 못할 비밀이 있을지도 모를 일이었다. 낮에는 평범한 농아지만 새벽녘 아무도 없을 때―어쩌면 시간 제약으로 새벽 1시부터 3시까지―에는 청각과 목소리가 돌아온다는 비밀. 누군가에게 이 사실을 털어놓는 순간 그나마 모든 것을 다시 잃게 되는 비밀. 삼촌은 분명 자고 있는 내 얼굴에 대고 속삭이겠지.

"내가 얼마나 다홍이를 사랑하는지 알지? 삼촌은 늘 다홍이에게 최신 휴대전화를 사주고 싶고, 유행하는 운동화와 머리핀을 사주려고 계획하고 있고……."

상상 속에서는 영락없는 초등학교 3학년생 최다홍. 다시 잠에 빠져 들어가는 순간이었다.

길도는 늘어지게 하품을 쏟아냈다. 어젯밤 한숨도 잠을 이루지 못한 여파가 몸 여기저기에서 터져 나왔다. 그래도 전혀 수확이 없는 밤샘이 아니어서 기분은 상쾌했다. 새로운 오락거릴 찾은 것이다. 어제 새벽 관심을 갖게 된 오케스트라 연주가 그것이었다. 문득 채널을 돌리다 길도의 호기심을 산 것은 바로 현란한 '활'들의 향연.

'어떻게 눈 한 번 맞추지 않고 악보만으로 저렇게 동작이 일치될 수 있을까?'

오케스트라 앞줄에 위치하는 바이올린과 비올라 그리고 첼로들의 활이 엔진의 피스톤 운동처럼 정연한 것이 길도의 눈길을 끈 것이다. 카메라가 뒤로 빠져 오케스트라를 넓게 비출 때는 악기들의 리드미컬한 움직임이 더욱 빛을 발했다. 그러다가 관악기 연주자의 손가락에 취해들었고, 튜바 연주자의 볼록한 볼에서는 웃음을 참지 못했다. 대미는 건장한 중년의 연주자가 냅다 달리듯 북을 두드리면서 박수를 끌어내고 커튼을 내리는 것으로 끝을 맺었다. 청중들의 박수와 박수 사이가 한 곡이라면 좀 길다는 것이 흠이라면 흠이겠다. 관중일 수밖에 없는 길도도 그 청중들처럼 일어서서 박수를 길게 쳤었다. 그리고 길도도 지휘자가 그랬던 것처럼 머리를 쓸어 올리며 브라운관과 작별을 고했었다.

언제 또 볼 수 있을까 하고 인터넷의 TV 편성표를 확인한 후 메일을 확인하는데 새로운 의뢰가 들어와 있었다. 이번에도 느낌은 범상치 않았지만 바로 답변하지 못한 죄(?)로 거절할 수 없었다. 사실, 유독 끌리는 매력적인 구석도 있는 의뢰였다. 하루 한 시간만 할애하면 된다는 것인데 그 후엔 바로 우유 배달을 하면 시간도 알차게 쓸 수 있었다. 다만, 의뢰자의 요구사항에는 〈전화로는 곤란하고, 문자메시지를 보내겠습니다.〉 하는 답장을 보냈었다.

1 이름 : 장석주

2 기간 : 2011년 6월 24일~6월 26일까지

3 집주소 : 경기도 용인시 처인구 역북동 38—2 정상슈퍼 건물 301호

4 전화번호 : 017—XXX—XXXX

5 스케줄(자세히 적어주세요!)

저는 집 밖을 거의 나가지 않습니다. 어떨 때는 서너 달 동안 외출을 하지 않는 경우도 있습니다. 생필품은 1층 가게에서 거의 다 해결이 됩니다. 제가 가끔 보일 만한 곳은 겨우 계단 입구와 옥탑방 창문 정도일 겁니다.

6 요구사항

새벽 동이 트는 무렵에도 파파라치가 가능할까요? 홈페이지에는 별다른 작업 시간이 없어서 뭐라고 부탁드려야 할지 잘 모르겠습니다. 힘드셔도 꼭 들어주셨으면 좋겠습니다. 새벽 5시에서 6시 사이쯤으로 생각하셨으면 합니다. 그 대신 다른 시간대에는 저를 파파라치할 필요가 없습니다. 절 볼 수조차 없을 테니까요. 그러니까 딱 한 시간, 새벽녘에 옥탑방으로 올라가는 계단을 지켜봐 주시면 됩니다. 그리고 한 가지 부탁을 더 드리자면, 첫날을 파파라치하신 후에 저와 전화 통화를 해주셨으면 합니다. 의뢰인과 만나거나 통화하지 않는다는 조항을 확인하긴 했지만, 저에겐 매우 중요

한 일이라 꼭 좀 통화를 했으면 합니다. 제 의뢰가 조금 황당하게 느껴질 수 있다는 거 잘 알고 있습니다. 자세한 얘기를 드릴 수 없지만 제 부탁을 꼭 들어주셨으면 합니다.

7 첨부파일 : JangSeokZoo.jpg

8 이메일 : BFly@Comichagun.pe.kr

장석주의 집은 생각보다 가파른 경사길 구 푼 능선쯤에 위치해 있었다. 배달할 우유까지 짊어지니 길도도 숨이 차올랐다. 앞으로 이틀을 더 올라와야 하니 내려갈 때는 마을버스 노선이라도 봐둬야겠다고 생각했다. 승용차 두 대가 겨우 비껴 지나갈 수 있는 정도의 도로는 이리저리 뒹구는 쓰레기들로 가득했다. 그래도 다행스러운 것은 바로 위엔 몇 대의 체력단련 기구들이 마련된 손바닥만 한 공원이 있다는 것이었다.

그곳에서 장석주의 집 일대가 훤하게 들어왔다. 길도의 눈높이에 옥탑방이 있었고, 그 아래 계단 입구가 일직선상에 놓여 있었다. 게다가 건물로 접근할 수 있는 도로도 시원하게 전망할 수 있었고, 무엇보다도 공원의 나무들 때문에 건물에서는 길도의 모습을 확인할 수 없었다. 보인다 해도 기구를 이용하고 있는 길도를 의심스럽게 볼 이유가 전혀 없을 것 같았다.

옥탑방을 향해 있는 기구를 골라잡아야 했다. 스포츠센터에 있을 법한 작동되는 기구에는 모두 아줌마들이 올라가 있었다. 잠깐 기다려 볼까도 생각해 봤지만 어림없는 일일 것 같았다. 아줌마들은 뭐든지 열심히 하기 때문이다. 버스에서 자리를 맡을 때도, 시장에서 가격을 흥정할 때도, 길을 걸을 때도, 전화를 할 때도 모두 열심히 한다.

길도가 탐내는 기구에는 벌써 십여 분째 땀을 흘리는 아줌마가 있었다. 흐트러짐 없는 자세로 보아 '국민체육진흥' 차원이 아니라 '올림픽 상비군'을 목표로 하시는 것 같았다. 어림없는 일이었다. 아줌마는 한동안 기구에서 내려오시지 않을 것 같았다. 할 수 없이 아무도 없는 평행봉 옆에 자리를 잡았다. 평행봉 쪽으로는 아무도 발걸음을 주지 않았다. 오히려 더 잘된 일일지도 몰랐다. 4시 40분. 벤치에 앉아서 우유 하나를 꺼내 마셨다. 밤늦도록 TV를 시청한 탓인지 눈이 따끔거리는 것 같았다.

벤치에 기대서 먼 산을 찾았다. 건물과는 반대 방향에 제법 높다란 산정상이 눈에 들어왔다. 길도는 산 끝자락 작은 점에 초점을 맞춘 후 천천히 능선을 따라 정상까지 오르고를 반복했다. 이렇게 가끔은 먼 곳에 초점을 맞추고 눈알을 굴려주면 눈 건강에 탁월하다고 알고 있는 길도였다. 능선의 도중엔 사찰이 하나 있었다.

'여기서도 보일 정도라면 굉장히 큰 절일 거야. 스님이 몇 분쯤 계실까? 열 분, 스무 분? 식사 담당 한 분, 청소 담당 한 분, 사무 담당 한 분……'

자동차 경적 소리가 길도를 깜짝 깨웠다. 뒤돌아 건물 쪽을 바라보니 야채를 가득 실은 트럭과 택시가 이마를 맞대고 으르렁거리고 있었다.

'저런, 택시가 양보해 줘야지. 트럭이 뒤로 물러설 곳이 없구먼. 저런 쯧쯧…… 아니, 세상에! 내가 지금 뭐 하고 있는 거야!'

건물 1층의 정상슈퍼는 이미 문을 활짝 열어젖히고 손님을 받고 있었고, 거리도 말끔하게 정리되어 있었다. 휴대전화 액정시계는 6시 50분을 표시하고 있었다.

'세상에나! 얼마나 잔 거야? 우유 배달도 늦었잖아!'

가게 옆 계단 입구는 여전히 변함없었고, 옥탑방의 닫힌 창문에는 흰색 러닝셔츠 차림의 사내가 어른거렸다. 더 이상 머뭇거릴 수 없었다. 우유 배달이라도 빨리 가야 했다. 휴대전화에는 다홍이로부터 문자메시지가 도착해 있었다.

「삼촌, 벌써 나갔어? 기다리다가 나왔어. 친구들이랑 학교 갈게. 걱정하지 마. 삼촌 하굣길엔 꼭 데리러 와줘. 알았지?」

'망했다!'

길도는 교문이 정면으로 보이는 분식집에 일찌감치 자리를 잡았다. 등굣길을 함께 못해준 미안함도 그렇지만 하굣길엔 꼭 데리러 와달라는 얘기가 길도를 서둘러 나오게 했다. 그리고 기다리는 동안 의뢰자에게 문자메시지를 보내야 했다. 솔직히 실수를 인정해야 할까? 아니면 아무렇지도 않게 오늘은 관찰의 하루였고 사진은 보통 이틀째부터 담는다고 둘러대야 할까? 망설이다 결정이 나지 않은 상황에서 의뢰자에게 문자메시지를 보내고 말았다.

「파파라칩니다.」

최대한 전문가답게 느껴지도록 해야 했다. 문자메시지는 짧고 명료하게. 담담한 어투를 견지해야 한다.

「귀찮게 하고 있다는 거 압니다만 너무 궁금해서요.」

의뢰자의 답장이 바로 날아왔다.

「궁금하신 점이?」

「제 요구사항이 지켜지고 있나 해서요.」

「물론, 지켜지고 있습니다.」

거짓말을 말로 해야 했다면 삼킨 가시를 뱉어내듯 힘겨웠을 테지만 다행히(?) 손가락은 아무렇지도 않게 문자를 찍어 보내 버렸다. 떨림마저도 꾸욱 누른 채로.

「새벽 5시에서 6시 사이 계단 입구를 내내 지켜보셨단 말이죠?」

「물론입니다.」

마른침이 꿀꺽 넘어왔다.

「그럼 보셨나요?」

다시 한 번 마른침이 넘어갔다.

「저희는 돌려 말하지 않습니다.」

'저희'는 곧 '파파라치들'을 의미했다. 순간적으로 좋은 판단이었다는 생각이 들었다. '나'로부터 개성과 주관을 짜내서 건조시킨 것 같은 느낌이 들었다. 그러면서도 일에 있어서는 철두철미한 프로정신을 가지고 있다는 뉘앙스도 풍겼다. 마음에 드는 표현이었다.

「개요. 개. 멍멍개. 분명히 보셨겠죠? 계단으로 나갔다가 다시 올라간 개 말예요.」

입술이 타 들어갔다. 잠시 졸았으니 오늘 다시 지켜봐야 할 것 같다는 말은 쏙 들어가 버렸다. 문자메시지는 거짓말을 하기에 너무도 좋은 수단인 것만은 분명했다.

「네.」

「봤다고요?」

「네, 봤습니다.」

석주는 눈을 감았다. 몸을 뒤로 기댄 채 천장을 올려다봤다.

'역시 그랬군. 그런 거였어.'

「올라간 후 어떻게 됐나요?」

「다시 나오는 것은 확인하지 못했습니다.」

'역시 그랬어. 올라왔는데 나가는 것을 확인하지 못했다면 이 옥상에 있어야 하겠지. 하지만 나와 녀석이 마주치질 않았다는 얘기는…… 이를 어쩐단 말인가!'

「언제까지 확인하신 건가요?」

「6시 50분까지는 자리를 지켰습니다.」

그 시간이라면 이미 석주가 깨어서 옥상과 옥탑 주변을

샅샅이 둘러본 시간이었다.

「어떻게 보이던가요? 털 색깔이라든지.」

「좋은 잘 모르겠습니다만, 연한 갈색 털에 군데군데 짙은 털이 박혀 있었습니다. 다리는 몸에 비해 좀 짧았던 기억입니다.」

거짓말이 이젠 제 힘으로 자라나고 있었다.

「사진을 찍어두셨겠지요?」

「아니오. 찍지 않았습니다.」

「왜죠?」

「저희는 의뢰한 사람, 본인만 찍습니다.」

「죄송합니다. 제가 사전 설명이 부족했군요. 그 개를 꼭 사진에 담아주세요.」

「다시 한 번 말씀드리지만 본인만 찍습니다.」

「저나 마찬가지라니까요.」

반려견은 들어봤지만 일심동체견은 처음 들어봤다.

「그럼 개주인임을 증명할 수 있나요?」

「증명하긴 어렵지만 제 집을 들락거리는 갭니다. 주인과 다름없지 않나요?」

「말씀 듣고 보니 그렇군요. 고소하거나 그렇지는 않겠죠?」

「네 물론이죠. 고소 안 할게요. 됐죠? 내일이라도 좋으니 사진을 찍어 보내주세요.」

하루는 너무 시간이 촉박했다. 내일 그 개를 못 보거나 미처 놓치기라도 하면 아무것도 남는 것이 없게 되는 것이었다.

「다시 한 번 죄송한 말씀드리겠습니다. 의뢰 일정을 정확하게 지켜서 보내 드리도록 하겠습니다.」

「그냥 파일로 보내주셔도 괜찮습니다.」

「그럴 수 없습니다. 저희도 원칙이라는 것이 있습니다. 약속드린 대로 내일과 모레 마저 사진을 담은 후 보내 드리도록 하겠습니다.」

「그러시다면 알겠습니다. 그 개를 좀 더 밀착해서 담아주셨으면 좋겠습니다. 부탁드립니다.」

「네, 믿고 맡겨주십시오.」

등줄기에서 땀이 흘러내렸다. 거짓말이 길도를 지치게 하고 있었다.

어느 새 다홍이는 교문에서부터 달려와 삼촌 다리에 찰싹 달라붙었다. 볼을 비비고 반가움을 표시한 후에도 다홍이는 걷는 도중에 이따금씩 삼촌을 올려다봤다. 무슨 할 말이 있을 때의 징후 같은 건데, 가다가 멈춰서 다홍이와 눈을 맞춰주니 망설이다가 그냥 업어달란다.

앞서 가는 아가씨는 보기에도 비싸 보이는 빨간색 첼로 하드케이스를 메고 있었다. 그 광택이 어찌나 반질반질한지 고민하는 다홍이의 표정을 고스란히 비춰냈다. 제가 무슨 뱀이라도 된 양 왼쪽 귀 뒤에서 입을 쫑긋하기도 하고, 오른쪽 귀 뒤에서 입을 쫑긋하기도 했다. 아주 작은 입모양을 보니 '삼촌' 하고 있었다. 길도는 장난기가 발동해 갑자기 고개를 획 돌려 다홍이와 눈을 맞췄다. 그리고는 입모양만으로 '왜?' 하고 말했다. 그때의 다홍이 두 눈은 튀어나올 듯 놀라고 있었다.

집에 돌아온 다홍이는 다시마차를 앞에 두고 삼촌에게 모든 것을 털어놓았다. 삼촌이 어제저녁에는 다른 사람 몰래 말도 하고 들을 수도 있을지 모른다고 생각했었다고. 어제 그 비밀의 현장을 목격한 줄 알았었다고 했다. 길도는 머쓱하게 고개를 가로저었다. 길도는 풀이 죽은 다홍이의 등짝을 쓰다듬었다. 고개를 슬며시 치켜든 다홍이의 눈은 살짝 젖어 있었다.

"삼촌, 그럼 들리지도 않는데 오케스트라 공연은 왜 들은 거야?"

길도가 수첩에 적었다.

「본 거야.」

"뭘?"

길도도 사실대로 얘기했다. 춤추는 바이올린의 활이 코마개를 한 싱크로나이즈 수영선수들 같았다고. 어떤 연주자의 터질 듯한 볼은 나그네의 웃옷을 벗기려는 바람 신(神) 같았다고. 그리고 냅다 두드리는 타악기 연주자를 보고 한참 웃어버렸다는 것을.

다홍이는 오랜만에 삼촌 목을 끌어안고 온갖 어리광을 부렸다. 그날 저녁 메뉴는 당근과 치즈 그리고 시금치를 버터에 볶은 이른바 '비타민 A 뷔페'로 푸짐했다.

　다음날, 새벽 4시 50분에 비탈길 공원으로 출근했다. 아직은 공원 가로등에 의지해야 하는 어둠 속이었지만, 어제 눈독 들인 그 기구엔 어제의 그 아줌마가 여전히 훈련 중이었다. 어차피 기대도 하지 않았었다. 길도가 그 상비군 아줌마 앞을 지나치려고 하는데 아줌마가 손짓으로 길도를 불러 세웠다.

　"얘, 그거 파는 거니?"

　어깨에 멘 배달용 아이스박스를 두고 하는 말이었다.

　"나, 우유 도소매 가격은 물론이고 원가까지 아는 사람이니까 너무 비싸게 팔지는 말고 하나만 다오. 요 앞집에 가면 얼마든지 있는데 가기 귀찮아서 그래."

　얼마를 얘기하건 무조건 깎을 것 같은 기세였다.

　그때 길도 머리를 스치고 지나가는 아이디어가 하나 있었다. 길도는 가방을 내려놓고 수첩을 펼쳤다. 아줌마께 먼저 견출지 〈1번〉 페이지를 보여 드렸고, 바로 용건을 적어 보여 드렸다. 아줌마는 살짝 놀라는 눈치시더니 바로 다음 메모에 관심을 보였다.

　〈몇 가지 여쭤볼 것이 있는데 대답해 주시면 공짜로 드릴게요.〉

　"그래, 뭔데?"

　〈저는 다른 사람을 대신해서 잃어버린 애완견을 찾고 있어요. 요 앞에서 봤다는 사람이 있어서 말이에요. 혹시 저 계단으로 올라가고 내려오는 개를 본 적이 있으신가요?〉

길도는 아줌마가 메모를 다 읽기를 기다렸다가 바로 맞은편 건물 옥탑방으로 향하는 계단을 가리켰다.

아줌마는 잠깐 건물을 확인해 보더니 바로 고개를 가로 저었다.

"저 건물에는 애완용이든 식용이든 개는 없어. 개띠 사내라면 모를까."

〈봤다는 사람이 있어서요.〉

"그렇다면 잘못 본 것이거나, 다른 건물일 게야. 내 장담 하지. 내가 저기 살거든. 1층에선 항시 가게를 지키고 있고, 새벽엔 일 년 열두 달 내내 여기서 우리 건물을 지켜보고 있으니 말이지. 옥탑에 사는 만화가 장 씨도 아닐 거고."

'만화가?'

〈그럼, 어제 새벽 5시에서 6시 사이에 건물로 들어가는 개를 못 보셨단 말씀이세요?〉

"지금까지 무슨 얘기를 들은 거야? 내 입모양 보면 알아 들을 수 있다면서. 어제도 내가 여기에서 7시까지 이 기구를 타고 있었다니까. 만약 그런 걸 봤었다면 내가 바로 몽둥이를 들고 쫓아갔을 거야. 알아듣겠어? 나 이제 우유 하나 집어먹어도 되겠지?"

길도가 200㎖ 우유 하나를 꺼내 드리려고 하는데, 아줌마의 잽싼 손은 이미 유산균요구르트를 집어 들고 있었다.

"또 물어볼 거 없어?"

우유와 유산균요구르트와의 차액만큼을 질문해 달라는 의미일 것이다.

〈그 만화가가 혹시 유기견을 키우거나 그러시진 않을까요?〉

"장 씨가 개를 키운다면 개 짖는 소리가 한두 번은 들렸겠지. 그런데 전혀 그렇질 않았거든. 무엇보다도 우리 집 바깥양반은 개띤데도 개털 알레르기가 있어서 같은 건물에 함께 있다는 것은 상상도 못하지. 암 그렇고말고. 바로 재채기를 해댔을 거야. 그리고 장 씨 개 키울 만한 사람이 못 돼."

길도가 '그건 왜요?' 하는 표정을 지어 보였다.

"그 사람 만화 그리는 일 말고는 거의 할 줄 아는 게 없어. 제 방도 안 치우고 사는데. 운동은커녕 외출도 한 번 안 하는 것 같더라고. 그래도 밥은 먹고 사는지 가끔 우리 집 막둥이 시켜서 쌀이며 라면을 주문하곤 하지. 뭐, 그래도 외상도 잘 안 하고 우리 애도 좋아하는 거 같아서 그냥 들어주곤 해. 그때마다 심부름값이라고 만화책을 주더라고. 차라리 용돈을 좀 쥐어주지. 어디에 써먹는다고. 쳇. 그러니 개 키울 만한 여유가 있겠어? 그리고 개가 있으면 그려놓은 만화를 물어뜯거나 행여 바닥에 있는 물감 같은 데에 오줌 싸고 똥 싸고 그럴 거 아냐."

'그러게?'

"며칠 전 잠시 외출을 하는 것 같긴 한데, 역시 들어올 때 개는 데려오지 않았어. 내가 인사를 받았거든. 학생, 그나저나 이 기구 타고 싶니? 이 기구 기다리는 거야?"

길도가 웬일이야 하면서 고개를 방정맞게 끄덕였다.

"그럼 우유 하나 더 줘."

'이 아줌마가 정말.'

아줌마는 기구에서 내려오지 않은 채로 유산균요구르트를 들이켰고, 길도는 다시 평행봉 앞 벤치에 자리를 잡아야 했다.

오늘도 여전히 쓰레기봉투가 넘어지고 뜯어져 거리를 어지럽게 하고 있었다. 가끔 길고양이들이 서성이며 냄새를 맡았고, 위에서 내려오던 자전거는 쓰레기와 고양이를 피해 가느라 심하게 브레이크를 잡는 것 같았다. 그리고 기다리던 개는 끝내 볼 수 없었다.

일단 우유를 배달하고 돌아오는 길에 다홍이를 데리고 오기로 했다. 길도가 어제 이번 의뢰에 대해 설명했을 때 다홍이는 눈을 반짝거렸다. 아마도 의뢰자가 찍어달라는 그 개를 보고 싶었던 것 같았다. 어쨌든 오늘은 다홍이도 학교를 가지 않는 날이니 함께 다니는 것이 좋을 것 같았다. 무엇보다도 어제의 거짓말을 조금이라도 만회하고 싶었다.

10시쯤 공원으로 다시 돌아왔다. 다홍이와는 오후 6시까지만 있기로 약속을 했다. 길도는 그 긴 시간을 어떻게 보낼까 하고 걱정을 했었지만 곧 공연한 걱정이었음을 알게 되었다. 도착한 지 10분을 채 넘기기 전에 하나둘 도착한 꼬마 녀석들이 다섯이 되었다. 녀석들은 어제도 봤을 텐데 마치 몇 년 만에 만나는 사람들 마냥 껑충껑충 뛰고 즐거워했다. 막 도착한 녀석과 미리 와 있던 녀석은 손을 맞잡고 반가움의 덕담을 주고받는 것 같았다. 그때마다 다홍이가 조심스레 주의를 주곤 했었다. 녀석들의 다음 행동을 보아서는 두 가지 주의가 아니었을까 생각한다. 우선 삼촌과 함께 와 있으니 가서 공손하게 인사를 드리라는 것. 그리고 삼촌은 입모양을 읽어낼 줄 아니까 우리들만의 얘기는 입을 가리고 할 것. 특히, 뒤돌아섰다고 방심하지 말 것도 특별히 주문한 모양이었다.

다 모이니 다홍이까지 여섯이 되었다. 남녀의 성비율도 절반씩. 계획된 만남이었던 것이 분명했다. 길도도 모르게 비상연락망이 빠르게 진행되었던 것이다. 뭐가 들어 있나 궁금했던 다홍이의 쇼핑백에선 줄넘기며 테니스공이며 공깃돌 등이 연달아 튀어나왔다. 작은 운동회라도 열 생각인 것 같았다.

다홍이는 "삼촌, 우리 여기에서 놀게. 가끔 우리들 사진도 좀 찍어줘." 하고는 그 손바닥만 한 공원을 점령해 버렸다. 길도는 다시 평행봉 앞 벤치에 자리를 잡았다. 길도의 옆으로 녀석들이 들고 온 가방들이 줄 세워졌다. 가방마다 엔 학원 이름과 전화번호가 프린트되어 있었다. 그리고 보기에도 무척 무거워 보였다. 녀석들이 서로 얼싸안고 반가워할 만했다는 생각이 들었다.

가게 앞 평상에도 다홍이 또래로 보이는 녀석이 숙제를 하고 있었다. 그 옆 수북이 쌓여 있는 군것질거리에 그다지 큰 관심을 보이지 않는 것으로 봐서는 가게 집 아들인 것 같았다.

'저 녀석이 가끔 옥탑방 심부름도 가고, 만화책도 몇 권 가지고 있겠군.'

토요일 한낮에도 인적이 드문 것은 가파른 길의 경사와 무관해 보이지 않았다. 지켜본 지 한 시간을 훌쩍 넘겼는데도 가게를 찾은 손님은 겨우 둘이었다. 옆 골목을 경유하는 마을버스도 세 대 정도만이 느릿하게 지나갔다. 이 적막 속에서도 평상에 엎드려 천천히 연필을 놀리는 꼬마 녀석이 대견했다.

뒤돌아 다홍이 일행을 쳐다봤다. 다홍이가 아이들에게 군사훈련 비슷한 것을 시키고 있었다. 다홍이의 구령에 양 갈래 머리를 땋은 주근깨가 한 걸음 간격의 훌라후프 세 개를 가볍게 통과했다. 입가에 미소를 띤 채로 철봉으로 달려가 몇 초간을 매달렸고, 남자 녀석들은 팔짱을 끼고 제법이라는 표정으로 지켜보고 있었다. 주근깨는 이제 체력단련 기구들을 하나씩 섭렵하기 시작했다. 기구에는 남자 녀석들이 서 있다가 어느 정도 됐다 싶으면 "통과"를 외쳤다. 이제 주근깨의 입가엔 미소가 걸려 있지 않았다. 마지막으로 제법 통통한 녀석이 모래판에서 샅바를 매고 기다리고 있었다.

주근깨가 천천히 녀석 쪽으로 걸어가고 있을 때 아이들은 저마다 모여들어 어깨를 주무르거나 주먹을 보이면서 "파이팅!"을 외쳤다. 그러고 보니 저 샅바는 낯이 많이 익었다. 우유 보급소에서 사용하던 현수막과 많이 닮아 있었다. 주근깨의 뭔가 있어 보이는 가느다란 미소와는 달리 결과는 예상한 대로였다. 순식간에 통통한 녀석이 주근깨를 깔아뭉개 버렸다. 아팠는지, 놀랐는지, 진 게 분했는지 주근깨는 눈물을 보였다. 하지만 다홍이는 주근깨의 손을 들어주었다. 희비가 엇갈리는 순간이었다. 주근깨는 다른 빨간 리본에게 축하를 받았고, 통통한 녀석은 입을 삐죽거리며 판정에 불만을 토로했다. 그것도 잠시, 통통한 녀석이 주근깨에게 손을 내밀었고, 군사훈련은 해피엔딩으로 마무리되었다.

길도와 눈이 맞은 다홍이는 미안했는지 비척비척한 걸음으로 걸어와 폭 안겼다. 길도는 삼촌 신경 쓰지 말고 더 놀라는 시늉을 했지만 다홍이는 "삼촌, 배고프지?" 하면서 삼촌 옆에 나란히 앉았다. 그리고는 애들을 불러 모았다.

"밥 먹자."

다홍이의 한마디에 아이들이 탄성을 질렀다. 삼촌은 잠

깐 일어서 계시라고 하더니만 녀석들의 가방에서 먹을 것들을 꺼내 늘어놓았다. 책은 단 한 권도 들어 있지 않았다. 주근깨는 조각 피자를 몇 조각 싸왔고, 통통이는 삼단 찬합에 밥과 반찬을 가득 담아왔다. 다들 담아오고 싸온 모양새로 봐서는 직접 냉장고에서, 찬장에서 꺼내가지고 온 것처럼 보였다.

"이게 삼 인분이야? 내가 삼 인분이라고 분명 얘기했었는데?"

정작 하나도 싸오지 않은 다홍이가 창수를 윽박지르고 있었다. 창수는 다홍이 눈을 바라보지 못하고 있었다. 물끄러미 길도를 올려다본 창수가 제 것처럼 보이는 것을 내밀었다.

"그러면 우리 삼촌이 잘도 받아먹겠다. 사람 무안하게."

다홍이가 팔짱을 끼고 고개를 획 돌렸다. 창수나 다른 아이들 그리고 길도까지 모두 어쩔 줄 몰라 하고 있는데 다홍이가 뭔가를 발견한 듯 소리쳤다.

"어머, 쟤 유현이 아냐?"

다들 다홍이가 향하고 있는 곳을 쳐다봤다. 그곳엔 평상이 있는 가게가 있었다. 다홍이는 벤치 등받이로 올라가서 손을 흔들며 크게 소리쳤다.

"야, 차유현~ 차유현! 여기, 여기."

평상에 엎드려 있던 꼬마 녀석이 다홍이 일행을 발견하고는 답례로 젖꼭지 위치에서 손을 까딱까딱 흔들었다. 그

소리가 컸는지 가게 안에서 주인아줌마가 고개를 내밀었다. 그러더니 별일이다 싶은 표정으로 다홍이와 자기 아들을 번갈아 쳐다봤다. 녀석은 제 엄마에게 뭔가를 얘기하더니 한 걸음에 공원으로 달려왔다.

"삼촌, 애는 내 유치원 친구야. 차유현. 우리들은 그냥 만화왕이라고 불렀었어. 늘 만화책을 가지고 다녔거든."

유현이는 공손하게 허리 굽혀 인사를 했다. 다른 아이들은 만화왕이라는 타이틀 때문인지 모두 반기는 눈치 같았다. 딱 한 녀석만 빼놓고.

다홍이는 함께 점심을 먹자고 했다. 녀석은 잠시만 기다려 보라고 해놓고는 쏜살같이 제집에 갔다 왔다. 손에 들려 있는 종이 가방엔 한 대접의 밥과 통조림 참치와 깻잎 그리고 단무지가 한보따리 들어 있었다. 아이들은 탄성을 질렀다. 유현이의 생각은 어떤지 모르겠지만 아마도 이 모임에 들어올 마음이 있다면 방금 합격통지서를 받은 것이었다. 딱 한 녀석에게서만 빼놓고.

요란한 점심시간이 끝나고 꼬맹이들의 손엔 유현이가 가져온 만화책이 한 권씩 들려 있었다. 다른 아이들이 만화책을 보고 있을 때 유현이는 아이들이 먹다 흘린 음식들과 쓰레기들을 차분하게 정리했다. 예상대로 만화책은 모두 장석주 작가의 작품들이었다. 길도도 유현이가 추천한 만화를 한 권 골라잡았다. 만화는 한 페이지 한 페이지가 수공예 예술작품이나 다름없었다. 등장인물은 물론이고 배경 하나하나 모두 손으로 직접 작업한 것 같았다. 나무도 윤곽을 그리는 방식이 아니라 나뭇잎 하나하나를 그리고 있었다. 스토리는 잘 모르겠지만 나무와 꽃들이 유난히 많이 등장했다.

나팔꽃을 그린 부분에서는 입이 떡 벌어졌다. 나팔꽃의 꽃잎과 수술들 그리고 머금고 있는 이슬까지 생생하게 묘사되고 있었다. 이슬에 비친 세상도 그려 넣은 것 같은 착각이 들 정도였다. 한참을 만화책에 몰두해 있는데 가게 주인아줌마가 검은 비닐봉지를 들고 공원엘 올라왔다.

"아니, 너희들은?"

아줌마가 길도를 알아봤다. 그리고 다홍이도 알아봤다.

유현이는 아줌마를 '엄마'라고 소개했고, 다홍이는 길도를 '삼촌'이라고 소개했다. 나머지는 다홍이가 다 정리해 버렸다. 아침에 삼촌에게 아주 친절한 아주머니를 만났었다고 들었다고, 삼촌은 아직도 잃어버린 친구의 개를 찾고 있다고, 그 개를 마지막으로 본 곳을 한 번 더 찾아봐야겠다고 해서 모두들 함께 왔다고, 그 앞에서 유현이를 만나게 되었다고. 가게 주인아줌마, 아니, 유현이 엄마는 모두들에게 "나는 유현이 엄마예요. 잘 부탁해요." 하고 하나씩 악수를 하면서 아이스크림을 나눠 줬다. 길도에게도 아주 상냥한 미소를 띠면서 악수를 청했다. 아마도 유현이에게는 친구가 그리 많지 않은 것 같았다. 새벽녘에 본 아줌마 성격에 아이스 바가 아닌 아이스 콘을 돌렸으니 말이다.

어쨌든 유현이 덕에 배부르게 점심을 먹을 수 있었고 또, 필요한 정보도 들을 수 있었다. 하지만 아줌마에게서 들은 내용과 크게 다르지 않았다. 분명한 건 옥탑방에는 분명 개가 없더라는 것이었다. 매일 하루에 한두 번은 옥 탑엘 올라가지만 한 번도 개를 본 적은 없었다고 했다.

녀석들은 또 한 번 군사훈련을 했다. 볼이 예쁘게 불타 는 빨간 리본 여자 아이가 또 한 번 울었고, 유현이가 통통 이를 씨름으로 눌렀을 때는 대한독립 만세를 외쳤었던 것 같았다. 유현이는 다시 한 번 스타가 되었고, 창수의 눈에 서는 불꽃이 일어났다.

길도는 다홍이와 부모님 댁으로 갔다. 다홍이 목욕은 항 상 할머니께서 도와주시기 때문이다. 저녁도 먹고 잠도 자 고 가자고 했다. 다홍이가 부끄러웠는지 길도에게 '메롱.' 하며 욕실로 들어설 때에 문자메시지가 한 통 도착했다. 장석주였다.

「장석줍니다. 몇 마디 나눌 수 있을까요?」

문장이 어둡고 무거웠다.

「말씀하세요.」

길도 역시 사무적인 톤으로 답했다.

「제 의뢰가 잘 진행되고 있나 궁금해서요.」

「문제가 있습니다.」

「네? 무슨 문제죠?」

석주의 답장은 약간의 시간을 두고 돌아왔다. 아마도 좀 당황한 것이 아닐까 싶었다.

「제 정보에 의하면 장석주 씨는 어떤 개도 소유하고 있지 않다고 들었습니다. 어떻게 된 일입니까?」

「괜찮다는데도 그러시네요. 제가 보장할게요. 제 개나 다름없습니다.」

「저희들도 원칙이라는 것이 있습니다.」

「제가 바로 그 개예요. 됐나요?」

'이게 무슨 소리야?'

「네?」

「못 믿으실 것 같아서 말씀드리지 않았습니다. 제가 밤마다 개로 변해서 거리를 뛰어다니고 있어요. 저도 믿고 싶지 않습니다.」

「네?」

「저도 처음엔 꿈인 줄만 알았어요. 말씀하신 대로 저희 건물은 개를 키우지 않아요. 주인아저씨의 알레르기 때문이죠.」

「사람이 개로 변한다는 것을 믿으라는 말씀인가요?」

「보셨다고 하셨잖아요. 제 방에서 개가 나가는 걸 보셨다고 하셨잖아요.」

「네, 맞습니다.」

'이런 걸 자승자박이라고 하는 걸까?'

「저는 단지 어떤 몰골로 거리를 헤매는지가 궁금할 뿐입니다. 꼭 사진을 찍어서 보내주셨으면 합니다. 그 사진을 가지고 의사를 찾아가거나 심령술사를 찾아가도 찾아갈 겁니다.」

「이제 알겠습니다. 내일 바로 이행하도록 하겠습니다.」

「잘 부탁드리겠습니다.」

의뢰의 윤곽이 들어나고 있었다. 길도의 메모가 또 한 번 상황을 정리하고 있었다.

만화가 전부인 만화가.

일상이 곧 만화 그리는 일.

디테일한 묘사. 섬세한 펜 터치의 만화가.

밤마다 꾸는 개꿈.

현실과 교차되는 개꿈.

의심받는 개꿈, 공격받는 개꿈.

목격자에 의해 현실로 증명되는 변신.

'밤마다 개로 변했다가 새벽엔 다시 사람으로 돌아온다!'

일탈과 이탈의 꿈.

…….

해결책은?

다홍이가 큰 타월을 두르고 할머니와 함께 욕실을 나왔을 때에는 이미 길도가 사라진 뒤였다. 냉장고에는 큰 글씨로 메모가 남겨져 있었다.

잠시 집에서 준비물을 챙겨 밥 먹기 전에는 돌아올게요.

다홍이는 식탁 위에서도 삼촌의 흔적을 발견할 수 있었다. 의뢰를 성리한 듯한 메모였다. 호기심에 눈으로 읽어내려가다가 숨이 멈출 정도의 강렬한 문구를 발견했다.

…….
해결책은?

그럼, 죽일 수밖에 없겠군!

오늘은 작정하고 거짓말을 해야 했다. 일부러 다홍이는 데리고 나오지 않았다. 데리고 나오려고 해도 힘들었을 것이다. 어제 군사훈련을 감독한 탓인지 코까지 쌔근거리면서 잠에 취해 있었다. 다홍이가 이 정도면 다른 녀석들은 아마도 '끙끙' 거리면서 앓고 있을 게 분명했다. 딱 한 녀석만 빼놓고. 뒤돌아서는 녀석의 뒷모습에서 불길이 이는 것을 보고 헤어졌었다. 드러누워서 눈엔 자동차 라이트와 같은 불빛을 쏘아내는 모습이 떠올라 잠시 배꼽을 쥐었었다.
길도는 언덕길이 시작되는 교차로에 나와 있었다. 적당

한 장소를 물색해야 했다.

'그래, 여기가 좋겠네.'

장소를 확인한 후엔 공중전화로 가서 몇 통의 전화를 걸었다. 장석주에게 거는 전화였다. 하지만 전화를 걸었다가 신호가 가면 끊고, 다시 걸었다가 끊기를 두세 번 반복했다.

'그럼 됐고, 이제 본격적인 작업을 시작해야겠군.'

가방에서 폭이 두껍고 흰 비닐 테이프와 가위 그리고 케첩을 꺼내 들었다. 길도는 눈으로 만들어야 할 결과를 생각한 후 천천히 작업을 시작했다.

'충격의 한 컷이 되어야 할 텐데.'

길도가 찍은 단 한 장의 사진은 거의 아무런 손질 없이 출력되었다. 출력된 사진은 다홍이와 유현이의 손을 거쳐 만화가 장석주에게 전달되었다. 유현이에게는 오후 1시를 즈음해서 건네주라고 당부했었다. 1시 10분 길도에게 문자 메시지가 도착했다. 장석주였다.

「장석줍니다. 이게 사실입니까?」

장석주의 떨리는 손엔 사진이 한 장 들려 있었다. 사진의 배경은 언덕길 앞 교차로. 교차로의 한복판엔 흰색 라인이 바닥에 표시되어 있었다. 데드 바디 아웃라인(Dead Body Outline). 살해 현장이나 교통사고 사망 현장에 시신의 자리를 표시해 주는 흰색의 테두리 라인. 다만 사진에서의 흰색 라인은 개가 누워 있는 형상이었다. 가만 보자. 그리고 여기저기엔 빨간색의 걸쭉한 액체가 흩뿌려져 있었다.

「네, 사실입니다.」

「본 대로 자세히 좀 알려주세요.」

「새벽 5시 10분경 닥스훈트로 보이는 개 한 마리. 죄송합니다. 어쨌든 황급히 집 앞을 나서는 것을 목격하고 바로 뒤쫓았습니다. 제가 교차로에 도착하기 직전 차량 급브레이크 소리와 동시에 쿵 하는 소리를 들었습니다.」

'아, 닥스훈트였구나! 제길.'

「혹시 생사를 확인하셨나요?」

「사고 차량이 덤프트럭이었다는 점. 충격 지점에서 10여 미터 떨어진 곳까지 튕겨 나왔다는 점. 그리고 아무런 미동도 않는 것을 목격했다는 점으로 즉사한 것으로 판단됩니다.」

석주는 자신의 멱살을 움켜잡았다. 신체의 일부가 떨어져 나가는 느낌이었다. 슬프지만 눈물이 나오는 건 아니었다. 오늘 아침에는 잘못 걸려온 전화 때문이었는지 아무런 기억이 나지 않았다. 정말로 나가긴 했던 것 같은데, 그다음은 아무것도 생각나지 않았다.

「그럼, 그 개는 어떻게 되었나요?」

「덤프트럭의 운전사가 차에 싣고 떠났습니다. 그 뒤에 제가 근처의 동물병원을 수소문해 봤지만 아무도 확인해

주질 못했습니다. 방치하고 도망가지 않은 것을 보아서는 아마도 좋은 곳에 묻어주지 않았을까 생각됩니다.」

「그렇군요. 수고하셨습니다.」

「그럼, 이만.」

짧은 대화를 마친 두 사람 모두 손과 인중에 땀이 배어 있었다.

그날, 장석주는 소포를 하나 더 받았다. 심경원 편집장 으로부터 온 것이었다. 내용물은 책 한 권.

'디지털 메모의 기술?'

책에는 군데군데 가느다란 포스트잇이 붙어 있었고, 해당 페이지엔 빨간색으로 밑줄이 그어져 있었다.

어쩔 수 없이 하는 것이 아니라 최선을 다해서 말이다. 이 순간 당신은 더욱 영리해져야 한다. 아날로그 메모와 디지털 메모의 장점을 모두 취해야 하기 때문이다.

'디지털 마인드'라고 하면 마치 인간적인 감성을 버리고 기계적인 냉혹함으로 살아가라는 느낌을 받는지 강한 거부감으로 불편해하는 사람들이 있다. 디지털 도구를 이용해 메모를 하려면 '내'가 '디지털 도구'에 맞추는 것이 아니라 '디지털 도구'를 '나'에게 맞춰야 한다.

디지털 시대에 적합한 디지털 도구로 나를 깨우고, 디지털의 속도로 업무를 처리하자. 그 달콤한 열매로 당신은 기차를 타고 여행을 즐길 수 있는 아날로그 시간을 얻을 수 있을 것이다.

마지막 페이지엔 깎듯이 접은 편집장의 편지가 붙어 있었다.

나도 한동안 곰곰이 생각해 보았네. 우린 분명 아날로그 세대지. 손에 잉크를 묻혀야만 만화책이 나오는 줄 아는. 그런데 우리 앞엔 디지털이라는 가히 혁명적인 도구가 버티고 있다네. 자네나 나나 이 괴상한 녀석이 숨통을 조여오고 있다고 생각하게 되었지. 아마도 자네의 그림체에 문제가 생기는 것은 자네 안의 또 다른 자네가 그 피할 수 없는 조류에 강한 거부감을 갖고 있기 때문이 아닐까 생각하네. 나도 책임을 통감하네. 하지만 이렇게 생각해 볼 수도 있지 않을까? 아날로그니 디지털이니 아주 높이, 아주 높이서 내려다보면 결국 그 구분은 없는 것이 아닌가 하고 말이지. 결국 남는 건 만화만 남는 거라고 말이야. 거부감을 갖는 또 다른 자네는 멀리 유배를 보내게나. 그리고 우리 한 걸음 앞으로 나가세. 도움이 필요하면 언제든지 달려가겠네.

—심경원 드림.

추신. 비록 근무 환경은 비할 데 없이 박하지만, 환갑이 넘어도 계속 할 수 있는 이 일이 난 너무 좋네. 힘 있을 때까지는 계속. 자네와 함께.

'유배가 아니라 사약을 내렸네요. 벌써.'

방 안을 돌아보았다. 땀에 절어 이상한 냄새를 풍기는 것도 모자라 여기저기 구멍 난 곳으로 베개의 오리털이 빠져나오고 있었고, 과자 부스러기나 음식 쓰레기가 모른 척 동거하고 있었다. 그래도 침대 위는 상태가 좀 나은 편이었다. 바닥엔 몇 개월을 먹었는지 모를 3분 라면 그릇과 계란 껍질들이 방바닥을 뒹굴고 있었고, 붙박이로 눌어붙은 VHS 테이프는 대여점이 망하지 않았다면 집 한 채 값은 족히 연체료로 지불했어야 할지도 모르는 것이었다. 〈레이디호크〉. 여배우가 예뻐서 은근히 갖고 싶었던 것이었다. 그렇게 찾아 헤맸던 펜 뚜껑이 한복판에 떡하니 있었다. 참 희한한 일이었다.

작업대 주위를 제외하고는 공간도 사람도 시간 역시 제 멋대로 비틀어져 있었다. 시간이 좀 걸리더라도 청소를 하고 맑은 공기로 바로 잡을 수 있을 것 같았다.

장석주는 창문을 활짝 열어젖혔다. 집 앞은 여느 때와 같이 조용했다. 고개를 쳐들어 편집장이 말한 '아주 높은 곳'을 찾아보았다.

그 시각, 길도도 오랜만에 발코니에 나와보았다. 이 집 식구들에게 발코니는 뒤돌아볼 수 있는 기회를 제공하는 장소였다. 큰누나 도은에게는 먼저 간 남편의 사랑을, 다홍이에게는 아빠와의 추억과 엄마를 향한 그리움을 떠올리게 한다. 길도는 의뢰를 통해 지켜본 타인의 삶을 떠올리곤 했다.

'과연 잘한 걸까?'

길도는 왜 장석주 작가가 본인의 문제를 개에게 덮어씌워 내쫓고 있었는지 그 이유를 알 수 없었다. 다만 그럴 만한 이유가 있었으리라 추측할 뿐이었다. 그러나 한 가지는 분명했다. 문제를 해결하기 위한 출발점은 우선 마주 서야 한다는 것이었다. 그러려면 안에 함께 있어야 한다. 장석주는 안에서 함께 마주 서지 못하고 있었던 것 같았다. 방황하는, 망설이는 자신을 바라보느라 그 안에서 마주 설 수 없었던 것이다. 길도는 그래서 겉으로 방황하는 또 다른 석주를 죽일 수밖에 없었던 것이었다. 좀 더 신사적이고 고상한 방법은 지금도 생각나지 않는다.

다홍이는 유현이와의 오래전 인연을 얘기해 줬다. 오래전이라고 해봐야 두 해 전이었지만, 그때는 다홍이 아빠가 살아 계셨을 때였다.

다홍이는 곧잘 놀이터에서 장난감 자동차를 가지고 놀았다고 했다. 그때 옆에서 지켜보던 유현이가 자꾸 자동차를 밟아 모래밭에 푹 꽂아버리곤 했다고 했다. 처음엔 동네 아이도 아니고 처음 보는 아이인데다가, 상대해 주지 않고 놔두면 안 그러겠지 하고 생각했었단다. 그러다가 참다못한 다홍이는 아빠와 함께 유현이의 부모님을 만나러 갔다고 했다. 그러나 아이 교육을 단단히 시키라고 찾아갔었던 방문은 본전도 못 뽑고 돌아와야 했다고 했다.

유현이의 어머니는 아들의 그런 행동을 이미 전부터 알고 있었다고 했다. 집 앞 경사가 너무 심해 바퀴가 있는 것들은 모두 굴러 내려가 잃어버리기 일쑤여서 아예 바퀴를 뽑는 버릇도 생겼다고 했다. 급기야 다른 아이들의 것도 바퀴를 빼거나 밟아서 굴러 내려가지 않도록 한다는 것이었다. 결국 유현이의 강박이 다홍이의 장난감을 눌러 밟은 것이었다. 만약 아빠가 그때 '그건 유현이의 잘못이 아니야.'라고 말하지 않았었다면 다홍이는 유현이를 계속해서 미워했을지도 몰랐겠다고 했다. 며칠 후 다홍이는 가지고 있던 자동차의 바퀴를 모조리 뽑아 유현이에게 가져다 줬었고, 그 둘은 그렇게 금방 가까워졌었다고 했다. 하지만 그 후 다홍이에게는 생각지도 못한 큰 슬픔이 찾아왔었고, 유현이와도 자연스럽게 멀어졌었다고 했다.

"그런데, 삼촌. 이것 좀 봐봐."

다홍이가 바지 주머니에서 살짝 보여준 그것은 다름 아닌 장난감 자동차의 바퀴들이었다. 유현이가 그동안 간직

했던 것을 다시 다홍이에게 돌려준 것이었다.

다홍이는 내내 바지 주머니의 그 바퀴들을 만지작거리면서 싱글거리기도 하고 흥얼거리기도 한 오후를 보내고 있었다.

8장 그림자놀이

그림자놀이 중에는 종종 손 모양을 보아도 그림자를
예상할 수 없는 것들이 있다. 그래서 만들어내는 사람이나
보는 사람 모두가 감탄하며 즐길 수 있는 것이 그림자놀이이다.
어쩌면 사람이 만들어내는 그림자도 크게 다르지 않겠구나
하는 생각을 했다. 우린 호연하게 웃고 있는 사람의 그림자가
불안하게 울고 있다든지, 자신 있게 주먹을 불끈 쥔
사람의 그림자가 초조하게 손톱을 깨물고 있는 모습을
종종 목도하곤 한다.

길도는 손에 들려 있는 서류봉투를 쳐다보고 있었다. 작
고 하얀 스티커에 받을 사람만이 표기되어 있었다.

길도 오빠 보세요!

두 번째 우편물이었다. 평범한 서류 봉투에 인쇄된 길도
의 이름이 전부인 우편물. 결코 누군가에게서 보내져 온
것인지 알아낼 수 없는 우편물엔 길도의 모든 것을 다 아
는 듯한 내용들이 담겨져 있었다. 첫 우편물은 어제 다홍
이가 수련회를 떠난 직후 발견되었다.

"삼촌, 냉장고에 신부님이 주신 수제비거리 들어 있으니까 잊지 말고 꼭 꺼내서 먹어. 그리고 화초 물 좀 부탁할게. 빨간색 물감만 매일 한 번만 주고, 선인장이나 다른 것에는 주지 마. 알았지, 삼촌?"

빨간색 물감은 다홍이 엄마가 출장 가기 전 화초마다에 나무젓가락을 꽂아 꽁지에 물감을 칠해놓은 것을 의미했다. 빨간색은 매일매일 물을 주고 늘 촉촉하게 젖어 있도록 하라는 표시이고, 파란색은 일주일에 한 번 정도 주되 더운 날씨에는 한 번 정도 더 주라는 것이었다. 한 달에 한 번꼴인 산세비에리아에는 노란색을 표시하려고 했었는데, 다홍이가 헷갈리지 않을 것 같다고 해서 표시를 하지 않았었다.

다홍이의 배웅에는 할머니, 할아버지도 총출동했다. 이미 전화상으로는 화심이와 민규에게서도 재미있게 잘 다녀오라는 배웅을 받은 것 같았다. 어쩌면 제 삼촌 잘 부탁한다고 다홍이 편에서 당부 전화를 했을지도 모를 일이었다. 화심이도 무척이나 오고 싶어 했지만 친구 고향에 함께 내려가서 밭일을 돕기로 예전부터 약속되어 있다고 했다.

할머니와 할아버지는 어린것이 제 부모가 배웅하지 못하는 것에 대해 서글프게 생각하지나 않을까 눈치를 살피고 있는 것 같았다. 길도 삼촌이 내미는 비상금은 꼬깃꼬깃 지갑에 잘 챙겨 넣었지만 할머니, 할아버지가 내미시는 용돈은 극구 사양했다. 진정한 독립이라는 측면에서 동거인의 용돈만으로도 충분하다고 생각한 모양이었다. 다만 할머니가 만일을 모르니 챙겨두라는 휴대전화는 전원을 끈 상태로 가방에 잘 넣어두었다. 다홍이는 관광버스에 오르기 전에 삼촌을 불러 내렸다.

"삼촌, 원래 단체로 어딜 갈 때는 평소보다 더 조심하는 법이라고. 게다가 초등학교 3학년이잖아. 선생님들은 물론이고 몇몇 학부모님들도 따라가시는 것 같더라고. 그러니까 걱정하지 마. 잘 다녀올게."

옆에 서 있던 비장한 창수의 표정을 보니까 희한하게도 걱정이 좀 가셔졌다. 하지만 길도의 우울한 표정은 걱정 때문만은 아니었다. 며칠 동안 다홍이가 심하게 보고 싶어질 것이 자명했기 때문이었다. 다홍이가 차에 올랐을 때 할머니는 막내아들 군대 보내듯 차창에 손을 뻗고 있었고, 할아버지는 브이를 손에 들고 있었다.

'왜들 저러실까?'

의젓하던 다홍이도 차가 조금씩 움직일 때에는 결국 창문에 찰싹 달라붙고 말았다. 그리고는 저도 뭔가가 치밀어 오르는지 창 위로는 글썽한 눈과 빨간 리본만을 걸어둔 채 손을 흔들었다. 울먹한 입은 보여주기 싫었던 것이리라.

뱀처럼 꼬리를 문 차량들이 스르르 운동장을 빠져나갔다. 할아버지는 바로 다홍이에게 전화를 걸려다가 제지당했고, "배고프지 않아?" 했다가 사정없이 옆구리를 찔리고 말았다.

길도는 다홍이가 없는 동안에 발코니 정리를 하려고 마음먹고는 바로 집으로 향했다.

현관 우편함엔 길도보다 먼저 와 있던 녀석이 삐죽 튀어나와 있었다. 우편배달원이나 택배기사가 방문하기에는 아직 이른 시간이라 더욱 눈에 들어왔다. 누런 서류봉투엔 그 흔한 활자나 밑줄조차 보이지 않았다. 다만 어른 엄지손가락만 한 하얀 스티커에 〈이길도님 보세요!〉라고 인쇄되어 있을 뿐이었다.

옆구리에 낀 서류봉투는 무게라든지 그 딱딱한 느낌이 의뢰자들에게 보내는 것과 닮아 있었다. 인화지의 무게와 감촉은 서류봉투에 들어 있더라도 낯익은 느낌일 수밖에 없었다.

〈이길도님 보세요!〉라는 문구가 풍기는 뉘앙스 때문이었는지, 옆에는 커피까지 준비해 놓고 서류봉투를 개봉했다. 예상대로 8×10 사이즈의 사진 네 장과 별도의 봉투에 들어 있는 편지 한 통이 들어 있었다.

세 장의 사진은 모두 길도를 찍은 것이었다. 각각 서점에서, 우유 배달 중에, 그리고 성당 앞마당에서의 모습이었다. 누가 보낸 것일까 하는 생각으로 편지를 펼쳐 보았다.

이길도님, 보세요.

난데없는 사진과 편지에 많이 놀라셨죠?

저는 평소에 길도님을 가까이서 지켜보고 있는 매화여고 2학년생입니다.

허락받지 않고 길도님을 포커스에 담은 점 사과드리고 싶습니다.

하지만 이렇게라도 하지 않는다면 아무것도 할 수 없겠다는 생각에 무례를 무릅써야 했습니다.

저는 아직 용기가 나질 않습니다.

그래서 떳떳하게 제 자신을 밝히지도 못합니다.

만약 제가 용기를 내어 길도님을 찾아뵙는다면 저를 만나줄 의향이 있으신지요?

그리고 저와 한 살 차이라고 알고 있습니다.

다음에는 '오빠' 란 호칭을 사용해도 될까요?

저의 일방적인 표현에 질려 하시지나 않을까 걱정이 큽니다.

저는 다만 길도님을 더 잘 알고 싶을 뿐이에요.

어서 그런 날이 오길 기대해 봅니다.

—3교시 문학 시간에 레인보우 샤베트가.

추신. 제가 용기를 낼 때까지 '레인보우 샤베트' 로 기억해 주세요.

프린트된 편지로 추측컨대 자신을 알리려는 취지보다 숨기려는 의도가 확연히 앞서 있었다. "저, 여기 있어요!" 해놓고는 바로 꽁꽁 숨어버리는 경우인 셈이었다. 자신을 드러낼 용기는 없지만 상대방을 꽁꽁 묶어놓길 바라는 심리가 표출된 것이라 생각되었다. 평소 타이핑하여 출력한 편지는 편지라기보다는 홍보 전단지에 가깝다고 생각하던 길도였다. 글씨가 잘났건 못생겼건 간에 편지는 손으로 써야 하며, 키보드 키를 톡톡 두드릴 때마다 마음도 톡톡 떨어져 나오는 것이라고 믿고 있었다. 손으로 쓴 편지는 내용에 일조하여 격정과 같은 어떤 흐름이 읽혀지곤 하는데, 프린트된 편지란 건 녹음된 야채장수의 목소리처럼 건조하기 십상이었다. 하지만 이번 경우엔 조금 달랐다. 그 내용만으로도 길도를 흔들기에 충분했다. 장난일 경우도 무시할 수 없었다. 편지에서 밝혔듯이 여고생이 맞는다면 충분히 그럴 만도 했다. 과중한 학업에 스트레스도 적지 않을 테고 또, 즐거운 장난거리를 찾고 있을 때가 아닌가. 말 못하고 듣지 못하는 우유 배달부. 오히려 장난 편지일 가능성이 충분했다. 뭐, 그렇다면 좋은 일 하는 셈 치고 어느 정도 함께 어울려 받아칠 용의도 있었다.

그런데 마음에 걸리는 점이 있었다. 가벼운 장난이라고 하기에는 그냥 지나칠 수 없는 대목이었다. 나이까지 안다는 것은 어느 정도 길도를 알고 있다는 것을 의미했다. 이 동네에 사는 사람이라면 우유 보급소나 묵언서점을 통해 전해 들을 수 있기도 했지만 그건 적어도 누군지는 알고 있다는 것을 의미했다. 그리고 세 장의 사진. 자세히 보니 세 장의 사진은 모두 가까운 거리에서 찍은 것이었다. 우유를 배달하고 있는 사진이나 성당 앞마당을 쓸고 있는 모습이야 망원렌즈를 사용했다 하더라도 어머니 서점에 있는 사진은 상황이 조금 달랐다. 서점 안에 있는 모습을 건물 밖에서 망원렌즈로 찍었을 리도 없고, 서점 안이었다면 눈치 챘을 것이 분명했다.

그래서 처음엔 합성이 아닐까 하는 생각도 들었었다. 사진 속의 길도는 서가에 잘못 꽂혀 있는 책을 골라내 제자리에 다시 꽂고 있는 중이었다. 다른 허드렛일보다 집중해야 하는 것은 분명했지만 지척에서 누군가 사진을 찍고 있는데도 모르고 있을 길도가 아니었다. 적어도 사진에 찍힌 후엔 누굴까 하고 얼굴을 들여다보았을 것이 틀림없었다. 그렇다면 길도도 아는 얼굴이었을 것이라는 얘긴데. 적어도 묵언서점에서 자주 학습지를 사갔던 여학생이거나, 어쩌면 같은 성당 성가대 학생일 수도 있었다.

길도의 나이를 알고 있었고, 사진의 내용으로 보아 찬찬한 사전조사가 필요했을 테고, 상당히 가까운 곳에까지 접근한, 어쩌면 길도도 얼굴을 알고 있는 누군가인 셈이었다. 가벼운 장난은 아닌 것 같았다.

그리고 나머지 사진 한 장엔 본인의 다리를 내려찍은 사진이 들어 있었다. 교복으로 보이는 주름진 치마 밑으론 하얀 다리와 짧은 양말 그리고 캔버스화가 신겨져 있었다.

그리고 두 번째 우편물이 배달된 것이다. 우유 배달을 나갔다가 들어올 때만 해도 없었던 것이었다. 길도가 평소

그림자놀이 *369*

점심나절에 짧은 낮잠을 잔다는 것도 알고 있을지 모르겠
다는 생각이 들었다. 첫 번째 편지처럼 〈길도 오빠 보세
요!〉로 표기되어 있었다. 이번에도 네 장의 사진과 편지 한
통이 들어 있었다.

　길도 오빠, 보세요.

　이렇게 오빠라고 부르니 너무 좋아요.

　직접 뵙고 불러보고 싶다는 생각이 간절해져요.

　아직 허락도 받지 않았는데, 너무 염치없죠? 그쵸?

　사실 용기는 제자리걸음이에요.

　'이런 날 만나고 싶어 할까?' 하는 물음에 항상 '그렇지
않아.'로 메아리 쳐 돌아오는 까닭일 거예요.

　그래도 어제는 조금 더 가까이 다가설 수 있었어요.

　제 사진을 보시고는 어떤 생각이 들었나요?

　저는 어제 오빠의 숨결을 느낄 수 있었던 것 같아요.

　저를 위해 포즈를 취하고 있다는 생각이 들 정도였어요.

　착각이겠지만요.

　저, 실례되는 질문이지만 여자 친구 있으세요? 너무 궁금해요.

　제가 알기로는 없는 것 같던데요.

　다음번엔 더 가까이서 오빠를 지켜보겠습니다.

　기대하세요.

　　　　　　　　　—2교시 수 I 시간에 레인보우 샤베트가.

'수학 망치면 공대 못 가는데……'

어쨌거나 학생의 말대로 사진은 처음보다 한참을 더 들어와 있었다. 사진 세 장은 모두 어제 오후 민규네 정비소에 있을 때의 것이었다. 민규의 호출로 정비소엘 갔었다. 단골손님 한 분이 차량 바퀴를 서로 교차해서 달아달라고 부탁했다는 것이었다. 오래 타다 보면 바퀴의 일부분만 마모되기 때문에 가끔 왼쪽과 오른쪽 것 그리고 앞의 것과 뒤의 것을 맞바꿔 끼워달라고 부탁한다고 했다. 길도에겐 반가운 소식이 아닐 수 없었다. 포만감 있는 식사를 한 느낌이었다. 확실히 헛도는 진동보다는 훨씬 느낌이 좋았다. 바퀴 네 곳을 갈아 끼우니 모두 여덟 번의 에어렌치 진동을 느낄 수 있었다.

아마도 그때였던 것 같다. 길도가 눈을 감고 기계의 진동을 느끼고 있는 그 순간을 포착했던 것 같다. 그때만큼은 옆에 누가 있어도 잘 느끼지 못했으리라 생각했다. 아마도 그 학생은 그것마저도 알고 있었던 것은 아닐까 싶었다. 그리고 마지막 사진에는 자신의 왼쪽 귀와 살짝 쳐 올린 단발머리, 그리고 앙증맞게 꽂힌 무지개 핀이 담겨 있었다.

두 번의 우편물만으로 알 수 없는 누군가가 성큼 다가온 느낌이었다. 길도에게는 이틀간의 일이었지만 정체 모를 여학생의 입장에선 몇 날 며칠의 일일지 모를 일이었다.

그만큼의 정보라면 아무리 노출된 사람이라도 족히 한두 달은 걸렸을 것이었다.

장난이라면 좋겠지만 그렇지 않다는 가정을 대비하는 것이 옳다고 생각했다. 장난이라도 타인의 사생활을 소중하게 생각해 달라는 메시지를 전해야 했고, 진심이라면 뭔가 특단의 메시지를 보여줘야 할 것 같았다. 달려오는 속도를 줄이고 가능하면 방향을 바꿔야 했다. 대상이 고등학생이란 것도 그렇지만 분명 왜곡된 이미지를 가지고 있을 것이 분명했다. 게다가 화심이가 알기라도 하면 모두에게 상처만 남길 것이었다.

'그런데 어떻게 이 사실을 알린다. 참 내.'

새삼 다홍이가 너무 보고 싶어졌다.

그 샤베트 소녀에게 메시지를 전달할 방법이 없었기 때문에 현장에서 기회를 노려야 했다. 다행히 직접 우편물을 넣고 가기 때문에 만사를 제쳐두고 우편함을 지켜보고 있으면 분명 만날 수 있으리라 생각됐다.

우편함 근처 적당한 자리를 물색하다가 결국 4층 복도에서 몰래 내려다보는 것을 택했다. 괜히 주변을 서성이다가 들키기라도 하면 지나쳐 가버릴 수 있었기 때문이다. 우편함이 비어 있는 것을 확인하고 4층으로 올라갔다. 그정도 높이면 샤베트 소녀가 우편함에 접근했다가 돌아서더라도 바로 뛰어 내려가 뒤를 쫓을 수 있을 것이다.

집 앞으로 앉은뱅이 의자를 꺼내와 앉았다. 그리고는 가끔씩 손만 난간 밖으로 내밀어 입구 주변을 휴대전화 카메라에 담았다. 일정한 간격으로 사진을 찍고 확인하고 지우고를 반복했다. 십 분쯤 뒤에는 휴대전화 스트랩을 손목에 단단히 동여매야 했다. 길도가 낮잠을 즐기던 11시 무렵에는 무섭도록 잠이 쏟아지기 때문이었다. 습관이란 참 무섭다.

아파트 입구 앞도 변화가 없었으니 더욱 졸려오기 시작했다. 휴대전화를 내밀어 사진을 찍고 확인하고 지우기를 계속 반복하니 공장 기계와 같은 동작이 되어버렸다. 정오를 넘겼을 즈음, 무심코 동작을 반복했는데 느낌이 좀 이상했다. 다시 한 번 사진을 찍어 확인하니, 액정엔 노란색 점 하나가 둥실 떠올라 있었다.

우산이었다. 노란색 우산. 이 땡볕에 우산이라니. 우리 동네에도 별 괴짜가 다 사네 하고 있다가 정신이 퍼뜩 들었다.

'우산은 위장이다!'

내려다보니 노란 우산이 현관 입구에 닿아 있었다. 신발을 고쳐 신고 냅다 계단을 내려갔다. 두세 계단씩 건너서 1층에 다다랐을 때, 또 한 번 깜짝 놀라고 말았다.

입구 앞에서 하마터면 화심이와 부딪힐 뻔한 것이었다. 화심이도 놀라기는 마찬가지였던 것 같다. 화심이가 어깨의 토드백을 고쳐 잡으면서 길도 앞에 섰다.

"어딜 그렇게 쏜살같이 가? 무슨 급한 일 있어?"

화심이에게 노란 우산의 행방을 물을 수 없는 노릇이었다. 게다가 길도의 목엔 수첩도 걸려 있지 않았다. 급한 대로 손가락질로 위를 한 번 가리키고 화심이를 한 번 가리켰다. 나름 '위에서 널 보고 반가운 마음에 달려나온 거야.'라는 발연기였다. 알아들었을까? 화심이가 어깨를 감싸며 길도를 집으로 끌었다.

"그럼, 나도 고맙고! 나도 시골에서 막 올라오는 길이야. 다홍이도 없는데 어떻게 지내나 궁금하기도 하고. 내가 맛있는 계란프라이 해줄까?"

길도에겐 계란프라이가 크게 들렸나(?) 보다. 지금까지의 잠복 수사는 까맣게 잊고 계단을 앞장서고 있었다. 문 앞에 다다랐을 때 길도에겐 좋은 생각이 하나 떠올랐다. 계획의 급선회가 필요했다. 문 앞에 널브러져 있던 가방에서 수첩을 꺼내 들었다.

〈오늘은 나가서 ~~데이트~~ 외식하는 건 어때? 그리고 실컷 걷자.〉

화심이가 길도를 빤히 쳐다봤다. 이 순간만큼은 화심이가 길도의 속을 들여다보고 있는 것 같았다. 길도는 눈을 맞추지 못하고 있었다.

"너, 지난번 내가 동물원 가자고 했을 때 못 가줘서 미안했구나. 그치? 오늘은 그 대신이야? 아님 페널티야?"

길도는 화심이를 속여서 미안했지만 그래도 즐겁게 해

줄 수 있을 것도 같았다. 고개를 끄덕이며 수첩을 보여줬다.

〈동물원도 꼭 함께 가자.〉

화심이와 아파트 현관을 나서면서 곁눈으로 우편함을 쳐다봤다. 419호의 우편함에는 어제와 같은 서류봉투가 반으로 접힌 채로 꽂혀 있었다.

'역시, 노란 우산이었어!'

간발의 차이로 샤베트 소녀와는 맞닥뜨리지 못했던 것이다. 하지만 오히려 잘된 일이 되어버렸다. 우편함에 서류 봉투를 꽂아두고서 얼마간은 이곳을 지켜보고 있으리란 생각이 들었다. 여고생이라면 점심시간을 이용해서 나왔을 것이고, 손엔 점심을 대용할 만한 인스턴트 음식이라도 들려 있을 것이다. 길도는 오히려 철저히 무시하기로 했다. 화심이와 다정한 모습만 보여주면 그만이었다. 화심이가 길도의 대체할 수 없는 여자 친구란 것을 전달하면 충분했다. 볼에 가벼운 뽀뽀라도 해주면 한 방에 오케이 사인이 떨어질 테지만 너무 이른 시간이었다. 그보단 깍지 낀 손이라도 잡고 길을 걷는 것도 괜찮겠다고 생각했다. 하지만 세상일이 어디 뜻대로만 될 수 있다면 얼마나 좋을까. 결국 이렇다 저렇다 시도도 해보지 못한 채 어깨를 나란히 걷는 것으로 만족해야 했다.

'여자 친구라고 생각해 줄까?'

결국 밥을 먹고 시골에서 밭일을 하고 돌아온 화심이보다 먼저 피곤하다고 해버렸다. 화심이는 '실컷 걷자며?' 하는 표정으로 입을 삐죽거렸다. 우편함에 꽂혀 있을 서류 봉투를 다른 누가 볼까 봐 걱정스럽기도 했지만, 화심이와 그 정체불명 샤베트 소녀 사이에서의 줄타기가 실제로 길도를 지치게 했다. 화심이에게는 꼭 다 갚아줄 생각이었다. 화심이에게는 버스가 올 때까지 미안하단 얘기를 서른 번도 더 한 것 같았다. 물론 수첩에 한 번 쓴 글을 서른 번 정도 보여준 것이지만. 쿠~ 울한 성격의 화심이는 버스에 올라타서는 입술을 쫑긋 내밀고는 사라져 버렸다. 삐친 입술의 쫑긋이 아니었다.

'아, 이걸 보여줬어야 하는 건데!'

길도는 한걸음에 우편함 앞으로 달려왔다. 급한 마음에 계단에서부터 편지를 펼쳐 들었다.

길도 오빠, 보세요.

저 레인보우 샤베트예요.

가끔 친구들에게 오빠 자랑을 해요.

듣지도 말하지도 않지만 오히려 과묵한 모습이 멋지다고요.

그리고 오빠가 우유 배달 말고도 어떤 일을 하는지 잘 알고 있어요.

어떻게 그런 생각을 할 수 있었는지 참 대단하다고 느꼈어요.

저 사실 그때에도 오빠 옆에 있었는데…….

오빠는 어떤 아저씨를 쳐다보느라 저란 애는 안중에도 없으셨지만요.

뭐, 그래도 괜찮아요.

저는 오빠 사진에 깔려 있는 통찰이 근본적으로 사람을 향한 애정에서 시작된다고 생각해요.

그래서 오빠를 더 좋아하게 되었어요.

어서 용기를 내어 오빠를 만나게 됐으면 좋겠어요.

추신. 물안경은 죄송해요. 정비소 옆에서 몰두해 계실 때 저도 모르게 오빠 가방에서 꺼내 버렸어요.

오빠의 정표가 필요했었나 봐요.

다시 돌려 드릴게요.

그리고 오빠가 하시는 일도 일종의 '파파라치' 인가요? 그냥 궁금해서요. ^^

사진 속엔 볼모로 끌려간 물안경이 오늘자 신문 위에서 포즈를 취하고 있었다. 물기 촉촉한 물안경을 보니 어쩌면 샤베트 소녀가 착용한 직후일지도 모른다는 생각이 들었다. 목 뒤에서 소름이 돋는 순간이었다. 샤베트 소녀는 방금 위험한 길로 접어든 것처럼 보였다.

어쩌다 눈에 들어왔을 길도를 편하게 부르게 된 것이 그 시작이었을 것이다. 그러다 제 상상 속의 이미지에 더욱 깊이 빠져들면서 주변을 맴돌기 시작했을 것이다. 그리고

상대가 크건 작건 반응을 보인 순간, 그때부턴 뭐든지 소유하고 싶다는 생각이 고갤 쳐들었을 것이다. 지금이 바로 그 순간일지도 몰랐다.

견고한 콘크리트도 일정한 힘을 넘어서면 '딱' 하고 부러지는 순간이 온다. 그래서 콘크리트를 인간을 위한 건축 자재로 사용하기 위해 철근을 심어서 사용하는 것이다. 철근은 순식간의 파괴를 막기 위한 것이다. 철근은 콘크리트의 부족한 내력을 보강해 주기도 하면서 파괴점에 도달했을 때에도 대피 시간을 벌어주는 일종의 '완충'이며 '보험'인 것이다. 사람으로 치자면 참을 '인(忍)' 쯤 되지 않을까 싶다. 그래서 철근이 담당하는 힘을 인장력—물론 한자와 의미는 다르지만—이라고 하는지도 모르겠다. 아직은 귀여운 장난일 수 있겠지만, 이 속도라면 샤베트 소녀에게도 파괴점이 찾아오지 않을까 걱정스러웠다. 아름다운 연정일 때 멈춰 세워야 할 것 같았다.

아직 화심이의 존재를 모르는 것 같았다. 한시라도 빨리 샤베트 소녀에게 화심이의 존재를 알려야 했다. 길도에겐 너무나 자연스럽고, 너무도 오래전에 짝지어진 누군가가 있다는 사실을 알려야 한다.

우편물의 배달 주기는 점점 빨라지고 있는 것 같았다. 우유 배달을 나가는 길에 이미 우편물이 도착되어 있었다. 어쩌면 어젯밤에 넣고 갔을지도 모를 일이었다. 서류봉투는 물안경으로 볼록해 있었다. 사진 네 장과 편지 한 통이 들어 있었다.

길도 오빠, 보세요.

밤새 한숨도 잘 수 없었어요.

그 이유는 오빠도 잘 아실 것 같아요.

어제 옆에 계시던 그 언니 누구예요?

저는 어제 그분이 여자 친구라면 깨끗하게 마음을 정리할까도 생각했었어요.

괜히 오빠를 괴롭히고 있는 것은 아닐까 싶기도 했지요.

그런데 내내 풀리지 않는 뭔가가 있어서 이렇게 몇 자 적습니다.

저는 혼자 생각해 봤어요.

어제 그분이 여자 친구라면 어째서 손을 잡거나, 어깨에 손을 얹지도 않을 수 있을까 말이죠.

상당히 어색한 걸음이기도 했어요.

그리고 그 언닌 오빠보다 더 나이 들어 보이기도 했고요.

제 정보망에 그 언니가 낯선 이유는 오빠 인생에 깊숙이 관여하지 않은 것과 같기도 해요.

그래서 결심했어요. 용기를 내기로.

그 언니와 더 가까워지기 전에 제게도 기회를 주셨으면 해요.

오늘 저녁 일곱 시, 오빠가 잘 가시는 세차장 담벼락에서 뵐게요.

안 오신다면 어제 본 그 언니와 우리 둘의 문제를 상의할
생각이에요.

꼭 오셨으면 좋겠어요.

—레인보우 샤베트가.

파괴점. 드디어 올 것이 오고야 말았다. 화심이가 여자
친구여도 상관없다는 의미가 내포되어 있었다. 오지 않고
는 못 배길 아찔한 조건도 걸려 있었다. 피할 수도 없었고
그래서도 안 됐다. 사진 역시 편지와 마찬가지로 용단의
흔적이 역력했다. 네 장 모두 하나같이 샤베트 소녀 자신
을 찍고 있었다. 포즈는 제각각이었지만 하나같이 종이로
만든 검은 마스크를 쓰고 있었고, 교복을 입고 있었으며,
주먹을 불끈 쥐고 있었다. 게다가 마지막 사진은 길도가
자주 찾는 오거리 세차장 담벼락에서 포즈를 취하고 있었
다. 이쯤이면 길도가 종종 세차장 주위를 떠다니는 하얀
포말로 샤워하는 것을 즐긴다는 것도 알고 있다는 것을 의
미했다.

이번 기회에 확실히 하고 넘어가야 했다. 하지만 샤베트
소녀의 말엔 길도도 거부할 수 없는 뭔가가 있었다. 샤베
트 소녀를 넘어서 화심이와 풀어야 할 근본적인 문제가.

대응책 마련에 우유 배달은 하는 둥 마는 둥이 되어버렸
다. 배달이 끝났는데도 우유 재고 수량이 맞지 않아 결국

배달 가정을 한 번 더 방문해야 했다.

집에 돌아오는 대로 뭔가를 준비했다. 옷장을 뒤지고, 흰색 면 티셔츠를 꺼냈고, 뭔가를 프린트했으며 조심스레 다림질을 했다. 그리고 미리 준비한 문구를 정성스럽게 수첩에 적어 넣었다.

'세차장에 무지개가 걸릴 거란 말이지.'

집을 나서기 전 화심이에게 문자메시지를 보냈었다. 화심이의 위치를 파악할 속셈이었다. 만에 하나, 화심이라도 나타난다면 모든 것이 수포로 돌아갈 수 있었기 때문이다.

「나는 바쁜데, 너는 뭐 해?」

찾아올까 봐 지레 겁먹고 어색한 말을 꺼냈다. 다시 문자메시지를 보냈다.

「나는 바쁘고 있는데, 너는 뭐 해?」

결국 같은 말을 해버렸다. 마땅히 다른 말이 생각나지 않았다.

「무슨 소리야? 지금 바빠? 뭐 하는데?」

「발코니 청소.」

며칠 전에 한 일이 생각났다.

「도와줄까?」

「아냐, 괜찮아. 다 끝났어.」

「그럼, 이젠 안 바쁘겠네.」

「응, 아니, 어디 좀 나가보려고.」

「어디?」

가슴이 철렁 내려앉았다. 이마에선 생각지도 않게 땀방울이 맺히고 있었다. 긁어 부스럼을 만든다는 게 이런 건가 싶었다.

「그냥 좀.」

화심이가 모르는 알리바이를 만드는 것이 이렇게 힘들 줄 생각도 하지 못했다.

「너, 어째 수상하다.」

「수상하긴. 그냥 문득 네가 생각나서. 어디에 있는지 궁금하기도 하고.」

얼렁뚱땅 넘어가기에 괜찮은 멘트였다. 마음에 들었다.

「나? 웬일이야. 지금 버스 안.」

다시 열이 확 올랐다. 이리로 오고 있다면 어떻게 해야 할까 고민스러웠다. 정말 괜히 연락한 건 아닌가 생각됐다. 조심스럽게 행선지를 물어야 했다.

「어디 가?」

잠시 뜸을 들이고는 답장이 돌아왔다.

「이모님 댁. 뭐 좀 가져다 드리려고.」

어두운 구름 사이로 광명이 내리 비치고 있었다. 여유를 찾은 길도가 진심을 꺼내놓았다.

「그렇구나. 내일 다홍이 돌아오는데 시간 괜찮으면 얼굴 볼까 해서.」

「윽, 닭살. 웬일이래. 무뚝뚝이가! 갈게. 사실 다홍이랑도 약속했어. 내일 봐~♡」

「잘 다녀와. 내일 봐.」

약속 장소에 도착한 지 3분도 채 되지 않았지만 조급한
마음에 진정하기 힘들었다. 어찌 되었건 화심이 몰래 다른
여자를 만난다는 사실과 종잡을 수 없는 샤베트 소녀에 대
한 희미한 상상이 마구 교차되고 있었기 때문이었다.

그리고 길도를 불편하게 하는 또 하나의 이유는 바로 사
람들의 시선이었다. 길도는 지금 한겨울에 입을 법한 오리
털 파카에 털모자 그리고 장갑까지 끼고 있었다. 샤베트
소녀가 달려들기라도 하는 날에는 최소한 스킨십을 피하
겠다는 발상에서였다. 충돌 방지용 보호대인 셈이었다.

두텁게 가리면 사람들 눈을 피할 수 있지 않을까 짧게
생각한 것이 역효과를 일으키고 있었고, 최대한 담벼락에
붙어서 사람 눈을 피해보겠다고 하는 계획 역시 역효과를
불러오고 있었다. 7월 1일 오후 6시 55분, 일 년 중 낮이
제일 긴 날 중 하루였다. 하필이면.

7시 8분. 샤베트 소녀가 드디어 모습을 드러냈다. 양 갈
래로 머리를 땋은 여고생은 고개를 빼고 주위를 두리번거
렸다. 보통 키에 보통 체형, 누가 뭐래도 딱 여고생인 소녀
였다. 겨울 외투를 입은 청년을 보고 잠시 고개를 갸우뚱
했다. 이내 청년의 목에 걸려 있는 수첩을 발견하고는 천
천히 발걸음을 옮기고 있었다. 빠르지도 느리지도 않은 발

걸음은 길도를 향해 똑바로 다가왔다. 아마도 길도의 머릿속에선 샤베트 소녀의 발자국 소리가 북소리처럼 들리지 않았을까 모를 일이었다. 샤베트 소녀와 예닐곱 걸음을 사이에 두고 길도는 자신도 모르게 뒷걸음을 치고 있었다. 잠시 동안, 아주 잠시 동안 길도와 샤베트 소녀와의 간격은 일정하게 유지되고 있었다. 그 균형이 깨진 것은 길도가 뒤로 자빠지면서였다. 샤베트 소녀도 놀라는 눈치였다. 쪼그려 앉으며 눈높이를 맞추고는 제 입을 손가락으로 가리키며 얘기했다.

"저는 제 친구를 대신해서 왔어요. 제 입 읽으실 수 있죠? 이거 받으세요."

샤베트 소녀라고 착각했던 여학생의 손엔 쪽지가 들려 있었다.

죄송해요. 길도 오빠.

저, 역시 용기를 내지 못하겠어요.

어쩌면 이건 용기가 아닐지도 모른다는 생각이 들었어요.

많은 것이 궁금하고 또, 궁금하지만 묻어두려고 해요.

저를 나쁜 애로 기억하신다 해도 어쩔 수 없겠죠.

죄송해요. 건강하세요.

'엥? 뭐야.'

사납게 돌진하던 황소가 한순간 젖소가 되어서 평화롭

게 우유를 짜내고 있는 형국이었다.

여학생은 길도가 쪽지를 다 읽는 것을 기다렸다가 얘기를 건넸다.

"부축해 드릴까요?"

괜찮다고 사양은 했지만 그 순간 길도도 발목이 삐었다는 것을 알아챘다. 얼굴이 순간적으로 일그러졌다.

"제가 부축해 드릴게요."

여학생은 친절하게도 길도의 옆구리에 와서 으라차차 힘을 줬다. 향긋한 로션 냄새만큼이나 꾸밈없고 힘도 셌다. 고개를 꾸벅 인사하고 돌아서려던 여학생이 열린 길도의 가슴팍을 가리키며 웃었다. 흰색 면 티셔츠엔 인쇄된 화심이 얼굴이 보름달처럼 걸려 있었다.

다홍이가 돌아오는 날엔 할아버지, 할머니는 물론이고 화심이도 함께했다. 길도의 삔 다리는 몇 대의 침을 맞고도 화심이의 부축을 받아야만 했다. 버스가 도착하기 전 나이가 지긋하신 선생님께서 단상에 올라가 메가폰을 잡으셨다. 크게 잘 들리라고 있는 메가폰은 정작 입을 읽어낼 수 없었다. 길도에겐 마이크나 메가폰은 아이러니하게도 정반대의 결과를 가져오는 것들이었다. 화심이를 통해 전해 들은 내용은 다음과 같았다.

"존경하는 나곡초등학교 학부모 여러분. 저는 나곡초등학교의 교장입니다. 그동안 자녀를 맡겨두고 얼마나 걱정이 많으셨습니까. 제가 들은 바로는 아무런 사고 없이 재미있게 수련회를 마쳤다고 합니다. 그러니 아무 걱정하지 않으셔도 좋습니다. 다만 제가 학부모님들께 당부드리고 싶은 것이 있습니다. 곧 학생들이 탄 차량이 도착하는데 부모님들께서 차량으로 달려가 아이들을 마중하지 말아달라는 당부입니다. 아이들이 모두 차량에서 내려 짧게나마 해단식을 거친 후 부모님 곁으로 돌아가야 올곧이 수련회가 정리되는 것이기 때문입니다. 아이들이 수련회를 통해 많이 의젓해졌는데 돌아오자마자 부모님이 달려오시면 다시 응석받이가 되지 않겠습니까? 그러니 해단식이 끝날 때까지 부모님들은 스탠드에서 가만히 기다려 주시면 감사하겠습니다.”

화심이는 교장선생님의 말씀이 참 설득력 있고 일리 있다고 얘기했다. 주변을 보니 다들 고개를 끄덕이며 교장선생님의 말씀에 동의를 표했다.

곧 차량이 도착했다. 큰 바퀴들이 운동장에 멋진 곡선을 그려냈다. 아이들은 모두 창문에 붙어 제 부모를 찾고 있었고, 어떤 녀석은 벌써 찾았는지 마구 손을 흔들어댔다.

그런데 버스가 서자마자 많은 사람을 헤치고 달려가는 학부모가 한 분 있었다. 교장선생님이 그렇게 주의를 줬는데도 결국 그런 사람이 나오고 만 것이다. 교장선생님께서 민망하게 그 광경을 쳐다보고 있었다. 가만 보자…… 아버지였다. 다홍이 할아버지. 우유 보급소 소장님. 오랜 세월

교편을 잡았던 선생이면서 교감이 임용 동기생인 아내를 둔 남편. 그 학부모가 운동장을 잰걸음으로 가로질러 달려가고 있었다. 다홍이를 부르면서.

그 몰상식은 다행히 초등학교 3학년생이 따뜻하게 품어주는 것으로 덮여질 수 있었다. 운동장을 크게 돌아 다시 학부모들이 있는 스탠드로 돌아왔지만 쏘아보는 눈 네 개는 사그라지지 않았다.

아이들 앞에 선 교장선생님은 짧지 않은 연설을 하셨다. 연설이 꼬리에 꼬리를 무니까(이런 표현은 좀 미안하지만) 아이들이 줄에 매어놓은 강아지들처럼 팽팽해졌다. 화심이 얘기로는 아이들의 낑낑대는 소리가 둘러싼 건물에 튕겨서 점점 크게 들린다고 했다. 어디 아이들 이기는 어른들 있으랴. 교장선생님은 늘어놓은 말씀을 다 정리하지도 못하고 서둘러 연설을 끝내셨다고 했다.

"⋯⋯이만 끝. 모두 안녕히 돌아가세요. 다음 주 방학식에 또 봅시다."

줄이 끊긴 강아지마냥 아이들은 사방으로 흩어졌다. 물이 끓기 시작할 때의 분자들이 이럴 것이다. 다홍이도 넘어질까 위태위태 가족들 품으로 돌아왔다. 다홍이는 그새 얼굴이 검게 타 있었다. 그때부터 다홍이는 쉴 새 없이 얘기를 늘어놓았다. 때로는 무용담이 되었고, 때로는 멜로드라마도 되었다. 무용담에서는 할아버지의 허리가 반으로 접혔고, 멜로 대목에서는 할머니 입에서 저절로 "호오."

가 연발되었다.

　할아버지, 할머니께는 내일 찾아뵙고 자세히 말씀드리기로 한 후에 헤어졌고, 나머지 셋은 시장을 본 후 아파트로 돌아왔다.
　문을 열고 들어서는 순간 다홍이는 깐깐한 검열관이 되어 있었다.
　"흠, 발코니 창고는 정리가 된 것 같고, 화초의 물도 제때 준 것 같은데……."
　이 대목에서 다홍이는 화초의 흙을 손으로 문질러 보기도 했다.
　"그런데, 삼촌 집에서 밥 안 해 먹었구나. 그치? 수제비도 그대로고 밥솥에 밥도 그대로네. 딱딱해져서 버려야겠다. 에휴~"
　그 순간 다홍이가 방바닥에 널려 있던 뭔가를 발견했다.
　"어? 이거 못 보던 티셔츠인데?"
　'아차차!' 다홍이가 화심이 얼굴이 프린트된 티셔츠를 들어 올렸다. 다홍이가 티셔츠를 펼쳐 보려던 순간 길도가 얼른 뺏어서 세탁기에 던져 넣었다. 길도가 다시 한 번 '미안, 너무 더러워서.' 하는 복잡 미묘한 표정을 발연기 했다.
　셋은 수제비를 꺼내 끓여 먹었고, 밤이 어둡도록 다홍이 얘기를 들어줬다. 화심이는 일어서면서 길도에게는 나오지 말라고 했다. 평소 같았으면 화심이 팔을 잡아끌면서 더 있다 가라고 했을 테지만 오늘은 그러지 않았다. 다리가 삔 상태로 배웅을 나오는 것도 화심이가 반길 리 없었다. 생각해 둔 것이 있는 듯 길도는 수첩에 뭔가를 써서 보여줬다.

〈가기 전에 발코니 편 아래에 잠시 서 있을래?〉

화심이나 다홍이도 영문을 몰랐다. 길도에겐 대꾸보다는 행동을 취하는 것이 훨씬 빨랐다. 화심이는 다홍이에게만 "안녕." 하고는 집을 나섰다.

화심이는 아파트 뒤편에서 4층 발코니를 올려다봤다. 길도와 다홍이가 고개를 내밀고 있었다.

"언니, 삼촌이 그림자놀이 하재."

"그림자놀이?"

다홍이는 길도의 수첩을 보고 말을 전하고 있었다.

"삼촌이 문제를 내면 언니가 맞히는 거래."

무슨 뚱딴지같은 짓이라니 하면서도 손짓으로는 내보라는 신호를 보냈다. 다홍이는 길도의 어깨너머에서 스탠드 불빛을 비추고 있었고, 길도는 그 앞에서 손을 꼬아 연습했던 형상을 만들어냈다. 그랬더니 신기하게도 화심이 옆 길바닥엔 승용차만 한 그림자가 만들어졌다. 화심이는 코끼리, 황소, 토끼는 정확하게 맞췄고, 거미는 게로, 낙타는 고양이로 오답을 내고 말았다. 그나마 염소나 돼지는 아무것과도 비슷하지 않았다. 다홍이가 저도 보려고 고개를 빼는 순간엔 그림들이 영락없이 찌그러져 버렸다.

그림자놀이 중에는 종종 손 모양을 보아도 그림자를 예상할 수 없는 것들이 있다. 그래서 만들어내는 사람이나 보는 사람 모두가 감탄하며 즐길 수 있는 것이 그림자놀이이다. 어쩌면 사람이 만들어내는 그림자도 크게 다르지 않겠구나 하는 생각을 했다. 우린 호연하게 웃고 있는 사람의 그림자가 불안하게 울고 있다든지, 자신 있게 주먹을 불끈 쥔 사람의 그림자가 초조하게 손톱을 깨물고 있는 모습을 종종 목도하곤 한다. 그런 것이 그림자인 것이다. 떨어뜨릴 수도 거짓으로 연기할 수도 없는 그런 것.

한밤중에 아파트 뒤편엔 화심이의 깔깔대는 소리가 메아리쳤다. 재미있었다며 집으로 가려던 화심이가 뒤돌아서 소리쳤다.

"동물원이구나! 그치?"

어두운 탓에 길도는 화심이의 입을 읽을 수 없었다. 그 대신 다홍이가 옆에서 알려주었다.

"동물원이냐고 하는데?"

길도가 고개를 끄덕였다. 또 한 번 화심이가 활짝 웃었다.

"언니, 삼촌이 이것은 그냥 이자일 뿐이라고 하는데 무슨 소리예요?"

"다음에 설명해 줄게. 고맙다고 전해줘."

화심이는 버스 정류장이 있는 곳으로 빠르게 뛰어갔다.

가방을 정리하던 다홍이는 돌려주지 못한 할머니 휴대
전화를 발견했다. 전화를 꺼내 든 김에 화심이에게 고맙다
는 문자메시지를 남겼다.

「언니, 도착했어요? 저, 다홍이요. 삼촌 밥도 챙겨주시
고 고맙습니다. 언니랑 삼촌이랑 뭐 하며 지냈는지 궁금했
어요. 가끔 언니가 가족처럼 느껴져요. 다시 한 번 고맙습
니다. 푹 쉬세요.」

　답장은 30분을 조금 넘겨 다홍이가 잠든 후에 남겨졌다.

「방금 도착. 밥은 챙겨주지 못했지만 매일 곁에 있었지.
ㅎㅎ. 뭐 하긴? 아까 그림자놀이처럼 문제 내고 맞히고 놀
았지. 길도 삼촌, 아마 아슬아슬했었을 거야. 하지만 역시
통과. 추카추카. 나도 조마조마했고 기뻤어. 다음에 얘기
해 줄게. 잘 자렴. 다홍아^^」

　길도는 다홍이가 잠이 든 것을 확인하고는 제 방으로 냉
큼 들어갔다. 그러더니 숨겨놓았던 흰색 면 티셔츠를 또
하나 꺼내서 이번엔 제 얼굴을 열심히 다림질하고 있었다.
속으론 뭔가를 상상하는 듯 희미하게 미소까지 띠고 말이
다.

9장 1분 23초

그토록 도망치고 싶었던 '조용한' 세상의 옆 칸이
'빛마저 없는' 세상이라니. 그 짧은 시간 동안도 참아내기
힘들었는데, 아직도 누군가는 그 안에 갇혀 있을 거라는
사실이 한숨짓게 했다.

7월 20일은 보궐선거가 있는 날이다. 국회의원의 보결로 보궐선거를 치르게 되었다는 홍보가 온 동네를 다시 한 번 선거판으로 시끄럽게 만들었다.

"아니, 투표한 지가 얼마나 됐다고 다시 투표를 해? 이게 다 국고 낭빈데."

우유 보급소의 이정복 소장님은 수북한 선거 홍보물을 뒤적이며 불만을 늘어놓고 있었다. 이리저리 뒤적여도 알 만한 사람은 없었다. 그러고 보니 지난번 투표 때에도 마찬가지로 누구 하나 적당한 후보를 고르는데 무척 애를 먹었던 기억이 났다. 이력도 고만고만한 게 '조기축구회 ○○지역 지부장' 한자리씩은 다 꿰차고 있었고, 'ㅁㅁ대학 최고경영

자과정 수료'는 공통된 이력사항이 되어 있었다. 도대체 어느 구석에서 지역을 위해 헌신했었는지 모르겠지만 모두들 자신이 준비된 후보라고 목청껏 소리쳤었다. 이 동네에서 우유 보급소 소장이 모르는 사람이라면 급조된 것이 분명하다고 호언하던 이정복 소장님이었다. 이번에도 후보들 간에 우열을 가린다는 것 자체가 힘든 일로 보였다. 게다가 지난번에 기껏 선출된 후보가 결국엔 불법 선거 운동으로 낙마했으니, 그 모든 일들이 부질없게만 느껴졌다.

그러다가 무슨 생각이 났는지 후보 이력이나 공약이 담긴 내용들은 모두 쓰레기통에 넣고, 후보자 사진이 대문짝만한 것만 모아서 손에 쥐었다. 그리곤 보급소 천장에 닿을 정도로 힘껏 뿌렸다. 바로 그때 묵언서점의 한희자 사장님이 보급소 문을 열고 들어왔다. 순간 화들짝 놀란 이 소장님은 자신도 모르게 허공을 향해 허우적거렸고, 한 사장님은 허공에서 팔락거리며 사뿐히 착지하는 전단지를 물끄러미 내려다봤다. 그리곤 그중 제일 위에서 얼굴을 보이고 있는 전단지를 주워 올렸다.

"나도 이 사람으로 해야겠네. 당신도 그렇죠? 그건 그렇고……."

전단지를 이 소장님 손에 쥐어준 후 책상에 털썩 앉으며 말을 이어나갔다.

"다홍이도 방학을 했으니, 다들 데리고 산으로 나들이나 갑시다. 투표 마치고 바로."

말하는 뉘앙스로 보아서는 길도와 다홍이의 독립 1/4분기 성공을 자축하자는 의미인 것 같았다. 우유 보급소 이 소장님도 대찬성이었다.

"좋지! 보급소야 아침 배달만 마치고 문 닫으면 되니까. 그리고 다음날 배달이야 새벽에 조금 더 부지런 떨면 되니까. 그런데 누구누구 데리고 갈 생각인데?"

"길도랑 다홍이한테 정하라고 해야죠. 그런데 뭐 뻔한 거 아니겠어요? 길도는 화심이랑 민규랑 한상욱 신부님 모시고 갔으면 할 테고, 다홍이는 제 친구 한두 명 데리고 가고 싶어 할 테고."

한 사장님은 유산균음료의 뚜껑을 터프하게 까서는 시원하게 들이키셨다.

"어이쿠, 그럼 승용차나 SUV로는 힘들겠네. 어쨌든 당신이 말을 꺼냈으니 먹는 건 당신이 준비하구려. 교통편은 내가 알아볼 테니."

"내가 길도랑 다홍이한테는 얘기해 놓을 테니 당신은 차나 먼저 준비하세요. 언제처럼 돈 아낀다고 너무 비좁은 거 구해서 가다가 지치게 하지 마시고요. 싸다고 에어컨 망가진 거 빌렸다간 밥도 못 얻어먹을 줄 아세요. 알았죠?"

"어허, 창문 열고 가면 시원할 줄 알았지. 게다가 그땐 음식을 그렇게 바리바리 싸서 갈지 알았나? 내 충분히 여유 있게 구함세. 그나저나 민규 작은아버지도 함께 가시자고 하지. 민규 쉬면 혼자서 가게 지키시기 힘들 텐데. 말이나 꺼내보라고 그래."

"알았어요, 그럼 어서 일 보세요."

용건을 마치고 가게 문을 닫고 나가는 한 사장님 등 뒤에서 속삭이듯 작은 소리가 들렸다.

"800원."

뒤도 돌아보지 않고 거칠게 닫은 문에서 딸랑딸랑 방울 소리가 들렸다. 그리고 방울 소리에 오버랩된 모기 소리가 뒤이어 들려왔다.

"당신이니까 특별히 500원."

길도는 사제관에서 막 나오는 길이었다. 한상욱 신부는 한사코 본인이 직접 주임신부님께 허락을 받아도 된다고 하는데도 길도는 도무지 안심할 수가 없었다. 그래서 한상욱 신부가 주임신부님과 말씀을 나누는 중에도 졸졸졸 뒤를 따르면서 오줌 마려운 표정을 짓고 있었다. 이럴 때 주임신부님 역시 길도를 골탕 먹이는 방법을 잘 알고 계셨다. 길도에게 입을 보여주지 않으면 된다. 유리창이나 잘 닦인 금속이라도 있으면 입모양을 비춰내겠지만, 호젓한 산책로에 그런 것이 있을 리 없었다. 주임신부님도 한상욱 신부도 이미 허락을 했고 또 받았지만, 길도를 달고는 한 5분 정도 다른 일상에 대해 얘기를 나누셨다. 길도의 표정에 못 참겠는지 한상욱 신부가 길도 쪽을 바라보면서 씨익 웃음을 흘렸더니, 눈치 빠른 길도가 그 자리에서 개구리처럼 펄쩍 뛰어올랐다. 그러더니 주임신부님을 껴안고, 성호를 긋고, 하늘을 쳐다보는 등 잠시 동안 요란을 떨었다. 지나가는 누군가 봤다면 뭐라고 그랬을까? 젊은 청년 하나가 과장되게 오두방정을 떨고 있는데 들리는 소리라고는 신부님 두 분의 자갈 밟는 소리만 들려오고 있었으니 말이다.

주임신부님은 길도에게 "조심히 다녀 오거라." 하는 입 모양을 보여줬고, 길도는 허리를 접어 인사를 드린 후 그대로 성당 밖으로 내달려 나오는 길이었다. 한상욱 신부도 투표 후에 바로 묵언서점 앞으로 나오기로 약속했다.

민규는 좀 더 사정이 어려운 경우였다. 사실 투표일같이 반나절의 휴일은 가장 손님이 많은 날이라는 것을 길도 역시 그간의 경험으로 잘 알고 있었다. 민규나 작은아버지는 거의 투표할 여유도 없을 정도였다. 바로 지난번 지방선거 때가 그랬다. 그땐 점심 먹을 시간도 없어서 길도가 사다 준 빵을 주머니에 넣고 다니면서 한입씩 베어 물었던 기억이 생생했다. 하지만 포기할 수 없었다.

민규와 길도는 밖에서 만난 일이 거의 없었다. 둘이 친구가 된 지도 거의 5년 정도가 되어가고 있었지만, 둘이 영화를 보러 극장에 갔었던 두어 번 정도가 함께 놀았던 전부였다. 그러니 야외로는 두말할 것도 없었다. 민규도 내심 바라고 있었는지 길도의 제안을 진지하게 작은아버지께 말씀드렸다. 작은아버지는 앉은 채 한참을 생각했다. 수첩도 펴보고 달력도 펼쳐 보시면서 한참을 고민하셨다. 민규의 얘기로는 돈 욕심에, 일 욕심에 휴일 없이 정비소를 여는 것이 아니라고 누누이 강조하셨다고 했다. 믿고 찾아오는 손님을 실망시키고 싶지 않은 것이라고 했다. 그래서 그런지 연신 신음하듯 "헛걸음시킬 텐데, 헛걸음할 텐데……." 했었다. 그때 화심이에게 문자메시지가 도착했다.

「잘됐다. 나도 꼭 갈게.」

해외연수를 앞두고 있는 화심이도 머리 식힐 겸 산행에 함께하기로 한 것이다. 화심이의 메시지를 보고 나서 길도는 더 간절해졌다. 더 애타게 민규와의 동행을 원하게 된 것이다. 다 함께 갈 수 있는 기회가 앞으로도 그리 쉽지 않을 것을 너무도 잘 알기 때문이었다. 그런 마음을 말할 수도 없고, 수첩을 꺼내 몇 자 쓰려고 해도 어떻게 써야 할지 생각이 나질 않았다. 결국 〈꼭, 함께 가고 싶어요. 허락해 주세요.〉를 너무도 간절하게 쓰려다가 그만 〈꼭〉 자에서 종이에 구멍이 나고 말았다. 너무 힘 줘 썼던 모양이었다. 하지만 다행이도 그 표정에 간절함이 묻어 있었던지 작은아버지는 "하루만 문 닫자."고 하셨다.

길도는 민규를 얼싸안고 펄쩍펄쩍 뛰었고, 무뚝뚝한 민규도 내심 기뻤던지 엉덩이만 박자를 맞춰 씰룩거렸다. 작은 아버지는 민규를 조용히 불러 이런저런 얘기를 했고,

길도는 민규의 동행을 화심이에게 알렸다. 그리고 작은아 버지는 갑자기 생긴 볼일이 있다면서 자리를 비우셨고, 그 제야 길도는 어머니께서 말씀하셨던 것이 생각났다. 작은 아버지도 함께 가셨으면 좋겠다고 했다는 얘기를 민규에 게 전했다.

"작은아버지는 못 가실 거야. 그날 가실 곳이 있으시 데."

길도가 눈을 땡그랗게 뜨고 민규를 쳐다봤다. '어딜 가 시기에 산행을 못 가?' 하는 의미였다.

"한만덕 아저씨랑 또 의정부교도소 가실 거래."

작은아버지 최열 씨는 여전히 교도소 재소자들의 재활 에 관심이 많으신 듯했다.

우유 보급소는 아침 배달을 마친 후 일찍 문을 닫았고, 묵언서점도 임시휴업 공고를 붙였다. 화심이는 누가 시키 지도 않았는데 새벽같이 와서 어머니와 다홍이랑 김밥을 말고 있었다. 민규는 승합차를 끌고 오기로 했는데, 길도 도 민규 명의로 된 15인승 승합차가 있었다는 건 처음 안 사실이었다. 물론 제일 좋아하는 건 우유 보급소 이정복 소장님이었다. 승합차 렌탈 비용에 기름값까지 생각하셨 다가 렌탈 비용이 사라졌으니 말이다. "민규한테 고맙다고 전해라. 톨게이트 비용과 기름값은 내가 지불할 테니 안심 하라고도 꼭 전해라." 너무도 당연한 말씀을 하고 계셨다.

한상욱 신부도 새벽미사와 투표를 마친 후 묵언서점 앞으로 오시기로 했다. 길도는 창수를 데리러 가야 했다. 창수는 학교 근처에 사는데 어머니가 다홍이 학교의 선생님이라고 했다. 학교 앞에는 이미 창수와 창수 어머니가 나와서 기다리고 있었다.

길도는 허리를 굽혀 인사하고 목에 걸린 수첩을 펼쳐 보여 드리려고 했는데, 창수 어머니는 손사래로 그럴 필요 없다고 하셨다.

"그럴 필요 없어요. 다 들어서 알고 있어요. 농아라고요. 참, 대견하기도 하지. 장애가 있으면서도 독립해서 살고 있다고 그러던데요. 참, 대견하기도 하지. 부모님이 정말 훌륭하게 키우신 것 같네요."

길도는 계속 허리 굽혀 어색하게 인사할 도리밖에 없었다.

"그런데 오늘 산행은 위험하진 않죠? 우리 창수가 아직은 높고 험한 곳을 가기에는 너무 어려서요. 그리고 다른 어른들도 함께 가는 거겠죠? 아무리 듬직한 삼촌이 따라간다고 해도 삼촌은 장애가 있으니까, 위기 상황에 대처하기는 좀 미흡한 것이 사실이잖아요. 서운하게 생각지 말아요."

이번엔 길도가 손사래를 쳤다. 길도는 수첩에 함께 가는 어른들을 써서 보여 드렸다. 호구조사를 하는 것도 아닌데

참 자세한 설명이 아닐 수 없었다.

〈이정복, 60세, 우유 보급소 소장.
한희자, 56세, 묵언서점 사장(전직 교사).
한상욱 신부, 32세, 보라동성가족성당 보좌신부.
고화심, 21세, 청람대학교 2학년.
최민규, 19세, 대부공업사 수석정비사.〉

민규까지 쓰고서 창수 어머니 말씀대로 길도 본인의 이름을 쓰지 않았다. 그걸 본 창수 어머니는 안심하는 눈치였다. 그 뒤로도 창수의 어머니는 교통편은 어떤가, 식사는 어떻게 해결할 건지, 돌아오면 바로 집으로 데려다 줄거냐 하는 등의 질문을 한 뒤에 그 둘을 보내줬다. 창수의 손을 잡고 돌아오는 길에 창수는 뭐라고 길도에게 얘기를 했었지만, 길도는 앞만 보고 걸었다. 집 앞에서 창수는 몰래 주머니에 숨겨온 향수를 한 번 찍 목덜미에 뿌리고는 애써 태연한 척했다.

목적지는 어른들에게는 땀도 나기 전에 정상에 도착하는 코스지만, 작은 동굴도 있고 정상에선 그래도 탁 트인 전망이 볼만한 산이라고 했다. 게다가 드라마 촬영 장소도 있어서 다홍이와 창수가 좋아할 것 같다고도 했다. 길도의 아버지가 한참 인터넷에서 검색한 자료를 설명하고 있는데 한상욱 신부가 "그 산에 사찰은 없나요?" 하고 물었다.

"아, 있죠. 조천사라는 암자가 있습니다만……."

"그럼, 잠시 들렀다 올 수 있겠죠? 사찰 근처까지 갔다가 그냥 올 수 있나요. 스님께 인사나 드리고 오는 게 어떨까요? 가져간 우유도 좀 나눠 드리고 저희는 나물 맛도 좀 보고요."

"아, 그게 말이죠. 저희 먹으려고 유통기한이 얼마 남지 않은 우유들만 가져가는 것이라서, 좀……."

"걱정 안 하셔도 될 거예요. 스님들 다 이해하실 거예요. 저희가 안 먹는 것을 드리는 것도 아니고요. 전 사찰에서 나는 향내가 좋더라고요. 그리고 사찰을 들러야 산에 다녀온 것 같기도 하고요. 어떻게 안 될까요?"

"좋습니다. 나물은 사찰에서 손으로 무친 나물이 최고죠. 하하하. 그러면 국도로 방향을 틀어야겠군요. 민규야, 고속도로 말고 국도로 천천히 가자."

목적지는 달라지지 않았으니 고속도로건 국도건 원래의 코스와는 전혀 관련 없는 얘기였지만, 국도는 톨게이트가 없으니 그리 말씀하시는 것뿐이었다.

차 안은 음악을 크게 틀어놓은 듯했다. 무슨 음악이 흘러나왔는지 차 안에 있던 사람들이 함께 합창을 하기 시작했다. 함께 부를 만한 노래가 애국가 말고 또 있을까 싶었다. 입모양을 보아도 도통 무슨 노랜지 알 수 없었다. 이렇게 좁은 공간에서 다함께 합창이라도 하고 있으면 그 울림으로 음악을 듣고 있다는 착각이 들고는 했다. 그 울림은 참으로 디테일했다. 음악이라는 것을 들어본 적은 없지만 음의 강약은 물론이고 리듬이나 선율까지도 손에 잡히는 것 같았다. 그사이에 누군가 가사라도 보여준다면 어쩌면 따라 부를 수도 있을 것 같은 기분이 들었다. 하지만 그러지 않기를 바라기도 했다. 그냥 음악을 듣고 있다는 착각 정도까지가 행복한 것이었다.

길도 역시 길도만의 오락거릴 찾아보기로 했다. 살며시 눈을 감았다. 때론 눈을 감으면 다른 눈이 떠지곤 한다는 것을 잘 알고 있었다. 그리고 모든 신경을 엉덩이에 집중했다. 길도는 민규가 수동기어를 변속할 때마다 느껴지는 진동을 느끼고 싶었던 것이다. 기아가 단 사이를 옮겨 가는 중간, 완전하게 자리를 찾아 들어가기 바로 직전엔 빈 소리를 냈다. 그때마다 톱니바퀴와 톱니바퀴가 맞물려 돌아가는 그림이 그려졌다.

바로 그 순간 기어변속의 진동과는 비교도 할 수 없는 천상의 감촉이 느껴졌다. 화심이가 길도의 손을 살며시 잡는 것이었다. 마른침이 꼴딱 넘어갔다. 아무 일 없는 것처럼 자연스러워야 하는데, 창피하게 경직되어 버린 것을 눈치 챌까 걱정이 됐다. 콩닥콩닥 심장이 뛰는 중에도 이건 무슨 뜻일까 하는 생각이 들었다. 해외연수 동안에 잘 기다리고 있어 하는 뜻일까? 아니면 그동안 못 만나기 때문에 미리 압축된 애정표현을 하는 것일까? 슬그머니 눈을 뜨려다 화심이에게 딱 걸렸다. 화심이는 길도를 쳐다보면서 환하게 웃고 있었다. 더욱 고마운 것은 계속해서 손을 잡고 놓지 않아준 것이었다.

산기슭 주차장에 차를 세우고 모두 적당한 양의 음식과 짐을 나누어 들었다. 길도와 민규가 음식을 나누어 드니 나머지는 깔개나 우비 같은 가벼운 것들뿐이었다. 다홍이는 한사코 꽃이 달린 분홍색 구두를 신고 간다고 우겨서 그렇게 왔지만, 결국 완만한 경사에도 자꾸 뒤로 미끄러지고 말았다. 그래서 모두들 둘씩 짝을 지어서 손을 잡기로 했다. 다홍이 손은 화심이가 잡았고(물론 옆에서 창수가 물끄러미 쳐다보고 있었던 것은 두말할 나위 없었다) 길도의 아버지와 어머니는 서로 얼싸안으셨다. 멋쩍은 민규는 어느새 성큼 앞서 있었고, 한상욱 신부님은 뒷짐을 지고 계셨다. 그래서 어쩔 수 없이 다시 창수의 손을 잡게 되었다. 창수는 다홍이가 조금이라도 멀어질라치면 길도의 손을 잡아당겨 그 옆으로 다가서곤 했다. 그리고는 틈만 나면 손을 비비 틀면서 놓으려고 했다.

산행 중에는 전직 교사이자 묵언서점 한희자 사장님의 독무대였다고 해도 과언이 아니었다. 그렇지 않아도 조경을 전공하셔서 초등학교 자연을 가르치셨던 분이 지금도 틈만 나면 관련 서적을 탐독하고 계셨으니 산은 그대로 체험학습장이 되어주고 있는 셈이었다. 특히 요즘에는 작은

새나 벌, 두더지와 흰개미 같은 생물들에 관한 책에 심취해 계셨는데 전직 교사답게 늘 누군가를 가르치려고 한다는 인상을 주고는 했다. 당연히 그 대상은 항상 남편 즉, 우유 보급소 이정복 소장이었다. 건축공학과를 졸업해 우유 회사의 임원까지 했던 이정복 소장은 늘 한희자 사장님의 교육대상이 되어야 했다.

"당신, 그거 알아요? 곤충들에게도 미학이 있다는 걸요. 장식욕구가 있다고요. 천적들에게서 자신을 보호하기 위해서만 집을 짓지 않는다고요. 그 예로 황다리호리병벌을[9] 들 수 있어요. 이 녀석은 둥지를 만들 때 벽에 꼭 석영을 쓴다고요. 석영은 반투명에 광택이 멋진 돌이어서 석회암 알갱이와는 비교할 수 없이 아름답다는 걸 안다는 거죠. 이 녀석들은 분명 장식욕구가 있는 것이 틀림없다고요."

황다리호리병벌 얘기로 이렇게 짧게 시작되는 경우는 거의 드물었다. 아주 간추린 설명이 아닐 수 없었다.

"그야 짝짓기에 유리하다고 DNA에 각인되어 있나 보지? 동물들의 그런 행위를 인간의 미적 장식욕구와 비교한다는 건 좀 무리가 있다고 생각하는데?"

"무슨 소리세요? 그렇담 둥지 입구를 그리스 항아리처럼 길쭉하고 정교하게 만든 이유를 설명할 수 있으세요?"

말이 중간에서 멈칫 하자 이 소장님은 "아, 그런가? 미처 몰랐네. 새들이나 곤충들도 미적 장식욕구가 있다는 걸

---

9)호리병벌과(Eumenidae)에 속하고 학명은 'Euodynerus rubrofemoratus'이다. 황다리호리병벌은 곤충들 중에서도 '건축의 달인'인 것으로 유명하다.

깜빡할 뻔했구먼." 하면서 꽁지를 내리고 앞으로 속력을 내 걸어갔다. 물론 전적으로 수긍을 한 것은 아니었다. 말이 길어질 것을 두려워한 것뿐이었다. 한 사장님은 짧은 토론의 승리에 도취되어 뒤를 돌아 다른 사람들을 향했다.

"나무 몸통에 둥지를 만드는 새는 둥지의 출입구를 자기 몸 크기에 꼭 맞춰서 만들어요. 출입구가 크면 빛의 명암이 생기지 않아서 새끼가 입을 열지 않거든요. 나뭇가지에 둥지를 트는 새는 자기 몸무게에 적당히 진동하는 가지에 둥지를 트는 것이 특징이에요. 둥지가 만들어내는 빛의 명암과 진동이 어미와 새끼 사이의 의사소통에 이용되고 있다는 것을 알 수 있죠. 둥지는 동물에겐 몸의 연장물인 셈이에요. 정말 아름다운 생명의 신비 아니겠어요?"

그리고는 자연에 도취되어 혼자서 나무의 이름을 부르고 꽃의 이름을 찾아주면서 이 소장님의 뒤를 쫓아 올라가고 있었다. 다들 이만하길 다행이라는 생각에 서로의 얼굴을 쳐다보며 웃었다. 그런데 바로 그때였다. 중간 쉼터에 있던 동굴에서부터 따라왔던 날파리(어쩌면 황다리호리병벌일지도 모르겠다) 한 마리가 길도 얼굴을 배회하더니 눈으로 쏙 들어가 버렸다.

'앗!'

길도는 창수의 손을 뿌리치고 바닥에 쓰러져 버렸다. 그리고 두 손으로 눈을 감싸 쥐었다. 눈을 뜰 수가 없었다. 일행들 모두가 길도 곁으로 모여들었다. 선두에 있던 민규나 이 소장님이 미끄러지듯 다가와 나무 위를 올려다보기도 하고, 주변을 발로 밟는 시늉을 하기도 했다. 정체불명의 뭔가가 있으면 어서 멀리 가버리라는 제스처인 것 같았다.

"길도야, 왜 그래? 어떻게 된 거야?"

들릴 리 없는 공허한 질문이 길도 주변에서 소멸되어 버렸다.

"길도야, 길도야."

소리치며 다가섰지만 길도의 팔에, 다리에 밀려 튕겨져 나올 뿐이었다. 길도 주위엔 순식간에 보이지 않는 막이 하나 만들어지고 있었다. 사람들도 어쩔 줄 몰라 속만 태우기는 마찬가지였다.

눈을 비비고 비벼도 빠져나오기는커녕 더욱 깊이 들어가는 느낌이었다. 길도는 점점 더 자제력을 잃고 있었다. 팔과 다리는 허공에서 계속 허우적거렸고, 가족들 모두 어찌할 바를 몰라 발만 동동 굴렀다.

소리도 빛도 없는 세상. 그 안에서 길도는 혼자되어 계속 도망치고 있는 것이었다. 갇혀 있는 어둠 속에서 불행의 손이 쭉 뻗어 나와 길도를 휘감을 것만 같았다. 길도가 있는 힘껏 내달리면 내달릴수록 가족들도 길도의 곁으로 다가갈 엄두를 내지 못하고 있었다. 가족들도 길도가 눈을 감고 있으니 서로 간의 소통이 단절되어 버렸다는 사실을 새삼 느끼고 있었다. 길도의 눈에서는 눈물이 새어 나왔다. 어떤 도움을 줄 수도, 또 어떤 도움이 필요한지도 알 수 없었다. 그때였다. 다홍이는 제가 쓰고 있던 비니를 삼촌 얼굴을 향해 던졌다. 다들 경악한 표정으로 다홍이의 돌발행동에 놀라고 있는 순간, 길도의 몸부림이 조금씩 잠잠해지고 있었다. 한숨을 몰아쉰 길도는 다홍이의 비니에 코를 대고 쿵쿵 냄새를 맡고 있었다. 길도를 가둬두었던 어둠에 조금씩 틈이 벌어지고 있는 것이 느껴졌다. 조카의 친숙한 냄새로. 길도의 어머니는 재빨리 길도의 손에 메모지와 펜을 쥐어주었다. 아직은 떨림이 남아 있는 손으로 몇 글자 끼적이는 길도.

〈내 눈에 날파리.〉

모두 잠시 동안 아무 말을 할 수가 없었다. 그러더니 길도의 어머니는 '큭큭큭' 어깨를 들썩이며 웃음을 참았고, 민규는 미친 듯이 입을 막고는 수풀 속으로 뛰어가 버렸다. 한 신부도 뒷짐을 지고는 마른기침으로 웃음을 삭이고 있었다. 눈치가 없는 이 소장님은 '날라리'가 어쨌다는 거냐고 묻고 계셨다.

화심이는 손수건을 꺼내 길도의 눈에서 날파리를 꺼내 줬고, 길도는 겨우 몸을 일으켜 앉은 뒤 눈을 깜빡이며 사물을 판별하기 시작했다. 마치 모든 보이는 것들과 다시 인사를 나누고 있는 것 같았다.

1분 23초. 길도의 아찔했던 경험이 그렇게 끝나고 있었다. 아직도 놀란 마음을 진정시키지 못하고 있는 한 사람.

"나는 아무 짓도 하지 않았어요. 정말이에요."

창수는 울먹이고 있었다.

그날, 길도는 김이 서린 물안경을 쓰고는 절대 벗지 않았다. 그리고 길도의 왼쪽에는 화심이가, 오른쪽에는 다홍이가 손을 잡았고 창수도 그토록 염원하던 다홍이의 오른손을 잡을 수 있었다. 그래서 넓은 길이 끝나는 곳에서 일행은 되돌아가기로 했다.

내려오는 길에 신부님의 말씀대로 사찰에 들러서 스님과 음식도 나눠 먹고 이런저런 얘기도 들을 수 있었다. 나중에 알게 된 얘기지만 앞으로 석가탄신일 때에는 신부님들이 사찰에 놀러 오기로 하고, 크리스마스 때에는 스님들이 성당을 방문하기로 약속하셨다고 했다. 사랑에 자비가 얹히고, 자비에 사랑이 배가되는 아름다운 약속이 만들어진 것이었다. 그리고 대웅전 뒤로 불려간 창수는 이번 일을 절대 발설하지 않겠다는 약속을 다홍이에게 해야만 했다.

길도는 불 꺼진 방에 누워 한참을 생각에 잠겨야만 했다. 한낮의 '1분 23초'는 한동안 잊을 수 없을 것 같았다. 그토록 도망치고 싶었던 조용한 세상의 옆 칸이 빛마저 없는 세상이라니. 그 짧은 시간 동안도 참아내기 힘들었는데, 아직도 누군가는 그 안에 갇혀 있을 거라는 사실이 길도를 한숨짓게 했다. 입장이고 뭐고 불쌍하다는 생각이 먼저 들었다. 벙어리가 장님을 불쌍하다고 생각하다니.

어릴 적 길도는 어머니께 〈안 보이는 게 나아요? 안 들리는 게 나아요?〉 하고 묻곤 했었다. 그때 어머니는 무슨 대답을 하셨더라? 더 나은 게 정말 있을까? 들리고 보인다고 또 그것이 천국을 의미하는 것일까? 그냥 다른 것은 아닐까? 지금 길도는 오래전 누군가에게 듣길 원했던 답을 스스로 내려야 할 때가 아닐까 생각하게 되었다.

일주일 후 일을 마치고 돌아가던 민규가 불쑥 찾아왔다. 그리고 우물쭈물 말을 못하던 민규가 망설이던 끝에 한마디를 건넸다.

"다녀와서 괜찮았어?"

민규는 산행 다녀온 후로 길도가 걱정되었던 모양이었다. 아마도 그때의 심각했던 상황은 함께 있었던 사람들 모두에게 고스란히 전달되었던 것 같아 갑자기 미안한 마음이 들었다. 길도는 모른 척 눈을 까집어 보여줬다. 갑작스런 행동에 민규가 멈칫했지만, 이내 둘은 히죽거리고 있었다. 길도가 주먹으로 민규의 가슴을 툭 쳤고, 민규 역시 길도의 가슴을 툭 쳤다. 그리고 민규는 "놀러 와. 한만덕 아저씨 소개시켜 줄게. 빵 사가지고 오면 기립 환영해 주실 거야!" 하고는 돌아갔다.

독립한 후의 세상은 참 다르게도 보였다. 사실 크게 달라질 것도 없는데 세상이 전혀 다르게 보이는 것 같았다. 아니, 세상이 독립한 길도를 다르게 보고 있는 것 같았다. 여덟 마리의 말이 끄는 마차 객실에 타고 있다가, 한 마리의 말이 끄는 마차의 운전석에 앉은 것 같다고나 할까. 먼저 독립한 작은 누나의 마음이 이런 것이었을까 궁금했다. 큰누나야 결혼해서 홀로 선 축복받은 독립이었지만, 미술을 전공한 작은누나는 아버지의 반대에도 불구하고 동남아시아 어느 나라의 자유예술인촌에 가서 살고 있었다. 한국에서는 전공을 살리기가 너무 힘들다며 선택한 것이었다.

작년엔 어머니께서 도저히 못 참겠는지 직접 며칠 일정으로 작은누나에게 갔었다. 하지만 결국 하루 만에 커다란 실망과 함께 되돌아오시고 말았다. 이유인 즉, 작은누나가 애인이라고 보여준 사람이 2미터가 넘는 흑인이었기 때문이라고 했다. 2미터의 흑인은 물론 깜짝 놀랄 만하기는 하다. 크고 까마니까. 하지만 실망할 만한 일은 아니지 않을까 싶었다. 하얀 백인과 결혼하는 것은 방송 전파를 탈 일이고, 흑인이나 동남아시아 사람과 결혼하면 인도주의적인 사랑이라며 희생을 칭찬해야 하는 것은 아니지 않느냐 말이다. 사랑하는 사람이 없는 것이 더 문제이지.

그러고 보면 유독 우리 어른들은 사랑에 이런저런 구분을 많이 하시는 것 같다. 그러다가 어른들이 말씀하신 '모든 조건을 갖춘 사랑을 했는데, 왜 행복하지 않지?' 하고 스스로에게 묻는 웃지 못할 일들이 벌어지고 있는 건 아닐까 싶었다. 그리고 문득 농아인 사람은 어느 정도의 사랑을 받을 자격이 있는 걸까 하는 의문이 들었다. 누군가가 그어놓은 구분에 의하면 농아도 그리 넉넉한 사랑을 받을 수 없지 않을까? 그렇다면 가족을 포함해 주변 사람들에게 받고 있는 이 사랑들은 모두 사랑이 아닌 다른 것일까? 대답하기 힘든 질문이었다. '말하고 들을 수 있는 사람들은 더 많은 사랑을 주고받으며 살겠지? 그러면 다행이고.' 하며 속편한 길도였다.

그나저나 작은누나가 조만간 찾아오겠다고 편지를 보내왔으니 폭풍전야가 아닐 수 없었다. 그나마 다행이라면 다행인 것은 큰누나 역시 며칠 후면 휴가차 한국으로 들어온다고 한 것이다. 다홍이는 창수를 보여준다고 난리고, 길도는 집 안을 치우느라 난리다. 백일홍도 꽃을 피우느라 난리다.

:: 작가의 말 ::

　집필을 일단락하는 지점에서 이 책의 시작을 밝히고 싶습니다. 이해의 폭을 넓히기 위해서라기보다는, 이 책을 쓸 수밖에 없었던 이유 역시 이 이야기의 일부로 받아들여 주셨으면 하는 바람 때문입니다.

　이 책 「파파라치」는 두 장의 메모로부터 출발했습니다. 메모는 7, 8년 전으로 거슬러 올라갑니다. 하나는 〈의뢰인을 파파라치. 홈페이지 의뢰. 3일간〉이라는 내용이었고, 또 다른 하나는 〈부재(不在)를 통한 존재(存在)의 절실함. 이면(裏面)을 담은 사진〉이었습니다. 두 개의 메모는 각기 다른 이유로 작성된 것이었고, 나란히 붙어 있다는 것 이외에는 별다른 연관성이 없었습니다. 고맙게도 둘 모두 오랫동안 모니터에 붙어 있었습니다. 두 번의 이사에도 불구하고 잃어버리지 않았으니까 말입니다.

'의뢰인을 파파라치' 한다는 것은 인터넷 기사를 스크랩한 것이었는데, 당시엔 직장 문제로 걱정이 정말 많았습니다. '직장을 잃으면 어떻게 하지?', '어떻게, 얼마나 돈을 벌어야 할까?' 하는 생각이 늘 떠나지 않았습니다. 결국 고민은 다른 방법으로 해결되었지만, 한동안 이 메모를 버릴 수 없었던 것은 '실제로 이 일을 한다면 얼마나 재미있을까?' 하는 생각 때문이었던 것 같습니다.

'부재(不在)를 통한 존재(存在)의 절실함. 이면(裏面)을 담은 사진'은 이른 봄에 있었던 출사(出寫)의 경험을 기록한 것입니다. 당시 가르치던 학생들과 혜화동 마로니에 공원으로 나갔었습니다. 그리고 '녹색(綠色), 그린(Green)'이라는 주제를 걸고 사진을 찍어오기로 했습니다. 모두 뿔뿔이 흩어진 후 저 역시 주변의 이러저러한 것들을 카메라에 담았습니다. 마로니에 나무 역시 여러 장의 사진으로 남겼습니다. 부끄럽지만, 쉬느니 돈이나 벌자 하는 느낌으로 셔터를 눌렀던 기억입니다.

저는 가끔 건축 투시도를 작성하는 일을 했었기 때문에, 건강한 나무 사진은 좋은 소스가 될 수 있었습니다. 그런데 집에 돌아와 사진을 확인하고는 정말 크게 놀라고 말았습니다. 나무엔 나뭇잎이 하나도 없었기 때문이었습니다. 당시엔 뭔가에 홀린 것 같다는 생각이 들 정도였습니다. 그리고는 곰곰이 생각한 끝에 그 기억을 메모로 남기게 된 것입니다. 이 내용은 이야기

의 본문 〈독립〉 중에 길도와 한상욱 신부의 대학로 에피소드를
통해 묘사한 바 있습니다.

이 두 메모는 밥상 위 조기처럼 늘 제 눈앞에서 흔들거렸습
니다. 그때만 해도 소설의 재료가 되리라고는 정말로 눈곱만큼
도 생각하지 못했었습니다. 그렇게 흔들리고 또 응시하고, 흔들
리고 또 무시하면서 몇 해를 보냈습니다. 그러던 어느 날, 어머
니의 암이 재발되었습니다. 그 소식을 들은 것은 2007년의 쓸
쓸한 가을날, 혜화동에서였습니다.

가족들은 교대로 어머니의 병석을 지켰습니다. 밥도 같이 먹
고, 잠도 같이 자고 그전엔 못했던 이야기들도 밤새 나눴습니
다. 그러다 보니 얘깃거리가 더 필요했습니다. 사실 환자들에겐
재미있고 좋은 얘기들이 어떤 주사나 보약보다 더 좋다고 철석
같이 믿고 있습니다. 어머니의 병세가 유쾌하고 행복한 이야기
에 즐겁게 반응한다고 믿었습니다. 그래서 재미있는 이야기를
만들어보자고 결심한 것입니다.

메모를 소재로 쓰면 좋겠다고 생각한 것도 그때였던 것 같습
니다. 메모 몇 줄뿐이었지만, 상상 속에서 주인공 길도(아직 이
름이 정해지지 않았던)와 다홍이(오래 전부터 준비되어 있었던)의
캐릭터가 만들어지고, 개략적인 뼈대와 살 몇 점이 붙기 시작했
습니다. 어머니껜 참으로 죄송스런 일이 아닐 수 없지만, 그 재
미에 푹 빠져서 제가 환자 옆을 지키고 있는 보호자라는 생각을
가끔씩 잊기도 했었습니다.

어머니는 항암과 항암 사이엔 집으로 돌아와 회복의 시간을

가졌었는데, 저는 기회를 봐 어머니와 여동생 앞에서 그간 다듬은 이야기(아마도 〈독립〉과 〈그러니 당신도〉의 어설픈 뼈대 정도라고 기억됩니다)를 들려줬습니다.

여동생이 "우와, 더 발전시키면 재밌겠다!"를 연발하는 반면에, 어머닌 별 말씀이 없으셨습니다. "재미없다."의 다른 표현이란 걸 알 수 있었습니다. 그날 새벽에도 어머닌 제 서재로 건너오셨습니다. 항암주사 때문인지 아니면 진통제 때문인지 당시 어머닌 불면증으로도 상당히 힘들어하셨을 때였습니다. 제 방문을 여는 어머니의 표정을 지금도 잊을 수 없습니다. 환하게 웃고 계셨지만 미안해하고 있다는 것을 짐작할 수 있었습니다. 그래도 그런 어머니의 미소가 제겐 너무 달게 느껴졌었습니다. 그때는 누구의 미소나, 웃음도 보약처럼 귀한 것이었습니다.

전 어머니를 모시고 넓지 않은 집 안 곳곳을 누볐습니다. 마치 내 집을 어머니께 소개시켜 드리는 것처럼, 어머니의 집을 방문한 손님처럼. 어쩌면 얼싸안은 폼이 왈츠를 추는 사람처럼 보였을지도 모르겠습니다. 발코니의 꽃들에 대해 얘기하고, 내년엔 주방 가구들을 좀 바꿔보자고 계획도 세워보고, 어머니 걸음이 너무 가벼워 아래층에서는 한 사람이 걷는 것처럼 들릴지도 모르겠다고 하면서 웃었던 한밤중이었습니다. 축제는 다시 제 서재로 돌아와 가지고 있던 동화책을 하나씩 보여 드리는 것으로 마무리되었습니다. 팝업(Pop—up) 북은 어머니도 감탄해 마지않는 것이었습니다. 그렇게 어머니는 새벽녘에 방으로 돌아가시곤 했었습니다.

"재미없다고 해서 서운해?"

문 앞에서 갑자기 낮에 있었던 얘기를 꺼내셨습니다. 아마도 어머니는 내내 생각하고 계셨으리라 생각합니다. 그래서 아무렇지 않게 저도 대답했습니다.

"서운하긴 뭐가 서운해. 끝까지 만들면 엄마도 분명 좋아할 거야."

어머니는 또 한 번 활짝 웃으셨습니다. 그리고는 한마디 보태셨습니다.

"그래, 잘될 거야. 그래도 이야기는 많이 다듬어야겠더라. 무슨 얘긴지 통……."

눈치 채셨겠지만 어머니는 거짓말을 잘 못하시는 분이십니다. 결국 어머니는 아들이 이야기를 다 마무리 짓는 것을 지켜보지 못하시고 돌아가셨습니다. 2009년 봄, 부활절을 며칠 앞둔 어느 날이었습니다. 우습게도 전 그 부활절에 어머니가 병을 훌훌 털고 일어서실 줄 믿고 있었습니다. 전 장례식장에서도, 공원묘지로 가는 리무진 안에서도 수첩을 놓을 수 없었습니다. 미처 지키지 못한 약속 때문이었던 것 같습니다. 무엇에 홀린 듯 메모를 끼적이는 저를 스스로 비웃고 있었는지도 모르겠습니다.

그 뒤로 전 반쪽짜리 약속이라도 지킬 요량이었지만 그리 쉽지 않았습니다. 한참을 아무것도 하지 않고 보냈습니다. 누워 천장만 보고 있다가 아무도 없을 때면 비처럼 눈물과 콧물을 쏟아내는 것이 전부였습니다.

그러던 중 또 한 번의 예기치 못한 계기가 있었습니다. 잘못 걸린 전화가 발단이 되었습니다. '박경희'에게 건다는 것이 그만

'김경희'에게 전화를 걸었던 것입니다. 연결이 되지 않아 그대로 잊어버리는가 싶었는데, 녀석에게 문자메시지가 왔습니다. 몹시 아파 병원에 있느라 전화를 못 받았다는 것이었습니다. 저와 같은 경험이 있는 사람들은 아마도 잘 이해하시리라 생각합니다. '몹시 아파'란 말이 얼마나 겁이 나는 말인지. 조심스레 답장을 보냈습니다. '어린 녀석이 무슨⋯⋯.' 하고 말이죠. 돌아오는 답변은 가장 아니었으면 하는 그대로였습니다. 수술을 앞두고 있고, 수술 후에는 민머리로 집에 있어야 할 것 같다고 했습니다.

위로의 말이 떠오르지 않았습니다. 녀석은 집에서 볼 책 몇 권을 추천해 달라고 했지만 그럴 수 없었습니다. 그래서 두 권의 책과 함께 그간 쓴 서툰 서른 페이지를 함께 보냈습니다. 뭔가 도움이 되고 싶다는 생각이 창피하다는 생각을 앞지른 것이겠지요. 다행히도 녀석은 재미있게 읽어주었고, 가끔 믿지 않게 원고 독촉도 해주었습니다. 그 뒤로도 글이 진행될 때마다 원고를 보여주거나 전화통을 붙잡게 되었습니다. 녀석은 좋은 독자가 되어주었고, 저 역시 엄청난 용기를 얻을 수 있어서 다행히 이야기를 마무리 지을 수 있었습니다.

이것이 이 책 「파파라치」의 시작이었습니다. 혹시 문학적인 후기를 기대한 분들에겐 참으로 죄송스럽지만, 제가 꼭 밝히고 싶은 이 글의 일부였습니다.

그리고 연이은 고백. 저는 출품 후 '문학상'에 공모했다는 사실에 많이 부끄러워했습니다. '문학을 할 생각은 없었는데······.' 이것이 제 솔직한 심정입니다. 앞으로도 걱정되는 부분이기도 합니다만 뭐, 어떻게든 되지 않겠습니까?

이 이야기가 무작정 행복할 수밖에 없는 이유가, 다홍이가 발코니의 백일홍을 보면서 어머니를 그리워하는 이유가 조금은 손에 잡히시길 기원해 봅니다. 이제 겨우 한 권의 책을 쓴 것뿐이지만 이것저것 바라는 것이 많아 미안하다는 생각이 듭니다.

어머니에게 바치는 이 이야기가 자랑스러울 수 있도록 도와준 아버지 이정복 소장님(신원건축사무소)과 동생 종은이(매제 박호상님도 역시)와 석윤이, 병마를 이겨내고 우뚝 서게 될 제자 김경희, 공모전 심사위원들과 청어람출판사의 서경석 사장님, 부족한 작품을 찬찬히 살펴주신 조수희 팀장님 그리고 출간에 관련된 모든 분들에게 각별한 감사의 마음을 전하고 싶습니다. 다 여러분들 덕택입니다. 진심으로.

추신. 혹시 이 글을 하느님께서 보신다면 부탁드리고 싶은 것이 있습니다.

한희자(데오필라)는 춥고 어두운 거 싫어합니다. 아시죠? 그리고 여력이 되신다면 옆에 활짝 핀 백일홍 화분 하나 부탁드립니다.

어머니가 찾아주시던 서재에 앉아 문을 바라보며,
작가 이석용이 독자들께.

:: 편하게도 읽히고 재미있는 착한 서사 ::

박덕규(소설가, 문학평론가)

들을 수 없어서 말하지 못하는 언어장애인 길도는 어린 조카와 사는 열아홉 살 포토그래퍼이다. 그는 의뢰자의 일상을 추적해 의뢰받은 사진을 찍어주는데, 그것을 위해 교묘하게 연출을 하거나 정말 우연한 순간을 포착해야 하는 어려움을 감수해야 하기 때문에 의뢰자를 '파파라치'처럼 따라다니지 않으면 안 된다. 그가 하는 일은 실은 의뢰를 받은 거라 당초부터 '유명인사나 연예인의 사생활을 몰래 촬영해 신문이나 잡지사에 고액으로 팔아넘기는 그런 파파라치'와는 유가 다른 일이다. 게다가 '의뢰자의 일상에서 흘려보내지는 멋진 순간을 담아' 드리는 뜻깊은 일이기도 하다. 그 의뢰자들 또한 이 화려하고 번화한 도시의 그늘에서 돈 없고 힘 없이 살아가는 소외된 서민

들이다. 길도는 그런 사람들의 '낯설고 치명적 매력'을 사진에 담아 전해주는 '아름다운 파파라치'다. 이 소설의 남다름은 이렇듯 '인간적인' 착상에서 시작된다.

길도에게 의뢰를 해서 '치명적인 자기 인생의 매력'을 선사받게 된 사람은 자기 일에 열심인 모습을 조금 과장되게라도 찍어달라는 중소기업 회사원 나애리, 혼자만의 모습을 찍어달라는 파트타임 주부 오희나, 결혼 후 이민을 떠나기 전 동료들과 좋은 추억을 남기고 싶어하는 인테리어 회사원 정윤정, 단기기억상실증 환자로 자신의 끊어지는 기억을 되찾으려 하는 IT 회사 부장 김창진, 새벽녘 자신의 집을 들락날락하는 강아지의 사진을 찍어달라는 만화가 장석주 등이다. 길도는 그들의 의뢰에 충실하기 위해 어김없이 '파파라치'를 행한다. 그리고 의뢰인은 길도가 촬영한 사진에 만족한다. 여기서 주목되는 것은 그 사진에 의뢰인의 예상을 넘어서는 '파파라치 길도'의 아이디어와 정성이 얹어진다는 점이다. 이 소설을 읽어가는 재미는 대부분 길도의 그러한 태도에서 얻어진다.

이 소설은 특정한 인물이 새로운 인물을 만나고 그럴 때마다 낯선 문제에 부딪치고 그것을 해결해 가며 편편의 새로운 이야기를 만든다는 점에서 '옴니버스 소설'이라 할 만하다. 수사관은 정해져 있는데 매번 일어나는 사건과 그 범인이 달라지는 셜록 홈즈식 탐정소설이나, 여행자가 다른 지방으로 이동할 때마다 낯선 사건에 부딪치는 연작형 로드로망을 닮았다 하겠다. 이런 방식 자체로도 묘미는 충분하다 하겠는데, 더 나아가 영상화까지 고려한다면 이 소설 앞에는 두 가지 방향이 놓일 것으로 판단된다.

하나는 지금의 옴니버스 틀을 유지해 연작 드라마 같은 장르로 가는 길이다. 『수사반장』, 『전원일기』 등이 다 이런 옴니버스식이었다. 다음은 작품의 전편에 등장하는 길도와 조력자들인 다홍이, 화심, 민규, 한상욱 신부 외에 사건의 핵심인물들인 의뢰자 그룹을 하나의 축으로 엮어줄 또 다른 사건을 개입시키는 길이다. 이를테면 전 의뢰인이 길도에게 촬영을 의뢰하게 된 공통의 어떤 사연을 숨기고 있었고 그것이 새로운 인물을 만나게 되면서 흥미진진한 긴장을 낳으며 서서히 드러나게 된다든지, 새벽 시간 이외 시간에 방에만 있다고 한 장석주가 알고 보니 낮과 밤 동안 다른 의뢰인의 삶에 모두 개입하고 있었다든지 하는 식이 이에 해당하겠다. 기억에 남는 영화로 치면 『시라노 연애조작단』, 드라마로 치면 히가시노 게이고 원작의 『유성의 인연』 식이 되겠다.

스스로 장애인이면서 마음의 상처를 안고 살아가는 이웃들을 따뜻하게 어루만지고 있는 길도와 길도의 의도를 이해하고 기꺼이 조력하고 있는 주변인물들은 사실 우리 소설에서 흔히 볼 수 없는 '천사표'다. 이들 천사표는 의뢰자의 의뢰에 충실히 부응함은 물론이고 의뢰자의 마음에 짙게 드리워진 어둠의 그늘마저 걷어내 준다. 독자들은 별로 힘들이지 않고 그만큼 손쉽게 스토리에 젖어들게 될 것이다. 반면 이 때문에, 황금펜 영상문학상 심사과정에서도 아쉬움으로 지적됐지만, 이 작품은 대립이나 경쟁, 시기나 모함 등을 특기로 삼는 현대대중서사의 이득에서는 멀어질 소지도 없지는 않다. 모든 게 상대적인 거라 어쩌면 그 덕분에 이 작품의 인상이 더 강렬했는지도 모르겠다. 이렇게 편하게 읽히고도 재미있는 '착한 서사'가 언제 제대로 있기나 했나 싶다.